U0726458

中
的历史　与　风　景

词

我思想，故我是蝴蝶……

——戴　望舒

万年后小花的轻呼

透过无梦无醒的云雾，

来振撼我斑斓的彩翼。

目录

导　论

新诗话语的历史内涵与理论资源

一、诗歌史的遗产

“写一部文学史，即写一部既是文学的又是历史的书，是可能的吗？”韦勒克（R. Wellek）和沃伦（A. Warren）在他们的《文学理论》“文学史”一章开篇问道。紧接着，他们承认：“大多数的文学史著作，要末是社会史，要末是文学作品中所阐述的思想史，要末只是写下对那些多少按编年顺序加以排列的具体文学作品的印象和评价”；而另外一些人“认为文学首先是艺术，但他们却似乎写不了文学史”[1]。他们把英国诗人、批评家艾略特（T. S. Eliot）归于另外那种人之列，因为照后者看来，所有的文学作品都不会成为“过去”，“从荷马开始的全部欧洲文学，以及在这个大范围中他自己国家的全部文学，构成一个同时存在的整体，组成一个同时存在的体系”[2]。因而对于艾略特而言，与其说需要文学史，不如说需要一种“历史意识”：“不仅感觉到过去的过去性，而且也感觉到它的现在性。”这种“历史意识”顺理成章地将文学的“历史”让位于“传统”，实现了为后者正名的目的，同时似乎有助于消除布鲁姆（H. Bloom）式的“影响的焦虑”。

当然，不太主张写史的艾略特倡导的“历史意识”，也许能成为另一种写诗歌史的依据。不过，对于我们来说，一个切实的问题是：诗歌史会给我们留下什么？有人说，“史”只是一种记忆、描述、阐释的方式。还有人说，如果不是学科建制的需要，也许就不会有诗歌史乃至文学史。我们能够从诗歌史得到什么呢？一堆史料，一些现象、流派、团体，一条观念或事件的丝线，一些作品的印迹和个人的面影？或者，仅仅是一串概念的气泡（犹如詹姆逊 [F. Jameson] 借用阿尔都塞 [L.

1 [美]雷·韦勒克、奥·沃伦：《文学理论》（刘象愚等译），生活·读书·新知三联书店1984年版，第290页。

2 [英]托·斯·艾略特：《传统与个人才能》，见《艾略特文学论文集》（李赋宁译），百花洲文艺出版社1994年版，第2页。亦见韦勒克、沃伦《文学理论》（刘象愚等译），第293页。

Althusser] 的说法指出的，文学史的“任务”是找出“生产”文学史对象的“概念”[1])？

众所周知，修撰历史的举动，源于人类构筑自身记忆（以此抵制遗忘）、战胜对有限的恐惧和表达对无限的渴望的深层心理。从近处说，历史有助于一种秩序的确立或重建、一种身份的确认或修饰。新诗自诞生以后，从胡适的《谈新诗》（1919 年）等开始，就一直面临历史建构和身份认同的难题，一些热心者如朱自清《中国新文学研究纲要》（1929—1933 年）的条分缕析，如草川未雨《中国新诗坛的昨日今日和明日》（1929 年）、蒲风《五四到现在的中国诗坛鸟瞰》（1934 年，1937 年）的分期、划派，还有如梁实秋作出的“新诗，实际就是中文写的外国诗”的论断，构筑了新诗最初的形象。迄今为止的几十种新诗史著、数以千计的新诗研究论文显示，尽管远未达到明晰的地步，但那些致力于展示新诗面目的工作（史料的挖掘、思潮的梳理、理论的总结等等[2]），似乎已经做得比较充分。那么，是否有继续写作新诗史的必要？如有，其意义和可能性何在？

从已有的新诗史著来看，韦勒克和沃伦所归纳的现象普遍地存在着，尤其是 20 世纪 80 年代以前的著作。在一些新诗史著里，有一种被视为共识的前提：新诗历史是一个既定的、已然完成的“过去”的论述对象。因此，它们对新诗的审视和评判，是在一种单一的、理想化的进化论史观指导下进行的；按照不同方式的分期、划派、定性和排座，它

1 [美]弗雷德里克·詹姆逊：《政治无意识》（王逢振、陈永国译），中国社会科学出版社 1999 年版，第 5 页。

2 参阅刘福春《新诗记事》，学苑出版社 2004 年版；孙玉石《中国现代主义诗潮史论》，北京大学出版社 1999 年版；吴思敬《中国新诗理论：在现代化进程中的诗学形态》，见《走向哲学的诗》，第 1—57 页，学苑出版社 2002 年版；龙泉明《中国新诗流变论》，人民文学出版社 1999 年版。关于新诗研究状况的反思，可参阅拙作《近二十年新诗研究评述》，《荆州师范学院学报》2002 年第 6 期。

们把新诗历史描述为一种整一、静态的文体（或诸如此类）演变过程，其中各种差异、交错、环复的情形及新诗与社会文化的复杂关系，都被不同程度地忽略或缩减了。在另一些研究者那里，新诗历史的线索被引向一种永恒标准（价值、审美）的探寻，这标准仿佛一个永远无法企及的点悬浮在新诗历史的表层，用于评判新诗进程中所有诗人与作品的高下优劣。那些研究者似乎从未考虑：果真有这么一个从历史深处抽绎出来的“点”么？

本书丝毫不存在重构一种新诗史的意图，即并不想根据现有材料把新诗重新描述一遍。笔者注意到，21 世纪以来，在新的社会憧憬和时代气息激发下，各种研究开始新一轮的反思和重构。在新诗研究领域，随着王光明的《现代汉诗的百年演变》（河北人民出版社 2003 年版），骆寒超的《20 世纪新诗综论》（学林出版社 2001 年版），程光炜的《中国当代诗歌史》（中国人民大学出版社 2003 年版），陈超编选的《最新先锋诗论选》（河北教育出版社 2003 年版），洪子诚、程光炜编选的《朦胧诗新编》（长江文艺出版社 2004 年版），以及王富仁、李怡等主编的《二十世纪中国诗歌经典》（北京师范大学出版社 2004 年版）等论著和选本的相继推出，表明新诗史的重写以及与此相关的新诗研究，呈现出了某些新的趋向，透露出诗学观念在新的语境下开始出现迁移的消息。[1]

例如，相对于很多史著将新诗历史看作已然完成和固定的对象，《现

1 可比照十多年前由谢冕、唐晓渡主编的《当代诗歌潮流回顾·写作艺术借鉴丛书》（北京师范大学出版社 1993 年版，共六种），以及谢冕《新世纪的太阳》（时代文艺出版社 1993 年版）、王泽龙《中国现代主义诗潮论》（华中师范大学出版社 1995 年版）、蓝棣之《现代诗的情感与形式》（华夏出版社 1994 年版）、李怡《中国现代新诗与古典诗歌传统》（西南师范大学出版社 1994 年版）等论著。

代汉诗的百年演变》提出的“与其把一种未完成的探索历史化，不如从基本的问题出发，回到‘尝试’的过程，梳理它与现代语境、现代语言的复杂纠缠”[1]的主张，无疑具有更大的启发性。这一见解的醒目之处在于，它认定新诗的未完成性和多种向度的可能，显然比那种拘泥于简单的“座次”厘定，或者皮相地指责新诗的症结的做法，更能接近新诗内在的复杂性。该著所持有的不把新诗看作知识性“事实”，而是一串“问题”链的意识提示我们，新诗的生成与发展是多重因素相互交织和碰撞的结果，新诗同各种因素处于一种对话关系——冲突、挤压、融合乃至转化——之中；因此，对新诗历史成就的评价、得与失的剖析，不应被置于单一的论述框架，而应放在更开阔的视野中去实行。

同样，在朦胧诗似乎“尘埃落定”的今天编一本《朦胧诗新编》，多少有与既成“历史”（包括当年的论争和某些“定论”）进行辩驳的意向，让人体会到其间隐含的重绘历史图景的冲动。据说，这个选本渗透了编者之一洪子诚在修订其《中国当代新诗史》过程中的一些想法，这从书前的长篇序文可以见出。这篇序文对朦胧诗整体面貌和发展脉络的梳理，体现了洪子诚特有的审慎与开放态度，这就是：在评述各类文学现象时，其“着重点不是对这些现象的评判，即不是将创作和文学问题从特定的历史情境中抽取出来，按照编写者所信奉的价值尺度（政治的、伦理的、审美的）做出臧否，而是努力将问题‘放回’到‘历史情境’中去考察”[2]。显然，诗歌读本的编选也是诗歌史写作的一种

1 王光明：《现代汉诗的百年演变》，河北人民出版社2003年版，第4页。

2 洪子诚：《中国当代文学史·前言》，北京大学出版社1999年版，第5页。

类型，有什么样的观念、视域和诗歌史架构，就会造就什么样的诗歌选本。

在某种意义上，艾略特的“历史意识”体现的正是这样一种观念：一种诗歌范式的形成不是孤立的，而是有其具体的“历史情境”；不仅诗歌写作如此，而且诗歌史的书写与建构同样如此。“历史意识”把以往所有的文学现象看作一种共时的序列，不是为了归并它们或削足适履地使之成为单一的实体，而是为了建立过去与现在的多重关联——确切地说，过去与现在处于“复杂纠缠”的多层次的对话（艾略特的“传统”也应这样理解）中。这就如同本雅明（W. Benjamin）稍后于艾略特所说的，“不是要把文学作品与它们的时代联系起来看，而是要与它们的产生，即它们被认识的时代——也就是我们的时代——联系起来看。这样，文学才能成为历史的肌体，而不是史学的素材库，乃是文学史的任务”[1]。因此，对于新诗研究及相应的历史建构而言，作出一定的观念调整是必要的：

> 倘若我们把研究当作生命个体以某种方式，同历史、现实的文化和政治经济等多种因素的对话，即一种特殊的对于历史活动的参与，那么我们一方面有理由对近年来连篇累牍的重复产出表示忧虑，另一方面就有可能让研究穿越纷乱的现实的浮嚣，在这一片领地作出可能的拓展。[2]

事实上，任何写作、研究与历史建构都隐含了对话的吁求和取向。从

1 ［德］本雅明：《文学史与文学学》，见《经验与贫乏》（王炳钧、杨劲译），百花文艺出版社 1999 年版，第 251 页。这也是程光炜在谈到 20 世纪 90 年代中国诗歌时指出的：“怎样透过时间的遮蔽理解那早已深入尘土的‘过去’呢？我们试图理解某一事件在它发生的时代里意味着什么，同时也要理解这件事对于我们今天具有什么意义。这两个阐释维度并不是毫无联系的，因此一个批评家、一个诗人的工作不仅仅是恢复和解释一个业已存在的文本，他更需要识别文本中无数个文本之间的‘关系’，以及当时写作的话语及其意图。”见程光炜《九十年代诗歌：叙事策略及其他》，《大家》1997 年第 3 期。

2 张桃洲：《可能的拓展——以新诗研究为例》，《中国现代文学研究丛刊》2004 年第 1 期。

这点来看，诗歌史的意义就体现在一种对话关系的建立，虽然它始终要在著者主观评判的渴求和客观呈现的深层动机之间寻求一种平衡；新诗史的无可替代的功用在于，它同新诗一道，通过对后者特殊美学经验方式——语言、体式、音律——的洞察与把捉，参与到现代中国人与历史、世界和自我的“复杂纠缠”之中。因此，同为书写，新诗史和新诗都是现代汉语写作者努力构筑的一处场所——实现交流、对话的场所。

二、新诗作为话语

当我们从“历史意识”得到的启示不是简单地回归“传统”（不少人如获至宝地抓牢了这个词），而是开启一种灵活的对话的观念；当我们眼中的新诗历史不再是一种线性的序列，而变成一幅相互交错、环复的图景，我们的确有可能从新诗的“问题”入手，通过检视百年新诗实践进行的诗学累积，探讨新诗的特性及其在现代生活世界的位置。在近几年的研究中，笔者尝试着提出“新诗话语”的概念[1]，将新诗历史与存在方式置放到一种纷繁的关系网络之中，观察和辨析其生成的面貌、特征，以及各个历史阶段闪现出的诗学命题，试图要解释的是：处于“现代性”境遇之中的中国诗人，如何运用给定的语言材料——现代汉语——和言说空间，将自身的现代经验付诸现代表达？或者说，现代汉语如何被诗人们用于把自己的经验转化为诗？语言和经验如何在诗人的倾力熔铸下，而获具现代的诗形？这一包含“经验与表达”的“新诗话语”，似乎能够恰当地将新诗的历史及关于新诗的探究，导入一种动态的对话思维中。新诗作为一种“话语”，这表明首先应该将新诗写作与新诗的历史进程视为一种对话，即多重复杂因素参与、作用下的产物，然后才能确认新诗作为文学书写的独特性：它的结构样式、文化身份、历史功能等等。

显然，这里的“话语”概念，糅合了巴赫金（M. Bakhtin）的基于对“复调”、“杂语”、“时空型”作出阐述的对话理论和福柯（M. Foucault）的基于“知识考古学”的陈述理论；同时，雅各布森（R. Jakobson）关于语言传达“六要素”的论述、本维尼斯特（E. Benveniste）关于话语

1

此概念出自笔者博士论文《经验与表达：中国新诗话语研究》（南京大学 2000 年 12 月），可参阅拙著《现代汉语的诗性空间：新诗话语研究》（北京大学出版社 2005 年版）、《声音的意味：20 世纪新诗格律探索》（人民文学出版社 2014 年版）等。

的研究、乌斯宾斯基（B. Uspenskij）从“视点”角度对话语作出的分析等，也给人颇多的启示。[1] 按照巴赫金的观点，任何话语都包含了三个基本的要素：言说者、言说行为（内容）和言说的倾听者。新诗被视为一种话语意味着，它是现代中国诗人借助于特别的语词样式（新诗文本）完成的言说——同世界和自我进行对话。如果把巴赫金的“三要素说”扩展开去就是：一，是谁在说——这个“谁”，其身份是什么，他如何在诗中隐藏或显现了自己的身份？二，在说些什么——哪些是已说的、哪些是未说的，为何有些能够说、有些不能说？三，用什么样的语言说？这是指言说的语言媒质，其间包括语汇的色彩、语调的轻重缓急、角度或语气的变化等丰富而微妙的元素；四，在什么样的条件下说？这是言说得以展开的背景和情境，包括言说者所处的时代环境、个人具体现实处境，以及话语内部的上下文关系；最后，面向谁说？尽管有时言说体现为一种无对象言说，但是言说者在言说时总会有意无意地设定或考虑某一对象的存在，这与其说是言说的一个因素，不如说构成一种氛围，潜在地制约着言说的策略选择。所有这些因素决定了言说以什么样的方式和面目呈现，新诗“话语”的研究就是要对这些相关因素予以探讨。

对于新诗话语而言，最引人注目的是，其生成的语言媒质和发展的时代环境已经出现了历史性变动，而诗人言说行为的发生、言说方式的选择以及言说获致的效果，均受制于这一根本变动。这样，对新诗话语的分析，将最终归结为对语言（由古典汉语转化为现代汉语）和

1 参阅《巴赫金全集》（六卷本，河北教育出版社 1998 年版），福柯《知识考古学》（谢强、马月译，生活·读书·新知三联书店 1998 年版），福柯《词与物》（莫伟民译，上海三联书店 2001 年版），雅各布森《语言学与诗学》（见赵毅衡编选《符号学文学论文集》，百花文艺出版社 2004 年版），本维尼斯特《普通语言学问题》（王东亮等译，生活·读书·新知三联书店 2008 年版），乌斯宾斯基《结构诗学》（彭甄译，中国青年出版社 2004 年版）。这种对西方理论的迻入必然会引起非议，尤其像“话语”（discourse）这类众说纷纭的概念。后面的论述中，笔者将适时解释这种迻入的正当性。

语境（新诗的历史境遇）的变迁及其如何影响新诗的考察，并以此为切入点来展开对新诗自身历史和现象的审视。正如我们已经看到的，语言和语境的迁移带来的局限性，在总体上给新诗造成了巨大的制约乃至困境，即新诗自诞生之日起就面临的困境——“表达”的困境：“当我沉默着的时候，我觉得充实；我将开口，同时感到空虚。”[1] 在一定程度上，新诗的历史进程可被看作对这二重制约或困境的不断回应与超越。

在已经完成的一些研究中，笔者更多是从语言这一层面进入关于新诗话语的探究。笔者坚持，讨论新诗的语言基质是讨论新诗话语其他一切要素的前提。这不仅受惠于 20 世纪崭新的语言观，而且是由新诗生成与汉语变动深刻相关的历史状态所决定的。笔者提出从两个互动的向度思考新诗的语言基础：一方面，现代汉语究竟为新诗成长提供了怎样的言说空间；另一方面，反过来，新诗的充满戏剧性的命运和历程，对于现代汉语的发展意味着什么——既然现代汉语是诗人们置身其间、直至当下仍在延续着的过程？[2] 就新诗语言的诗学探讨而言，吴晓东多年前在一篇短论中提出的“现代汉语诗学”构想仍然是值得赞赏的：

对现代汉语诗学的探索，其实也就是对现代汉语如何从根本上制约了中国诗歌的艺术形式、审美机制以及诗人们在文本中透露出的心理文化体验的探索。由此也许可以直觉地臆测现代汉语诗学起码应该涵容物质（如语音、形态、构词、词序、

1 鲁迅：《野草·题辞》，见《鲁迅全集》第 2 卷，人民文学出版社 1981 年版，第 159 页。

2 可参阅拙作《现代汉语的诗性空间——论二十世纪中国新诗语言问题》，《中国社会科学》2002 年第 5 期。

语法结构诸种因素对诗歌形式的制约)、诗性程度(现代汉语作为一种集体的表达艺术所隐含的固有的审美因素)以及集体无意识等几个层面。[1]

应该说，这样的表述体现了语言论诗学所能达到的深度。其间所包含的语言与新诗之关联的悟察，特别是他在同一篇文字中指出的“现代汉语尽管有诸种缺憾，但迄今毕竟已被诗人们使用了近一个世纪，并且奠定了区别于古典汉语的‘特殊构造’，即一种独有的传达诗的经验与审美意识的方式”，以清醒的理性觉识拒斥了那些想当然或似是而非的关于古典汉语与旧诗成就、现代汉语与新诗命运的论断，并将自 20 世纪 80 年代中期以来新诗写作与言谈所表现出的泛语言兴趣，整合到一种严谨的学理探讨之中。

实际上，语言论诗学首先需要去了解的是，作为新诗语言的现代汉语本身具有什么样的特性？新诗与现代汉语如何从“相互纠缠”体现为相互塑造？通过考察其历史的过程，笔者认为有三组基本命题，成为探讨新诗语言的“元问题”：作为语言资源的白话与欧化的两难，作为语言质地的古典与现代的张力，作为语言风格的口语与书面语的相互融合。在此基础上，吴晓东所期待的语言物质形态对新诗形体建构的影响，也许能够得到较为明晰的梳理。具体来说就是：现代汉语虽是一种以口语化的白话为主、由众多元素杂糅而形成的语言，但渗透其中的作为思维根基和核心的白话观念，并非得自对古典白话的简单继承，而是作为其重要来源之一的“欧化”[2]。正是因受西方分析性

1 吴晓东：《期待二十一世纪的现代汉语诗学》，《诗探索》1996 年第 1 辑。笔者曾在多个场合征引他的这些观点，但惜乎鲜有研究对此作出真正的回应。

2 关于这一点，可参阅列文森（J. R. Levenson）的《儒教中国及其现代命运》（郑大华、任菁译），中国社会科学出版社 2000 年版，第 138 页以下。

语法和思维的熏染（即所谓“欧化”的“过滤”与改造），现代汉语历史性地成为一种逻辑严密、语义清晰，却不免浮泛的“外彰化”语言，失却了古典汉语的简约、蕴藉、含蓄等特性，这导致新诗相对于古典诗歌的结构性迁变：它“与生俱来”的粗糙、拖沓等“毛病”，在废除严谨、整饬的古典绝律体式之后，使得新诗注定成为一种“‘有法无法’的东西”[1]；由此，新诗语言和文本样态步入了寻求浓缩、凝练的“内敛化”[2]之路，体现在配音（韵）、组词、结句、建行等多个方面。

不过，虽然从语言出发进入新诗话语的探究确实体现了一种本体的自觉，但由此展开的语音、词汇、结构等相关分析，很容易将新诗话语研究沦为单一的技巧分析。诚如解志熙在评价本人关于新诗语言的讨论时指出的，“或许新诗的语言问题是一个不可能单在‘诗的语言’范围来论说的问题”[3]。另一方面，语言被郑重纳入新诗的学术研究，有着自20世纪80年代以来“语言学转向”的深层背景。人们或许仍对这些记忆犹新：80年代“语言学转向”所潜藏的文学自律观念，与弥漫在那个年代的理想主义氛围，直接促成了一系列声势浩大的现代主义“纯诗”运动（从“朦胧诗”到“第三代”，尤其是后者带有浓厚的语言狂欢性质）。然而，堪忧的是，这种对于语言的热忱以及相应的自

1

俞平伯：《社会上对于新诗的各种心理观》，见《俞平伯诗全编》（乐齐、孙玉蓉编），第604页，浙江文艺出版社1992年版。新诗受到现代汉语限制，这在草创时期尤为显明，以至俞平伯直陈“白话做诗的苦痛”，其缘由是白话“干枯浅露”。叶公超也无奈地说，“我们的语言既然是这样的，我们只好根据它的特殊性来想个办法”，引自叶公超《论新诗》，见《叶公超批评文集》（陈子善编），珠海出版社1998年版，第55页。

2

一方面，由于现代汉语的散文性、浮泛化，新诗不得不对各种日常语言进行剔除，并为选择合适的形式、营造符合现代汉语特性的内在律感而有所抑制；另一方面，所有外部的日常生活材料，显然只有经过诗人个我体验的“选择”和“沉淀”而转化为诗，其内部才获得一种巨大的凝聚力。——笔者将这一语言与经验的双向锤炼过程称为“内敛化”。

3

语见《中国现代文学研究丛刊》2003年第3期。

律观念，不管在新诗写作还是研究中都有逐渐被本质化（语言至上论）之虞。

今天看来，20 世纪 80 年代的思想氛围和诗学情景，对于诗人和研究者其实都是一种无声的限定，引导着新诗研究之必然（排他性地）趋向重视语言和形式的审美主义，结果是："无条件地强调写孤立自我和以语言阅读感受为关注中心的陌生化美学律令，在它完成了对中国现代主义和先锋派文学的辩护后，也致命地狭隘化了中国现代主义可能的发展天地。"[1] 毋庸置疑，80 年代在抵制（对政治性的排斥）与收束（回到诗歌本体）的双向运动下产生的诗学自律观念，以及围绕语言（形式）进行的写作实践和研究，具有深刻的美学意义，它们对一度处于抑制状态的母题（比如自我）和诗歌潮流（比如现代主义）的被释放，起到了不可替代的推动作用。然而，就新诗作为话语的深广内涵来说，相关的研究显然不应仅"到语言为止"。更为重要的是，90 年代以后中国社会、文化日趋纷繁复杂的现实，越发彰显了单纯的语言研究的内在限度。

诚然，语言是"存在的家园"（海德格尔语），同时也是灵魂的居所。语言自身的"伦理"应该得到足够重视。在整个 20 世纪 80 年代，直至 90 年代的某个时期，人们还抱着一种乐观的"总体历史观"，认为语言是自足的、透明的，因而也是自主的。事实上，福柯早已揭示了语言的不透明和充满差异与歧义："语言似乎总是密布着它物、异

1 贺照田：《时势抑或人事：简论当下文学困境的历史与观念成因》，《开放时代》2003 年第 3 期。

地、间距和遥远”，“在一种可见的表达形式下，可能存在着另一种表达，这种表达控制它、搅乱它、干扰它，强加给它一种只属于自己的发音”；所以“作为特殊的实践”的话语总是变动不居的，“矛盾永远处于话语之内……话语在变化，在变形、在自动地逃避它的连续性”[1]。而七十多年前巴赫金就曾指明：语言并不是“自给自足”的，而是一种“社会事件”，“它产生于非语言的生活情景中并与它保持着最紧密的联系”；而“对某一诗歌作品的语言学分析，并不拥有用以区分诗学上重要的东西和不重要的东西的任何标准”，“词汇、语法形式、句子以及语言学上一切具有规定性的东西，如脱离开具体的和历史的话语，就会变成仅仅可能存在的、尚未具有历史个性化意义的技术记号”，因此他建议：

如果能在艺术作品中找到这样一个成分：这成分既与词语的实物的现存性有关，又与词语的意义有关，它像媒介物一样，把意义的深度和共同性与所发的音的个别性结合起来。这个媒介物将会创造一种可能性，使得能够从作品的外围不断转向它的内在意义，从外部形式转向内在的思想意义。

巴赫金认为这样的“成分”是“社会评价”（социалъная оценка）：“语言是社会评价的体系”，“成为诗歌材料的是作为实际社会评价的体系的语言，而不是作为语言潜力总和的语言”，“词只有作为社会评价的表达者，才能成为话语的材料”。[2]

1 [法]米歇尔·福柯：《知识考古学》（谢强、马月译），生活·读书·新知三联书店 1998 年版，第 141、139、193—194 页。

2 《巴赫金全集》第二卷（李辉凡等译），河北教育出版社 1998 年版，第 83、220、269、275、277、273 页。

正是在此意义上，韦勒克和沃伦对贝特森（F. W. Bateson）的断语“真正的诗歌史是语言的变化史”的指责才有一定道理：“贝特森无疑是言过其实了。他认为诗歌被动地反映语言变化的观点是无法叫人接受的。我们切不可忘记，语言与文学的关系是一种辩证的关系，文学同样也给予语言的发展以深刻的影响。”[1] 而后一点恰恰是我格外愿意强调的。巴赫金以及韦勒克等人富于洞见的阐述启迪我们，对于新诗话语的研究必须超越单纯的语言探究的界限，至少，应该把视野扩展到语言与其他因素的互动关系中。

三、语境的深层考察

1 《文学理论》（刘象愚等译），第186—187页。

针对20世纪80年代以来包括“纯诗”运动、语言（形式）研究、现代主义等在内的以“自主性”为鹄的持续努力，有论者批评说：“作为一个致力于与既有‘意识形态’相剥离，并在当时保持了与既有秩序足够紧张，因而本身包含着知识分子批判立场和人文信念的‘自主性’目标，却在它与政治意识形态的剥离过程中，逐渐被固化为一个与现实疏远甚至隔膜，因而也必然丧失对现实的认知、判断的不由自主的‘美学’范畴”；他认为那种拘泥于“文学内部”的研究，“使得本已逐渐丧失其批判可能性的‘自主性’理念日趋僵化，背离初衷，走向反面，甚至成为现存秩序控制力量的一个环节，严重妨碍了文学在与其他知识‘场域’的互动中，对自身探索的深入和对现实应有责任的承担”。[1]这一批评揭示了新诗研究中某种自律观念正趋于本质化的境况。

值得注意的是，这里提到的“自主性”（autonomy），是近年人文社会科学领域讨论较多的一个问题[2]。“自主性”的确映现了最近二十多年（特别是80年代）中国文学（包括新诗）勉力追寻自身独立价值的轨迹：先是出于对政治化意识形态的激烈反拨，文学及其相应的研究都被热切地召唤回到本体；而后，在本体观念的鼓励下，文学越来越痴迷于语言或形式的探险，其“自主性”被夸大到无以复加的地步……随着社会的变化和研究的进展，这种文学“自主性”的追求日益显出其应予反思的美学不足和有效性的局限。依布迪厄（P. Bourdieu）的见解，任何“场域”或“场”（法语champ，英语field）的“自主性”，都是“相对”的和变化的，因为它总要受到“场域”的内部

1 赵寻：《八十年代诗歌“场域自主性”重建》，见《中国诗歌评论：激情与责任》（臧棣等编），人民文学出版社2002年版，第319、320页。

2 参阅邓正来《关于中国社会科学自主性的思考》，《学人》总第9辑，江苏文艺出版社1996年版。

因素和其他"场域"的干扰和制约。既然"场域是力量关系——不仅仅是意义关系——和旨在改变场域的斗争关系的地方，因此也是无休止的变革的地方"[1]。

当我们说新诗是各种因素交流、对话的场所，正是在布迪厄的"场域"的意义上确认其内涵的。在布迪厄看来，"场域"是这样一个空间："在这个空间里，场域的效果得以发挥，并且，由于这种效果的存在，对任何与这个空间有所关联的对象，都不能仅凭所研究对象的内在性质予以解释"[2]；因此，就文学场（域）而言，"由于文学场和权力场或社会场在整体上的同源性原则，大部分文学策略是由多种条件决定的，很多'选择'都是双重行为，既是美学的又是政治的，既是内部的又是外部的"[3]。也就是说，文学作品的形式并不只是形式而已，而是蕴涵了比自身的形态规约、体式传承等更丰富的"意味"[4]；同时，文本样态的形成要受到多种因素的影响，比如文化机制、接受心理、现实环境等——这些都可以归结为一点，即构成前述"话语"的一个非常重要的元素：语境（context）。

正如巴赫金指出："话语的涵义完全是由它的上下文语境决定的。其实，有多少个使用该话语的语境，它就有多少个意义。"[5] 由于语境的存

1 [法]皮埃尔·布迪厄、[美]华康德：《实践与反思》（李猛、李康译），中央编译出版社 1998 年版，第 142 页。在布迪厄那里，"场域"被定义为"各种位置之间的客观关系的一个网络（network），或一个构型（configuration）"，见同书，第 133—134 页。

2 《实践与反思》（李猛、李康译），第 138 页。

3 参阅[法]皮埃尔·布迪厄《艺术的法则——文学场的生成和结构》（刘晖译），中央编译出版社 2001 年版，第 248 页。

4 巴赫金："节奏和其他形式成分表达着对被描绘者的积极态度：形式在赞颂、悲悼或嘲弄它。"见《巴赫金全集》第二卷（李辉凡等译），第 95—96 页。

5 《巴赫金全集》第二卷（李辉凡等译），第 428 页。

在，“话语”不再是一个封闭的统一体，“它用于多少个语境，就可以分成多少个话语”。并且，语境的实际情形总是：“使用同一个话语的不同语境常常是相互对立的……各种语境不是相互平行而立的，好像互相视而不见，而是处在一种紧张而不断地相互作用和斗争的状态之中。”[1] 由此看来，新诗话语无论作为一种漫长的历史过程还是具体的单个文本，其意义的理解和生成都必须被置于多重的语境中——不仅是话语内部的上下文，而且是包括政治、经济、宗教、科学、文化、出版、教育、传播（接受）在内的外部环境以及文学体制（如社团、流派、论争、理论倡议）[2]，并体现这些场域（及其交错关系）对新诗话语（场域）施加的或隐或显、或深或浅、直接或间接的影响。进而言之，便是考察语境的参与如何强化了现代汉语对新诗的制约（即语言的局限性因语境的介入而最终得以显现），如何与后者共同造成了新诗的双重困境。

从上述话语（对话关系）的角度来看，一份新诗文本获得解释的语境之必要性自不待言。语境对解释的掺入，大抵能够纠偏当前文本解析中的本质化自律观念。重要的是，语境不仅将文本的意义延伸到文本以外（与巴赫金所说的“社会评价”相连接），而且激活了文本中语言自身成分的结构层次，使之变得更为丰富、灵敏。巴赫金认为，在话语的诸构成元素中，一个最活跃、最富于“表情”的要素是“音调”（或“语调”）：它“存在于生活和表述言词部分的边界上，它好像使话语的生活氛围的热情发生倾斜，它赋予一切语言学的固定范式以生动的

1

《巴赫金全集》第二卷（李辉凡等译），第429页。

2

值得关注的是，姜涛在其博士学位论文《“新诗集”与新诗的发生研究》（北京大学2002年）中，在对早期“新诗集”的出版、流布和阅读状态进行描述的基础上，讨论了新诗“发生空间”的建立，以及这一空间“自足性”追寻过程中的读者群召唤、诗坛分化、阅读程式的塑造等环节，提供了相关方面研究的范例。该论文已于2005年由北京大学出版社出版。

历史运动和一次性”；“音调确定着话语和非语言环境的紧密联系：生动的语调仿佛把话语引出了其语言界限之外”。[1]“音调”的这种微妙的功能无疑是语境所赋予的，这脆弱的薄片汇集了来自话语内外的各类声音，它们在争吵、赞同、叹息、沉默。音调的表现在诗歌文本（话语）里尤为明显，因为“诗人掌握词语并学会在其整个生涯中与自己的周围环境全方位的交往过程中赋予语词以语调”[2]。对于诗人而言，这不只是一种简单的技巧，而是他的内在生命体验和语言直觉的高度融合：

昌耀《冰河期》（1979）

那年头黄河的涛声被寒云紧锁，
巨人沉默了。白头的日子。我们千唤
不得一应。

在白头的日子我看见岸边的水手削制桨叶了，
如在温习他们黄金般的吆喝。

这些诗句显然如巴赫金所说，“还残留着语言上未指明、未言说的部分”。在句子的长短不一的排列和旋律的抑扬顿挫中，在虚词“了”和句号的调节下，更由于一种空阔的氛围的映衬，某些别致的诗意被传达出来。

由于语境的参与，任何文本都变得可以被“细读”[3]，透过音调或言词

1 《巴赫金全集》第二卷（李辉凡等译），第88—93页。

2 《巴赫金全集》第二卷（李辉凡等译），第104页。重点为原文所有。不过，迄今为止，诗歌的音调仍然较普遍地被限定在语音层面，并被理解为一种外在的音响。

3 有必要指出的是，“细读”是英美新批评派从事批评实践的重要方法，并且“语境”也是他们研究的核心论题之一，但他们对语境的界定和文本“细读”实践，都拘囿于语义学范围之内。详见《“新批评”文集》（赵毅衡编选），中国社会科学出版社1988年版。

的间隙从中分辨出语言细微的气息、刻痕和光影。当我们把关于新诗文本的语境分析扩展到整个新诗历史时，会发现情形要复杂许多。经典马克思主义认为，“人们自己创造自己的历史，但是他们并不是随心所欲地创造，并不是在他们自己选定的条件下创造，而是在直接碰到的、既定的、从过去承继下来的条件下创造”[1]。值得分析的正是那些未经选定的条件，即推动历史形成的各种因素。新诗话语无疑是一种历史建构，其历史动力既来自新诗场域的内部，又来自新诗场域同其他文艺和文化（或政治、经济等）场域之间繁复的摩擦与勾连。此间涉及的问题直接提出就是：除语言而外，究竟还有哪些力量、以何种方式促成并塑造着新诗的面目？这里有必要提到与场域密切相关的另一元素：“习性”（habitus，或译“惯习”）。在布迪厄看来，任何一种事物或行为的产生都源于一定的“习性”，“习性”是个体“知觉、评价和行动的分类图式”[2]，显示了制度化力量在个体身上被积淀、内在化（internalizing）的过程。布迪厄认为，“习性”和“场域”是历史、社会制度作用的两个方面，它们形成相互制约和建构的关系：“场域形塑着惯习，惯习成了某个场域（或者一系列彼此交织的场域，它们彼此交融或歧异的程度，正是惯习的内在分离甚至是土崩瓦解的根源）固有的必然属性体现在身体上的产物”；而“惯习有助于把场域建构成一个充满意义的世界，一个被赋予了感觉和价值，值得你去投入、去尽力的世界”。[3]

从新诗话语近百年传送的或强或弱的“音调”中，我们依稀能辨出各

2 [法] 皮埃尔·布迪厄、[美] 华康德：《实践与反思》（李猛、李康译），中央编译出版社 1998 年版，第 171 页。

1 [德] 马克思：《路易·波拿巴的雾月十八日》，《马克思恩格斯选集》第一卷，人民出版社 1995 年版，第 585 页。

3 《实践与反思》（李猛、李康译），第 171—172 页。

种场域及其锻造的习性渗透在新诗肌体的印痕。或许，我们可以把新诗所置身的历史语境（由各种场域和习性构成）统称为“现代性”语境。事实上，从诞生之日起，新诗（连同其他新文学品类）就被卷入了这一宏大的总体进程中——这一进程始终伴随着一种世界范围内的现代意义的存在忧虑，同时贯串着诸如民族国家的建构、民主与科学观念转化、自由平等的本土依据、个人与群体的冲突等命题引发的持续震荡。无可否认，近代以来中国的历史遭际和命运抉择，与这一具有强制性的理性化进程不无联系。对于新诗而言，这一进程一方面带来一种自我身份认同（identity）的焦灼感；另一方面，严峻的民族独立、时代进步等情势，以一种急迫的现实诉求催逼着新诗的文化选择（在“出”与“入”、“十字街头”与“塔”之间），沉重的主题浸染着各类“纯”形式的探寻。

尽管如此，但我们显然不能将新诗话语与历史语境（或者新诗场域与其他场域）之间的关系指认为一种机械的应答关系，恰恰相反，我们仍然有必要强调那些潜隐于现代诗人内部、哪怕只是“相对”的“自主性”力量：“对置身于一定场域中的行动者……产生影响的外在决定因素，从来也不直接作用在他们身上，而是只有先通过场域的特有形式和力量的特定中介环节，预先经历了一次重新形塑的过程，才能对他们产生影响。”[1] 这意味着，一个场域在遭遇其他场域的干预时，总是顽固地执守其内部的逻辑而不会轻易地被改变。这尤其体现在文学特别是诗歌场域。同时也表明，只有当诗歌场域内部的“自主性”越

1

《实践与反思》（李猛、李康译），第 144 页。

强，历史语境（外部场域）才越发需要借助对其内部因素的“重新形塑”而发挥作用。在此，巴赫金的论断是恰如其分的：“正是艺术自身的这种内在的社会结构，艺术创作才从各方面被生活的其他领域的社会影响所打开。其他意识形态的领域，特别是社会政治制度，最终还有经济，不是从外部，而是凭借诗歌的这些内部结构决定着诗歌。”[1]

因此，我们的研究最终还是必须立足于新诗话语本身，分析作为新诗语境的场域与场域之间的复杂运作，以及某些隐蔽的习性如何影响并继续影响着新诗自身的内在构成。当然，任何场域或习性都不是整一的，而是充满了无数差异的、偶然的历史细节，这种差异和偶然如何参与，甚至改变了新诗的“形塑”进程，也将成为研究的一部分。同时我们还应意识到，新诗所处的现代性语境同“现代性”这个概念一样，是分崩离析和充满悖论的。因而，以此为基点展开的论述不是要抽绎出一个终极的结论，而是考察一种具体的过程，即“现代性作为一种历史叙事如何进入历史——包括文学的历史，成为文学的主题，规划文学的形式”[2]。而新诗研究的着眼点在于新诗话语的特殊性：新诗怎样以一种独特的现代语言，对“现代性”经验作出独特的诠释。

1 《巴赫金全集》第二卷（李辉凡等译），第105页。重点为原文所有。

2 参阅汪晖《我们如何成为“现代的”？》，见《旧影与新知》，辽宁教育出版社1996年版，第123页。

四、

对“自明性”的抵制

从现有的新诗研究不难发现，在一种完成式同时是进化论的整体历史观的支配下，构筑一种宏阔的体系成为许多史著和论文的目标。在一些研究者那里，新诗历史是线性的思潮或文体的更迭史；新诗，总是按照一条既定的轨迹（哪怕是弯弯曲曲的）行进着，其中某一截也许会被定格和压缩，从中抽绎出一种诗学走向，一种理念或规则，如浪漫主义、现代主义或象征主义。这导致不少新诗论著保持着相似的论述框架：开端、裂变、反叛、拓展、低谷、高潮……历史仿佛一个从不间断（只偶尔稍稍分岔）的连续体。与此相呼应，一些命题被抽象化，成为不证自明的新诗属性的一部分，如抒情与叙事、自由与格律、古典与现代等等，这些命题在新诗中的复杂来源和延续路径却未被顾及。

的确，历史并没有遭遇福柯曾戏谑地指出的“被谋杀”，从这一意义来说，历史确实是连续不断的。譬如，在初期白话诗的“弊端”被觉察之后，诗人们就此作出的“象征”改造和“格律”探讨，难道不也是一种历史的承接？问题在于，这种连续性及其带来的整合效果很少受到质疑。值得询问的恰恰是，从一种形态到另一形态的转换过程中，究竟发生了什么？或者，追随福柯的如下提问：“为什么这个话语不可能成为另一个话语，它究竟在什么方面排斥其他话语，以及在其他话语之中同其他话语相比，它是怎样占据任何其他一种话语都无法占据的位置。这种分析所特有的问题，我们可以如此提出来：这个产生于所言之中东西的特殊存在是什么？它为什么不出现在别的地方？”[1]

1 [法]米歇尔·福柯：《知识考古学》（谢强、马月译），生活·读书·新知三联书店1998年版，第33页。

这样的询问将新诗研究引向一种真正的历史相关性的探讨，并驱散了那种假定的连续性的迷雾。笔者认为，这正是从“话语”角度研究新诗的可能意义：历史语境的开阔视域就仿佛一种观念装置——透过这一装置，某些固有思维方式的沉疴，种种关于新诗的成见与妄断、约定俗成的“印象”式评判以及那些不证自明的命题，将得到清理和重新辨析。比如，古典诗歌“天然”地优于新诗，原因在于新诗未能“继承”古典诗歌而导致诗意流失和成就下滑；对西方资源的误读和过分依赖，造成了新诗本土资源的匮乏，以至堕入“非中国性”甚至被“殖民化”的绝境；由于越来越远离读者，新诗正陷入“危机”，并且已经走向“穷途末路”，等等。这些在新诗进程中不绝如缕的论断，涉及所谓中西之争、传统与现代、阅读与接受等重要问题，它们流布甚广并一再被强化，但实际上是因根深蒂固的“印象”和误解而得出的最为严重的“自明性”结论。

应该说，将古典诗歌与新诗并提、用前者的成就衡量乃至贬低后者，并非始自今日。早在新诗草创期，胡先骕等人就以“白话诗打破旧诗一切规律，不能算诗”[1]为由，反对白话新诗在语言和体式上所作的变革，旧诗俨然成为汉语诗之为诗的准则。此后，不时会有诸如新诗造成了诗学“断裂”、新诗对古典诗歌“珍宝”的遗弃等说法。与那些泛泛的指斥相比，郑敏自上世纪90年代初以来的系列论文里，就新诗如何借鉴古典诗歌所发表的议论，还是颇有见地的：“当代新诗一个首要的、关系到自身存亡的任务就是重新寻找自己的诗歌传统，激活

1 胡先骕：《评尝试集》，《中国新文学大系·文学论争集》影印本，上海文艺出版社1981年版。

它的心跳，挖掘出它久被尘封的泉眼。”[1] 不过，当一种由衷的忧虑不是被转化为诗学建设而是极端的苛责，就削弱了它应有的理论光芒。相形之下，臧棣对这一问题的剖析更为理性，他诘问道：“为什么我们总能在对新诗进行总体评价的时候感觉到古典诗歌及其审美传统的阴影？或者说，用范式意义上的古典诗歌来衡估新诗，其学理依据何在？”在他看来：

中国新诗的问题，从根本上说，并非一个是继承还是反叛传统的问题，而是由于现代性的介入、世界历史的整体化发展趋向、多元文化的渗透、社会结构的大变动……在传统之外出现了一个越来越开阔的新的审美空间。所以，从现代性的角度看，新诗的诞生不是反叛古典诗歌的必然结果，而是在中西文化冲突中不断拓展的一个新的审美空间自身发展的必然结果。

因此，“旧诗对新诗的影响，以及新诗借镜于旧诗，其间所体现出的文学关联不是一种继承关系，而是一种重新解释的关系”[2]。

这也许是迄今为止，就这一众说纷纭的话题所作的最清晰和富于洞见的论辩。而与上述话题密切相关的，是多少属于臆造的西方诗学资源和中国古典诗学之间的不可调和。总有人一厢情愿地以为，新诗必须经过古典诗学的滋养才能够实现对西方诗学资源的成功“转化”，否则就会“食洋不化”。其实，在新诗与古典诗学、西方诗学之间，是一种远比简单的趋近或排斥要复杂得多的关系，特别是在看待新诗与其

1 郑敏：《新诗百年探索与后新诗潮》，《文学评论》1998 年第 4 期。

2 臧棣：《现代性与新诗的评价》，见《现代汉诗：反思与求索》，作家出版社 1998 年版，第 89 页以下。

所受的西方影响方面[1]。朱自清在1940年代就已经显示出相当清醒的觉识，他期待着以外来文化（"欧化"）促进新诗"现代性"的探寻。有必要指出，这里并不存在所谓"现代即意味着西方，西方即意味着现代"的"迷思"[2]。毋宁说，无论在新诗的开端还是发展过程中，西方诗学都被纳入新诗"现代性"构想而成为新诗自我建构的一种方式（而不是相反，让"欧化"淹没了新诗本身）。

当然，这并不是表明，所有对"欧化"的吸纳和转化都是成功的（新诗史上出现过太多遭人诟病的例子）。"欧化"只是新诗的历史语境（外部场域）的一部分，在转换为新诗自身的"现代性"经验过程中，尚有值得细细勘察的复杂情形，后面将以专章进行讨论。而令人感兴趣的反倒是，诸如古典诗歌优于新诗、新诗必须承继古典诗歌、借鉴西方诗学会导致"食洋不化"之类的命题，为何以貌似合理的姿态一再被提出？日本当代学者柄谷行人（Karatani Kōjin）发现，日本的现代文学一经确立后，其起源便被忘却了，结果其中的一些观念如主体、自我、内在精神、浪漫主义、写实主义等，也就成了普遍的不证自明的概念；这种"自明性"导致各种"文学史"和文学批评对以往的文学进行肆意分割与颠倒，遮蔽了文学起源于19世纪中叶这一史实。[3] 那么，如何消除"自明性"及其带来的后果呢？柄谷行人认为，只有将那些不证自明的概念"问题化"，通过还原各自的制度性语境，重新追溯它们的起源。照此看来，种种关于新诗"知识"和谈论所折射的不证自明的"真理"和观念（除上述命题外，还有诗歌与政治、诗歌要抒写现

1 梁实秋在作出"新诗，实际就是中文写的外国诗"的断语后，径直主张："我以为我们现在要明目张胆的模仿外国诗。"见《新诗的格调及其他》（重点为原文所有），《中国现代诗论》上编（杨匡汉、刘福春编），花城出版社1985年版，第141、143页。

2 江弱水：《伪奥登风与非中国性：重估穆旦》，《外国文学评论》2002年第3期。

3 [日]柄谷行人：《日本现代文学的起源》（赵京华译），生活·读书·新知三联书店2003年版。

实、诗歌必须为人民代言等命题和论断)，似乎有必要进行一番“问题化”的还原。当然，为了让“欧化”本身不至于蜕变为“自明”的，这一概念以及相关的命题也应该被置于具体的历史语境予以辨析。

柄谷行人的研究表明，有时文学批评和历史描述本身同样会成为一种场域或习性，影响文学的发展和被认识。因此，对于新诗而言，不仅新诗的进程受制于历史语境，而且与新诗有关的研究、谈论和接受也受到历史语境的规限。这意味着，在一定时期，研究者即使出于真诚的动机、付出最大的努力，也只能以某种方式进行思考和表述。比较典型的是 20 世纪 50 年代，历史语境的强大压力体现在关于新诗的评价和描述上。那个年代新诗研究的焦点之一是对五四以来新诗成就的估价，评说者通过对五四以来新诗状况的褒贬和“取舍”，来绘制一幅自己确信不疑的新诗版图，塑造一个合乎自身需要的诗学“传统”。例如，艾青在《五四以来中国的诗——应〈人民中国〉日文版作》(1954 年) 中，谈到新诗的开创时只字未提胡适 (由于时值批判胡适)，并将徐志摩、李金发的诗说成“支流”[1]；臧克家在《五四以来新诗发展的一个轮廓》(1955 年) 中则以诗人的阶级立场和政治态度为据，严厉地批判了胡适倡导的白话诗，进一步将新月社和象征派的诗人判定为“逆流”[2]；随后，邵荃麟在《门外谈诗》(1958 年) 一文中，更确立了“进步”与“反动”、“主流”与“逆流”的新诗对立观：“‘五四’以来每个时期，都有两种不同的诗风在斗争着。一种是属于人民大众的进步的诗风，是主流；一种是属于资产阶级的反动的诗风，

1

在近 30 年后，艾青在《中国新诗六十年》(1980 年) 的长文中，不仅肯定了胡适的“积极鼓吹”之功，而且郑重介绍了“两个新的流派——‘新月派’和‘象征派’”。此文对新诗发展脉络作出梳理的框架，为后来一般新诗史所袭用。文见《文艺研究》1980 年第 5 期。

2

这篇文章中受到表扬的“七月派”诗人鲁藜、绿原等，次年由于胡风集团被确定为“反革命”，在以这篇文章为“代序”的《中国新诗选》(1956 年) 中，他们的名字被一笔勾销。

是逆流。”[1] 在那个年代及其后很长一段时间，这些论述都被作为不容置疑的定论得到广泛传播。

这些，恰恰为后来的研究设置了迷障和难题。不过，后来研究所要做的并非简单地推翻这些结论，而是通过不断地还原，追溯它们的诗歌观念起源和制度起源。

五、重新回到起源

1 邵荃麟：《门外谈诗》，见《诗刊》1958 年第 4 期。

笔者反复强调的观点是，新诗（作为话语）是多种场域相互作用的产物。考察新诗复杂的历史语境或场域关系，其实就是要探究新诗生成的“起源”。当然，这里谈到探究“起源”，与其说要找出新诗发生的某个确定的源头或起点，毋宁说它是一种“作为通过追溯‘起源’的方式进行的批判，同时也就是对‘起源’进行批判”[1]。本雅明则认为，“起源（Ursprung）尽管完全是一个历史范畴，但却与发生学（Entstehung）没有什么关系。起源这个术语并不是有意用来描写现存事物之所以得以存在的过程的，而是用来描写从变化和消失的过程中出现的东西的”[2]。这表明，追溯“起源”的目的不是梳理出一条线性的发展路径，而是还原到“变化和消失”的现场，寻求其得以形成的依据和具体情境；对“起源”的追溯本身必须包含对“起源”的反思，而任何追寻“起源”的行为都“暗藏着陷阱”，即容易陷入对于“起源”的遗忘。正如柄谷行人指出的，那些以现代的概念在前现代文学里寻求“起源”的做法，便是对“起源”的忘却或遮蔽。为此他提出，应遵循尼采（F. Nietzsche）“谱系学”的方法追寻“起源”，并建议“做谱系学的溯源即对起源的追溯不能走得太远”[3]——柄谷举出的例子，是阿伦特（H. Arendt）在《极权主义的起源》一书中，仅从19世纪后期国家经济确立的背景出发考察欧洲反犹主义的扩大化，这全然有别于那些将反犹主义的起源上溯到中世纪乃至古代的做法。[4]

作为一种历史方法，由尼采倡导的“谱系学”与那种刨根问底、实证主

1 见柄谷行人《日本现代文学的起源·英文本作者序》，第11页。在此，我一方面肯定近年来论者从晚清诗界革命与新诗关系的角度探讨新诗“发生”的积极意义，另一方面也充分意识到它的限度。

2 ［德］瓦尔特·本雅明：《德国悲剧的起源》（陈永国译），文化艺术出版社2001年版，第17页。

3 《日本现代文学的起源·英文本作者序》，第11页。

4 就此而言，瓦特（I. P. Watt）的《小说的兴起》（高原、董红钧译，生活·读书·新知三联书店1992年版）、安德森（B. Anderson）的《想象的共同体——民族主义的起源与散布》（吴叡人译，上海人民出版社2003年版），也是在同样的意义上进行各自的“起源”研究的。最近出版的汪晖《现代中国思想的兴起》（两卷四册，生活·读书·新知三联书店2004年版）也体现了这种“起源”意识。

义式的溯源大相径庭，因为后者终究是以某种同一性为前提的，其目的在于寻索一种事物同另一种事物之间明确的因果关系，“起源”成为唯一、真正的推动力。然而，“历史的开端是卑微的”，福柯如此论述道[1]。他反对“寻找并重复某个脱离一切历史规定性的起源”，认为那是把“起源”神秘化的做法；与柄谷行人相似，他主张“不应该把话语推回到起源的遥远出场，而是应该在审定它的游戏中探讨它”[2]。按照福柯的理解，谱系学“不是要对更细致精确的科学进行实证主义的回归”，其“真实的任务是要关注局部的、非连续性的、被取消资格的、非法的知识，以此对抗整体统一的理论，这种理论以真正的知识的名义和独断的态度对之进行筛选、划分等级和发号施令”[3]。于是，谱系学把历史研究引向了另一种关于“起源”的探究：“要驻足于细枝末节，驻足于开端的偶然性；要专注于它们微不足道的邪恶；要倾心于观看它们在面具打碎后另一副面目的涌现。”[4]这就是说，谱系学所作的是消除那种亘古不变的连续性和同一性幻觉，关注那些被有着严密因果逻辑的历史秩序以种种理由忽略、拒斥、剔除的细节和偶然因素。对于福柯而言，追溯“起源”意味着“重建另一种话语”，“重新找到那些从内部赋予人们所听到的声音以活力的、无声的、悄悄的和无止息的话语；重建细小的和看不到的本文，这种本文贯穿着字里行间，有时还会把它们搅乱”[5]。只有这样，才能“通过重新发现时间的可能性据以被构建起来的方式，来为这个起源建立基础”[6]。

1 《尼采、谱系学、历史》（王简译），见杜小真编《福柯集》，上海远东出版社 1998 年版，第 149 页。

2 《知识考古学》（谢强、马月译），第 29、30 页。

3 《权力的眼睛——福柯访谈录》（严锋译），上海人民出版社 1997 年版，第 219 页。

4 《福柯集》，第 150 页。

5 《知识考古学》（谢强、马月译），第 33 页。

6 [法] 米歇尔 · 福柯：《词与物》（莫伟民译），上海三联书店 2001 年版，第 433 页。

福柯对尼采“谱系学”的诠释，体现了现代人文科学领域的某种转变，即他自己所说的“认识型”（l' épistémè）转变。自兹以后，研究不再为先验主体和僵化的实证主义所拘囿，也不再致力于构筑虚假的连续性。那么，这种谱系学对新诗研究的启迪将如何呈现呢？显然，会有各种各样关于新诗“发生学”的研究。而谱系学最重要的突破，莫过于柄谷行人已经在《日本现代文学的起源》中践行过的一种方法论——“颠倒”。也就是，新诗研究不再沿着已有结论或观念的某一端往前追溯，在对新诗各种现象进行一番切割和归纳之后，获得一种整饬的、前后贯通的历史叙述；而是相反，从新诗场域内部要素和场域与场域之间交错、变化的情景出发，提炼出一个个原生态的“问题”。这些问题不仅着眼于探讨新诗已经完成的一些诗学累积，而且力图辨析新诗在面对新的语言和语境时将要出现的生长性和可能性——既然新诗从其本性来说即意味着生长与可能。

在笔者看来，追溯新诗起源的最终目的就是探求新诗的“合法性”，换言之，是讨论新诗近百年寻求“身份认同”（identity）的历程。实际上，有目共睹的是，自近代以来由于中国社会、文化的巨大裂变（这无疑首先导致信仰与心理的强烈波动乃至失衡），包括新诗在内的新文学从一开始就遭遇了“认同”的危机。在一定程度上，新文学的其他品类（如小说、散文）已取得了“合法”地位，似乎只有新诗的生存权利不时地受到质疑，这种质疑贯穿着它的整个发展过程。对于新诗而言，“认同”问题的实质就是，如何在一种如泰勒（C. Taylor）所说的

“框架”[1]中确立自己的位置，即在一系列新旧交织的历史事物（如个人、民族、国家、科学、民主）和文化、艺术类别中，展示自身的独特性——譬如审美经验、结构形式等。这意味着，新诗的“认同”并不是自发形成的，而是必须在各种历史资源的关系框架中获得；探讨新诗的认同，就是要深究新诗怎样（不只是通过其特殊的语言方式）在与那些历史资源发生关联的同时最终与之区分开来。

迄今为止，新诗的“认同”危机始终未能消除，其原因不仅在于语言、形式的变动不居及其限制，而且重要的在于建构新诗的条件和制度的错杂迁变，后者更涉及复杂的文化观念与接受心理。不少论者已经意识到，新诗的概念本身是一种现代产物，它的周围集聚着众多以“新”命名的“词族”（它们构成一种无法抗拒的情境），从而也成为“‘五四’前后特定历史语境下形成的、彼此有着血亲关系的庞大词族的一分子”[2]。新诗之“新”的追求汇入风起云涌的“现代”文学潮流中，它通过寻找新的生存方式和想象世界的方式，表达了一种“压倒一切”的“清除、取代和更新”的“现代”愿望，致使汉语诗歌在20世纪所发生的急遽变化，应和了世界范围内的文学“现代”运动“对于根本变革的一种大声疾呼的要求：要求新的态度、新的探索领域、新的价值观念”[3]。这种趋“新”“情结”顺应了诗歌的变幻多端的天性，一方面显示了新诗自身的动力和充分可能性，另一方面也表明新诗的“认同”需要不断地重新确认。

1 参阅泰勒《自我的根源：现代认同的形成》（韩震等译），第一章，译林出版社2001年版。泰勒认为，认同的问题“经常由人们以下列方式自发地提出：我是谁？……知道我是谁，就是知道我站在何处，我的认同是由提供框架或视界的承诺和身份规定的”。见该书第37页。

2 唐晓渡：《五四新诗的现代性问题》，见《唐晓渡诗学论集》，中国社会科学出版社2001年版，第18页。

3 [英]詹姆斯·麦克法兰：《现代主义思想》，见马·布雷德伯里、詹·麦克法兰编《现代主义》（胡家峦等译），上海外语教育出版社1992年版，第59—60页。

然而，处于现代性境遇的新诗，其实际的发展过程却不能被置放到一种线性的"过去－未来"的"现代"框架中。正如人们已经敏锐地观察到的，新诗在总体上不是沿着一条直线向前行进的，而是呈现为一种回旋的或循环往复的发展态势；也就是，新诗的诗学累积并非顺畅而良性地展开，而是常常纠缠于某一流俗的"问题"（有时根本不成其为问题），在不同时期反复提出而了无进展，甚至在已有讨论和认识的基础上开倒车——不仅新诗创作如此，新诗的研究也是如此[1]。比较典型的是关于新诗的"懂与不懂"之争：可以看到，每当新诗出现理解障碍的时候，那已多次被指陈为"伪问题"的"懂与不懂"之争就会浮出水面，作为一根挥舞在呵责者手中的理直气壮的棍棒，"不懂"之论事实上造成将问题导向深入的真正迷障[2]——这几乎成了所有新诗探索者的宿命。不过，回旋也许是所有事物发展的定律。其实就现代（性）本身的情形来看，世界范围内的现代性进程是一个既趋同又分化的充满悖论的进程，"趋同"是就历史的总体进程而言的，"分化"则是各种形态和领域的现实特征；值得注意的是，"以'分化'为特征的社会过程并没有保障生活世界的多样性和差异性，通过日益全球化的经济、商业、政治和文化过程，人们的生活方式以至想象世界也日益被组织到一种类似机械运动的、同质性极高的社会生活形态之中"——这样，"寻求共识与寻求差异构成了认同问题的两个面向"[3]。新诗的"认同"也体现了这一悖论。

1 对某一问题的反复提出这一现象本身，隐含了值得思索的意味；显然，有时问题的提出并不谋求具体而固定、一劳永逸的解答或结论，而是为了更清晰有力地展示、辨析、认识该问题的实质。

2 比如，在 1937 年《独立评论》发起的"关于看不懂"论争中，沈从文就反问那些提出"不懂"之论者："一，为什么一篇文章有些人看得懂，有些人却看不懂？二，为什么有些人写出文章来使人看不懂？三，为什么却有这种专写些使人看不懂文章的人？四，这种作家与作品的存在，对新文学运动有何意义？是好还是坏？"（《关于看不懂（二）（通信）》，1937 年 7 月 4 日《独立评论》241 号）更为详细的分析将在探讨新诗阅读问题的专章中展开。

3 参阅《汪晖自选集·自序》，广西师范大学出版社 1997 年版，第 5—6 页。

在现代性的框架下，新诗“认同”呼声最为强烈的莫过于“中西融合”之说。从李金发的谨慎论断“东西作家随处有同一之思想、气息、眼光和取材，稍为留意，便不敢否认，余于他们的根本处，都不敢有所轻重，惟每欲把两家所有，试为沟通，或即调和之意”[1]，到闻一多的坦率放言：“我总以为新诗径直是‘新’的，不但新于中国固有的诗，而且新于西方固有的诗；换言之，它不要做纯粹的外洋诗，但又尽量的吸收外洋诗的长处；他要做中西艺术结婚后产生的宁馨儿”[2]；从一代一代诗人的小心实践，到一批批文学史家的苦心孤诣的论证，“中西融合”似乎成为救治新诗顽疾、引导新诗走出“危机”的良方和明路，“中”与“西”仿佛成了可以细细调配的药引子。有必要思虑的是，从什么地方提出“中西融合”的？在何种意义上“中西融合”成为可能？显然，不是要给出一个新的“中西融合”或别的什么配方，而是要详加考量这样的命题如何建构了新诗的“认同”。

六、新诗的“问题”链

1 李金发：《〈食客与凶年〉自跋》，见《李金发诗集》（周良沛编），四川文艺出版社 1987 年版，第 435 页。

2 闻一多：《〈女神〉之地方色彩》，见《闻一多诗全编》（蓝棣之编），浙江文艺出版社 1995 年版，第 405 页。

或许可以从这样一个问题开始：相对于古典诗歌而言，如果说新诗之“新”的确体现了一种无可逆转的“替代”，那么，这种“新”的实质究竟是怎样的？在何种意义上说新诗和古典诗歌是两个完全不同的表达系统？笔者以为，由于语言特性的改变（由直觉型向分析型），同时由于诗人观察世界的方式及其与外物关系的变易（“物我”不再具有交融性和移情特征），新诗放弃了古典诗歌“以物观物”“目击道存”的构思方式，转而以“全景式”方法展开了对于世界和自我情绪的描绘。这种我称之为“视角转换”的变化，对于新诗来说可能是根本性的，它造成了叶维廉指出的新诗与西方现代诗产生过程中的“互逆”景观。

其间，需要有一种力量提醒诗人“发现”世界与自我的间距，让静态的凝视转变为动态的眺望。移动的火车似乎较好地充当了这一职能，正是火车的移动促使诗人改变了观察外物的方式和视点。这种改变带来的后果是，诗人“阔大”了自身的空间感，能够从更为宽广的视域考虑诗歌与自我、现实的关系。新诗由此获得了一种特殊的“观视”能力，而这一能力又因语境的变化而在各个年代有所不同。不过，新诗的“视角转换”一俟完成，其根源便遭到了忘却，这种忘却随着移动的愈加迅疾而越发显得严重。在此情境下，一些诗人试图通过重返内心，以一种“慢”的诗学抵制时代的“速度”美学。（第一章）

新诗与古典诗歌之间的差异是全方位的，特别是在语言方式、认识构型方面有很大不同。众所周知，造成这种差异的一个重要因素在于近代以降逐渐频繁的翻译活动——正是翻译“帮助我们创造出新的中国的现代言语”[1]，它不仅改变了汉语的“语法”（表达方式）、为汉语增益了大量新鲜的词汇，而且重新塑造了国人的思考方式和能力。如前所述，这一历史实践所致的“欧化”进程似乎是无可避免的——当然，它也在一些人心中激起了文化身份的危机感和自我认同的失落感。至于备受指责的“翻译腔”则需要详加辨析：“翻译腔”大概源自翻译中保留了原文“印迹”的“直译”法，虽然其译文不免显得淤滞，但或许可以规避“意译”的“顺畅”译文所隐含的曲解原文的风险；更重要的是，“翻译腔”扩展了“汉语的容器”（王家新语），即汉语接纳和转化外来语言中“异质”因素的能力。从新诗的自我建构来看，汉语“欧化”和不同语种的诗歌翻译同样构成了不可或缺的资源，新诗需要不断借助“把汉语逼出火花的陌生力量”[2]获取自身的表现力。（第二章）

而在中西文化沟通过程和各种翻译活动中，一些外来的宗教（主要是基督教）文化开始进入新诗写作者的视野并产生影响。在新诗的初创阶段，这种影响较多地体现为诗人对宗教思想意绪的转化和对宗教语汇、意象的选取，后者同时对新诗的文本形态（句式、语调等）起到了很大的导引作用。不能不说，宗教文化为新诗草创阶段的主题路向、语言材料提供了一定的可能向度。一些诗人对宗教的兴趣侧重于个体精神气质、心性修为的提升方面，他们是把后者当作其内在精神资源的一种补充，由此在诗思方式、表达习惯上受到了熏染，当然他们还

1 瞿秋白：《论翻译——给鲁迅的信》，见《瞿秋白论文学》，人民文学出版社 1959 年版，第 116 页。

2 黄灿然：《译诗中的现代敏感》，《读书》1998 年第 5 期。

需考虑作为外来文化的宗教与现实语境、本土文化的关系。（第三章）

由于特定的历史情势，中国新诗与政治文化之间有着某种“不解之缘”和难以“割舍”的纠缠关系。在不同时期，这种关系显现为并不相同的面貌、特征和取向。纵观新诗的历史进程，新诗与政治的相互缠绕可以说贯穿于诸多层面，因而显得繁复庞杂，若对之进行全面梳理，恐需要一部专书的篇幅。能否从二者发生关联的“缝隙”处，探讨政治之作用于新诗创作、发展的幽微路径和“另类”风景，以及新诗对于政治影响展现出的“异质性”样态呢？其中的议题呈现出如下阶段性特征：

新诗其实在诞生之初就具有明显的政治意识（胡适、康白情等）；1920 年代革命诗歌的内部蕴含着某种幽婉情调；1930 年代《现代》杂志的开放性、1940 年代“九叶派”诗人以追求“现代化”抵制“政治感伤性”，以及“现代派”诗人何其芳、卞之琳转向后“政治与美学”的微妙关系，体现了那一时期现代主义诗歌于形式与现实的张力中包裹的政治意蕴；20 世纪五六十年代政治抒情诗的“大一统”中仍然具有某种“异质性”；1980 年代包括朦胧诗和第三代诗歌在内的“叛逆”诗学，依然潜藏着强烈的政治特征；1990 年代诗歌中底层写作表现出其值得探究的政治性主题及限度。

显然，如此方式的探讨注重政治内在于新诗的意识与表征，旨在彰显

新诗的“公共性”及其介入“公众世界”（朱自清译麦克里希语）的能力。（第四章）

作为一种特殊的写作形态，“文革”期间的“地下诗歌”近年来渐渐受到重视，被视为中国当代文学“潜在写作”的一部分。无可否认，那些地下诗歌作者表现了犀利的生命体验和独特的诗歌意识，应该引起足够的重视；他们的真率、略显粗粝甚至野性的品质，与后继者自觉的理性精神和强烈的社会批判意识，形成了可予对照的诗学现象，理应成为当代诗歌研究的一个议题。但是，当人们以对“潜在写作”的呈现替换原先的“主流”诗歌而成为另一种“主流”，并试图借此构造一种连续性“神话”（仿佛历史从未间断）时，其立论的基点则应该受到质询，且不说已有论者提出的作品版本、年代等疑问[1]。

另一方面，很大程度上带有自发特点的地下诗歌，其内在的复杂性与局限在一些研究者那里被极大地简化或抹杀了。人们似乎只愿意提到其“先锋”的一面，因此宁可将其来源的驳杂性省略掉。可以进一步追问的是：地下诗歌的写作空间是否果真如后来人们的述说，是自足的、纯净的（不受污染和渗透）？无数的历史事实显示，一个年代的风尚往往是无形中“内化”为个体的“习性”（habitus）的，并通过各种形式“自动”地体现出来。举例来说，在食指诗歌的“个性化”背后，不难发现其时空意识、意象和句式等所受的当时政治抒情诗的熏染。（第五章）

1

李润霞：《“潜在写作”研究中的史料问题》，《中国现代文学研究丛刊》2001 年第 3 期。

当然，这并不是说，在强大的历史语境面前，个体完全处于被动接受的状态而无自主的可能，尽管程光炜曾不无悲观地认为："历史为历史中的个体构建了一个综合环境，在这一特殊环境当中，历史已经设定了个体生命存在选择方式上的几种可能性。因此，个体的活动，包括思想趋向、写作心态、作品的美学效应等，无论呈现怎样的形态、体现多么大的创造性，实际上都已在某种程度和范围内蕴含了历史的必然性。"[1] 在此，笔者指出地下诗歌的内在局限，不过是意在提醒人们下断语时应保持必要的警觉，以免滑入"独断论"的陷阱。

同样不容轻率对待的是新诗中的身体叙写。在现代性社会，身体已逐渐成为各个领域的前沿论题：主体、性别、政治、欲望、消费、观看（窥视）等等，不一而足。作为一种显得隐蔽的写作资源，身体在新诗中的体现无疑大大地被曲解或庸俗化了。对于大量冠以"身体"之名的写作，身体只是被狭隘地理解为一种题材或风格，仿佛某种姿态性标签安插在那些激进脸孔的表皮，随言辞的泡沫浮荡在这个喧嚣时代的上空。实际上，身体是一个非常丰富的论题。身体，不仅仅是本雅明所说的在戏剧中形成"寓意"的手段[2]，即一种符号化的程式，而且包含了深刻的诗学－文化社会学内涵，譬如关于诗人的感性经验、此在、主体身份以及与诗歌阅读相关的文化制度。在现代社会，身体显然不是自在的，根据约翰·奥尼尔（J. O' neill）的划分，身体有五种类型：世界身体、社会身体、政治身体、消费身体和医学身体[3]；身体是一种历史形成的结果，在不同的历史语境中会呈现为不同的姿势。对于新

1 程光炜：《走不出的"克里斯玛"之谜》，见《中国诗选》总1期，成都科技大学出版社1994年版，第476页。

2 参阅本雅明《德国悲剧的起源》（陈永国译），第179页。

3 [美]约翰·奥尼尔：《身体形态》（张旭春译），春风文艺出版社1999年版。

诗而言，身体是一台镜子的底座，由此可以引出关于诗歌与自我认同、压抑与想象、性别与反抗等有趣而富于积极意义的话题。（第六章）

可以毫不夸张地说，“身体”堪称贯穿中国新诗的一个关键概念。而在新诗历史上，像这样的概念还有不少，比如“手艺”。这类概念犹如一些镜像式的标识，其表象之下涌动着新诗进程中纵横交错的暗流。透过渐渐频繁出现于中国当代诗人写作和谈论中的“手艺”，可以窥见的是当代诗歌的“与语言搏斗”（维特根斯坦语）的景观。“手艺”的出现源自诗人多多的诗作《手艺》对俄国女诗人茨维塔耶娃同题诗的模仿，它既是词语、句式的借鉴，又预示着中国当代诗歌形式意识的觉醒。以谱系学方式进行梳理之后发现，“手艺”这一概念主要沿着两个向度构建意义和汲取资源：一是回归诗歌作为“手艺”的工匠性质和其所包含的艰辛劳作，一是突出诗歌之“技艺”的诗性“拯救”维度。当代诗人对“手艺”的认知，在理论和实践上涉及自然美与艺术美、技术与艺术、技艺与生命、诗歌的形与质、语言本体与社会功能、写作与现实等之间关系的诸多命题。通过考察和辨析上述命题，可以呈现当代诗人“手艺”言述背后诗歌观念的交错与变迁。（第七章）

与那种由感性身体激发的自我书写吁求相反，在新诗中始终不乏一种响亮、宏大的呼声，要求诗歌关注现实、抒写时代，对诗歌的社会职能寄予厚望，这同样是身体的一种表现形态——理性化的身体。这种要求带给新诗另一个言说系统（阶级、民族、大众）和功能（宣告、传达、控诉)，从而构成新诗历史上最为纠缠不休的话题之一。早在20世纪30年代，鲁迅富于辩证地提出："口号是口号，诗是诗，如果用进去还是好诗，用亦可，倘是坏诗，即和用不用都无关"[1]；他甚至尖刻地说，"'打、打'，'杀、杀'，听去诚然是英勇的，但不过是一面鼓，即使是鼙鼓，倘若前面无敌军，后面无我军，终于不过是一面鼓而已"[2]。这显然是一种超越性的、具有宏阔眼光的论断。

同一时期，戴望舒以诗人的立场作出如是表述："平心静气地说来，诗中可能有阶级、反帝、国防或民族的意识情绪的存在的，但我们不能说只有包含这种意识情绪的诗才是诗，是被需要的，我们不能说诗一定要包含这种意识情绪……一首有国防意识情绪的诗可能是一首好诗，唯一的条件是它本身是诗。"[3] 这里有几个醒目的语词值得留意："诗"、"好诗"与"坏诗"、"诗是诗"，涉及诗的本体、诗的评价标准和诗的界限与功能。这意味着，当一种要求(期望)上升为强制的律令和习见的特性时，总会受到"纠正"和反拨——即"把诗歌纠正为诗歌"。这或可称为新诗(现代诗学)自身的防御机制。可以发现，进入现代以后，"什么是诗"这一命题被写作本身隐匿起来了。现代诗歌的重要特征之一便是，它具有一种幽闭的结构和层次，一些看似显易的含义处于自我遮掩状态，朝向多种可能开放。与被要求关注现实、抒写时代相似，现代诗歌总是遭遇阅读上的简化，也许只有一种"微观"诗学能破除简化的坚冰。(第八章)

1 鲁迅:《致蔡斐君》，见《鲁迅全集》第13卷，人民文学出版社1981年版，第220页。

2 鲁迅:《革命文学》，见《鲁迅全集》第3卷，人民文学出版社1981年版，第544页。

3 戴望舒:《谈国防诗歌》，载1937年《新中华》第5卷第7期。

事实上，造成阅读简化的另一重要原因，在于阅读者对新诗的了解和理解，很大程度上是建基于一些教科书式的文学史、泛泛而谈的批评、人云亦云的议论的。所有这些关于新诗的谈论，不仅给予接受者某种似是而非的印象或影像，而且强加在他们头脑里某种“先见”，那些“自明”的关于新诗的判断甚至指责便由此而产生。不难看到，所有的谈论不仅加入新诗的外部机制中，对新诗的生长和后来的新诗评价起到了规范、引导的作用，而且潜在地修改或重塑了新诗的内质，从而成为新诗内部政治的一部分。

倘若确如美国学者海登·怀特（Hayden White）所说，所谓“历史”，“不仅是我们可以研究和进行研究的一个客体，而且，甚至从根本上是由一种独特的书写话语与过去相协调的一种关系”[1]，那么可以将历史视为一种特殊语言形式的书写或叙述。这样，重要的不仅是历史叙述了什么、采取怎样的视角，而且在于运用什么样的语言进行叙述。因此，需要检视的是：各种历史叙述如何想象、构造了新诗的图景——或者质言之——如何为新诗“塑形”的。显然，新诗历史形象的展现（它的“盛”或“衰”、“丰富”或“贫瘠”、“成型”或“不成型”等），较多地依赖叙述者观念的取向、眼界的高低、个人的心性乃至叙述语气的微妙变化。往往，历史的“删除”行为是借助叙述来完成的，通过叙述的有意回避或凸显，一批诗人既从现实里消失，又在历史线索中被抹去，另一批诗人则被推到了前台。不过历史似乎总是变着戏法：多年之后，一些隐匿乃至消逝的诗人身影也许会重新浮现，面临

1 [美]海登·怀特：《后现代历史叙事学》（陈永国等译），中国社会科学出版社2003年版，第292页。

着再一次地被选择和裁定。(第九章)

那么,“当代诗歌阅读何以成为问题?”[1]专业研究者和普通读者都在充满困惑地追问。诗歌阅读的困难,无疑首先源自诗歌的文本构成(往往是新文本形态对惯常形态的“偏移”),同时关乎读者的阅读态度和阅读方式,并极大地受制于一定的诗歌文化、接受机制乃至氛围。显然,不同的诗歌文本需要采用不同阅读策略和手段,新的诗潮总会激发一些新的阅读方法的产生,比如“诗歌阅读上的‘导读’‘细读’‘解读’概念的出现,一定程度上和现代主义诗歌的兴起相关。相对来说,有现代派倾向的诗比较晦涩、难懂,诗和读者之间存在紧张的关系,因此,诗的阅读问题就难以回避”[2]。众所周知,现代诗歌与读者之间颇具戏谑性的“矛盾”而相互依存的关系,早在波德莱尔《恶之花》序诗《致读者》中就得到了淋漓尽致的表述:“读者,你认识它,这难对付的妖怪,/——伪善的读者,——我的同类,——/我的兄弟!”[3]其实在诗歌写作和阅读之间始终存在着某种互为因果的关联:写作的创新动力不断挑战阅读的“积习”,反过来,“苛刻”的阅读也会促动写作惯性的消除。一种新的诗歌写作,往往要在相当长时间里越过阅读的樊篱,为自身寻求“合法性”的依据。[4]

虽然源自英美新批评的“细读”曾经受到苛责——其限度显而易

1 见钱文亮等《当代诗歌阅读何以成为问题》,2002年12月18日《中华读书报》。

2 洪子诚:《新诗的阅读》,《名作欣赏(上旬刊鉴赏版)》2017年第1期。

3 [法]波德莱尔:《恶之花 巴黎的忧郁》(钱春绮译),人民文学出版社1991年版,第7页。

4 从历史上看,新诗的诞生对于旧诗(及其读者)而言,不仅意味着语言、形式的根本变革,而且是对其固有阅读习惯的巨大颠覆。所以,新诗(现代诗)“面临的最大的挑战不仅仅是内在的美学问题,还有如何建立新的读者群的问题,使其能够接受以白话文为媒介、迥异于古典诗的新语言艺术”(见奚密、崔卫平《为现代诗一辩》,《读书》1999年第5期)。姜涛借用乔纳森·卡勒(J.Culler)的“阅读程式”概念,分析了早期新诗阅读中出现的以旧诗“阅读程式”反对或接受新诗的“错位”(《早期新诗的“阅读问题”》,《中国现代文学研究丛刊》2002年第3期)。

见——但平心而论，在很多场合下它仍不失为进行诗歌批评的一种方法，人们希图借助它找到一条通往文本迷宫的路径，并将之改造或“折中”后运用于批评实践[1]。的确，“细读”很容易被误用为仅仅针对文本的一种“解码”行为，因此当代法国学者玛丽埃尔·马瑟（Marielle Macé）建议：“不将阅读看作解码的任务，而将其看作经验主体投入身心的行为，进而将其视为主体体验存在方式、姿态和韵律的机会。”[2] 不过，诗歌阅读尽管看起来是极为个体化的，但究其实质却又并非全然孤立：一方面，阅读者在进入阅读之际和阅读过程中，难免受到已有阅读习性或观念的影响，而不自觉（“下意识”）地遵循某种准则或“套路”；另一方面，某种阅读方式可能成为引导性力量，使得诸多单个的阅读汇聚成一定的风尚，将读者变成“复数”[3]，最终构成环绕诗歌写作及发展的语境。（第十章）

不少人已经认识到，对于新诗的阅读、接受与传播所遇到的障碍，多年形成的教育机制和各个环节是难辞其咎的：

一个读者的阅读期待、审美诉求并非是与生俱来和一成不变的，而是被塑造的结果。在这个过程中，他所受到的教育起着相当大的作用。很大程度上，我们的中学和大学语文教育中所选择的分量非常有限的现代诗篇目构成了受过中等以上教育的读者接受当代诗歌的一个平台。教材编撰必然存在的滞后性和当代诗歌在观念、技巧上迅速的演变之间会形成一个自然的落差，这毋庸多言，但教材编撰的机制，具体到现代诗部分的编选程序、标准，是否能大致反映文学研究在诗

1 参阅李翠瑛《细读之可能——论新诗中细读批评之途径、方法与呈现》，《诗探索·理论卷》2013 年第 1 辑。

2 [法]玛丽埃尔·马瑟：《阅读：存在的风格》（张琰译），华东师范大学出版社 2018 年版，第 30 页。

3 这有点类似于美国文论家费什（Stanley Fish）所说的“解释团体”（interpretive communities），见[美]斯坦利·费什《读者反应批评：理论与实践》（文楚安译），中国社会科学出版社 1998 年版。

歌方面近些年已经达到的水平，仍然是可以质询的。现代汉语诗歌历史固然短暂，但就其已经积累起来的艺术经验和已经出现的优秀作品而言，其魅力对多数受过高等教育的读者来说应已不难辨识，但当许多大学生说他们看不懂时，那已经不完全是作品“晦涩”与否这样的文学内部视角可以说清楚的了，或许在一种因循的审美趣味和教育理念支配之下的语文教育已经使他们对现代汉语诗形成了一种刻板的印象，甚至使他们中的一部分难以再对现代汉语诗产生兴趣和了解的愿望。[1]

可以说，新诗在20世纪教育系统（中小学和大学）中的位置和境况，正是新诗在中国社会、文化中的境遇的一个缩影。近几年来，随着教育改革的倡议一浪高过一浪，有关新诗教育的问题也受到了前所未有的瞩目：从对中小学教材中新诗篇目的质疑和重新拟定，到各类诗歌读本、选本的纷纷推出，从对考试制度的全方位审视，到对具体教学过程的深入分析和细致规划（包括教案、考题及朗诵、鉴赏、仿写等教学设计），不管出于何种考虑以及能否达成共识，一幅新的新诗教育景图似乎被描画出来了。

笔者认为，新诗教育的问题关涉两方面的论题：其一，不同层级的教育教学实践是如何参与新诗“形象”的“塑造”的？其二，在越来越“快餐化”的文化环境里，新诗教育对于新诗写作的可能意义是什么？当人们从传统的诗教观念出发，呼吁通过新诗教育来增强学生的语言敏感和审美能力、素养时，笔者由新诗教育的现状与困境，感受

1 此为冷霜的观点，见钱文亮、冷霜、陈均、姜涛《当代诗歌阅读何以成为问题》，2002年12月18日《中华读书报》。

到了萦绕在公众脑海中关于诗歌（诗人）的种种认知偏误和成见。（第十一章）

以上简略的勾勒，与其说是想从历史语境出发、构筑一种更完整的新诗形象，不如说是为了将新诗的历史过程"问题"化。也就是说，本书并不谋求建立全面而宏阔的体系，而是从新诗的历史与现象中拈出一些问题（当然并不可能穷尽所有的问题），并往往由一个极小的剖面进入而展开自己的思索。但愿这些思索，能够稍稍抵达福柯所描述的那种境地："给一部作品、一本书、一个句子、一种思想带来生命；它把火点燃，观察青草的生长，聆听风的声音，在微风中接住海面的泡沫，再把它揉碎。它增加存在的符号，而不是去评判；它召唤这些存在的符号，把它们从沉睡中唤醒。"[1]

1 [法]米歇尔·福柯：《权力的眼睛——福柯访谈录》（严锋译），上海人民出版社1997年版，第104页。

第一章

“沪杭道上”——中国新诗的视角转换

17 世纪时，

——T.S. 艾略特《玄学派诗人》

感受力的分裂开始了

……

见
《艾略特诗学文集》，
王恩衷编译、樊心民校，
国际文化出版公司 1989 年版，
第 31 页。

一　诗人的观看：视点和感受力

1921 年 4 月间的某一天，流连于沪杭等地的郭沫若，在从杭州返回上海的列车上写成一组“西湖纪游”诗，其中一首《沪杭车中》的第二节写道：

郭沫若《沪杭车中》

巨 朗 的 长 庚
照 在 我 故 乡 的 天 野
啊 ！ 我 所 渴 仰 着 的 西 方 哟 ！
紫 色 的 煤 烟
散 成 了 一 朵 朵 的 浮 云
向 空 中 消 去 。
哦 ！ 这 清 冷 的 晚 风 ！
火 狱 中 的 上 海 哟 ！
我 又 弃 你 而 去 了 。

此际的郭沫若，显然已经消散了写《凤凰涅槃》《天狗》《匪徒颂》等诗篇时的豪情和憧憬。刚刚归国的他，想必是看到了现实中国特别是上海大都会的满目疮痍，心中不禁泛起阵阵的“Disillusion 的悲哀”。在《沪杭车中》最后一节及此前数天所写的《上海印象》《海舟中望日出》等诗中，郭沫若便无限感慨“唉！我怪可怜的同胞们哟！/你们有的只拼命赌钱，/有的只拼命吸烟”和“游闲的尸，/淫嚣的肉，/长的男袍，/短的女袖，/满目都是骷髅，/满街都是灵柩”的景象，并诅咒“恶魔一样”“黑汹汹的煤烟”。特别最后一句的意象，与郭沫若曾经表达的“一枝枝的烟筒都开着了朵黑色的牡丹呀！/哦哦，二十世纪的名花！/近代文明的严母呀！”（《笔立山头展望》）之类的礼赞已迥乎不同。

郭沫若在诗里折射出的悲哀，应和着五四退潮前夕知识分子满腹的忧虑和苦闷。《沪杭车中》一诗显示的对消散在西方空中紫色煤烟的“告别”，便夹杂着某种游离于民族/西方、现实/理想之间的复杂思绪。值得注意的是，这首诗稍显哀婉的语调和隐含的愁苦，表明郭沫若本人的诗风开始由热烈转为沉静，同一时期的《霁月》《晨兴》《日暮的婚筵》等诗篇，显然已不同于《天狗》《地球，我的母亲》狂放不羁的书写——《天狗》中那种抒情之“我”与作者界限的消弭，已被代之以物我之间有距离的观视，尽管这种观视仍然留有移情的痕迹。当然，这首《沪杭车中》也不同于徐志摩在数年后所写的一首同题诗，与前者的写实相比，后者的主题和格调显然要朦胧许多：

徐志摩《沪杭车中》

　匆匆匆！催催催！
一卷烟，一片山，几点云影，
一道水，一条桥，一支橹生，
一林松，一丛竹，红叶纷纷；

　艳色的田野，艳色的秋景，
梦境似的分明，模糊，消隐，——
　催催催！是车轮还是光阴？
催老了秋容，催老了人生！

不过，作为中国现代浪漫主义诗人中的两个代表，郭沫若和徐志摩虽然在两首同题诗中表现出殊异的风格，但他们有一点是相似的：诗里所描写的景物都来自诗人旅途中的观察，而他们得以观察的立足点都是某个移动的物体——奔驰的火车。正是坐火车出行，才让诗人有机会领略外界的现实和大自然，并以诗人的眼光打量所见的景物和世象。就在郭沫若逗留于沪杭等地的同一时期，康白情也正乘火车穿越冰天雪地的北国，他一路上完成了《雪夜过泰安》《江南》《朝气》《和平的春里》《妇人》《从连山关到祁家堡》等诗篇，如实录写了沿途所见的风景（他喜欢在诗的末尾注明“津浦铁路车上”或“南满铁路车上”）；而远在法国的李金发在此前后也写有《里昂车中》等诗，以精细的笔触刻绘了途中的瞬息景观。不妨说，这些不约而同的诗篇体现了中国新诗的某种现代品态：通过诗歌的形式陈述自己对世界的观察。这种“观察诗”由于处处隐现着某一外在于事物的旁观者，因而其对外物的书写，已明显有别于古典诗歌“以物观物”、“物我同一”的表达方式，同时也超越了新诗草创期那种简单、粗糙的“咏物诗”（如胡适的《鸽子》《一颗星儿》）——从根本上说，那种“咏物诗”也还没有逸出古典诗词的意境和托物言志或借景抒情的路数。尽管叶维廉曾不无揶揄地谈到中国新诗在产生过程中与西方现代诗的“互逆”景观：“在中国知识分子向西走的时候，正是西方知识分子向东学习的同时，五四所摒弃的山水自然，正是美国诗的强烈的灵感”[1]，但他不能否认的是，作为观察者的外在之“我”在诗歌中的确立，恰恰是中国新诗“现代性”特征显现的标志之一。

令人感兴趣的是，诗人观察的立足点为什么选择了移动的火车？在这“沪杭道上”诗人究竟看到了什么？实际上，诗人在奔驰的火车上诗如泉涌是一件平常的事，几乎所有诗人都有乘车出行的经历，并写过大量旅途见闻之类的诗篇。可以说，无数诗人在他们的旅行途中迸发了特别强烈的诗兴和灵感。移动的火车不仅是诗兴大发的根由之一，更重要的是它促使诗人观察外物的方式发生了改变。也就是说，在奔驰的列车上，诗人的视点不再固定在某处，而是变动不居的。无疑，这种移动的观察与那种沉默的静观具有显著差别，与静观常常把观察的某物作为自我移情的

1 叶维廉：《中国诗学》，生活·读书·新知三联书店1992年版，第211页。

对象相反，移动的观察更多地将景物视作外在于自己的东西，诗人无意或来不及将自身投射到外部景物上。这一点，比较郭沫若同期写的《沪杭车中》和《霁月》《晨兴》便可见出：前者得自移动的观察，因而叙写较为客观；后者则源于静观，导致过多“移情”般的赞慕。

1 引自朱自清《踪迹》，亚东图书局 1924 年版。

在这里，火车一方面成为诗人进行观察的特殊“窗口”：诗人在晃动的列车上，在混合着各种语音和气味的车厢里，透过玻璃窗或开着的窗子，他看到陌生或熟悉、单调或繁复的风景，不免生出某种新鲜感或惊异感，甚至获得关于这些风景的全新体验和发现：

常任侠《列车》

树，田园，飞过去，飞过去，
静止的都像活动起来，
景色是逐渐展开了，
地平线上一条烟柱像怒马的狂嘶。

另一方面，正是移动的火车促使诗人将观察的视角从静态调整为动态，他更多地以一种旁观者或过客的心态，去面对那些来去匆匆的景物，并对之作出浮光掠影、有时不乏洞见的摹写。也许，在诗人看来，那些转瞬即逝的景物显得模糊（朦胧）、零碎、不易把捉，它们有时会引起触动，或在内心里留下刻痕；但当他意识到这些也许就是更为真实的现实，他会把眼前的景物，与时间的短暂、对往昔的追忆以及云游中的“怀乡病”等主题联系在一起，这些也是后来众多诗人在纪游诗中频繁抒写的主题：“风澹荡，／平原正莽莽，／云树苍茫，苍茫；／暮到离人心上。（一月一八日沪杭车中）”（朱自清《沪杭道上的暮》）[1]。

有时，诗人在不同时期和情形、沿着同一线路乘车旅行，其感受是不一样的，物是人非、心境波动都是导致感受发生迁移的原因。例如，徐志摩在《沪杭车中》之后还写过一首《火车擒住轨》，也是描写沪杭道上旅途所见，但诗人眼里的景致较从前发生了很大变化：

徐志摩《火车擒住轨》

火 车 擒 住 轨，在 黑 夜 里 奔：
过 山，过 水，过 陈 死 人 的 坟；

过 桥，听 钢 骨 牛 喘 似 的 叫，
过 荒 野，过 门 户 破 烂 的 庙，

过 池 塘，群 蛙 在 黑 水 里 打 鼓，
过 禁 口 的 村 庄，不 见 一 粒 火；

过 冰 清 的 小 站，上 下 没 有 客，
月 台 袒 露 着 肚 子，像 是 罪 恶。

这种变化显然与诗人心境的变化密切相关。

二　震惊体验与“透视”能力

作为近代文明的产物之一，火车曾经引起多少悲喜交加的吁叹！按照美国学者丹尼尔·贝尔（D. Bell）的说法，铁路使得“人类旅行的速度有史以来第一次超过了徒步和骑牲畜的速度。他们获得了景物变换摇移的感觉，以及从未经验过的连续不断的形象，万物倏忽而过的迷离”[1]；他进一步指出：“当代文化正在变成一种视觉文化，而不是一种印刷文化，这是千真万确的事实。这一变革的根源与其说是作为大众传播媒介的电影和电视，不如说是人们在十九世纪中叶开始经历的那种地理和社会的流动以及应运而生的一种新美学。乡村和住宅的封闭空间开始让位于旅游，让位于速度和刺激（由铁路产生的），让位于散步场所、海滨与广场的快乐，以及在雷诺阿、马奈、修拉和其他印象主义画家作品中出色地描绘过的日常生活类似经验”[2]。无疑，火车带给出行者的，首先是某种类似本雅明（W. Benjamin）所说的“震惊”经验。这正是与郭沫若同代的郁达夫在沪杭道上旅行时的体验：

> 不多一忽，火车慢慢儿开了。北站附近的贫民窟，同坟墓似的江北人的船室，污泥的水潴，晒在坍败的晒台上的女人的小衣，秽布，劳动者的破烂的衣衫等，一幅一幅的呈到我的眼前来，好象是老天故意把人生的疾苦，编成了这一部有系统的纪录，来安慰我的样子。
>
> 啊啊，载人离别的你这怪兽！你不终不息的前进，不休不止的前进罢！你且把我的身体，搬到世界尽处去，搬入虚无之境去，一生一世，不要停止，尽是行行，行到世界万物都化作青烟，你我的存在都变成乌有的时候，那我就感激你不尽了。[3]

1 [美]丹尼尔·贝尔：《资本主义文化矛盾》（赵一凡等译），生活·读书·新知三联书店 1989 年版，第 94 页。

2 同上，第 156 页。

3 郁达夫：《还乡记》，见《郁达夫散文选集》，百花文艺出版社 1991 年版，第 29 页。

在此，郁达夫借助火车移动而涉猎的景象，并由此引发的关于“物质文明”的吁叹，是他躲在都市的斗室里（用下文他自己的话说是“蛰居在上海的自由牢狱”）冥思苦想无法比拟的。正是乘火车出行，使郁达夫暂时不再耽溺于内心的自怨自艾，开始抬头关注外部现实的情景；同时，火车为他带来了崭新的表达方式，一种关于那些一闪而过的物象的铺陈，已悄悄地取代了浪漫化的独白式抒情。而后一种改变是至关重要的。

与此相似的是诗人、小说家冰心在一次旅行中的观察和感受。1934年7月和8月，应当时的平绥铁路局长沈昌之邀，冰心与丈夫吴文藻以及文国鼐（Miss AuAgusta Wagner）、雷洁琼、顾颉刚、郑振铎、陈其田、赵澄共8人，组成了一个“平绥沿线旅行团”[1]，先后两次，“共历时六星期，经地是平绥全线，自清华园站至包头站，旁及云冈，百灵庙等处”，旨在“注意平绥沿线的风景，古迹，美建，风俗，宗教以及经济，物产种种的状况，作几篇简单的报告”。[2]此行之后，冰心一方面发出了“到底西北在哪里？中国西北边况到底如何？”的疑问，另一方面对一路所见赞叹不已：“平绥铁路的沿途风景如八达岭之雄伟，洋河之纡回，大青山之险峻；古迹如大同之古寺，云冈之石窟，绥远之召庙，各有其美，各有其奇，各有其历史之价值。瞻拜之下，使人起祖国庄严，一身幼稚之感，我们的先人惨淡经营于先，我们后人是应当如何珍重保守，并使之发扬光大！”[3]显然，这样的出行对于长久待在书斋里的人来说，所带来的视野拓展和内心震撼都是巨大的。

在中国新诗的发展中，诗人在移动列车上的观察及其对诗歌表达方式的改造，同样不是无足轻重的。诗人动态的观

1 该旅行团第二次出行的人员有变动，文国鼐（时为燕京大学外籍教员）因“赴北戴河未同行”，容庚加入。

2 谢冰心：《平绥沿线旅行纪·序》，平绥铁路管理局1935年版，第1页。

3 同上，第2—3页。

视“阔大”了他的空间感，使之能够从更宽广的视域考虑诗歌与自我、现实的关系。由此导致的后果之一便是，诗人渐渐地从对自我的歌吟里抽身出来，加强了对外部现实的关注，强化了诗歌中的审视姿态。随着时代的演进，无形之中，诗人作为“站在桥上看风景”（卞之琳《断章》）的旁观者身份，逐步转变为“赶到车站搭一九四〇年的车开向最炽热的熔炉里”（穆旦《玫瑰之歌》）的参与者角色，尽管这种参与和对现实的关注本身，与现实对诗歌的吁求仍然是有距离的。

可以说，以外在于景物的方式观察和描写景物，正是中国新诗的一种特殊的能力——“透视”现实的能力。前述徐志摩的《火车擒住轨》一诗描摹的“风景”，与郁达夫在旅途中观察到的“风景”如出一辙，它们都让人不免想到1930年代周而复《夜行车——平浦道上》里写到的：“天上看不见一颗星星，/荒凉霸占着四野，/黑夜正浓得化不开。/分不出哪儿是山，哪儿是水；/一间屋子，一棵树，/满目都是虚无”，以及1940年代罗寄一的《月·火车（之一）》中的诗句：“冰冷的双轨如银色丝带的飘摇，/回声悠远地来自世界的峰顶，//火车在战栗，虽然他疾驰像枝箭/废墟，坟地，荒野，废墟，坟地，荒野”，也更易于想到辛笛标明“一九四八年夏在沪杭道上”所写的那首著名的《风景》：

辛笛《风景》

列车轧在中国的肋骨上
一节接着一节社会问题
比邻而居的是茅屋和田野间的坟
生活距离终点这样近
夏天的土地绿得丰饶自然
兵士的新装黄得旧褪凄惨

惯 爱 想 一 路 来 行 过 的 地 方
说 不 出 生 疏 却 是 一 般 的 黯 淡
瘦 的 耕 牛 和 更 瘦 的 人
都 是 病，不 是 风 景！

这几首取自火车途中的诗歌并不是一些孤立的例证，它们之间的联系体现了新诗的用“视力”处理现实的能力，也反映了三四十年代诗歌主题的嬗变以及诗人与时代关系的转变：诗歌的触角越来越贴近现实，诗人的眼光越来越趋于审视。相比较而言，辛笛的《风景》比徐志摩的《火车擒住轨》在对“风景”的刻画上深入了许多——前者基本上还是平铺直叙的，后者则充满了景物的色彩、层次乃至构型的内在张力。这也正是40年代诗歌与二三十年代诗歌的不同之处。

可以看到，40年代诗歌发展了自身的动态“观视”能力，将其变为更加宽泛的对现实的审视：变动不居的生活推动着诗人走进流徙的人群中，像“摄像机”一样四处摄取现实里的风景——不过，这里必须指出的是，对于很多诗人而言，对现实的审视并不等同于对现实的融入，他们与现实及时代关系的发生仍然是有限度的，他们几乎本能地保留了一种“智识者”的身份和态度，这就使得他们的写作仅限于“诗意的”观察。但这种有距离的观察并未削弱诗歌的审视力度。

以40年代诗歌一个较为普遍的主题和诗人审视现实的一个重要方面——对都市文明的观察与反省——为例，在诸如穆旦的《蛇的诱惑》《城市的舞》，袁可嘉的《南京》《上海》，杭约赫的《复活的土地》《火烧的城》，唐祈的《时间与旗》，杜运燮的《电影院》，陈敬容的《逻辑病者的春天》等诗篇中，诗的笔锋所至均指向了都市文明的病态人生和虚浮景象。这种对都市文明的审视一方面承续了二三十年代冯至的《北游》、孙大雨的《自己的写照》和“现代派”诗群、“新感觉派”小说家的写作路向，但另一方面由于诗歌“观视”能力的加强，这些诗篇突破了“现代派”诗人置身都市“荒原”景观时的感伤和喟叹，并且从诗歌技艺上说，超越了二三十年代诗歌对现实的简单趋附和描摹，以及过于清浅的口语化格调，而显示出高度的包容气魄和综合能力——把各种异质的景物纳入“观察”的视域，导致诗的语象和句式显得密集而繁复，增大了诗歌的涵容量：

穆旦《蛇的诱惑》

在妒羡的目光交错里，垃圾堆，
脏水洼，死耗子，从二房东租来的
人同骡马的破烂旅居旁，在
哭喊，叫骂，粗野的笑的大海里，
（听！喋喋的海浪在拍击着岸岩。）
我终于来了——

诗歌对于现实的这种“全景式”处理方式，或许与现实本身的日趋芜杂有关，而诗人的有距离的审视与高度综合能力，保证了诗歌自身的质素和它穿透现实的强度。

这些发生于诗歌内部的潜在变化也表明，随着所观察到的现实景观的变动，诗歌常常会出现写作策略的迁移。就移动的视角赋予中国新诗的“观视”品质及能力而言，可以对新诗在20世纪前半叶和后半叶特别是八九十年代表现出的写作策略作一个有趣的对比，二者的差异是显而易见的——实际上，它们的差异很大程度上来自新诗所处现实一时代语境的不同。如果说新诗在20世纪前半叶遭受的语境压力，主要是民族解放等重大历史命题的催迫的话，那么在20世纪后半叶则更多地承担了来自意识形态及经济、文化等方面因素的挤压。因而相应地，20世纪前半叶新诗面对现实主要表现出一种观察和审视的能力，而到了后半叶特别是八九十年代，新诗获得了另一种能力和特征：冥想。这也就是唐晓渡谈到"朦胧诗"时所说的"心的变换"或者"向内转"："向内转……不是一个在现实面前转过身去的简单动作，而是一种冒险，一种在黑暗中和向着黑暗强行进发的冒险。"[1] 这一特征的获得，显然对应着新诗在八九十年代所面临的新的历史语境，在此语境中，诗歌改变了以往那种全方位或外在地观察现实的方式，即不再以"摄像机"方式专注于对现实的扫描和刻写，而是将关切的目光再次拉回到"自我"本身，通过心灵的"目力"去观察现实——当然，这是一种更深意义的审视。

1 见《唐晓渡诗学论集》，中国社会科学出版社2001年版，第61页。

三 “向内转”与写物方式的迁移

从表面上看，八九十年代诗歌的“向内转”，是对新诗已有的“观察”能力的一次背离。但这并不意味着，八九十年代的诗人放弃了“透视”，他们也并非在旅途中遭遇到了与从前绝然不同的景致。只是，心智的掺入导致诗人的“透视”陷入了冥想（值得注意的是，40 年代的诗歌也有心智的掺入，但它没有改变那一时代诗歌进行观察的基本姿态和诗歌写作的基本构型），而冥想显然不是逃避，毋宁说是一种对现实景物的迂回进入，一种更深层次地对诗歌“视点”的寻索。正如北岛的诗句所表白的：“某人在等火车时入睡／他开始了终点以后的旅行”（《东方旅行者》），“旅行”的方式改变了诗人观察世界的方式。

在 80 年代，具有典型意义的如骆耕野的《车过秦岭》，它在现实的旅行中沉入了无垠的遐思，通过对黑暗与光明、死灭与新生、历史与未来等主题的思索，最后上升为对“时间”本身的沉思：“黑色的　白色的　时间/蜿蜒着　蜿蜒”。而在另一些诗篇如陈东东的《停车蚌埠站，想起跟死有关的事情》里，诗人对现实景物的观察在不知不觉中滑向了冥想，他的感觉在这冥想里变了形（其实也是现实的变形），致使眼前的景物与冥想的感觉随着诗句的自然流转而形成了鲜明对比：

陈东东《停车蚌埠站，想起跟死有关的事情》

太阳照着另一些人，另一些杯子，另一些手
我们的列车停进了黑夜
我们在暗处
感到自己是阴险的狐狸

张真的《田园生活 · 驱车回家》也是这样，对风景的沉吟与默想导致感觉的变形：

张真《田园生活 · 驱车回家》

坐在黑暗的汽车里回家
城市在远处发光，蓝磷闪闪
默默无语手在潮湿发冷的兜里
可能他们和我一样千头万绪
喉咙被夜色堵住

事实上，这种感觉的变形是 80 年代诗歌的一个突出特点，这正是“向内转”带来的一种后果，诗人观察到的风景不仅经受了心智的过滤，而且被保持在内心深处反复与心智发生着联系。同时，“向内转”也赋予了诗歌写作某种人们常说的“个人性”——在这里，“个人性”意味着一定程度的唯一性和偶然性，也就是说诗歌对于现实的冥想是在某一时刻瞬间完成的，几乎不可重复。这在 90 年代尤其如此。到了 90 年代，诗歌更加强调对想象的依赖，只有在充分的想象里，个人的经验、记忆、感受等才能发挥巨大的威力，以惊人的迅捷和准确把捉并穿越现实的内核。在这种情形下，一晃而过、飞速逝去的景物成为某种发酵品，它刺激并作用于心智活动，伴随一段漫长、驳杂的内心旅程。看看这样的诗句：“三天三夜/从西部到东部，/穿过飞雪、森林、城镇、荒原/……而我醒来，在黑暗中醒来/坐在空空的吸烟室里，/大地呵如此黑暗——/一张想象中的脸，并没有应诺/从窗玻璃中映现出来”（王家新《坐火车穿过美国》），我们便会觉得，90 年代诗人真是沉浸在一种内部的观察中去了。

值得一提的是 90 年代年轻的诗人姜涛，在一首写于与郭沫若、辛笛等人同一线路上的《沪杭道上》中，显示出与他的前辈们殊异的趣味和表达方式，他甚至征引了那首著名的《风景》里的诗句，但那些经过处理的诗句，只不过助长了整首诗的讽喻笔调：

姜涛《沪杭道上》

“中国的肋骨：一节节社会学问题”
那畦飞逝而过的稻田
似乎还在为此而左胸酸痛
…………
随行的文化官员嗅着体内一束汽油味的兰花
仿佛一枚小齿轮在轻快的嗡嗡声中
初次领略了旅途机械之外多余的伦理部分

由此可以看到，从1990年代的《沪杭道上》回溯到1920年代的同题诗，中国新诗对于世界的“观察”发生了怎样的转换！不妨说，相对于1920年代乃至1940年代诗歌较为重视视觉化的摹写，90年代诗歌更趋向风景或物象的内化。在强大的历史压力面前，1990年代诗歌积攒了越来越丰富的思辨特征：诗人主要通过冥想走进风景的内部，借助语词切入现实、与现实周旋；在他们投向世界的目光里，更多地带有布罗茨基（J. Brodsky）所说的个人的“痛苦的视力”。因此，有别于1920年代诗歌以一种全景的方式，逐一地展示尽收眼底的种种景象，90年代诗歌较多地采用局部或分散的视角，所谓风景也带有明显的虚拟甚至幻觉的成分：“一个人飞出自己的肉体／火车进站。我看见火车竟是一扇扇的窗户，／用比绳子结实些的铁连接着／风正将人淹没在太阳的蒸汽里。”（朱朱《驶向另一颗星球》）

在1990年代，当所有的物件被裹挟到时代运转的高速公路上（作为经济时代的产物之一，高速公路是1990年代诗歌必不可少的动态场景，其迅猛发展表征了中国新诗“视点”的再次迁移)，诗歌却遵照自身内在律令的胁迫，以漫长的心智辩驳延缓乃至拒斥时代的加速度：“世界如此之大，我们只好在高速公路的边上停下来。而在这片刻的驻步中，我忽然感到自己变成了另一个人”（王家新《词语》）。感觉的变形与惊人的直截相融合，外在的急速消逝与内心的“持续到达”对峙，这正是1990年代诗歌的修辞学：“飞逝的影像沾满了橡胶的气味　世界/在一个初学者的速写本上涂改着潦草的更年期/一个瞬间推翻了上一个瞬间的假设　仿佛多米诺骨牌蜿蜒的悲恸正从生活的尽头急速涌来”；“从此地到彼地　似乎只有大海化身为一瓶墨水/怀念曾有的笔误　似乎只有一个孩子/偌大的洪福中像羽毛那样轻轻感到恶心”（姜涛《京津高速公路上的陈述与转述》）。

在此意义上，1990年代诗歌在朝向内心的观察和冥想里，与时代发生着逆向运动。因为，在一些诗人看来，诗歌并不是一件加速度的事业，它既然躲不开自我与时代、东方与西方等宏大背景的缠绕，那就只有更坚实地扎进这些复杂的关系中。如王家新的《纪念》，在以“旅行”为表层线索的漫游中，随处可见灵魂在“异乡”所受的惊扰：

王家新《纪念》

而铁轨，如同一个被反复引用的句子
承受挤压，不再发出呻吟。

或者抵达后的困顿与迷惘：

王家新《纪念》

尘埃中一声河南梆子响起：到站了
而你茫茫然不知走向哪里。

最终，漫游成为一种固执于个人内心的“逆行”：

王家新《纪念》

> 这是时间中的逆行：火车向北，再向北
> 为的是让你忍受无名。

毫无疑问，中国新诗将继续在这对于“无名”的巨大忍受和茫茫然的心境中，以更强的“目力”切入时代的现实。

四　诗歌中的“慢”：对速度的抑制

耐人寻味的是，移动的火车促使中国新诗由静态观视到动态摄取的转变，从一开始就是在浑然不觉中进行的，一俟完成便愈发不会经受意识的“过滤”，而被视为一种自然而然的方式呈现于诗人的笔端。也就是说，新诗的动态观察能力一经获得，其根源便遭到弃置和遮蔽。仍然是郁达夫，在领略到乘车旅行与蛰居斗室的不同之后，竟渐渐习惯了凭窗观望，他在上引的同一篇游记文章里接着写道：

> 车过了莘庄，天完全变晴了。两旁的绿树枝头，蝉声犹如雨降。……悠悠的碧落，只留着几条云影，在空际作霓裳的雅舞。一道阳光，偏洒在浓绿的树叶，匀称的稻秧，和柔软的青草上面。被黄梅雨盛满的小溪，奇形的野桥，水车的茅亭，高低的土堆，与红墙的古庙，洁净的农场，一幅一幅同电影似的尽在那里更换。我以车窗作了镜框，把这些天然的图画看得迷醉了，直等火车到松江停住的时候止，我的眼睛竟瞬息也没有移动。[1]

郁达夫或许未尝想到，这种赏心悦目的观看恰恰受惠于他一路上极力诅咒的“现代的文明”。这是他无意也无法解决的一个悖论[2]。

只是进入80年代以后——确切地说在90年代，一部分诗人才逐步消除那种处于悖论中的“自明性”。他们试图通过重返内心，阻挡人们对于新诗“观察”现实能力之生成机制的遗忘，而这种遗忘随着移动的愈来愈迅疾而趋于严重。因此，从更深层面来说，经由火车（作为一种隐喻）所展现的中国新诗的视角转换，实则蕴藏着现代诗学观念的重大变迁。在列车的奔驰中，一个能被明显地感受到却

1 郁达夫：《还乡记》，见《郁达夫散文选集》，百花文艺出版社1991年版，第30—31页。

2 实际上，中国新诗自诞生之日起，就置身于表达方式的现代性和个人情怀、伦理意义的古典意味的张力之中。这两种诉求都被认为是正当的，但人们常常用其中一种反对另一种。

常常被忽略的因素是速度。速度本来是机械文明的产物，它的出现着实为世界带来了一幅新的图景；如今，在电子、数字的促动下，世界的图景更是以光的速度变幻着。速度已成为海德格尔（M. Heidegger）所描述的“现代世界图像”（Neuzeitliches Weltbild）的潜在规则或本质要求。处在如此情境中的人们，难免因速度而选择快餐式写作和阅读，速度是文学“狂欢”性质的催化剂，也是导致诗艺的锤炼易于受到轻视的诱因之一。对速度的趋附（加速度）或背离隐含着一种诗学的分野，这造就了1990年代纷乱的诗歌场景：

南野《火车旅行》

在时光的列车中
通过一场战争，有的被更为迅疾的
子弹击中，有的掉下了列车
其余的在车厢里坐着，偶尔走到过道上
或者在窗口，凝视更广阔的领域。

那么，如何在一种普遍的速度的氛围中，切实地建立富有活力的汉语诗艺呢？循着这一追问，臧棣90年代提出的“诗歌是一种慢”[1]，不失为具有警醒意义的“方案”（Project）。不难发现，“慢”其实是90年代诗学的相当重要的元素，它对应着肖开愚写于90年代初一篇文论标题中的三个词：“减速”、“抑制”、“开阔”。的确，“慢”代表的是一种克制的理念与诗学，折射出诗歌发生深刻变动的诸多方面（包括一些手法的重新启用）：在90年代一些诗人那里，诗歌写作不再是激情的放纵，而是对激情的有效调控和各种技艺的综合运用，以及由此展示的现实重压之下心智的

1 在一次书面访谈中，臧棣格外提到：“比起历史向人类提供的人的形象，比起科学向人类展示的人的前景，我深深地感到诗歌向人类揭示的完全是另外一种人的景致。在本质上，诗歌是对历史的否定。而这种否定意味着一种特殊的关于人类自身的知识。我常常感到，作为一种镜鉴或答案，历史太专断，太急迫；而诗歌就是要让过于专断的事物变得暧昧，为急迫的事物设置一个思想的手闸，使她减慢速度。诗歌是一种慢，我的确是这么想的。”见臧棣《假如我们真的不知道我们在写些什么……》，《从最小的可能性开始·中国诗歌评论》，人民文学出版社2000年版，第277页。

密度和语言的韧性。"慢"同时是关于"难度"和限度的诗学，一方面源于生命内在的审慎的分寸感，另一方面作为对速度美学的无声的抵制，"慢"认同写作中的耐心、细节和对生存的疑虑：

柏桦《现实》

呵，前途、阅读、转身
一切都是慢的

可以说，"慢"是关于新诗动态观视能力的精确化和精细化。通过放慢速度和"向内转"，中国新诗以内省的方式接近了这一能力之生成的原点：如果说移动的视角改变了新诗的古典静观模式，那么"慢"对"动"的加速度的消解则表明，诗人面向现实的洞察是出乎细密的生命领悟、更为内在的洞察。臧棣提出的"诗歌是一种慢"，在西渡诗作《一个钟表匠人的记忆》中得到了验证般的回应[1]：

西渡《一个钟表匠人的记忆》

在世界的快和我的慢之间
为观察留下了一个位置。……

这种"留下"显然是有意为之。正如臧棣指出，这首诗"指涉着一个现代性的根本问题：即个人和历史之间的速度冲突"[2]，它是对速度"快"与"慢"的内部冲突的绝好阐释，不仅关涉人生体验与社会历史，而且与诗艺本身密切相关。作者巧妙地将这一冲突，寄寓在钟表匠人的特殊身份及其于广阔历史语境中具有普遍意义的遭际之上：钟表匠人的特殊性在于，他"精通与时间有关的秘密"，而"把时间切割成小时乃至分秒的行为，不只是一种单纯的计量时间方法的变革，而是同效率这样的最突出的现代性概念联

1 有趣的是，《一个钟表匠人的记忆》直接引用"诗歌是一种慢"作为题记，全诗似可被看作对这一命题的阐发；后来臧棣在一篇细读此诗的长文《记忆的诗歌叙事学》中，虽然论述的主旨是"叙事"，但仍然用了相当的笔墨强调该诗隐含的上述命题。围绕这一命题，两份往来于写作与批评的文本相映成趣，构成了相互激发、互为参照的关系。

2 臧棣：《记忆的诗歌叙事学——细读西渡的〈一个钟表匠的记忆〉》，见《诗探索》2002年第1—2辑。

系在一起”，因而钟表匠人“尽管地位卑微”，但“在他的行业范围内接触的却是最典型的现代经验——历史势力中对效率的崇拜”[1]；可是，“他的卑微的社会地位与他的手艺所染指的现代性的核心观念”毕竟是“不和谐”的，钟表匠人在“将现代意义上的时间效率观转化到城市的日常生活”的同时，却强烈而无可避免地受到“时间效率观”的危害（他的恋人“死于速度的衰竭”），所以最后他被迫“同意把速度加大到无限”——也许，只有“速度加大到无限”之后，他才可能遭遇“另一种意义上的‘慢’”。

1 臧棣：《记忆的诗歌叙事学——细读西渡的〈一个钟表匠的记忆〉》，见《诗探索》2002年第1—2辑。

因此，借助于一种诗学的“慢”，1990年代诗歌将1920年代动态观察所产生的空间意识转变为时间意识，其技艺的一个方面即体现为对时间这一根本意识的处理。正是它，保证了语词展开时的丰富意蕴和质感：

宋琳《缓慢》

水晶的词句。不可能是别的：
古老的呢喃中蓝色的幸福。
瞬间的准确像猛烈的雨点扫过芭蕉，
纷至沓来……

第二章

“汉英之间”——跨语际的诗意迻译及其回响

一 “翻译腔”：直译与异质性

1987年，在河北秦皇岛参加“青春诗会”的诗人欧阳江河，写出了一批奠定其地位的诗作，包括后来产生广泛影响的《玻璃工厂》《汉英之间》等。在《汉英之间》里，他充满困惑地发出疑问：

欧阳江河《汉英之间》

一百多年了，汉英之间，究竟发生了什么？
为什么如此多的中国人移居英语，
努力成为黄种白人，而把汉语
看作离婚的前妻，看作破镜里的家园？究竟
发生了什么？我独自一人在汉语中幽居，
与众多纸人对话，空想着英语，
并看更多的中国人跻身其间，
从一个象形的人变成一个拼音的人。

此诗向来被看作一首充满警示和批判的反思之作。在作者眼里，横亘于“汉英之间”的不仅是一种语言沟壑，而且还有文化传统、思维习性、生活方式等的差异；“汉英之间”地位的流转和二者格局的微妙变化，体现的是国人身份意识、文化心理和对自我与他者关系之认知的迁移，他由此表示了对“一个象形的人变成一个拼音的人”的担忧。不过，该诗中表达的疑虑乃至诘问，现在看来显得有些褊狭，被认为包含了狭隘的民族主义意绪。[1]

《汉英之间》描述的“英语之角”，是1980年代刚刚兴起的新事物，从一个侧面展现了国门重新开放后全民学习英语的热潮。实际上，早在该诗所说的“一百多年”以前（“汉英之间”格局即将发生变化之际）[2]，汉语就借助各种翻译行为，开始了对以英语为主的各种西方语言的汲取

1 近20年后，另一位诗人路也的一组题为《汉英之间》（载《诗刊》上半月刊，2006年第9期）的诗中，已经完全没有了那种跨越语言、文化的紧张与焦虑。

2 更确切地说，“英汉语言接触最早可以追溯到17世纪上半叶”（郭鸿杰：《现代汉语欧化研究综述》，《西安外国语大学学报》2007年第1期），当然二者的大面积遭遇始于19世纪后期。

与自我塑造，尽管其间含有被动或不自觉的成分（譬如在传教士的翻译中），但更多时候是出于内在需要的自主抉择。正是翻译——语际间词句和表达方式的"平移"与"转化"[1]——这一持续的实践活动，参与了汉语现代形态的构造。在瞿秋白看来，翻译"帮助我们创造出新的中国的现代言语"[2]，"我们在翻译的时候，输入新的表现法，目的就在于要使中国现代文更加精密，清楚和丰富"[3]。在现代汉语形成过程中，虽然白话被当作其生成的"天然"基础，但正如朱自清指出的："白话文不但不全跟着国语的口语走，也不全跟着传统的白话走，却有意的跟着翻译的白话走。这是白话文的现代化，也就是国语的现代化。"[4]及至当下，越来越多的人意识到："对中国新汉语的建设和发展的贡献首先应归功于那群翻译家们，他们在汉语和外语之间寻找到一条中间道路，既用汉语传达了域外作品的神韵又同时丰富了汉语的表达性。"[5]

这也许正是现代汉语的"宿命"。当然，翻译的效力并非来自两种语言的简单相加，而在于语言杂糅、综合机制的开启，逐渐形成周作人所期待的"以口语为基本，再加上欧化语，古文，方言等分子，杂糅调和，适宜地或吝啬地安排起来，有知识与趣味的两重的统制"而"造出"的"有雅致的俗语文"[6]。鲁迅在讨论翻译时也曾提出，应该"装进异样的句法去，古的，外省外府的，外国的，后来便可以据为己有"，最终目的则是"采说书而去其油滑，听闲谈而去其散漫，博取民众的口语而存其比较的大家能懂的字句，成为四不像的白话"。[7]鲁迅所说的"四不像"，可视为现代汉语得以生成的某种机制及被赋予的特性，这既意味着其来源的多元，又标示了其样态的驳杂。不过，这种"四不像"也使得现代汉语担负了一个"恶名"，即始终或多或少带着一股挥之不去的"翻译腔"——这一点长期遭

1 "translate"的另外两种含义。

2 瞿秋白：《论翻译——给鲁迅的信》，见《瞿秋白论文学》，人民文学出版社1959年版，第116页。

3 瞿秋白：《再论翻译——答鲁迅》，见《瞿秋白论文学》，人民文学出版社1959年版，第133页。

4 朱自清：《中国散文的发展》，见《朱自清全集》第8卷，江苏教育出版社1993年版，第336页。

5 余华、潘凯雄：《新年第一天的文学对话》，《作家》1996年第3期。

6 周作人：《燕知草·跋》，见周作人《永日集》，岳麓书社1988年版，第78页。

7 鲁迅：《关于翻译的通信》，见《鲁迅全集》第4卷，人民文学出版社1981年版，第382、384页。

受着口诛笔伐，至今仍然是一个聚讼纷纭的话题。

然而，“翻译腔”伴随着跨语际交流的历史进程而产生和存在，对其评判不能一概而论，因为“翻译腔”本身有着轻重（程度）、高下（层次）之分以及必要与否，其间部分地关涉翻译实践中的诸多问题（“直译”与“意译”、“异化”与“归化”、“通顺”与“不顺”等），相关讨论早已汗牛充栋。一般来说，翻译的动因源于对相异性（dissimilarity）的渴求，和对不同语言之间可能的“亲族关系”（kinship）的期待与探寻，如德国理论家本雅明（Walter Benjamin）概括的：一方面“译作……表现出不同语言之间的至关重要的互补关系”，另一方面“诸语言间的亲族关系在译作里的体现远比两部文学作品之间表面的、不确定的相似性来得深刻而清澈”；在终极的意义上，“译作者的任务是在译作的语言里创造出原作的回声……它寻找的是一个独一无二的点，在这个点上，它能听见一个回声以自己的语言回荡在陌生的语言里”。[1] 对翻译中两种语言之关系更为明晰的表述，是本雅明所援引的德国哲学家潘维茨（Rudolf Pannwitz）作出的论断：“翻译家的基本错误是试图保存本国语言本身的偶然状态，而不是让自己的语言受到外来语言的有力影响。当我们从一种离我们自己的语言相当遥远的语言翻译时，我们必须回到语言的最基本的因素中去，力争达到作品、意象和音调的聚汇点，我们必须通过外国语言来扩展和深化本国语言。”[2] 因此，翻译在现代汉语形成过程中的功用，便在于拓展“汉语的容器”[3]。

可以看到，翻译中采用“直译”（或鲁迅所倡导的“硬译”）方法，会更多地保留原文的“印迹”，但同时难免造成译文的阻滞，这让很多译者不以为然甚至排斥，如翻译家朱生

1 [德]本雅明：《译作者的任务》，见《启迪——本雅明文选》（张旭东、王斑译），生活·读书·新知三联书店2008年版，第84、88页。

2 转引自《启迪——本雅明文选》（张旭东、王斑译），第93页。

3 王家新：《汉语的容器》，《读书》2010年第3期。

豪曾指责说："拘泥字句之结果，不仅原作神味，荡焉无存，甚且艰深晦涩，有若天书，令人不能卒读。"[1] 但另一方面，由"意译"而成的过于"顺畅"的译文，也会受到是否抹去了原文中的"异质性"的质疑。实践证明，"直译"的译文带来的影响（正面和负面）更大些——哪怕是看起来糟糕的译文，比如当代诗人张枣在一次访谈中提到：为了冲破陈词套语的束缚，有时"糟糕的翻译反而会对人产生爆炸性影响，而且是越生硬、歧异效果越强的翻译，为我们打开的语言可能性就越大"[2]。倘若把握得当，"直译"就能够实现某种"超值"效果，即译文促使汉语"增值"："如果译者考虑到装进异样的句法和词汇以及新感性，尤其是考虑到有一大批'汉译'（而不仅是多一本汉语著作或多一本原文替代物）读者，则超值翻译是值得提倡的，它可以更有效地防止译文贬值。"[3] 原因或许在于，"直译"对原文诸多要素的留存，使得译文可能会改变汉语的句法、词义变化甚至用词习惯等，令汉语的表达从语法到思维得到具有颠覆性的更新。

1 朱生豪：《〈莎士比亚戏剧全集〉译者自序》，见《翻译研究论文集（1894—1948）》，外语教学与研究出版社1984年版，第364页。

2 刘晋锋采写《诗歌与翻译：共同致力汉语探索》，2006年3月30日《新京报》。

由此看来，所谓"翻译腔"，其实与汉语对外来语言中异质因素的接纳及转化能力有关。在其造成困扰和引发争议的背后，隐含着一个更为深层的问题——如何衡估汉语"欧化"的价值，或如何看待"欧化"在现代汉语中的功能与位置。

3 黄灿然：《在直译与意译之间作出抉择》，见黄灿然《必要的角度》，辽宁教育出版社2001年版，第208—209页。

二 新诗遭遇语言欧化的辩难

事实上，近代以降的欧化现象体现在中国社会文化的方方面面。按照历史学家张星烺的归纳，欧化既指军器事业、学术事业、财政事业、交通事业、文教事业等“欧洲物质文明之输入”的“有形欧化”，又指宗教思想、伦理思想、政治思想、学术上各种思想、艺术思想等“欧洲思想文明之输入”的“无形欧化”。[1] 而在所有这些欧化方面中，语言的欧化实则构成了某种意义的交汇点，犹如一个通往其他领域的媒质或入口，从中既可窥见各种“有形欧化”的迁变，又能把握思想意识、制度文化等“无形欧化”的更迭。

1 张星烺：《欧化东渐史》，商务印书馆1934年初版、2000年重排版。

2 参阅朱一凡《现代汉语欧化研究：历史和现状》，《解放军外国语学院学报》2011年第2期。

作为现代汉语生成与发展过程中一个无可回避的历史事实，汉语的欧化所得到的认知和评价从一开始就趋于两极。在白话文运动的早期，1921—1922年间以《小说月报》为阵地，曾出现过关于“语体文欧化”的大讨论[2]。那一时期，力主汉语欧化的倡导者的吁求十分迫切，如傅斯年直截了当地提出：“要想使得我们的白话文成就了文学文，惟有应用西洋修词学上一切质素，使得国语欧化。”[3] 胡适进一步明确了汉语欧化的路径和目的：“欧化的白话文就是充分吸收西洋语言的细密的结构，使我们的文字能够传达复杂的思想，曲折的理论。”[4] 对此朱光潜的分析是：“中文少用复句和插句，往往一义自成一句，特点在简单明了，但是没有西文那样能随情思曲折变化而见出轻重疾徐，有时不免失之松散平滑。”[5] 而对汉语欧化的反对之声也很强烈，比如“学衡派”就对“直用西洋文法以为语文”[6] 的白话文“读之者殊觉茫然而生厌恶之心”[7]；1930年代，梁实秋在批评鲁迅的“硬译”时抨击了汉语的欧化趋向：“甚至有并不识得几个外国字，而因浸馈于硬译

3 傅斯年：《怎样做白话文》，1919年2月《新潮》第1卷第2期。

4 胡适：《中国新文学大系·建设理论集·导言》，良友图书印刷公司1935年版，第24页。

5 朱光潜：《谈翻译》，见朱光潜《谈文学》，开明书店1946年版，第210页。

6 吴芳吉：《再论吾人眼中之新旧文学观》，1923年9月《学衡》第21期。

7 吴宓：《论今日文学创造之正法》，1923年3月《学衡》第15期。

之中，提起笔来，亦扭扭捏捏，蹩手蹩脚，俨然欧化！其丑态正不下于洋场恶少着洋装效洋人之态势仿洋人之腔调而自鸣得意。”[1] 除语言的构成本身外，欧化汉语所招致的其他批评主要表现为两种态度：一是立足于民族文化本位对汉语外来因素的排斥，一是从大众（化）立场出发要求摒除欧化汉语的精英姿态或“知识分子气”。后者如瞿秋白，他虽然认可翻译对推动汉语创新的贡献，但出于大众化的考虑极力反对汉语的欧化，认为：“现在不但翻译，甚至于一般欧化文艺和所谓‘语体文’……不但不能够帮助中国现代白话文的发展，反而造成一种非驴非马的骡子话，半文不白的新文言。”[2] 正是在针锋相对、此消彼长的争议中，对于汉语欧化的认知逐渐得到了深化。无论如何，经过一代代人在使用中的融合、过滤、变形与转化，欧化已经渗进汉语的“肌理”与“骨髓”，成为现代汉语不可分割的有机组成部分。[3]

1 梁实秋：《欧化文》，见梁实秋《偏见集》，正中书局1934年版，第303页。

2 瞿秋白：《再论翻译——答鲁迅》，见《瞿秋白论文学》，人民文学出版社1959年版，第131页。

3 从语言学家黎锦熙1950年代的自我“检讨”可见一斑：“由于学习时所阅读的译本多，提起笔来，包孕的复式句、积叠的形容词或疏状（副词性的）语等等，自然奔向笔底。这就是五四以来所谓‘欧化的语体文’”；不过他还认为，“欧化并不是基本地改袭拉丁文法，它只是汉语文法中‘造句法’的新发展”。见黎锦熙《中国文字与语言（中）》，五十年代出版社1953年版，第82—83页。

现代汉语的欧化色彩深刻影响了近百年的新文学创作。尤其是在一些新诗作品里，欧化特征颇为显明，这常常被作为一个问题提出并予以责难。

4 梁实秋：《新诗的格调及其他》，1931年1月《诗刊》创刊号。

倘若说新诗草创初期获得的指认——“新诗，实际就是中文写的外国诗”[4]，可被看作一种不乏善意的揶揄的话，那么20世纪末的某些说法——“那些从事所谓‘个人写作’的学院派诗人们，他们进入90年代的写作仿佛是对翻译诗体的照单全收或蹩脚的改制”[5]，便近乎苛刻的指斥了。迄今为止，仍然有不少人将新诗历史上出现的种种“失败”，归咎于诗人们因过分欧化而导致的“食洋不化”；与此相对应，他们提出了新诗“本土化”的主张，从而构拟

5 杨晓民：《世纪之交的缪斯宿命：网络环境下的诗歌写作》，《当代作家》1998年第1期。

了欧化与本土化的两极对峙。可以看到，新诗发展过程中的种种“对立”和纷争，如先锋形式探索同现实主题、“民族形式”追求及大众的理解与接受之间的矛盾，1990年代所谓“后殖民”与“话语霸权”等命题，都与欧化和本土化的对峙有关。而1930年代由于现代诗的“晦涩”、1950—1960年代台湾诗歌界针对“横的移植”（纪弦语）、1980年代因“朦胧诗”的“不懂”等展开的争论，都与对欧化和本土化理解上的分歧有关。

如果深入历史情境中就会发现，新诗的欧化和本土化的关系其实相当复杂，其中的关键是欧化或本土化在新诗自我建构中的作用。如前所述，不仅现代汉语的形成（主要是思维上）得力于欧化，而且就新诗生成的历史情形及其发展的各个阶段来说，欧化也是不可或缺的。可以说，正是语言思维的欧化，促成了汉语诗歌内在结构的最初变动，后来新诗的多次调整都与西方诗学的渗透不无关联。因此，欧化对新诗语言、形式乃至新诗的整体塑造，其作用都是不应回避和无可替代的。1940年代朱自清对此已有敏锐的洞察，他在谈到新诗受到的外来影响时说：“这是欧化，但不如说是现代化……现代化是不可避免的。现代化是新路，比旧路短得多；要‘迎头赶上’人家，非走这条新路不可”[1]；他还呼应朱湘所说的以译诗获取“新的感兴，新的节奏”[2]，特别指出：“新文学运动解放了我们的文字，译诗才能多给我们创造出新的意境来……将新的意境从别的语言移植到自己的语言里而使它能够活着，这非有创造的本领不可……不但意境，它还可以给我们新的语感，新的诗体，新的句式，新的隐喻”[3]。朱自清将欧化与新诗的现代化联系起来，赋予其极高的意义。

1 朱自清：《真诗》，见朱自清《新诗杂话》，作家书屋1947年版，第125页。

2 朱湘：《说译诗》，见朱湘《中书集》，上海生活书店1934年版，第411页。

3 朱自清：《译诗》，见朱自清《新诗杂话》，作家书屋1947年版，第102页。

即便是历史上那些坚持文艺的“民族化”论者，也有如此体认:“百年来中国民族生活已起了很大的剧烈的变动,因此,也产生了许多新的语言,这许多新的语言虽则是受欧化影响而产生出来的,但在基础上却是中国民族真实的新生活发展的反映,因此,同时也是中国民族真实的新生活发展的产品,简单地否认欧化的东西,那是不对的。运用民族形式,不是去掉这在真实生活中所创造的语言,而却是要活用新语言;不是把新语言当成拜物教,而却是灵活装进在民族形式中。”[1] 因此,与其纠缠于欧化在新诗中的有无、可否,不如考察和辨析语言欧化的历史性存在如何重塑了中国诗歌的书写方式、改变了中国诗歌的哪些质素,或者从个案与文本入手,剖解新诗如何应对——利用或规避——语言欧化,并在遣词造句、音韵体式等方面有哪些具体表现,是否真正形成了“本土”特色。

1 陈伯达:《关于文艺的民族形式杂记》,1939 年 4 月《文艺战线》第 1 卷第 3 期。

三　句法、语感和现代意识

晚清之际，梁启超、黄遵宪等人通过吸纳异域元素入诗，掀起了一场“诗界革命”。梁启超提出：欲革新诗歌，“不可不求之于欧洲。欧洲之意境语句，甚繁富而玮异，得之可以陵轹千古，涵盖一切”，“第一要新意境，第二要新语句，而又须以古人之风格入之，然后成其为诗”[1]；谭嗣同《金陵听说法诗》中出现的“喀私德”“巴力门”等音译西语，黄遵宪《今别离》中使用的轮船、火车、电报、照相、时差等新词汇，均开拓了梁启超所说的“新意境”，给人以新鲜的感觉和别样的意味。不过，这些夹杂着西语新词的诗句彰显的仅仅是旧诗体系内寻求变革的诉求，未能实现中国诗歌的根本革新。

1 梁启超：《夏威夷游记》，见《梁启超全集》第二册，北京出版社 1999 年版，第 1219 页。

新诗诞生以后，欧化在诗歌中的意义和功能大为改观。王力曾阐述欧化给汉语语法带来的变化，包括：“复音词的创造”、“主语与系词的增加”、“句子的延长”、“可能式，被动式，记号的欧化”、“联合成分的欧化”、“新替代法和新称数法”等。[2] 郭绍虞也总结说：“欧化所给与新文艺的帮助有二：一是写文的方式，又一是造句的方式。写文的方式利用了标点符号，利用了分段写法，这是一个崭新的姿态，所以成为创格。造句的方式，变更了向来的语法，这也是一种新姿态，所以也足以为创格的帮助。这即是新文艺所以成功的原因”；他认为：“欧化，也造成了新文艺的特殊作风。白话文句式假使不欧化，恐怕比较不容易创造他文艺的生命”，“利用标点符号，可以使白话显精神；利用句式的欧化，可以使白话增变化”。[3] 在新诗初创阶段，欧化因素的羼入极大催化了白话对文言的取代，为诗歌形式的舒展提供了合法性的支撑。比如，胡怀琛和胡适

2 王力：《中国现代语法》，商务印书馆，2011 年版。

3 郭绍虞：《新文艺运动应走的新途径》，见郭绍虞《语文通论》，开明书店 1941 年版，第 93、99、100 页。

将美国女诗人梯斯黛尔（Sara Teasdale）的名作《Over the Roofs》分别翻译为文言（五言律诗）的《爱情》和白话的《关不住了》，结果前者失败了、后者成为胡适新诗的“新纪元”，其原因就在于：“《爱情》的失败不在别处，而在语言形式的僵化与非常自由、个性化的情感存在着尖锐的矛盾；而《关不住了》则通过在现实中流动的‘白话’和自由诗的形式解决了这种矛盾与对立，它使诗歌变得与现代感情经验可以和平共处了。”[1]

1 参阅王光明《现代汉诗的百年演变》，河北人民出版社2003年版，第81页。

当然，正如郭绍虞警告的：“过度欧化的句子，终不免为行文之累”，“现在的新文艺，若使过求欧化，不合中土语言惯例，其结果也不易成功”。[2] 可以说新诗与欧化汉语遇合所产生的利和弊，莫不与对二者关系的“度”的把握密切相关。譬如，深受法国象征诗学熏染的李金发（他有一段关于中西诗学的著名表述：“其实东西作家随处有同一之思想、气息、眼光和取材，稍为留意，便不敢否认，余于他们的根本处，都不敢有所轻重，惟每欲把两家所有，试为沟通，或即调和之意”[3]），向来因其诗歌里文白相加、中西杂陈造成的晦涩之风而为人诟病，但细细辨察却可以发现，李金发诗中“夹生”的欧化印迹自有其特殊的贡献。李金发诗歌的重要影响源是他大量阅读和翻译过的波德莱尔、马拉美、魏尔伦等法国象征派诗人的作品，除却某些痕迹过重的直接挪用外，他的一些诗作实则仍能对所汲取的资源进行合理的转化，如《有感》：

2 郭绍虞：《新文艺运动应走的新途径》，见郭绍虞《语文通论》，第100、103页。

3 李金发：《食客与凶年·自跋》，北新书局1927年版。

李金发《有感》

如残叶溅

血在我们

脚上，

生命便是

死神唇边

的笑。

确如论者分析的,《有感》将诗句分开、断裂、参差排列的形式直接从魏尔伦的《秋歌》借鉴而来。重要的是,这种断裂后的跨行采用的reject、enjambement等法国诗歌的"音乐节奏法",被移植过来后丰富了早期新诗的音韵方式;并且,该诗"通过节拍、齿音、元音之间的跌宕效果造成诗的音乐性,与当时新诗诗人在音乐性上的努力一致"[1]。这从另一侧面(有别于闻一多等"新月诗派")为当时的新诗格律建设提供了方案。其实,这一声律上的渗透对新诗来说是一种相当值得珍视的影响,例如,"在鲁迅的散文诗以及杂文中,西方的文法不仅是词句的逻辑结构,也赋予了一种声调乃至韵律(主要是节奏与顿挫)的意味,也就是说,赋予了抒情的功能"[2]。而这种影响并不是可有可无的。

1 金丝燕:《文学接受与文化过滤——中国对法国象征主义诗歌的接受》,中国人民大学出版社1994年版,第183页。

2 郜元宝:《汉语别史:现代中国的语言体验》,山东教育出版社2010年版,第80页。

与李金发诗歌中欧化造成的"裂隙"相对照,同时期和稍后的徐志摩、冯至、戴望舒、何其芳等的诗歌,如《偶然》《雪花的快乐》《我不知道风是在哪一个方向吹》(徐志摩),《蛇》《我是一条小河》《蚕马》(冯至),《印象》《我思想》《乐园鸟》(戴望舒),《预言》《欢乐》(何其芳)等,对欧化因素的处理显得更加圆融。当代诗人余光中如此称许徐志摩的《偶然》:"在篇末短短的四行诗中,双动词合用受词的欧化句法,竟然连用了两次,不但没有失误,而且颇能创新,此之谓'欧而化之'"[3];戴望舒也在其诗歌翻译和诗歌创作之间实现了正向的互动,"他在诗创作的正与内容相应的形式上的变化过程和他译诗的变化过程确是恰好一

3 余光中:《徐志摩诗小论》,见《余光中选集》第三卷,安徽教育出版社1999年版,第210页。

致……他翻译外国诗，不只是为了开拓艺术欣赏和借鉴的领域，也是为了磨炼自己的诗传导利器”[1]，因而有效地以翻译促进了创作。在上述诗人之外，卞之琳的探索可谓别具一格、富于启示意义，如他的《距离的组织》：

1 卞之琳：《翻译对于中国现代诗的功过》，1988年3月香港《八方》文艺丛刊第8辑。

卞之琳《距离的组织》

想独上高楼读一遍《罗马衰亡史》，
忽有罗马灭亡星出现在报上。
报纸落。地图开，因想起远人的嘱咐。
寄来的风景也暮色苍茫了。
（醒来天欲暮，无聊，一访友人吧。）
灰色的天。灰色的海。灰色的路。
哪儿了？我又不会向灯下验一把土。
忽听得一千重门外有自己的名字。
好累呵！我的盆舟没有人戏弄吗？
友人带来了雪意和五点钟。

如同这首诗的标题所暗示的，此诗的思绪跨越了时空，穿梭于古今、中西之间，语词、意象的跨度极大。卞之琳进行的堪称是一种探险式的诗学实验，其醒目之处在于，他立意把欧化转变为“化欧”，将“化欧”与“化古”并举，用“戏拟”（parody）手法将西方的“戏剧性处境”“非个人化”和中国古代的“意境”勾连起来；艾略特、瓦雷里等西方诗人的影响和李商隐、姜夔等古代诗人的养分同时在他的笔下化为无形。虽然卞之琳尝言：“翻译对于引进一方语种诗创作的可取或不可取的影响，形式是否相应忠实（即所谓‘信’），不下于内容是否忠实（也是‘信’），至关重要”[2]，但对他来说，“化欧”的目的不止于一种情调（如李金发），或某些句法（如徐志摩、冯至）的习得，更在于一种现代意识的获取，他将这种意识贯注在众多的冷峭、自如的诗句之中。

2 同上。

这种现代意识在1940年代的辛笛、陈敬容、穆旦、郑敏、杜运燮等诗人那里变得更加鲜明。袁可嘉指出:"现代诗的作者在思想及技巧上探索的成分多于成熟的表现,因此不免有许多非必需的或过分的欧化情形,虽然笔者相信大部分思想方式及技巧表现的欧化是必需的,是这个感性改革的重要精神。"[1] 他显然领悟到,在当时的历史语境里欧化是思想意识的一种"必需",正是前者促动了后者的变化,并进一步促动了诗歌形式的革新。穆旦是这批诗人中诗歌意识极具突破性的一位,他试图"使诗的形象社会生活化"[2],他的诗呈现出"几近于抽象的隐喻似的抒情"[3],从而实现了新诗抒情方式的根本转变:

1 袁可嘉:《新诗戏剧化》,见袁可嘉《论新诗现代化》,生活·读书·新知三联书店1988年版,第22页。

2 穆旦:《致郭保卫的信(二)》,见曹元勇编《蛇的诱惑》,珠海出版社1997年版,第222页。

3 唐湜:《忆诗人穆旦》,见杜运燮等编《一个民族已经起来:怀念诗人、翻译家穆旦》,江苏人民出版社1987年版,第153页。

穆旦《控诉》

我们做什么?我们做什么?
呵,谁该负责这样的罪行:
一个平凡的人,里面蕴藏着
无数的暗杀,无数的诞生

穆旦对一个民族"无言的痛苦"的深透表达,使得他的诗歌散发出强烈的"中国性"。然而,"穆旦的真正的谜却是:他一方面最善于表达中国知识分子的受折磨而又折磨人的心情,另一方面他的最好的品质却全然是非中国的"[4]。穆旦本人也坦陈:"要排除传统的陈词滥调和模糊不清的浪漫诗意,给诗以hard and clear front(大意是:严肃而清晰的形象感觉)。"[5] 这里涉及穆旦诗歌的来源和取向问题。诚然,穆旦不仅吸收了从布莱克到惠特曼等欧美前现代诗人的诗学营养,而且较多地借鉴了20世纪西方现代派诗人叶芝、艾略特、奥登等诗歌中的某

4 王佐良:《一个中国新诗人》,见王圣思选编《"九叶诗人"评论资料选》,华东师范大学出版社1996年版,第311页。

5 引自杜运燮《穆旦诗选·后记》,人民文学出版社1986年版,第151页。

些因素，如他的《从空虚到充实》受到了艾略特诗中戏剧性独白的影响，而《五月》里“那概括式的‘谋害者’，那工业比喻（‘紧握一切无形电力的总枢纽’），那带有嘲讽的政治笔触，几乎像是从奥登翻译过来的”[1]。可是，穆旦对所有这些外来影响进行了恰如其分的改造和转化，并糅合了深切的自我经验和丰富的现实场景。如有论者指出的：“如果说穆旦接受了西方20世纪诗歌的‘现代性’，那么也完全是因为中国新诗发展自身有了创造这种‘现代性’的必要，创造才是本质，借鉴不过是心灵的一种沟通方式”，“大量抽象的书面语汇涌动在穆旦的诗歌文本中，连词、介词、副词，修饰与被修饰，限定与被限定，虚记号的广泛使用连同词汇意义的抽象化一起，将我们带入一重思辨的空间，从而真正地显示了属于现代汉语的书面语的诗学力量”[2]。由此可见，穆旦诗歌中的“非中国性”不是僵硬的和本质化的欧化标识，毋宁说他已经自觉地把外来诗歌元素纳入了他的“现代性”构想之中，从而增益了中国新诗自我建构的方式。

1 王佐良：《穆旦：由来与归宿》，见杜运燮等编《一个民族已经起来：怀念诗人、翻译家穆旦》，第3页。

2 李怡：《论穆旦与中国新诗的现代特征》，《文学评论》1997年第5期。

在“一百多年”的跨语际交流中，诗歌翻译占据了一个特殊的位置，因为诗歌语言作为一种敏感的探测器，保留了所有语言中最为精细、微妙的部分。数代翻译家往来于异国语言与汉语之间，在移入一些新鲜的语词、句法、形式等的同时，创造性地生发了汉语自身的诗意——这些，形成了后来的写作者不可或缺的“养分”，一批批年轻的诗人“孜孜不倦阅读汉译外国诗，寻求的正是译文中那股把汉语逼出火花的陌生力量”[1]。

然而美国诗人弗罗斯特（Robert Frost）所说的“诗是翻译中失去的东西”，依旧如同“魔咒”盘旋在诗人和译者的意识里——尽管戴望舒坚称：“说‘诗不能翻译’是一个通常的错误。只有坏诗一经翻译才失去一切，因为实际它并没有‘诗’包含在内，而只是字眼和声音的炫弄，只是渣滓。真正的诗在任何语言的翻译中都永远保持着它的价值。而这价值，不但是地域，就是时间也不能损坏的。翻译可以说是诗的试金石，诗的滤罗。”[2] 其实诗的可译与不可译，提示的是诗歌翻译的可能性与限度。林语堂认为：“诗乃最不可译的东西”，“译者或顾其义而忘其神，或得其神而忘其体，决不能把文义文神文气文体及声音之美完全同时译出”[3]；王佐良则指出，译一首诗时，“译出了它的全部词的字典意义，完全照原作断行，保存了所有的形象，并不等于译出了这首诗，因为缺了原有的节奏，口气，回响，言外之意，而这构成了诗的意义的一部分”[4]。这大概正是翻译中难以呈现的成分——每首诗的语词中所独有的气息、语感与调性。当代诗人周瓒将之称为

1 黄灿然：《译诗中的现代敏感》，《读书》1998年第5期。

2 戴望舒：《诗论零札》，1944年2月6日香港《华侨日报》“文艺”周刊第2期。

3 林语堂：《论翻译》，见《翻译研究论文集（1894—1948）》，外语教学与研究出版社1984年版，第270、267页。

4 王佐良：《汉语译者与美国诗风》，见王佐良《论诗的翻译》，江西教育出版社1992年版，第97—98页。

诗歌的“声音总体性”，具体来说包括：“融汇了触发诗歌激情核心的整体语调或语感；体现出诗人情感和沉思断层的分行与分段的口吻、停顿或转折间隙；以及代表着诗人个人特点的选词、句式、句序和特殊符号的各种修辞的声音距离感。”[1] 这些恰好是一首诗的“精髓”，多数情况下，在翻译中它们的确无法被原样不动地传输过来，但似乎可以通过模仿或揣摩，最大限度地捕捉原作的某些“神韵”。何况诗歌翻译的价值并非仅止于译作本身：“译诗是会有所失的，但所得却是深层的文化对话，是新的创作生机，是给这个多难的世界以慰藉和希望。”[2]

不管怎样，源自不同语种的译诗从观念到体式全方位滋养了中国新诗。在近百年的历史进程中，新诗一方面要勉力褪去给其带来困扰的“翻译腔”，另一方面要不断克服因“欧化”指责而陷入的自我建构和身份合法性的焦虑。时至今日，新诗仍被认为缺乏某种“文化认同”：“从一九一七年的文学革命到九十年代的今天，文化认同一直是现代汉诗史上一个中心课题。从五四前夕胡适、梅光迪的书信往返，到三四十年代关于民族形式的讨论，到台湾五六十年代对现代派诗的批评，到台湾七十年代初的‘现代诗论战’，到中国大陆八十年代初对朦胧诗的批判，以至九十年代汉学家与国内评论家的论述，现代汉诗的文化认同一再被当作一个问题提出，也一直没有脱离中西对立、传统与现代对立的框架。”[3] 不少人认为，文化认同的阙如主要缘于外来文化的侵蚀与干扰，因此文化认同的确立有赖于个体对民族身份的执守：“文学的民族特征是衡量其有无创造力的基本标志之一，又是作家形成自己独特艺术风格的基础。”[4] 这种文学的民族本位或本土主义显然是需要辨析的。实际上，任何文化的发展都是纯与杂、个性与共性的辩证统一，“从艺术创造的角度来说，作为一

1 周瓒：《以精卫之名——试论诗歌翻译中的声音传递》，《文艺争鸣》2019 年第 2 期。

2 王佐良：《另一面镜子：英美人怎样译外国诗》，《中国翻译》1991 年第 3 期。

3 奚密：《中国式的后现代？——现代汉诗的文化政治》，《学术思想评论》第 5 辑，辽宁大学出版社 1999 年版。

4 阙国虬：《试论戴望舒诗歌的外来影响与独创性》，《文学评论》1983 年第 4 期。

种共性的民族性，不但不是文学价值的标准，恰巧是我们应该加以克服的东西。一个有创造力的诗人迟早会克服他身上的这种共同性，表现出个人独特的倾向，从而成为不可替代的唯一的这一个”[1]。更进一步说，在文学创作领域，正是众多“不可替代的唯一的这一个”，汇聚而成了更高意义的“民族性”。

1 西渡：《翻译·创作·民族性》，《文学前沿》总第5辑，首都师范大学出版社2002年版。

毫无疑问，倘若不从认知和态度上彻底打破中西对峙、非此即彼的格局，那么新诗面临的文化认同的困境及由之而生的失落感将会延续下去。

在当代，因文化认同的缺失所获致的“危机”感，在历经一次新的社会文化转型之后的1990年代诗歌中显得格外突出。置于日渐浓厚的文化保守主义氛围中，此际的诗歌为应对尖锐的“欧化”指斥所进行的努力，是在增强“本土性”、回归“中国性”或“中国话语场”的过程中，获得处理1990年代中国语境中特殊而复杂的现实（经验）的能力。按照诗人们自己的解释，他们已经“在一种剧烈而深刻的文化焦虑中自觉反省、调整与‘西方’的关系”[2]。一个常被提及的例子，是诗人西川早先写下的《世纪》一诗原来的结尾：“‘我是埃斯库罗斯的歌队队长’”，在后来出版的诗集中这一句变成了“‘我曾是孔子门下无名的读书郎’”，这个例子“显示了原有的诗歌身份在今天所受到的威胁和质疑，及诗人们在一种文化焦虑中对自己写作的调整”，“由盲目被动地接受西方影响，转向有意识地‘误读’与‘改写’，进而转向主动、自觉地与西方诗歌建立一种‘互文’关系”；与此同时，随着与西方诗歌关系的逐渐调整，“‘传统’作为多重参照之一，正被重新引入现在，在90年代诗歌建构中起着虽不明显却十分重要的作用。一个悖论是：‘传统’的被重新发现和认识，完全是因为对‘西方’的

2 王家新：《从一场蒙蒙细雨开始》，《诗探索》1999年第4辑。

敞开”[1]。应该说，1990 年代部分诗人的努力显示了新的历史语境下重置新诗与欧化关系的良性趋势。

一个显而易见的事实是，经受了长期欧化洗礼的现代汉语，在全球化背景的当下犹处于持续的生成与演化之中。同样，中国新诗也依然在不断创造、变化与建构。诗人们需要思量：如何为新诗找寻新的“陌生力量”而使之获得新的活力？

1 王家新：《中国现代诗歌自我建构诸问题》，《诗探索》1997 年第 4 辑。

第三章

或隐或显的投影——早期新诗中的宗教印痕

一　作为新诗文化资源的宗教

宗教在现代中国人的生活和思想中究竟占据怎样的位置，是一个并未得到深究的问题。从历史的角度看，中国人之与宗教发生关联，主要体现在信仰和学理两个层面。就后一层面而言，中国人（尤其是知识分子）对宗教所持的是某种微妙的悖谬态度：既想将之作为社会或个体的精神支援引入，又因种种现实或观念的原因不得不对之拒斥。民国初年出现的声势浩大的“非宗教运动”，以及“美育代宗教”等学说的兴起，多少昭示了现代中国人对宗教的矛盾心理。尽管宗教与中国人相纠结的情形十分复杂，但无可否认的是，各类宗教已经或隐或显地参与了近现代以来中国社会进程，特别是知识分子人格结构和精神气质的塑造，而成为一种不容忽视的文化和思想资源。[1] 谢扶雅在 1927 年出版的《宗教哲学》中指出：“自海通以后，西学东渐，译名之最不幸者，莫过于‘宗教’二字矣。考今日西方所用 Religion 一语，与我国所谓‘宗教’者，实大有出入。”[2] 许地山认为宗教可以分为三类：“（1）巫祝的宗教，（2）恩威的宗教，（3）情理的宗教。”[3] 在胡适看来，“一个宗教会有三个部分：一是它的道德教训，二是它的神学的理论，三是它的迷信”[4]。显然，不同的人会按照各自的目的对宗教作出不同的理解和择取。值得探讨之处在于：宗教在现代的汉语语境内遭遇了什么样的期待视野？汉语知识界以何种方式过滤、接受或转化了各类宗教？

1 相关讨论可参阅李向平《救世与救心：中国近代佛教复兴思潮研究》（上海人民出版社 1993 年版），顾卫民《基督教与近代中国社会》（上海人民出版社 1996 年版），雷立柏《论基督之大与小：1900 —1950 年华人知识分子眼中的基督教》（社会科学文献出版社 2000 年版），史静寰、王立新《基督教教育与中国知识分子》（福建教育出版社 1998 年版），以及王治心《中国宗教思想史大纲》（东方出版社 1996 年版）的部分内容。有关中国现代文学与宗教关系的讨论，可参阅谭桂林《百年文学与宗教》（湖南教育出版社 2002 年版）、王本朝《20 世纪中国文学与基督教文化》（安徽教育出版社 2000 年版）、马丽蓉《20 世纪中国文学与伊斯兰文化》（安徽教育出版社 2000 年版）等。

2 谢扶雅：《宗教哲学》（重印本），山东人民出版社 1998 年版，第 204 页。

3 许地山：《我们要什么样的宗 教?》，载 1923 年 4 月 14 日《晨报副刊》。

4 胡适：《基督教与中国》，载《生命月刊》第 2 卷第 7 册（1922 年）。

作为五四新文化运动宏大构想之一部分的新诗，在诞生之初和之后的相当长时间里，受到的各种熏染是非常驳杂的。其中宗教即被视为一种重要的外来养分受到重视，如周作人于 1920 年发表的著名演讲《圣书与中国文学》中，就认为“《圣书》与中国新文学的关系，可以分作精神和形式的两种”，“形式的一方面，《圣书》与中国文学有一种特别重要的关系，这便因他有中国语译本的缘故。本来两国文学的接触，形质上自然的发生多少变化，不但思想丰富起来，就是文体也大受影响，譬如现在的新诗及短篇小说，都是因了外国文学的感化而发生的……希伯来古文学里的那些优美的牧歌（Eidyllia=Idylls）及恋爱诗等，在中国本很少见，当然可以希望他帮助中国的新兴文学，衍出一种新体”。[1] 诚然，“周作人对于基督教传统与对于《圣经》的解释主要是从文学的角度……他对《圣经》的看法似乎是一种完全‘诗化’的看法”，或许有一定的“局限性”[2]，但从新文学建设的角度来说，周作人对于《圣经》之于新文学（新诗）语言、形式等方面的意义，所表现出的敏锐的观察和觉识，仍然是十分必要的。至于近来有研究者把周作人的陈述指责为一种“认识上的延误”，说“这种认识上的延误实际上造成了文学革命同英国圣公会等机构所颁布和认可的白话的《圣经》（即官话本）失之交臂。这次失之交臂……使得中国现代文学错过了一个机会，现代汉语错过了一种可能性，依存于语言的现代汉语诗歌失去了一个方向。因而才有彻头彻尾世俗的胡适用庸俗进化论发明本土的‘白话文学史’说，用词曲风格的白话诗树立现代汉语诗歌的原型和榜样”[3]，是否合乎新诗发生的历史实际和诗学逻辑，则是一个需要详加辨析的问题。

令人疑惑的是，《圣经》的汉译必然会对现代汉语诗歌产生“方向性”的影响？包括《圣经》在内的宗教典籍在进入

1 周作人：《圣书与中国文学》，见周作人《艺术与生活》，河北教育出版社 2002 年版，第 39、41 页。

2 雷立柏：《论基督之大与小：1900—1950 年华人知识分子眼中的基督教》，社会科学文献出版社 2000 年版，第 36 页。

3 刘皓明：《圣书与中国新诗》，《读书》2005 年第 4 期。

汉语语境之时起就被接受为“文学”文本吗？事实上，各类宗教进入汉语语境特别是文学表达的过程和方式曲折且复杂，二者难以构成一一对应的因果关系，而是充满了大量的错位与“误读”。正如朱自清指出：“有人追溯中国译诗的历史，直到春秋时代的《越人歌》（《说苑·善说篇》）和后汉的《白狼王诗》（《后汉书·西南夷传》）……这两首歌只是为了政治的因缘而传译。前者是古今所选诵，可以说多少增富了我们的语言，但翻译的本意不在此。后来翻译佛经，也有些原是长诗，如《佛所行赞》……这种长篇无韵诗体，在我们的语言里确是新创的东西，虽然并没有在中国诗上发生什么影响。可是这种翻译也只是为了宗教，不是为诗。近世基督《圣经》的翻译，也增富了我们的语言……但原来还只是为了宗教，并且那时我们的新文学运动还没有起来，所以也没有在语文上发生影响，更不用说在诗上。”[1] 虽然周作人（在朱自清所说的“五四运动后”）机智地指明了新文学（新诗）面对《圣经》等资源时获具的某种可能性，但这并不意味着汉译《圣经》或其他宗教典籍是现代汉语和新诗语言的唯一而必须的源头。

1 朱自清：《译诗》，见朱自清《新诗杂话》，生活·读书·新知三联书店 1984 年版，第 69 页。

如同对现代文学中任何外来影响的审理最终应该落实到作品一样，对于新诗所受的宗教影响的考察，也需以具体的文本分析为基本依据。这里对新诗与宗教之关联的剖析集中于早期新诗[2]。可以发现，在新诗的早期阶段，即新诗的文体尚处于初步建立之际，有关新诗的议论、设想和实践，不免与一定的社会、文化乃至语言变革的命题缠绕在一起，新诗的文体和它的功能同时得到了强调，譬如“文学工具论”者胡适就说，只有“诗体的

2 这里“早期新诗”大致指 1920 年代中期以前的新诗写作。在笔者看来，梳理各类宗教留在这一时期诗歌中的斑驳的印迹，似乎更具发生学的意义，让我们看到：宗教不仅潜在地构成一些诗人的精神资源，而且为新诗诞生初期的主题路向、语言材料以及诗人的诗思方式、表达习惯，提供了某种可能的向度。至于 1930—1940 年代的艾青、穆旦、阿垅等诗人作品中更为明显、成熟的宗教影响，及其与这些诗人的写作乃至当时诗歌的关系，需另专文分析。

解放”以后，“丰富的材料，精密的观察，高深的理想，复杂的感情，方才能跑到诗里去”[1]。这大概是因为：参与新诗草创的诗人往往具有多重身份和驳杂的文化背景，像胡适、刘半农、沈尹默、俞平伯、郭沫若及周氏兄弟等，在关注新诗时总会带入他们自己的文化理想或旨趣，而非仅仅出于诗歌本身的考虑（胡适把诗视为旧文化体制“最难攻克的壁垒”即是一例，更不用说自称写新诗只是“敲敲边鼓”的鲁迅了）。在这样的情形下，宗教便有可能作为一种文化资源和个体意识渗入早期的新诗写作，暗中参与新诗早期形态的构成（当然，这种渗透是在诗的意义上进行的）。总的来说，宗教对于早期新诗的影响主要体现在两个方面：其一，增加了诗人想象世界的方式，使得新诗无论在题材还是主题上都有可能向某个更开阔的空间迁移；其二，局部地改变了诗人的抒情方式和言述方式，这一点更多地体现在句式、语调等新诗的文本形态上。后一点也许更为重要，但从早期新诗的具体实践来看，宗教的影响（主要通过汉译宗教典籍和作品的传阅）似乎尚未成为新诗文本建构的支配性力量，这是由于早期新诗文本特征的一个重要成因是语言，而现代汉语的来源是相当芜杂的——毕竟，宗教典籍和作品的汉译仅是其中之一。

1 胡适：《谈新诗》，《中国新文学大系·建设理论集》，上海文艺出版社1981年影印本，第295页。

在近代以来的迻译西学的热潮中，宗教（典籍与作品）的翻译的确是相当重要的一部分，这种翻译产生的影响随着1919年官话和合本《圣经》的面世而逐渐明朗。有必要指出的是，较早的宗教著作的翻译（主要指基督教）大多是在传教士主持下完成的，这使得包括《圣经》在内的诸宗教书籍最初并非被作为文学资源引入。不过，这并不妨碍中国近现代作家以文学的眼光阅读和接受《圣经》等宗教著述。其实，“《圣经》在中国的传播和流行有一个从教会到社会，从宗教到文学的趋势，它独特的文学魅力引起了中国作家的兴趣，成了他们的阅读对象和阅读经验”[1]。鲁迅、周作人、郭沫若、巴金、曹禺、沈从文等许多作家都有收藏并文学性地阅读《圣经》的经历。一方面是阅读经验的累积，另一方面是所受教育的熏陶（如冰心、许地山、林语堂、庐隐、陆志韦、梁宗岱、陈梦家等均曾在教会学校学习），潜在地构成了他们进行文学创造的思想和情绪的发酵源。

1 王本朝：《20世纪中国文学与基督教文化》，安徽教育出版社2000年版，第270页。

值得注意的是，身处于各种文化交汇之中的中国现代作家诗人们，在接受某一文化影响的同时，其自身还保留着其他一种或数种文化的“积习”。按照法国社会学家布迪厄的说法，“积习”作为“一种社会化了的主观性”，和一种“结构形塑机制”（structuring mechanism），是“深刻地存在在性情倾向系统中的、作为一种技艺（art）存在的生成性……能力”[2]。除根深蒂固的儒家文化之外，一部分作家诗人的“性情倾向系统”中还强烈地渗透着佛、道等宗教的因子，当他们遭遇另外的宗教（如基督教）的洗礼时，中间发生的个体经验的交错与融合是格外耐人寻索的。这也使得早期新诗在意象的择取、经验的传达等方面，

2 [法]皮埃尔·布迪厄、[美]华康德：《实践与反思》（李猛、李康译），中央编译出版社1998年版，第165页。

显出较为混合的趋向。典型的如王独清《圣母像前》把“圣母”“马利亚”与传为孔子之母“颜氏女”的形象交叠在一起，西式外壳内包裹着浓重的东方情结。王统照《悲哀的喊救》里，“悲哀是藏在莲花的萼里”中的“莲花”意象，既勾连着佛教语汇，又散发着中国古典诗意；此诗共三节，每节句式相同，末句都由“哦！上帝的护持！”起头，可谓多种文化的混合。冰心的《迎神曲》《送神曲》等诗篇，充满了机巧和禅意；她的小诗，总是杂糅着佛教的空灵和基督教的博爱，让人领悟其诗思的多重来源。

这里确乎可能出现所谓的宗教“本色化”或本土化的问题，但就不同作家诗人应答各类宗教浸染的方式和情形来说，是否有一体的“本色化”命题是可疑的。当然，很多作家诗人在考量自己所受的宗教影响时，难免会受到各自现实语境的牵扯，从而把不同宗教文化纳入自己的问题框架之中。譬如闻一多 1920 年代初在给友人的信中写道：“现实的生活时时刻刻把我从诗境拉到尘境来。我看诗的时候可以认定上帝——全人类之父，无论我到何处，总与我同在。但我坐在饭馆里，坐在电车里，走在大街上的时候，新的形色，新的声音，新的臭味，总在激刺我的感觉，使之仓皇无措，突兀不安。”[1] 正是在这样的心境下，身为基督徒的闻一多在他诗里如此吁叹：

闻一多《志愿》

啊，主呀！我过了那道桥以后，
你将怎样叫我消遣呢？
主啊！愿这腔珊瑚似的鲜血
染成一朵无名的野花，
这阵热气又化些幽香给她，
好攒进些路人底心里烘着吧！

1 见《闻一多诗全编》，浙江文艺出版社 1995 年版，第 423 页。

只要这样，切莫又赏给我
这一副腥秽的躯壳！
主啊！你许我吗？许了我吧！

在某种意义上，闻一多的这首诗，表达的是他面对新的文化困境和抉择的个人“志愿”；他试图引入一个至高无上的“他者”作为拯救的力量，但这个“他者”却又是有现实指向的。在长诗《南海之神——中山先生颂》（包括《神之降生》《纪元之创造》《祈祷》三个部分）中，闻一多以热忱的呼唤与礼赞，将孙中山称誉为“行天的赤日，光明的输送者”。无独有偶，朱湘《哭孙中山》也表达了类似的思绪：“看哪：救主耶稣走出了坟墓，/华夏之魂已到复活的辰光”。在当时，这种对“救主”的期盼具有一定的代表性。“上帝”用语在早期新诗中的频繁出现，体现的正是对超然力量的渴望与尊崇：“为什么我不知何为上帝，我在心灵中，却有个秘密与神奇的崇敬？”（王统照《为什么》）；“万有都蕴藏着上帝，/万有都表现着上帝”（冰心《向往——为诗人歌德九十年纪念作》）。这些包含了明显宗教情绪的表述，在另一些诗人笔下则成为一种对光明的希冀与对新生的想象的交织，例如周作人就如此“祈祷”：“小孩呵，小孩呵，/我对你们祈祷了。/……用了你们的笑，/你们的喜悦与幸福。/用了得能成为真正的人的矜夸。/在你们的前面，有一个美的花园，/从我的上头跳过了”（《对于小孩的祈祷》）。最终，这种饱含宗教般激情的期待和“祈祷”，转化为对新的民族国家的热切憧憬：

石评梅《微细的回音》

朋友啊！
在黑阴阴的夜里，
灿烂的繁星，
缀成了光明的烛球！

照着那美丽的花园。
朋友啊！
拿你的血泪去改造粉饰那荒芜的花园。
朋友啊！
假如你遇见些活泼安琪儿：
你怎样安慰她啊！怎样导引她啊？
我相信宇宙间：最快乐欢欣的，
是我把上帝的心，告诉我可爱的人。

此诗的末句“燃两枝爱真理爱自由的红灯——照着——前途的成功建设”，是石评梅“微细的回音”所潜隐的强大心声。在另一首《我愿你》中，石评梅也向往着：“自然之美与你造理想之国，/人类之爱与你建创造之塔”。在此，宗教仿佛一条通道，沿着它诗人们把自己的个体感受向外扩展为一种更阔大的群体“志愿”。石评梅的“上帝的心”，在蒋光慈那里则被“普照的红光”所取代：“阿弥陀佛！一声去了，/为人类，为社会，/为我的兄弟姊妹，/还问前途有甚危险呢？”（《西来意》）。无论“上帝”抑或“佛”，它们的功能是相同的，都被诗人们用来表明对“革命”、“改造”、“新生”等主题的关注。

与通过宗教把个体感受向“外”投射和扩展的做法不同，一些诗人更愿意向“内”开掘，其敏锐的诗思捕捉到宗教的神秘、静谧的一面，他们将得自宗教的体验进行反复玩味。如徐志摩的《常州天宁寺闻礼忏声》，在空旷而安详的“佛号”的感染下，诗人开始沉溺于自己的幻觉，慢慢体味“无量”、“因果”、“涅槃”等的内涵。曾多少受到佛教熏染的宗白华，在述及自己与诗的因缘时充满了虔敬之感：“同房间里一位朋友，很信佛，常常盘坐在床上朗诵《华严经》。音调高朗清远有出世之概，我很感动。我欢喜躺在床上瞑目静听他歌唱的词句，《华严经》词句的优美，引起我读它的兴趣。而那庄严伟大的佛理境界投合我心里潜在的哲学的冥想”；在这样的“冥想”中，“内心的孤迥，也希望能烛照未来的微茫，听到永恒的深秘节奏，静寂的神明体会宇宙静寂的和声”。[1] 于是，他的内心里会有“一些无名的音调，把捉不住而呼之欲出”：

1 宗白华：《我和诗》，见《宗白华全集》第2卷，安徽教育出版社1994年版，第150—151、154页。

宗白华《我们》

我们并立天河下。
人间已落沉睡里。
天上的双星
映在我们的两心里。
我们握着手，看着天，不语。
一个神秘的微颤。
经过我们两心深处。

宗白华的“流云”小诗，大多因哲思与诗情的融合而呈现幽微的风致，他的《夜》《筑室》《解脱》等诗篇，将传统的自然观、现代的“泛神论”和佛禅等宗教意绪糅合在一起，显得别具一格。宗白华所感受到的“神秘的微颤”，与郭沫若体会的“神经”“战栗”遥相呼应：“十里松原中无数的古松，/尽高擎着他们的手儿沉默着在赞美天宇。/他们一只只的手儿在空中战栗，/我的一枝枝的神经纤维在身中战栗”（《夜步十里松原》）。无疑，他们更重视宗教情境对内在隐秘体验的激发。

应该说，诗人们宗教感受的向外发散或向内收缩，显示的是两种不同的文化姿态和人生态度。这一定程度上造成了他们诗歌风格的分野。但宗教进入诗人的视野后，引发的不管是向外的大声疾呼，还是向内的喃喃低语，都为早期新诗增添了某些浪漫气息。

三　情理冲突与主题路向的选择

对于各类宗教影响的接受，中国现代知识分子总是表现出情与理、感性认同与学理评价、个体意趣与公众取向矛盾交织的复杂态度。这在有关基督教的认识上似乎体现得格外明显。中国现代作家诗人对基督教显示了两种相异的态度：对作为一种象征的基督精神的情感上的亲近，和对作为制度与仪式的教会（及教会人士）的反感乃至控诉。从徐玉诺的《与现代的基督徒》一诗可见一斑：

徐玉诺《与现代的基督徒》

——我并不是个基督徒，
但是我却不像基督帽巾那样
摧残基督。

显然，徐玉诺并不看重信教与否等外在形式，在他看来，有些所谓教徒说不定会曲解基督的精神，而有些非基督徒恰好可能领悟基督精神的真谛；他以人格为标尺，视耶稣为令人景仰的人格楷模，因为耶稣有着"憎与爱的热烈感情，/和为喜爱与憎恶的牺牲精神"。正如石评梅所说："一个人到了失败绝望无路可走人力不可为的时候，总幻想出一个神灵的力量来拯救他，抚慰他，同情他，将整个受伤的心灵都奉献给神，泄露给神，求神在这失败绝望中，给他勇气，给他援助……"[1]可以说，中国现代作家诗人从各类宗教那里汲取的一个重要养分，是一种精神的力量，一种关乎个体内心的动力。

1 石评梅：《再读〈兰生弟日记〉》，见《石评梅选集》，山西人民出版社 1983 年版，第 407 页。

上述作家诗人对宗教的双重态度，使他们在援引某些宗教资源进行创作时，呈现两股旨趣大相径庭的主题路向：承担、救赎和鞭笞、忏悔。一方面，对宗教的精神性理解与认同，促成了早期新诗中较普遍的担当意识。诗人们偏好在诗里塑造获得了某种神性力量的承担者的形象，如徐玉诺《有仗恃的小孩们》中的“他”：“他带着上帝的热力和反抗力，/他鼓着勇气……/也只有奇怪，怒，心急……”；《夜的诗人》中的“诗人”：“披着他那宽大的黑衣，/徘徊在花影里”，“他并不歌唱或吟哦，/他的心脉低微又低微”；以及《泪膜》中给伤心的人们带来福音的“博爱的巡视者”和“送花团的安琪儿”。当然，“诗人”被赋予某种神力而担当抒写民生疾苦的责任，不只是那个年代独有的现象。在早期新诗人中，徐玉诺是一位充满宗教的悲悯情怀的诗人，面对深重的生存苦难，他除了表达悲慨与愤懑之外，更多的是虽哀婉但不无虔诚地祈求担负苦难的勇气。他的《我的神》这首篇幅不长的诗，以诗剧样式展示了一个在黑暗中用手杖摸索前行的赶路者的决心——诗中，赶路者得以战胜浮嚣和空虚的动力源于无形的“神”的支撑，这具有很强的象征意义。

另一方面，诗人们善于借助宗教意象表达现实生活中的苦闷、忧虑与愤怒，从而将宗教的原罪、忏悔等主题带入了诗歌。徐志摩的诗较多地涉及这类主题，他写过两首以《罪与罚》为题的诗作，他的《白旗》以先知般的口吻陈述：“在眼泪的沸腾里，在嚎恸的酣彻里，在忏悔的沉寂里，你们望见了上帝永久的威严”，这首诗与《毒药》《婴儿》一起构成总题为《一首不成形的诗，诅咒的，忏悔的，想望的》的长诗，“忏悔”的题旨十分鲜明。置身于新旧文化的交替与冲撞之中，现代诗人们见到的是“幻象破，/上帝死”（徐志摩《悲观》）的景象，感受到的是一个“上帝早已失却了他的庄严”的世界，诗人们“徘徊在礼拜堂前”，发现“巍巍的建筑好像化作了一片荒原”（冯至《北游》）。他们说：“我送给上帝唯一的礼物，便是现时代的悲哀”（徐雉《送给上帝的礼物》）。“悲哀”似乎成了那个时代情绪

挥之不去的旋律:

刘延陵《悲哀》

上帝呀!
用你的手,悲哀的磁石,摄去人间一切的悲哀罢。
摄去河水里的悲哀,
教他只可琤琤琮琮地唱罢。
摄去红叶里的悲哀,
只许他得意扬扬地舞,翩翩翻翻地飞罢。
摄去我笔里的悲哀,
教他只能写人间的欢愉罢。

这“悲哀”是如此巨大,以至诗人们祈求:“但愿有力之神,/灭绝了我的天真,/塞住了我知觉之路。/我再也不能对这寂寞的南京城,/像那加加利人,/望着耶路撒冷而哭”(陆志韦《冬至日朝阳门外》)。这其实是万般无奈之下的“祷告”与“哀求”:“强设那空中有那万能的上帝”,“把我心也闭了”,再也不见那世俗的“沉脸和冷笑”、“讥讽和恶骂”、“恶臭和血腥”(胡思永《祷告》);“神啊!/给我一杯奇异的浓酒吧!/使我忘掉一切的罪恶……/使那阴沉沉触目伤心的世界,/不再来惊扰我吧”(徐玉诺《哀求》)。诗人们略带酸涩的反讽语气,映衬出其内心悲苦之深和对现实鞭笞之甚。

总体上看,过于浓厚的现实诉求导致早期新诗中的宗教意涵,与宗教本应具有的超越性、超验性构成紧张关系。此外,由于现代思想命题的纷繁多样,诗人们总会从不同宗教那里找到契合自己意绪的“点”。于是,从早期新诗那些受宗教浸染的作品中,既可以看到愤慨与悲戚的情绪的两极,也可以发现家国与情爱等主题的相互交织。比如,“上帝”这个词,有时成为诗人莫名“苦恼”的出口:

“假使有个上帝，/以其慈悲之心怜悯世人之惨痛，/我亦不愿得其同情之眼泪，/因我不能离开我之苦恼”（胡也频《假使有个上帝》）。更多时候，则被当作诗人呼唤爱情的“借口”：“夜深了，神啊——/引我到那个地方去吧！/我要狂吻那柔弱的花瓣，/在花儿身边长息！”（冯至《夜深了》）；“假如我有恋人，/我可以不信上帝，/因为那时/她将做我唯一的心的主宰者”（徐雉《孤独者的烦闷》）。诗人甚至把“上帝”与人的形象进行比拟，借此烘托他心目中“她”的完美：

杨子惠《她》

人说上帝是个勇士的形相，
一身多少英雄气概；
我说上帝像个婴孩的模样，
一心满是天真的爱；
不然上帝怎能创造她的心，
除非把自己的心灵作模型。

在这样的情形下，“上帝”已脱离其宗教含义得以生成的原初语境，而归于表达意图的个人性和即时性。或许，这是某种意义的宗教“本土化”？

四　别样的抒情质素和语式

毫无疑问，早期新诗的部分作品，因宗教的羼入而呈现出颇为别致的品性和状貌。大致说来，早期新诗在形态上所受宗教的影响主要体现在三个方面。其一，宗教在改变一些诗人思维方式的同时，还为其诗歌写作提供了某些特别的语式。像前述的“主呀”、“神啊”等呼告语式是宗教所特有的，它们夹杂在诗句间增强了诗的感染力。有一类以“祈祷”为标题的诗篇格外醒目，比如冰心的两首《晚祷》、梁宗岱《晚祷》、陆志韦《向晚》、于赓虞《晚祷》等等，都是宗教“祷告”体的直接移用。一般而言，“祈祷”涉及宗教的忏悔与超升的主题。对于这些题为“祈祷”的诗篇来说，这种体式除给予它们相似的宗教主题外，还造就了它们趋于古典的情怀和细密的抒情风格，从而在气质上与同代的诗歌产生了微妙的差异：

梁宗岱《晚祷》

我独自地站在篱边。
主呵，在这暮霭的茫昧中。
温软的影儿恬静地来去，
牧羊儿正开始他野蔷薇的幽梦。
我独自地站在这里，
悔恨而沉思着我狂热的从前，
痴妄地采撷世界的花朵。
我只含泪地期待着——
期望有幽微的片红
给暮春阑珊的东风
不经意地吹到我的面前：
虔诚地，静谧地
在黄昏星忏悔的温光中
完成我感恩的晚祷。

更为重要的是，“祈祷”往往设置了一个不在场的对话者，使诗的句式富于变化。如李金发的《月夜》：“我便呆坐阶前绿荫下，/沉默地凝视着，如向圣母的祈祷，/如向权威者哀求赦宥。/将我的懊悔，遗憾，羡慕，追求，疑惑，/细诉于你的光辉”，就有一个人称逐步转换的过程，最后将“细诉”朝向了“你”。

其二，宗教的素材丰富了新诗的语言资源，不仅体现在语料上，也反映在语言的色彩、样态等方面。一些以宗教题材入诗的作品，在表现样式上显得灵活多变。徐志摩擅长“改写”宗教故事，在诗中构筑富有情趣的戏剧场景，如《人种由来》对《创世纪》的故事的巧妙改写；他的《卡尔佛里》以一个无名看客的口吻，重述了“耶稣受难”的情景，充满了戏谑、微讽的多声部的语气：“嘿！看热闹去，朋友！在那儿？/卡尔佛里，今天是杀人的日子；/两个是贼，还有一个——不知到底/是谁？有人说他是一个魔鬼；/有人说他是天父的亲儿子，/米赛亚……看那就是，他来了！”这首诗技法娴熟、语调圆润，堪称新诗历史上较早尝试“戏剧化”的成功诗作之一。

其三，宗教的某些特殊表达方式如复沓、押韵等，也在早期新诗的韵律构造上有所表现，如于赓虞的《晚祷》、杨子惠的《她》等。那么，讲求声律效果的宗教表达是否有助于新诗格律的形成？ 1940 年代初，朱维之在他的《基督教与文学》中提出设想：

> 二十多年来，中国新诗出版了不少种数，还有人怀疑它底基础不稳固，连新诗人中也有些自己怀疑自己起来，转身走回旧诗的路上去；因为他们以为诗是不能没有规律的，过分自由的诗，究竟算不算诗，终是一个问题。这种怀疑

是合理的，可是转身走回老路去也是死路一条，不如进一步把新诗底基础巩固起来，修筑一条新的生路。

新体诗底稳固基础，必须建筑在新音乐上面。不合乐的诗在形式上看起来和散文相差不远，就是豆腐干式的方块诗形，也不过是作茧自缚，不能说是得体。只有合乐的新诗，才可说是得体的诗歌。二十多年来的新诗坛太少注意合乐的诗，这个缺陷一天不克服，新诗一天不能有稳固的基础。

圣歌在中国也渐渐进步了，在中国新诗中自然也该占一席地，并且能够补足上面所说的缺陷，至少可以说，它可以给中国新诗一个启示，导引新诗走上合乐的路上去。……[1]

从理论上说，“合乐”不失为建设新诗诗体的一个方案。不过，在后来新诗发展过程中，“合乐”的思路经受了实践的不断检验、质疑与调整。无数探索新诗音乐性的成功或不成功的例证表明，新诗格律的确立尚需充分考虑现代汉语和新诗文体的特性。

1 朱维之：《基督教与文学》，上海书店 1992 年影印本，第 139 页。

第四章

粲然的普罗米修斯之火——漫议新诗的政治维度

一 初期新诗的政治意识与革命诗歌的幽婉情调

1929 年，还差两个月才满 20 岁的诗人殷夫，完成了那首著名的《别了，哥哥》，诗中有这样的句子：

殷夫《别了，哥哥》

但你的弟弟现在饥渴，
饥渴着的是永久的真理，
不要荣誉，不要功建，
只望向真理的王国进礼。

因此机械的悲鸣扰了他的美梦，
因此劳苦群众的呼号震动心灵，
因此他尽日尽夜地忧愁，
想做个 Prometheus 偷给人间以光明。

这首写于"四一二"两周年当日的诗，标题下还有一个醒目的副题："作算是向一个 Class 的告别词吧！"这个副题使此诗的题旨变得更加明确：既是向一个 Class 的道别，又是一种个人志向的告白——诗人要做盗火的 Prometheus（普罗米修斯），"给人间以光明"。

1929 年之于年轻的殷夫确乎是人生的转折点：这一年春天，他"终于同党的地下组织接上关系，从此，专门从事共青团和青年工人运动的工作，成为一个秘密的、活跃于地下的职业革命家"[1]。随之而来的是他的诗风发生了改变，《血字》（组诗）、《一九二九年的五月一日》等一批"红色鼓动诗"就产生于这一转变之后。

1 周良沛编选《中国新诗库·殷夫卷》"卷首"，长江文艺出版社 1993 年版。

一般认为，殷夫的诗作可分为两类：一类是抒发个人情绪的幽婉的抒情诗，如《宣词》《我们初次相见》《失了影子的人》《想》《挽歌》等，诗人将这些诗作收入生前未能出版的诗集《孩儿塔》时，称之为“阴面的果实”，他在诗集“题记”中写道：“我想把这些病弱的骸骨送进‘孩儿塔’去……我早知光明的去路了，所以，我的只是埋葬病骨，只有这末，许或会更加勇气”[1]；一类就是上述“红色鼓动诗”。

对于生命和诗龄都不算长的殷夫而言，虽然他的诗风前后变化比较明显，但两类诗的创作并不是截然分开的。在那些以书写个人情绪为主的抒情诗里，不时闪现出诗人对世事的洞察、对现实的愤懑，且不说《无题的》《梦中的龙华》这些于“流浪中”对“吃人的上海”“溃烂”之景予以控诉、带有“速写”特征的诗章，即便是诸如《独立窗头》《遥远的东风》《孤泪》之类的咏怀之作，也免不了“机械在重压之下微喟”的场景。这些细腻的抒情诗，对于理解殷夫思想、诗学的丰富性有着毋庸置疑的意义[2]。值得指出的是，并非一个革命者的全部抒情性作品，都要从革命、阶级的角度挖掘其宏大的主题和内涵。同时，在那些充满激情的“红色鼓动诗”里，其高亢的音调中仍然夹杂着某些低回的思绪，如《血字·意识的旋律》写到“平和，惰怠的云，/渺茫，迷梦似的心”，《议决》中有“幽暗的油灯光”，《囚窗》中有“雪似的霜”、“苍白的，死寂的窗”等语句。更重要的是，这两类诗作均偏好采用从写景出发、景中寓情的抒情方式。

殷夫诗歌的出现，有着特定的历史语境和诗学背景。一方面，1920年代中期以后，中国社会的分化日趋严重，阶级意识逐渐凸显，各种矛盾迅速激化，这些急遽变化的社会现实呼唤着诗歌（以及文学）作出回应。另一方面，从

1 《“孩儿塔”上剥蚀的题记》，见《中国新诗库·殷夫卷》，长江文艺出版社1993年版，第1页。

2 参阅徐舟汉《殷夫前期诗歌评价的几个问题》，《长沙水电师院社会科学学报》1994年第3期。

新诗自身的进程来说，经过十来年的发展和积累，诗歌的新与旧、诗与非诗等命题得到了探讨与实践，新诗内部滋生着新的发展吁求：疆域的拓展、表现力的增强、文体的丰富……在一定意义上，殷夫的诗正是上述两种力量的体现，它们中的相当一部分，展示的是当时黯淡的现实景象和剧烈的阶级冲突，表达了诗人急切的革命意绪及对处于苦难中的民众的深切同情。

殷夫被视为中国现代“政治抒情诗”的先驱者之一，虽然这一概念迟至1950年代后期才出现。纵观新诗历史不难发现，“政治抒情诗”是其中一股很重要的脉流。1920年代中期以后兴起、作为无产阶级文学之一部分的蒋光慈、殷夫等的革命诗歌，是现代政治抒情诗的发端。在他们的诗篇中，对革命的呼唤和憧憬是与对劳苦大众的同情和歌颂糅合在一起的。例如蒋光慈《自题小照》中写道：“啊！我登着乌拉高峰，/狂歌革命”，“啊！跑入那茫茫的群众里！/诅咒那贪暴的、作恶的，/歌颂那痛苦的劳动兄弟；/世界的将来属于/那可怜的饥民，卑贱的奴隶”。数年后，殷夫《一九二九年的五月一日》中的陈述如出一辙：“呵，这杂乱的行列，/这破碎零落的一群，/他们是奴隶，/又是世界的主人”。

实际上，对劳苦大众的同情与歌颂是新诗从一开始就显示的趋向之一。由于受整个新文化运动的影响（如《新青年》中较多“劳工神圣”、“到民间去”等提法，并出过“劳工专号”），新诗自始就表现出关切民众的热情，胡适、沈尹默的同题诗《人力车夫》及刘半农《相隔一层纸》、俞平伯《无名的哀诗》等是这方面的代表作。这一写作路向在主题和语式上为后来的革命诗歌所承续。按照卞之琳的说法，“《尝试集》第三编最后两三首诗，例如《平民学校校歌》《四烈士没字碑歌》(其中有‘炸弹！炸弹！’‘干！干！干！’等句)，无人注意过实也开三十年代标语口号式革命诗的先河”[1]。大概受这一风气的感染，向来偏爱歌颂爱与美的徐志摩，稍后也写出了《“这年头活着不易”》《庐山石工歌》《叫化活该》《先生、先生》等关注民众的诗篇，虽然它们得到了何其芳的如此评价：“徐先生的诗也写到过穷人，乞丐，但总像不过是好心的公子哥儿的一时的同情。”[2]

上述趋向，连同从初期新诗逐渐发展出来的另一趋向——对重大政治事件的关注和强烈政治情绪的直接抒发——成为后来政治抒情诗难以避开的两类主题。后一趋向的肇始被认为与郭沫若的《女神》有关，在这部开拓性的诗集中，“不断的破坏”与“不断的创造”同时得到了礼赞，那是伴随着“力的绘画，力的舞蹈，力的音乐，力的诗歌，力的律吕”(《立在地球边上放号》)的礼赞。《女神》之后郭沫若的两部诗集《前茅》《恢复》堪称无产阶级革命诗歌的前奏，集中不少诗篇呼唤着“二十世纪的中华民族的大革命”、“在工农领导之下的农民暴动”，延续了《女神》狂放不羁的豪放风格和直抒胸臆的抒情方式。因此，《女神》被郑敏指责“开了一个不太好的风气，就是一种松散、表面的浪漫主义口语诗……这种语言倾向预示了以后新诗中一直忽隐忽现的伪英雄气概和滥而失真的中式浪漫主义高调”[3]。郭诗对于现代政治抒情诗的形成产生了无可否认的推动作用。

1 见《中国现代作家选集·卞之琳》，“注(3)”，人民文学出版社1995年版，第249页。

2 何其芳：《悼闻一多先生》，见《何其芳全集》第二卷，河北人民出版社2000年版，第192页。

3 郑敏：《世纪末的回顾：汉语语言变革与中国新诗创作》，《文学评论》1993年第3期。

二 形式与时代的张力：现代主义的政治内蕴

如果说革命诗歌是新诗中政治意识的一次勃发，那么在20世纪三四十年代，对于政治保持热情的主要书写者，是中国诗歌会的同人们和艾青及其影响下的“七月诗派”。不过，应该从更开阔的角度理解这时期诗歌与政治的复杂联系。拿《现代》来说，这份一向被看作中国现代主义诗歌重要阵地的杂志，所刊载的作品在取向上其实不是单一的，毋宁说带有兼容、驳杂的色彩。诚然，该刊大力推举“纯然的现代诗”，却也积极参与当时各种文艺潮流的探讨和实践，以呈现一个鲜活、多向度的文学“现场”：既为某些重大文学议题的交锋（如关于“第三种人”的论争）提供平台，又十分留意左翼文学（两篇回忆蒋光慈的文章[1]，对丁玲被捕风波的持续关注，刊发介绍“社会主义现实主义”的译文，等等）和自由主义文艺的兼顾。可以说，《现代》中的现代主义诗歌是从该刊所构筑的众语纷纭的场域之中得以生成的。这种语境的驳杂性，也与《现代》主编施蛰存所说的“包含着各式各样独特的形态”的“现代生活”有关：

> 汇集着大船舶的港湾，轰响着噪音的工场，深入地下的矿坑，奏着Jazz乐的舞场，摩天楼的百货店，飞机的空中战，广大的竞马场……[2]

而从诗人个体来说，后来戴望舒写出《狱中题壁》《我用残损的手掌》，徐迟提出“抒情的放逐”口号，就不是没有来由的。

与此相关的另一议题是：现代主义诗歌本身与革命、政治

1 分别是郁达夫《光慈的晚年》（第3卷第1期）、杨邨人《太阳社与蒋光慈》（第3卷第4期）。

2 施蛰存：《又关于本刊的诗》，1933年《现代》第4卷第1期。

的关联。西方现代主义诗歌的各种派别（未来主义、达达主义、超现实主义等）及其在发生、演变过程中所包含的政治性，已为人所共知。[1] 这里，诗人穆木天的表现为诠释这一议题提供了很好的例子。这位曾于 1920 年代中期借助西方象征主义理论、极力倡导“纯粹诗歌”的诗人，在 1930 年代却成了中国诗歌会的发起人之一，一面在《现代》《文学》上发表论述徐志摩、王独清、陈梦家、林庚诗歌的文章，一面在《新诗歌》上发表提倡新诗歌谣化、大众化的文章；中间多少存在着穆木天诗学观念的“转向”，但更多地彰显出中国现代主义诗歌内在的含混以及无法祛除的政治因素：早在倡导“纯粹诗歌”之际，穆木天就认为，“国民文学的诗歌——在表现意义范围内——是与纯粹诗歌绝不矛盾”[2]；1930 年代，他在评述王独清这位曾经的“纯粹诗歌”同调者、同样在创作中发生了“转向”的诗人时，批评了后者“转向”后仍然保留的“个人的英雄主义”，提出“中国的目前的任务，是为民族解放斗争”[3]，其象征主义的“纯粹诗歌”理想已经融入更阔大的理想中去了。穆木天的例子表明了现代主义诗歌及“纯诗”与革命、政治之关联的两个方面：一是现代主义诗歌、“纯诗”本身蕴含着革命、政治的因素，一是现代主义诗歌、“纯诗”极易转入一种政治性写作。

对于活跃在 1940 年代、现代主义特色更为鲜明的“九叶派”诗人而言，他们提出的“现实、象征、玄学的综合”并非仅仅是一种宣言式的诗学构想，而是落实到具体文本的实践。穆旦的《赞美》《五月》《防空洞里的抒情诗》，杜运燮的《追物价的人》《月》，唐祈的《时间与旗》，杭约赫的《复活的土地》，袁可嘉的《南京》《上海》等诗作，体现了中国现代主义诗歌对政治主题的有效吸纳和穿越。

1 参阅［英］雷蒙德·威廉斯《现代主义的政治》（阎嘉译），商务印书馆 2002 年版。

2 穆木天：《谭诗——寄沫若的一封信》，1926 年《创造月刊》第 1 卷第 1 期。

3 穆木天：《王独清及其诗歌》，1934 年《现代》第 5 卷第 1 期。

王佐良在谈到穆旦的诗歌时说:“穆旦并不依附任何政治意识。一开头,自然,人家把他看作左派,正同每一个有作为的中国作家多少总是一个左派。但是他已经超越过这个阶段,而看出了所有口头式政治的庸俗。”[1] 由于受那个时代普遍的“战争浪漫主义”情绪的感染,穆旦表现出对战争之可能意义的极大期待:“‘七七’抗战使整个中国跳出了一个沉滞的泥沼,一洼‘死水’。自然,在现在,她还是不可避免地带着一些泥污的,然而,只要是不断地斗争下去,她已经站在流动而新鲜的空气中了,她自然会很快地完全变为壮大而年轻”;由此他提出:“为了表现社会或个人在历史一定发展下普遍地朝着光明面的转进,为了使诗和这时代成为一个感情的大谐和,我们需要‘新的抒情’”,这“‘新的抒情’应该遵守的,不是几个意象的范围,而是诗人生活所给的范围。也可以应用任何他所熟悉的事物,田野、码头、机器,或者花草;而着重点在:从这些意象中,是否他充足地表现出了战斗的中国,充足地表现出了她在新生中的蓬勃、痛苦和欢快的激动来了呢”?[2] 他呼吁更多诗人要像艾青那样,“在枯涩呆板的标语口号和贫血的堆砌的词藻当中”“创试”新诗的“第三条路”[3]。他自己以充满“肉感”的语词方式践行着这种“新的抒情”:

我们做什么?我们做什么?
呵,谁该负责这样的罪行:
一个平凡的人,里面蕴藏着
无数的暗杀,无数的诞生。

穆旦的“新的抒情”是1940年代“九叶派”“现代化”诗学构想的一部分,这种“现代化”诗学构想没有回避对政治问题的思索。在袁可嘉看来,“今日诗作者如果还有摆脱任何政治生活的意念,则他不仅自陷于池鱼离水的虚幻

1 王佐良:《一个中国新诗人》,1947年《文学杂志》第2卷第2期。

2 穆旦:《〈慰劳信集〉——从〈鱼目集〉说起》,1940年4月28日香港《大公报·综合》。

3 穆旦:《〈他死在第二次〉》,1940年3月3日香港《大公报·综合》。

祈求，及遭遇一旦实现后必随之而来窒息的威胁，且实无异于缩小自己的感性半径，减少生活的意义，降低生命的价值”；不过，他在谈及诗与政治的关系时认为：“绝对肯定诗与政治的平行密切连系，但绝对否定二者之间有任何从属关系”。[1] 袁可嘉从理论上检讨了突出存在于当时诗歌中的“政治感伤性”，指出其“最显著的病态便是借观念做幌子，在它们高大的身影下躲避了一个创造者所不能回避的思想与感觉的重担；一套政治观念被生吞活剥的接受，又被生吞活剥的表达，观念的壮丽被借作为作品的壮丽，观念的伟大被借作为创作者的伟大”[2]。“新诗戏剧化”——同样作为“九叶派”“现代化”诗学构想的一部分——是这批诗人用以抵制“政治感伤性”的途径之一。

1 袁可嘉：《新诗现代化——新传统的寻求》，1947 年 3 月 30 日天津《大公报 · 星期文艺》。

2 袁可嘉：《论现代诗中的政治感伤性》，1946 年 10 月 27 日天津《益世报 · 文学周刊》。

在 1940 年代，各种政治吁求对诗歌的急切召唤和诗歌对政治的自发趋近，使得二者的关系呈现出交错的情形。“汉园三诗人”中的何其芳、卞之琳在此际的诗学选择颇富于意味。与这时期绝大部分诗人一样，两位诗人未能躲过“历史的严峻安排”，“必须在政治与艺术、集团利益与个人利益、战士角色与诗人角色之间做出明确选择。同时也就意味着，他们只能在五四以来知识分子文学传统（包括人格方面）与政治化的农民世界之间择二取一”[3]。两位诗人在抗战爆发后一同前往解放区，经过一番考察后何其芳滞留在延安，写出了许多迥异于他早年凄迷朦胧风格的诗篇（后结集为《夜歌》出版）；卞之琳则回到了大后方，在完成《慰劳信集》后进入了长时间的未写诗状态[4]。虽然去向选择不同，但两位诗人可谓殊途同归——《夜歌》与《慰劳信集》分别成为他们诗歌创作的“转折点”，实现了其诗人角色、抒情方式等的

3 程光炜：《走不出的“克里斯玛”之谜——论卞之琳、何其芳和艾青四十年代的创作心态》，见《中国诗选》总 1 期，成都科技大学出版社 1994 年版，第 468 页。

4 从《慰劳信集》出版的 1940 年到写出一批抗美援朝诗作的 1950 年 11 月，这十一年间卞之琳“没有写过一行诗”。见卞之琳《雕虫纪历 · 自序》，人民文学出版社 1979 年版，第 8 页。

转变。不过，不应简单地认为，转变之后他们诗歌中保持着“政治与艺术”的截然对立，或政治已经全然取代了艺术。譬如，作为一部“抗战”诗集，《慰劳信集》虽然表现出加入当时同声合唱的意图，而且确实在主体姿态等方面也进行了改变，但由于采用了精巧、严谨的格律体，这部诗集在形式技巧和政治内容之间形成了微妙的张力，其“形式的精湛已经‘压倒’了诗歌的‘内容’，而成为实质上的更重要的‘内容’。相反，‘慰劳’的政治抒情，则在诗歌格律的工巧、谨严之中，沦落为陪衬的‘形式’”[1]。

针对1940年代诗歌日益尖锐的政治语境，朱自清适时地翻译了麦克里希的《诗与公众世界》一文，其中有关于诗歌与政治、诗歌介入现实生活的辩证思考：“如果诗是艺术，便没有一种宗教的规律，没有一种批评的教条，可以将人们的政治经验从诗里除外。只有一个问题：我们时代的政治经验，是需要诗的强烈性的、那种强烈的经验吗？我们时代的政治经验，是像诗，只有诗，所能赋形，所能安排，所能使人认识的经验，同样私人的，同样直接的，同样强烈的那种经验吗？”[2] 对于处在历史漩涡中的大多数诗人来说，面对重大政治抉择，将政治意识渐渐内化为一种审美意识，或自觉地在审美、形式中渗透政治因素，是一个必然的过程。这一过程或可被称为政治的审美化或“美学化的政治”，“它植根并运行在个人大脑、情感和趣味等的内部世界；它植根于我们创造意义和推进文化的过程中所依赖的象征活动与感知模式。在这方面，政治并没有假借美学的外衣，而是本身化身为某种形式的艺术和象征行为”[3]。这一时期，曾先后参与创办《诗群众》（广州）、《诗》月刊（桂林）等刊物的诗人欧外鸥，因受到西方未来主义的影响，在诗歌中通过放大字体、改变词性、嵌入外文等手段进行形式实验[4]，展开对战争、都市、殖民地经

1 王璞：《论卞之琳抗战前期的旅程与文学》，《新诗评论》2009年第2辑。

2 见朱自清《新诗杂话》，生活·读书·新知三联书店1984年版，第121页。

3 王斑：《历史的崇高形象——二十世纪中国的美学与政治》，上海三联书店2008年版，第15页。

4 参阅张松建《现代诗的再出发——中国四十年代现代主义诗潮新探》，北京大学出版社2009年版，第195页及以下。

验等主题的书写，被艾青称赞具有“革命性、战斗性、创造性”[1]。他的诗算得上是新诗中较早的“政治波普”。此外，袁水拍《马凡陀的山歌》以歌谣化政治讽刺诗的样式引人瞩目，其诙谐的口语风格明显有别于1930年代同样追求政治性的中国诗歌会音调高亢的歌谣化创作，也不同于这时期解放区“民歌体”诗歌（如《王贵与李香香》）出于政治需要对民间歌谣的征用。

1

艾青：《致胡明树》，原载《诗》月刊之《诗副刊》，参阅《欧外鸥之诗·自序》，花城出版社1985年版。

三 政治抒情诗的参差和叛逆诗学的政治特征

值得注意的是，袁可嘉、穆旦们极力抵制的“政治感伤性”的某些方面，在 1950 年代正式登上历史舞台并显出浩大声势的“政治抒情诗”中得到了突现。从胡风的《时间开始了！》到郭小川的《致青年公民》组诗、贺敬之的《放声歌唱》等，“政治抒情诗”无不强调观念的重要性，在其中空前高涨的政治热情与渐趋单一的抒情方式奇妙地糅合在一起。受制于这时期此起彼伏的政治运动，“政治抒情诗”对政治的书写具有明显的直接性，在追求“诗人的‘自我’跟阶级、跟人民的‘大我’相结合。‘诗学’和‘政治学’的统一，诗人和战士的统一”[1]方面，与 1920 年代革命诗歌之后各种政治诗创作（如中国诗歌会的作品）有一脉相承的地方；这种直接性，还包括对象征、比喻等手法的模式化运用。

当然，“政治抒情诗”中也存在着某些可予辨察的异质现象。以这一时期备受瞩目、也备受争议的郭小川为例，他的作品中既有像《致青年公民》之类极具政治意识的诗作，又有如《团泊洼的秋天》这样“矛盾重重的诗篇”；他的诗富于思辨色彩，表现出评价现实生活的习性，这多少显得不合时宜。在《望星空》中，某种属于个体内在的犹豫与困惑，借助于与一个超越现时物象进行对话的方式袒露出来：“在那遥远的高处，/在那不可思议的地方，/你观尽人间美景，/饱看世界沧桑。/时间对于你，/跟空间一样——/无穷无尽，浩浩荡荡”；而《一个和八个》《白雪的赞歌》等诗作，“在 50 年代关于革命将建立在怎样的‘新世界’的争辩中，提出了一种肯定人道主义和个体精神价值的社会想象。这种想象的动人之处，以及它的脆弱、矛

1 贺敬之：《〈郭小川诗选〉英文本序》，《郭小川诗选续集》“代序”，河北人民出版社 1980 年版。

盾的‘乌托邦’性质，在诗中都得到展示”[1]。这些“非正统”创作，与当时同样“偏离”正常诗歌“秩序”的《雾中汉水》《川江号子》（蔡其矫）等作品一道，将会丰富人们对于那一时期诗歌面貌的认识。

1950 年代“政治抒情诗”的一些特点，在 1980 年代初部分青年诗人如叶文福、雷抒雁、熊召政、张学梦、骆耕野等那里得到了接续。实际上，在 1980 年代初，不惟这些青年诗人显示出对政治的巨大热情，那些被称为“归来诗人”和“朦胧诗”人的创作也不例外，毋宁说政治关怀（对历史、现实的批判与反思，对未来的期冀）正是当时诗歌的主要动力。富有意味的是，此际引起强烈反响的青年政治抒情诗（叶文福的《将军，不能这样做》、雷抒雁的《小草在歌唱》、熊召政的《请举起森林般的手，制止！》、曲有源的《关于入党动机》等），却因涉及“敏感”题材而遭到批评。这似乎体现了诗歌与政治相纠结的悖论。

曾经有一种得到普遍认可的观点：1980 年代以来直至当下，诗歌的总体趋向和特征是对政治的疏离。然而，考察近三十年诗歌发展进程之后，不难发现这一观点的偏颇。就 1980 年代初具有诗学变革意义的“朦胧诗”来说，虽然它在当时和后来的各种讨论中均被指认为一种现代主义诗潮，但它并未溢出那个年代为政治激情所渲染的氛围，因而与同时期的青年政治抒情诗在反思、批判主题，昂扬姿态乃至激越语调等方面颇多趋近之处。从根本上说，“朦胧诗”是一种介入和承担的诗歌，很多作品在对于“个体”经验的抒发中，渗透着强烈的民族、现实忧患感和参与意识，如江河的《纪念碑》：“我想/我就是纪念碑/我的身体里垒满了石头/中华民族的历史有多沉重/我就有多少重量”。这种小我与大我——亦即个人与民族、时代的同构

1 洪子诚、刘登翰：《中国当代新诗史》（修订版），北京大学出版社 2005 年版，第 97—98 页。

性，其实是“朦胧诗”的一个基本特质。

“朦胧诗”代表诗人北岛的创作及其受到的评价，正是这一诗潮与政治错杂关联的典型案例。一般认为，北岛的诗歌以他的去国为界线，前后出现了较为明显的变化：去国前以《回答》《古寺》《结局或开始》等为代表，显示出对历史的批判与怀疑，尽管也有抒情意味极浓的短诗《迷途》《走吧》《彗星》《界限》等，但人们习惯上从政治等宏大的角度去评判他此时期的所有诗作（《回答》在各类鉴赏辞典中总是获得某种定型的释读），“对于一个像北岛这样的中国诗人来说，政治是想回避都回避不了的事情，它是整整一代人的记忆、良心、号召、经验、词和梦想的一种含混而扰人的综合，是诗歌写作中的个人语境必须面对的公共语境”[1]；去国后，北岛的诗歌主要在海外发表和出版，给予对他有所期待的读者的印象是，在语言、技巧越发娴熟的同时分量却变轻了，这是由于“北岛意识到政治对艺术的某种伤害后，便开始从‘历史给他的角色’中退出，而执意成为一位纯诗的修炼者”，使其面临着“面对现实、处理现实的品格和能力的弱化，甚至丧失”[2]。在不少人看来，这似乎是中国当代诗歌“去政治”、重技巧后所付出的必然“代价”。

1 欧阳江河：《北岛诗的三种读法》。出于对这种政治式解读的纠偏，这位论者提出：“用现实政治的立场去剥夺北岛作为一个诗人的立场是不公正的。”见《站在虚构这边》，生活·读书·新知三联书店2001年版，第191、189页。

2 王家新：《阐释之外：当代诗学的一种话语分析》，《文学评论》1997年第2期。

“朦胧诗”另一位代表诗人多多的创作及得到的评价，也出现了相似的情形。荷兰学者柯雷在追溯多多的诗歌历程后，在其关于多多的评述中有这样的断语：“多多作品的鸟瞰图显示了一种按时间顺序的背离政治性与中国性的发展”，“多多的诗证明了中国文学存在着在政治之外的领域复活的可能性”[3]。针对柯雷关于多多诗歌的“非政治化解读”，诗人王家新表示了不安，他认为这种解读“会

3 [荷]柯雷：《多多诗歌的政治性与中国性》，《今天》1993年第3期。

造成这样一种印象，似乎背离中国性与政治性是获得某种‘普遍性’的前提”；他在分析多多 90 年代重要诗作《依旧是》之后得出的结论是：“多多在超越意识形态对抗模式时却比其他人更有赖于他的中国经验和中国语境提供的话语资源，在成为一个‘国际诗人’的同时却又更为沉痛地意识到自己的中国身份和中国性。”[1] 的确，在多多的全部诗歌中，并不存在一个从政治强化到政治消退的过程。从他较早的“雪锹铲平了冬天的额头/树木/我听到你嘹亮的声音//我听到滴水声，一阵化雪的激动：太阳的光芒像出炉的钢水倒进田野/它的光线从巨鸟展开双翼的方向投来”（《春之舞》），到后来的“走在额头飘雪的夜里而依旧是/从一张白纸上走过而依旧是/走进那看不见的田野而依旧是//走在词间，麦田间，走在/减价的皮鞋间，走到词/望到家乡的时刻，而依旧是”（《依旧是》），多多诗中一以贯之的尖锐、语词间个人与社会的紧张感从未消失。多多和北岛的例子，提醒人们留意政治（以及中国性）作用于诗歌的历史语境。

即便在 1980 年代中期因倡导“回到自身”、“语言的自足性”而进入“不及物”、“纯诗”写作的“第三代”诗人那里，仍然不缺乏明确的政治意识。一方面，“第三代”诗人出于对诗歌本体的强调，极力排斥政治对诗歌（艺术）的渗入。比如“他们”诗群代表人物韩东在《三个世俗角色之后》一文中，提出首先要反对的是“政治角色”，他意识到“现代主义总是和政治上的激进联系在一起”，认为当时的“整个诗歌运动”“成了一种政治行为或个人在一个政治化的社会里安身立命的手段”[2]，极不利于诗歌自身的发展。韩东的著名主张“诗到语言为止”，常常被与罗兰·巴特为修正“介入的文学”而提出的“零度写作”相提并论。这种诗歌的政治敏感性，还在“非非”诗群代表人

1 王家新：《阐释之外：当代诗学的一种话语分析》，《文学评论》1997 年第 2 期。

2 韩东：《三个世俗角色之后》，《百家》1989 年第 4 期。

物周伦佑的从“白色写作”到“红色写作”的表述中得到彰显[1]。另一方面，“第三代”诗人那些极端的诗学和语言实验，正是当时文化对抗的一部分，参与了 1980 年代激进主义文化潮流的形成。

1 周伦佑:《红色写作》，见《打开肉体之门——非非主义: 从理论到作品》，敦煌文艺出版社 1994 年版。

四　底层写作：诗歌重返现实的政治性限度与可能

在上述王家新关于多多和北岛的讨论中，暗含着一个将1980年代诗歌和1990年代诗歌对照起来的框架。北岛诗歌的由“重”变“轻”，被视为当代诗歌从1980年代向1990年代转变的一个表征。一方面，诗歌的这种转变本身受到了追问：“为什么一度‘先锋’的诗歌，进入90年代后却几乎失去了‘对文学讲话’的能力？为什么在意识形态的‘对抗仪式’或‘反对峙’表演中一些中国诗人能意识到自身的角色，在今天却变得茫然无措起来？”[1] 另一方面，1990年代诗歌由此得到的总体评价是：“对着自‘朦胧诗’开始结下的累累果实，90年代的创造力显得是相对的贫弱了。”[2] 似乎是，由于政治意识（对现实的介入或与现实的紧密联系）的减弱，同时由于堕入封闭的“技术主义”泥沼，1990年代诗歌丧失向社会、时代发言的能力而滑向了“边缘”。

诚然，1980年代诗歌的活力，很大程度上来自某种文化对抗形成的张力（诗歌对旧的意识形态和文化消极力量的“反抗”，以及诗歌自身变革所进行的美学“反叛”）；而进入1990年代后，这种文化对抗的格局已经趋于瓦解，诗歌失去了固有的“反抗”的对象。如果仅从文化对抗的角度来看，1990年代诗歌确实面临着欧阳江河所说的：“抗议作为一个诗歌主题，其可能性已经被耗尽了。”[3] 不过，唐晓渡从欧阳江河本人写于1990年初的《傍晚穿过广场》等诗中，看到了“使对抗主题在向变化着的历史语境敞开的过程中焕发出新的活力”的可能性；据唐晓渡分

1 王家新：《阐释之外：当代诗学的一种话语分析》，《文学评论》1997年第2期。

2 谢冕：《丰富而又贫乏的年代》，《文学评论》1998年第1期。

3 欧阳江河：《89’后国内诗歌写作：本土气质、中年特征与知识分子立场》，见《谁去谁留》，湖南文艺出版社1997年版，第236页。

析，《傍晚穿过广场》“表面上没有涉及对抗主题，实际上却巧妙地借助‘广场’这一被从不同方向、以不同方式反复强调的时代‘圣词’所唤起的有关记忆和期待，从反面不着痕迹地直接进入了主题内部。这里，新的可能是通过对‘广场’作为传统的对抗场所被赋予的神圣性，以及主题本身在意识形态框架内历来具有的、黑白分明的僵硬对峙色彩的双重消解获得的”[1]。

这里需要辨析的是，诗歌与历史、现实之间是否仅仅体现为一种直接的对抗关系？不受对抗逻辑支配的 1990 年代诗歌，所受的压力真的减少了吗？可以看到，进入 1990 年代之后，当对抗“越来越具有匿名的、非人格的性质”（唐晓渡语），在一种表面的松弛、轻盈的语境中，诗歌所背负的各种“压力”被隐蔽地转化了。这样，在 1990 年代部分诗人看来，当务之急就是为诗歌寻求新的动力，以一种非对抗的方式重建诗歌与历史、现实的张力关系：“把我们自己置于历史与时代生活的全部压力下来从事写作”，“正是自觉地置身于这个混乱的充满活力的话语场中，我们才有可能把我们的写作从一个‘纯诗的闺房’中引出，恢复社会生活与语言活动的‘循环往复性’，并在诗歌与社会总体的话语实践之间建立一种‘能动的震荡’的审美维度”。[2] 或者更直接地说，是重新构建诗歌的“政治维度”[3]。1990 年代的一些诗歌文本，如王家新的《帕斯捷尔纳克》、张曙光的《尤利西斯》、萧开愚的《下雨》、臧棣的《菠菜》、桑克的《雪的教育》等，可被视为对上述诗学意愿回应的成果。

例如，臧棣的《菠菜》以“菠菜”这一极其寻常的物象，揭示了当下现实中个体的生存处境：“面对一个只有 50 平方米的/标准的空间时，鲜明的菠菜/是最脆弱的政治”。在

1 唐晓渡：《90 年代先锋诗的几个问题》，《山花》1998 年第 8 期。

2 王家新：《阐释之外：当代诗学的一种话语分析》，《文学评论》1997 年第 2 期。

3 参阅陶东风《重建文学理论的政治维度》，《文艺争鸣》2008 年第 1 期。

萧开愚的《下雨》一诗中，“我希望能够用巴枯宁的手/加入他们去搬运湿漉漉的煤炭”中的“加入”这一想象性举动，似乎表明：“‘我’不仅是一个观望者，而且也想‘加入’其中，灰白闪电之中一只手的形象，使得‘加入’的动作也切实可感了，外在的历史不能仅仅看作是被语言轻易消化的风景，它像一种阴沉沉的实在，就搁在那里，有它的节奏和时间，显示出一种自足，排斥着‘我’妄想中的参与”；正是被想象、记忆、语言和历史悬置在那里的“加入”动作，暗含着某种姿态和意识，它“指向了一种挣脱当下的可能，一种重建主体的可能……唤醒了诗歌语言内部沉睡的政治性”[1]。此外，《下雨》隐约勾连着1920年代革命诗歌以来政治诗的一个理想——渴求诗的行动性即诗与行动的结合，只不过这首短诗中的“加入”被语言自身抑制住了。

1 姜涛：《“巴枯宁的手”》，《新诗评论》2010年第1辑。

进而言之，《下雨》中的“加入”意念具有某种象征意味，彰显了1990年代诗歌因无力参与社会、文化的构建而产生的巨大失落感和焦虑。《下雨》里的无政府主义资源，及码头、煤炭、搬运工人等场景，也会让人想到21世纪以后特别是近几年诗歌中的底层写作。底层写作的出现与当前诗歌所处的错杂语境有关，它既是新一轮充满“偏见”的诗学对抗的结果，又受到诗歌重返社会、文化中心之愿望的促动。新的诗学对抗，主要体现为一种蓦然高涨的抵制技术主义、关注当下现实的呼声[2]，和一种“为诗辩护”、维护诗歌“特殊性”及独立性的表述的冲突。这一显然并非新鲜的冲突，正通过观念的重置，将原有的意识形态对抗转换为“政治正确”与“诗歌正确”的对立。

2 较典型的说法是：“一个很长的时间里，我们的诗人深陷‘怎么写比写什么重要’的误区，过分地强调了诗歌的技术性的重要，而忽略了诗歌作为一种文学形式的社会责任和社会担当。”见梁平《诗歌：重新找回对社会责任的担当》，《星星诗刊》2006年第1期。

事实上，伴随底层写作浮现的写实呼声，保留着与先锋文学对垒的传统写实主义观念的遗痕。近年来各类底层文学的大面积兴起，使得这一呼声沾染了越来越强烈的道德归罪意绪。小说领域1990年代初的“新写实”潮流便是上述呼声的一种突出体现，在诗歌领域则直接促成了“草根性”、“打工诗歌”、“新乡土”等命题的提出与实践。这种强大的写实呼声，也影响了关于1990年代诗歌的基本线索、总体成就及未来发展的评判。比如，在一篇综论性的长文中，林贤治将1990年代诗歌判定为“喧闹而空寂”的“一座空山”之后，认为新诗的出路就在于包括“打工诗歌”在内的底层写作。[1] 那些底层写作，裹挟着汹涌不止的语词洪流和阴郁而愤懑的情绪，呈现着从乡村到城市的种种悲惨景象，仿佛又回到了殷夫等革命诗歌乃至新诗诞生之初就具有的平民取向。不过，也有另一种关于底层的书写，如姜涛写于“非典”期间的《我的巴格达》，将遥远的战争、农民工、“青春的地沟”等情景与彼时特殊境遇中的个人经验糅合在一起，低回的语调隐含着不易察觉的沉痛。再如郑小琼《色与斑》在各种色彩的巧妙转换中，展示了对生存境遇的惊鸿一瞥：

1 林贤治：《新诗：喧闹而空寂的九十年代》，《西湖》2006年第5期。

郑小琼《色与斑》

她们沿着褐色的机台，走在五金厂的灰色间
手持着青葱的青春，白色的图纸贴着
晨光的黄，在晃动
新的一天投影在淡蓝的墙上

作为一名地道的“打工”族，郑小琼在她的诗歌中没有把自己的经历和处境铺衍成某种怨诉的资本，而是将之转化为一种充满悲悯的、惊心动魄的人性力量，她的诗显然不应被简单地归于“打工诗歌”或底层写作。这样的写作提示着诗人们激发新的活力，创造一种强有力的诗歌——它抓住这个时代的某些“噬心”（陈超语）主题，以一种鲜活的语言、充满张力的形式写出弥漫于时代的迷惘与憧憬。

或许，那显示了新诗回复有效的政治维度的一种可能。

重构新诗研究的政治学视野——王东东《1940年代的诗歌与民主》序

一

在相当长时间里，新诗研究相较于其他文类研究，似乎处在某种更为“自足”的状态。这种“自足”主要体现为，新诗研究从所谓外部研究转向了内部即关于新诗本体、形式的研究，这确实一度让新诗研究获得了很大进展，在诗歌语言、技巧等具体问题上的研究有了丰富成果，但由此所导致的负面后果亦慢慢呈现：一方面，新诗研究的议题、方法、视域等受到了限制，难以进入将研究推向纵深的更加开阔的关联域；另一方面，新诗研究的队伍虽说有“壮大”之势，但活力渐失、观念日趋板滞，选题和思路重复的现象十分严重。因此，如何祛除“浸入本体”后陷入故步自封乃至僵化而累积的种种“成见”和思维惯性，以更积极的姿态参与“良好的当代诗歌生态系统”[1]的构建，应成为新诗研究的当务之急。就笔者目力所见，近年来姜涛、冷霜、张大为、张伟栋、王东东等已完成或正在进行的研究[2]，显示了新诗研究突破固有格局的可贵努力和可能性，其中王东东以《1940年代的诗歌与民主》为题的博士学位论文[3]，堪称凝结着勇气和耐性的用心之作，令人充满期待。

显而易见，“诗歌与民主”是一个宏大而繁复的议题：一边是众说纷纭的对诗歌的理解，它的变动不居的定义和曲折跌宕的历史；一边是已有关于民主的汗牛充栋的谈论，它的充满歧义的内涵和不同文化语境下的使用——要理清各自纠缠不清的内在线索就十分困难，遑论把二者联系起来进行探讨。仅就民主来说，诚如雷蒙·威廉斯在梳理其内涵的嬗变后指出：“‘民主’的概念已经发生改变，其现代的意义是由过去复杂的意涵演变而来的”[4]；即便在当今民主思想和制度已经非常成熟的西方，也仍存在着所谓“好民主、坏民主”[5]的区分与论辩。以“诗歌与××”为构架、旨在拓展新诗研究视域的“诗歌与民主”议题，撇开布罗茨基的抽象的所谓“诗歌是最民主的艺术”[6]的论断，当它被置于20世纪中国新诗生成与发展的历史语境和过程中时，其复杂性更是陡然增加。显然，民主之于20世纪中国新诗，并非仅仅是一个后者需要持续面对和处理的主题，而且构成了后者的意义得以不断延展的一种基架或空间。

在笔者看来，讨论民主与20世纪中国新诗之间的关系，应留意至少三个层面的

1 雷武铃:《当代诗歌批评之批评》,《新诗评论》2013 年第 1 辑。

2 姜涛《巴枯宁的手》,收入其同名著作,北京大学出版社 2010 年版;冷霜《"打工诗歌"的美学争议》,《艺术评论》2015 年第 9 期;张大为《当下诗歌:文化主权与文化战争》,《山花》2010 年第 12 期;张伟栋《当代诗中的"历史对位法"问题》,《江汉学术》2015 年第 1 期。

3 该文获得 2014 年北京大学优秀博士学位论文奖和台湾第四届思源奖文学类首奖。

4 [英]雷蒙·威廉斯:《关键词:文化与社会的词汇》(刘建基译),生活·读书·新知三联书店 2005 年版,第 117 页。

5 [意]吉奥乔·阿甘本等著《好民主,坏民主》(王文菲、沈键文译),上海社会科学院出版社 2014 年版。

6 语出布罗茨基评沃尔科特的论文《涛声》,见《小于一》(黄灿然译),浙江文艺出版社 2014 年版,第 144 页。

指向：其一，二者的并置与融合，体现了新诗在朗西埃“文学的政治”意义上的一种能力，即“作为文学的文学介入这种空间与时间、可见与不可见、言语与噪声的分割。它将介入实践活动、可见性形式和说话方式之间的关系”[1]；其二，将民主纳入新诗的视野，能够促动新诗文体自身某种机制或意识的建立，包括重置新诗与其他文体的关联；其三，从诗歌创作的角度看待二者联结后的成果，则意味着在文本内部呈现词与物、词语与词语之间多重关系的可能。当然，这三个层面不是彼此孤立的，而是相互牵扯乃至渗透的。正如朗西埃所言：“民主本身并不确定任何特殊的表达制度。它更倾向于打破表达与其内容之间的任何确定的逻辑关系。民主原则并不是各种社会状况——真实或假设的——平均化。它不是一种社会状况，而是一种象征性断裂：物体和词语之间确定的关系秩序的断裂，说话方式、做事方式和生存方式之间的断裂。”[2] 这段表述，几乎是兰波在《民主》一诗中以讽喻口吻喊出的“旗帜将插上不洁之地，我们的方言将湮没鼓声……我们将屠杀逻辑的起义”[3] 的回声，似乎彰显了诗歌与民主的某些共性，恰好可用于说明“现代”之后中国诗歌的努力趋向和特征。

众所周知，民主是作为思想运动的五四倚重的重要观念之一（所谓“德先生”）。很大程度上，伴随五四新文化运动而诞生的中国新诗，是民主观念影响和激发下的产物。由胡适等人倡导并践行的、以白话为手段的新诗运动，其目标正是为了消除诗歌的等级制度，将居于象牙塔的诗歌推向普通读者，以期赢得更多的受众，因而早期新诗显示出主题和形式的双重平民主义倾向（前者的一个标志是“人力车夫”等底层写实题材的涌现，后者则体现为一句鲜明的口号——“诗体大解放”）。也正是在这样的预期下，被指认为“平民诗人”的惠特曼在此际得到了浓墨重彩的介绍。大概因受惠特曼《民主颂》中的诗句“民主主义的船啊，进航！尽你的力量进航！”的鼓舞，田汉在他写于 1919 年的《平民诗人惠特曼的百年祭》一文中热烈地呼吁：“我们中国少年所确信能够救‘少年中国’的只有‘民主主义’一服药，所以我们要纪念百年前高唱‘民主主义’的惠特曼的初生”，“我们少年中国勃兴的时候，少年中国的解放文学自由诗亦同时勃兴，溯源探本，也是受了惠特曼的影响”。[4] 这种将诗学变革与民主思潮联系起来的表述，构成早期新诗的一个重要理路。

1 [法]雅克·朗西埃:《文学的政治》(张新木译),南京大学出版社2014年版,第5页。

2 《文学的政治》(张新木译),第15页。

3 见《兰波作品全集》(王以仁译),东方出版社2000年版,第276页。实际上,朗西埃在另一部著作《词语的肉身:书写的政治》(朱康等译,西北大学出版社2015年版)中用一章论述了兰波。

4 田汉:《平民诗人惠特曼的百年祭》,1919年7月《少年中国》第1卷第1期。惠特曼对中国新诗有着持续的影响,二十多年后,在一片新的译介惠特曼的热潮中(如袁水拍译《惠特曼——民主之诗人》等),田汉在其短论《为民主诗歌而战》(载1946年4月20日《诗歌月刊》第2期)再次提到了惠特曼。

不过，已有研究表明，近代中国的民主观念一方面具有“全民主义（Populism）”特点，而另一方面“这种全民主义是以反抗传统儒家的精英权威主义的思想面貌出现”的，“在当时知识分子的民主观念的表层之下，往往隐藏着精英主义，与全民主义形成一种吊诡的结合”[1]；二者微妙地交叉在一起，使得“浪漫型的全民主义”渐渐发展为“先知型的全民主义”[2]。这一点在新诗诞生之初关于道路选择的纷争中得到了印证。虽然早期新诗表现出强烈的平民主义（“全民主义”）倾向，但一些重要参与者仍然对新诗的属性和发展去向表示了疑虑。比如，针对俞平伯的观点：“平民性是诗的质素”，“我深信诗不但是在第一意义底下是平民的，即在第二意义底下也应当是平民的”[3]，周作人就提出：“我想文艺当以平民的精神为基调，再加以贵族的洗礼，这才能够造成真正的人的文学……从文艺上说来，最好的事是平民的贵族化”[4]；这与康白情更早些的说法如出一辙：“平民的诗是理想，是主义；而诗是贵族的，却是事实，是真理”[5]。而闻一多在评论俞平伯的诗集《冬夜》时也认为，该诗集“得了平民的精神，而失了诗底艺术，恐怕有些得不偿失呦”[6]。无疑，这样的分歧不仅源于这些诗人各自诗学理念的差异，而且与当时文化语境中对“平民”的不同理解有关。进而言之，诗歌取向分歧的背后隐含着叠加的民主观念及其分野。

事实上，在1920年代部分新诗人心目中，民主即为个人主义的代名词。譬如徐志摩便声称：“我信德谟克拉西的意义只是普遍的个人主义；在各个人自觉的意识与自觉的努力中涵有真纯德谟克拉西的精神。”[7]这种偏于“自由”的民主和后来左翼文艺偏于“平等”的民主，成为新诗与民主这一议题的两条相互缠绕的线索，二者对应着不同的新诗抒情主体和姿态：当“浪漫型的全民主义”演化为“先知型的全民主义”，新诗中曾经极度张扬的、具有个人主义精英色彩的“我”很快有了代言人的角色意识，同时开启了将“我”转换成“我们”的通道（一个显著的例子是郭沫若），民主观念的迁变在所难免。

二

总体而言，近代以后特别是自五四运动起，关于民主更多地停留在理论表述，也就是在思想观念层面上进行着探讨，这在20世纪二三十年代格外明显（如《新

1 张灏:《中国近代转型时期的民主观念》,见《张灏自选集》,上海教育出版社2002年版,第288页以下。

2 张灏:《中国近代转型时期的民主观念》,见《张灏自选集》,第302页。

3 俞平伯:《诗底进化的还原论》,1922年1月《诗》第1卷第1号。

4 周作人:《贵族的与平民的》,1922年2月19日《晨报副刊》。

5 康白情:《新诗底我见》,1920年3月《少年中国》第1卷第9期。

6 闻一多:《冬夜评论》,见闻一多、梁实秋《冬夜草儿评论》,清华文学社1922年。

7 徐志摩:《列宁忌日——谈革命》,1926年1月21日《晨报副刊》。

月》《独立评论》等）[1]。只有到了抗战爆发后的1940年代，作为政治运动的民主才进入实践层面，其极具行动性的形态得以展露。确如有论者指出：抗日战争“是一场规模空前的民主运动的催化剂。如果说，五四前后的中国民主运动是以思想启蒙为主要特点的话，那么，抗战时期的民主运动则已不止于民主思想的研讨和宣传，而以推动实施为其直接目标了”[2]。或者更进一步说，在1940年代，对于民主的关注一方面延续了此前的思想讨论（如《观察》），另一方面因抗战（以及其后内战）的特殊历史语境而与现实有了直接的纠缠，从而生发出更复杂的意义。更重要的是，无论思想还是实践层面的民主在1940年代整个社会格局中的位置发生了变化：抗战阶段，民主是民族主义之外、与之共存的两大命题之一（当时就有人总结说：“抗战是以民主为内容和以民族为形式的革命战争”[3]）；抗战胜利后，民主更是压倒性地成为社会思潮的主导。

而从新诗发展来看，1940年代后的诗歌也面临着重大调整：时代的峻急的“召唤”、诗人的分化与重组、诗艺迈向纵深的期许……诗歌不可能无视民主的渗入，其所置身的现实处境其实包含了变化中的民主观念和风起云涌的民主运动，甚至可以说，在这一时期民主再次充当了新诗发展的重要“助推器”。一方面，诗人们热切欢呼：“这是为大多数人创作的时代！这是作者争取更多的、更广大的听众的时代！这是民主的诗、诗的民主的时代！”[4]并用诗歌呼唤着：“民主的时代来了”（高长虹《把你的武器拿起来！》）；“民主，像初升的太阳”（张秀中的同题诗）；“民主，宪政，像是呼喊/一个可以得到的/永远诱惑着我们的梦想”（锡金《迎宪政》）。颇为引人注目的是，身为教育家的陶行知此际创作了大量以民主为内容的诗歌，直接喊出：“民主第一！民主至上！民主万能！民主是应该无所不在”（《民主第一》）。另一方面，诗人们试图将诗歌创作与民主紧密结合起来，例如高长虹提出：“创作为民主，行动也要为民主”[5]，他在《中国是诗国》一诗中如此断言：“新的民主是诗中的诗”，并作出了一番自我告白：“我不想是个诗人，/只愿把民主给诗，/并为它做前身”（《把诗解放出来》）。也有人专门撰文阐述诗歌与民主的关系（如田汉《为民主诗歌而战》、臧云远《诗歌需要民主的培养》等），郭沫若的一句断语成了很多人的共识：“文艺本身便是民主精神的表现，没有民主精神便不会有真正的文艺。”[6]尽管这些作品和设想不免有些简单化、表面化，但却也构成了凸显诗歌与民主之联系的一些场景，展现了二者关系的可能的新气象。

1 参阅［澳］冯兆基《寻求中国民主》（刘悦斌、徐硙译），江苏人民出版社 2012 年版，第 20 页。另参阅耿云志等编著《西方民主在近代中国》，中国青年出版社 2003 年版。

2 王建朗：《浅议抗战时期民主进程中的几个问题》，《史学月刊》2004 年第 1 期。

3 平心：《中国民主宪政运动史》，进化书局 1941 年版，第 344 页。

4 袁水拍：《祝福诗歌前程》（写于 1946 年），转引自王瑶《中国新文学史稿》，上海文艺出版社 1982 年版，第 644 页。

5 高长虹：《胜利的艺术——抗战上加民主》，1940 年 1 月《蜀道》第 19 期。

6 郭沫若：《文艺与民主》，1945 年 2 月《青年文艺》双月刊新 1 卷第 6 期。

无疑，当王东东选定“1940年代的诗歌与民主”这一论题时，他应该留意到了上述1940年代这个时间节点的特殊性和重要性——基于一种对“诗歌与民主”议题从1920到1940年代的承接与变异过程，及在此过程中累积的诸多问题的认识。从一定角度来说，探究“1940年代的诗歌与民主”具有某种标本意义，可以被视为切入民主与20世纪中国新诗关系的突破口。当然，这一论题的价值绝不是自明的，因为并没有一种现成的将1940年代诗歌与民主联结在一起的理论框架和历史描述，也没有一条已然勾画出的1920—1940年代“诗歌与民主”议题演化的脉络。毋宁说，意识到1940年代诗歌与民主关联的程度及其包含的问题阈，还只是探究这一论题的起点。

这部篇幅可观（30余万字）的博士学位论文《1940年代的诗歌与民主》（以下简称王著）的醒目之处，即在于所使用的原始史料极为丰富，这是全书无可替代的基础，以此避免了题旨预设可能带来的空泛和一般诗学论著易犯的华而不实之病。应当说，1940年代的诗歌文献（连同更大范围的大后方、解放区、沦陷区文学资料）的搜集整理，在孙玉石、苏光文、龙泉明、解志熙、吴晓东、刘继业、张松建等先生（以及众多研究1940年代文学的学者）的不懈努力下，其成果已经相当可观。不过，在王著中仍然时有一些出人意料的新发现和对现有材料的新运用。但凡关涉诗歌（文艺）与民主议题的理论文章、作品及报刊、活动等，几乎悉数经过了王东东的翻检与缕理。其中较为少见的如1946年出现的两本均以《民主文艺》为名的刊物，1948年10月由辽北书店印行的题为《民主诗歌》的选集（分为“练兵”、“生产”、“民主之声”、“颂”四部分），通过比照所收录的文章和作品可以看出，不同区域、群体对于民主的理解的差别非常大。在这方面，王著给人印象深刻的还有对不大为人关注的女作家赵清阁的讨论，赵在1946年连续发表了多篇谈论民主与文艺的文章（《漫谈文艺复兴》《今日文艺新思潮》《纯文艺与民主文艺》），提出：“民主是一种通过自由思想，表现于多数人的客观决定之意识形态！民主与自由乃相因为果，无民主即无自由，无自由亦不能成其为民主！”[1]呼应了当时沈从文等人的观点，承接的是五四以后从“自由”一面看待民主的见解，与同一时期其他关于民主的言论保持着张力。虽然王著在择取材料、确立阐释重心方面，偏于论辩性地梳理1940年代关于诗歌与民主的理论表述，使得相关的历史细节和过程有待落实或受到一定程度的弱化，但其翔实的史料保证了

1

赵清阁:《今日文艺新思潮》，1946年《文潮月刊》第1卷第1—6期合订本。

1940 年代诗歌与民主论题展开的有效性。

由于 1940 年代诗歌与民主这一论题涉及的史料十分浩繁，要从纷繁的材料和问题中建立一种兼顾历史与理论的论述架构殊为不易。王著选择的是类乎“散点透视”的论述方式：在历史考察的基础上，通过区分几种“民主/文艺/人格”类型并以相对应的数位诗人（艾青、胡风及“七月派诗人”、闻一多、袁可嘉、穆旦）为代表，剖析了缠绕于 1940 年代诗歌与民主关系中的不同面向和内涵。该著没有全面论述民主之于 1940 年代诗歌的可能意义，而是借助于个案分析对这一论题的某些侧面进行了阐释，将诗歌与民主议题引申或转化为了相关的理论问题。显然，对那些被置于个案分析的诗人，王著所要做的不只是如何在新的问题阈中重新去理解，而且是怎样透过诗歌与民主相互关联的框架，深化对他们自身及其在诗歌史中位置的理解。

三

就拿艾青这位身份特殊的诗人来说，他一方面表现出对于诗歌与民主认识上的高度自觉，反复强调：“诗是民主精神的焕发”；“今天的诗应该是民主精神的大胆的迈进”，“诗的前途和民主政治的前途结合在一起。诗的繁荣基础在民主政治的巩固上，民主政治的溃败就是诗的无望与衰退”；“诗人的行动的意义，在于把人群的愿望与意欲以及要求，化为语言”，“那些伟大的政治家的言论，常常为人民的权利，自然地迸发出正义的诗的语言”；“民主政治能保障”“艺术存在的独立的精神”。他认为自己的长诗《向太阳》“以最高的热度赞美着光明，赞美着民主”，而长诗《火把》的“思想内容就是‘民主主义’”。[1] 另一方面，艾青试图在美学和来源上将诗歌的民主精神同中国革命联系在一起：“中国新诗，一开始就承担了如此严重的使命：一、它必须摆脱中国旧诗之封建的形式和它的格律的羁绊；创造适合于表达新的意志新的愿望的形式，和不是均衡与静止，而是自由的富有高度扬抑的旋律。二、它必须和中国革命一起，并且依附于中国革命的发展，忠实地做中国革命的代言者。”[2] 由此王东东认为，艾青身上有着杜衡所说的“暴乱的革命者”与“耽美的艺术家”的混合气质，“所谓‘耽美的艺术家’是指艾青表现出了民主的美学和民主诗歌的美感，而所谓‘暴乱的革命者’则是指民主的政治和民主

1 以上引文分别出自艾青的文章《祝——写给〈诗刊〉》《诗论》《了解作家，尊重作家》《为了胜利》等，相关分析见王著第一章。

2 艾青：《抗战以来的中国新诗》，1941 年 7 月《中苏文化》第 9 卷第 1 期。

诗歌的内容”；在艾青那里，民主被当作民族革命之“药”，1940年代他的民主观念经历了明显的转变：“在第一个阶段仍然持一种带有西方色彩的普遍意义上的民主观，而在后一阶段则转向了带有儒家色彩尤其极大的民粹主义特征的民主观”（见王著第一章第二节）——这其实是五四以后民主观念变异（精英主义与全民主义悖论式结合）的一个结果，因而其诗歌中的民主带有很强的乌托邦色彩。这些从诗歌与民主关系的角度呈现艾青诗歌之内在矛盾的论述，势必会丰富人们对这位“民族诗人”的认知。

在1940年代偏于左翼的诗人中，艾青对民主的态度也许是含混的、非典型性的。相比之下，胡风及受其影响的“七月派诗人”在理论表达和创作实践上要鲜明得多，尽管他们的探索同样有别于所谓“正统”的左翼诗人。胡风和“七月派诗人”“更多致力于思考民主诗歌达成的途径和实现方法”，比如胡风所关注的“诗的形象化”问题、阿垅所阐发的“典型环境中的典型情绪”以及绿原《终点，又是一个起点》、邹荻帆《论民主》等“政治抒情诗”所蕴含的“民主与革命的‘成问题的关系’”。王东东分析道：“在整体上，绿原等七月派诗人的作品堪称‘民主的史诗’，随着抗战的胜利，‘民主革命’渐渐成为唯一的‘典型环境’，而‘民主革命’的主体‘人民’成为唯一的‘典型人物’，可以说，绿原开创的‘政治抒情诗’在总体上完成了表现这一‘典型人物’的‘典型情绪’（在阿垅的意义上）的任务，而在艺术上它们显然又以‘情绪的节奏’（同样是在阿垅的意义上）见长”；“他们追求的是一种左翼式的民主诗歌，虽然又会不时逸出正统左翼‘人民诗歌’容忍的范围”（见王著第二章）。这样，比较合理地阐明了胡风和“七月派诗人”的诗歌美学的特点及其面临的困境。

而闻一多的身份和民主意识更为复杂些，这位五四之子虽然重视思想的作用，却也坚称：“没有民主运动的实践，一定创造不出民主主义的作品”[1]，并从书斋走向街头，最终以其血肉之躯催生了“真正中国（式）的‘民主诗人’”。王著在分析闻一多时，单辟一节讨论“屈原问题”背后的“社会意识学”，指出“‘民主诗人’在中国现代文化中最早是以一种‘幽灵’人物的形式存在着，即它总是通过对外国诗人和已逝诗人的想象和重构来完成现代中国的‘文化政治’承诺”（第三章第二节），“幽灵”人物屈原的命运及“屈原问题”讨论中的分歧，对称性地折射了

1 引自《文艺的民主问题》，见以群、光未然主编《民主文艺丛刊》之一，北门出版社 1945 年版。

闻一多作为“民主诗人”形象的“症候性”。这种把诗歌—民主分离与存在—民主融合集于一身的“错位”状态，体现了民主文艺（诗歌）的张力，闻一多有意用“价值”（偏于左翼）和“效率”（偏于自由主义）的平衡或统一来缓解这种张力，但终究只是一种理想。

诚然，闻一多作为“民主诗人”的形象极具“症候性”，其内在错位表征了1940年代诗歌与民主的某种真实情境。在王著分析的几种“民主/文艺/人格”类型中，也许袁可嘉趋于体系化的理论构想最能够彰显这一时期诗歌与民主关系的建设性一面。袁可嘉理论的核心是：超越政治化的民主而构建一种具有包容性的“民主文化”，经由充分的“民主意识”而抵达诗歌的现代化（主义）。袁可嘉指出当时人们“最普通的误解是将民主只看作狭隘的一种政治制度，而非全面的一种文化模式或内在的一种意识形态；将诗只看作推进政治运动的工具而非创造民主文化和意识的有机部分”，他认为“仅有民主的政治制度（一个长征的起点）不足解决一切，我们还得进一步建立民主的文化形态和意识形态（一个长征底终结），二者在理论及实践上均无先后可分而只有部分与全体的关系。……从民主的政治热到民主的文化热确实是我们当前必需的发展的途径”。他这样解释诗歌现代化与民主的互生关系：“写一首我所谓现代化的好诗不仅需植基于民主的习惯，民主的意识……而且本身创造了民主的价值……写一首现代化的诗，一方面必须从作者民主的认识出发（把有价值的经验兼蓄并包），一方面必须终之于具体而微的民主的完成（完成于和谐），它底整个的创造过程无异是追求民主的过程”；以及二者对应的特质：“民主文化是现代的文化，民主的诗也必须是现代的诗。民主文化是辩证的、包含的、戏剧的、复杂的、有机的、创造的，表现这一文化的民主的诗也必然分担同样的辩证、包含、复杂、有机、创造的特质。我们所要达到的最后目标是包括民主政治的现代民主文化，我们所要争取的诗也必然是现代化的民主的诗”。现代化的诗歌批评同样如此，在袁可嘉看来，“新诗现代化”的批评理论和民主政治是一种平行关系：“谈批评必先谈民主，因为在没有民主的空间里我们一定也见不到真正的批评；谈民主也必先谈批评，因为不批评的民主一定只是假民主”；“民主的精神即是批评的精神”。[1] 这与萧乾稍早时候的论断如出一辙：“我们应革除只准一种作品存在的观念，而在文艺欣赏上，应学习民主的雅量。”[2]

1 以上引文出自袁可嘉的《诗与民主——五论新诗现代化》(1948年10月30日天津《大公报·星期文艺》)、《批评与民主》(1948年5月17日天津《民国日报·文艺》)等。

2 萧乾:《中国文艺往哪里走》,1947年5月5日上海《大公报》。

正如有论者分析说：对于袁可嘉而言，"'民主文化'是'新诗现代化'诗论体系的终极理想：所谓'新综合传统'、'新诗戏剧化'是'民主文化'在文学创作上的投影，构成了'民主文化'的文学形态；而'现代化的文学'与'民主政治'通过'民主文化'实现转化。在《诗与民主》中，我们可以清晰地整理出这样一条线索：通过'新综合传统'、'新诗戏剧化'完成'现代化的文学'，这一过程本身就是'民主文化'的建设过程，通过内在的意识形态层面的'民主文化'，最终在政治体制层面实现一个'民主政治'"；"'新诗现代化'理论体系中关于'民主'与'诗歌'关系的论述可以说是其在纯粹理论意义上的有关国家民族未来的构想，并成为1945年抗战胜利后关于社会政治环境中有关文化建国问题讨论的诸多声音中的一种。[1] 不过，王著越过这一思路，进一步围绕下述问题展开了探讨："'民主文化'这一'终极理想'如何'内化'在了'新诗现代化'中？现代主义诗艺在'诗与民主'的思想中处在什么层次？诗歌的难度和'晦涩'问题在'诗与民主'的语境中又该如何理解？"根据王东东的理解，"'民主运动'更多意味着一种文化运动而非政治运动，而任何一种民主的政治运动都很难满足他（袁可嘉）对文化的民主要求……他将形容词用法的'民主诗歌'置换成了将'民主'理解为动词的'诗歌民主'。民主文化构成了他联系'民主诗歌'与'民主政治'的中介，它本身又包含了社会学、心理学和诗学（'语言学美学'）三个层面……将现代主义诗歌技艺作为民主文化的构成部分来阐释，这是中国现代主义诗歌的最主要特征"（见王著第四章）。因此，从根本上说，袁可嘉的"民主文化"或许不乏现实政治的考量，但其着眼点仍在于创制成熟的现代化（主义）诗歌，只不过他将这种诗歌现代化进程纳入了包含民主意识在内的综合的社会文化系统中。

袁可嘉的理论显示出一个诗歌批评家特有的敏锐和边界感觉。而向来被视为他的同道的诗人穆旦，似乎恰好用诗歌创作回应了袁可嘉的理论倡导（袁可嘉在表述自己的观点时也曾征引穆旦的诗作）。王著将穆旦指认为"民主个人主义"的信奉者，这一点也许应予以辨析。关于穆旦，王佐良有过一段常被提及的描述："穆旦并不依附任何政治意识。一开头，自然，人家把他看作左派，正同每一个有为的中国作家多少总是一个左派。但是他已经超越过这个阶段，而看出了所有口头式政治的庸俗。"[2] 穆旦对"任何政治意识"或"口头式政治"的排斥，大概类似于当代诗人西川所说的"政治外乡人"。那么，如何看待穆旦诗歌实际表现出的

1
段美乔:《“民主文化”:袁可嘉“新诗现代化”体系的民主国家内涵》,《诗探索·理论卷》2010年第1辑。

2
王佐良:《一个中国新诗人》,1947年《文学杂志》第2卷第2期。

"左派"倾向及"超越"呢？按照熊佛西当时的说法："一切反腐化的，反封建的，反落伍的，反黑暗的，反独裁的，反法西斯的，求光明的，求进步的，求创造的，促进民主与自由的，为大多数人谋幸福的，思想与行动，都可以称之为'左倾'"；"左倾不是哪一个政府党独有的特色，而是每个进步的政党应有的态度。也是每一个求学问的人应有的态度。它是促进人类生活应有的一种倾向"。[1] 这其实是一个相当宽泛的说法，或许仅能部分地对应穆旦的诗歌。

西川针对这个话题论辩说："如果说穆旦是一个政治左派的话，他也不是'左联'意义上的左派（一类左派），而是西方意义上的左派（二类左派）。"[2] 对此王东东提出："左倾的说法如果要适用于穆旦的话，必须从中剔除'左翼'意义上的左倾，而只保留其'反帝'/'爱国'意义上的左倾"，他坚持将穆旦的身份确定为"自由主义左派"。不管怎样，对穆旦的讨论不应停留于此，有必要从诗学与社会现实政治互动的角度，探掘穆旦诗歌中民主的含义与潜能，让穆旦诗歌的主题和美学获得更具有深度的解释："社会总体图景和个体生存的极化，对上层社会和下层社会的'分裂'的感知，构成了穆旦的诗意的二元论（poetic dualism），传达出一个挣扎其中的知识分子的观察、怀疑和批判的声音"；"在这类因省去了社会生活的场景而显得抽象和冷静的抒情诗中，诗意二元论由外向内收缩为精神结构；而在'戏剧化'的抒情诗中，诗意二元论则由内向外扩展为形式结构"。在穆旦那里，"民主最终成为一种诗性正义，也正可见出民主的理想与现实之间的距离"，"诗性正义应该是'民主文化'或'民主诗歌'的本质，也造成了诗与民主最为基本的关系。而穆旦的诗歌则用一种诗性正义联系起来了超验正义与历史正义"（见王著第五章）。由民主上升到"诗性正义"的概括或许尚可斟酌，但以此为出发点，穆旦诗歌中的许多"谜"（"非中国性"、"上帝"、"暴力"等）能够得到深入的重新剖解。

四

通过对上述几种"民主/文艺/人格"类型的剖析，王著共时性地呈现了 1940 年代诗歌与民主交织而成的多重景观。当然，1940 年代并不是孤立的，应从纵向的角度考虑这一阶段与 20 世纪其他阶段的关系，并留意"20 世纪"本身的性质，特别是要寻索"诗歌与民主"议题在当代和当下理当具有的意义指向。虽然王著

1
熊佛西:《谈左倾》,1946年《人民世纪》第2期。

2
西川:《穆旦问题》,见《大河拐大弯:一种探求可能性的诗歌思想》,北京大学出版社2012年版,第89页。

通过一些问题的勾连，力图在不同年代的诗歌与民主之间建立一种历史的和理论的联系，但其中的线索还不甚明晰和充分。比如，“民主”之“民”的内涵与外延的变化，民主的声势之下对个体的“人”的消隐与追寻等。实际上，“民主”之“民”经历了从 1920 年代的“平民”到 1940 年代的“人民”的嬗变，其间的巨变中也有局部的延续，如朱光潜 1940 年代还提到“平民”，所指与 1920 年代的“平民”颇多相通之处，他认为“在他们的性格中有可以表现人性尊严的地方”[1]。1940 年代“人民”的属性就是“大众”，朱自清就指出抗战后诗歌的趋势“是在大众的发现和内地的发现”[2]。1940 年代诗歌与民主面临的重要理论问题之一即“大众化”，譬如王亚平要求诗歌“以大众化的形式，充分地去表现民主的内容”[3]。本来，诗歌的“大众化”问题可以说在 1920 年代就出现了，并在 1930 年代革命情势下有过大的爆发，在 1940 年代则有了新的主题和向度，与这一时期另一绕不开的议题“民族主义”瓜葛甚深。这些，无疑对这一时期诗歌与民主的关系产生了影响。

此外，内在于“诗歌与民主”议题的还有一个关键命题，就是诗歌如何“为民主赋形”，或者反过来说，强烈的民主诉求怎样塑造了诗歌的形式，亦即诗歌的民主冲动怎样参与了诗歌形式的选择与确立。毕竟，“诗在民主阶段，必然要产生新的体别”[4]。不过总的来说，王著虽然在分析袁可嘉、穆旦时对这个问题有所述及，但显然存在较大的拓展余地。可以看到，“为民主赋形”并非仅仅是一个诗歌形式的问题，而且关乎民主意识下的美学取向（如艾青的散文化主张、胡风对民间形式的拒斥）与诗体构造（如闻一多提出“不像诗的诗”、袁可嘉的“戏剧化”尝试）。

王著在论述 1940 年代诗歌与民主的过程中选择了民主的积极层面，将其“定位为一种在人类社会生活中表现出的‘民主精神’”和袁可嘉倡导的“民主文化”，旨在不否定民主政治价值的前提下，促成“从对民主政治的执迷（obssesion）中转向对民主文化的培养”。全书所有论题的探讨正是在一种政治学视野下展开的。在研究方法上，王著借用了阿兰·布鲁姆和哈瑞·雅法在《莎士比亚的政治》中的方法，认为“在超过任何戏剧表现的 1940 年代中华民族的‘政治共同体’的历史舞台上，深深卷入其中的 1940 年代的诗歌足以承受得住任何政治哲学的解

1

朱光潜:《诗人与英雄主义》，1948年7月12日《天津民国日报》。

2

朱自清:《抗战与诗》，见《新诗杂话》，作家书屋1947年版。

3

王亚平:《论诗歌大众化的现实意义》，1946年11月《文艺春秋》第3卷第5期。

4

薛汕:《为民主的写作试探》，1947年6月《创世纪》创刊号。

读，而它们作为‘经典作品’也越来越需要这样的解读而非仅仅指出它们具有政治性——目前更需要对政治性在政治哲学的层面加以讨论，而不是争论一个作家是否具有政治性”（见王著“导论”第二节）。从已完成的成果来看，王著的解读是有效的，并对今后的新诗研究富于启发性。

显然，王东东所说的“政治”，其含义沿用的是朗西埃“正名”之后的“政治”意涵：“文学的政治并非作家们的政治……它假设在作为集体实践的特殊形式的政治和作为写作艺术的确定实践的文学之间，存在一种固有的联系。”[1] 这就与以往一般研究中所理解和使用的狭隘的“政治”区别开来，也不大同于前些年相关研究中较为泛化的“政治文化”。它注重政治内在于诗歌的意识与特征，最终彰显的是诗歌的“公共性”及其介入公众世界的能力。这其实是朱自清在1940年代初翻译的美国诗人麦克里希《诗与公众世界》一文的意旨，或可作为“诗歌与民主”所采用的“政治”角度的参照。针对当时诗歌与政治之间尖锐对峙的情景，朱自清适时翻译了麦克里希发表不久的《诗与公众世界》，文中论及诗歌与政治的关联、诗歌如何参与公众世界时认为：“如果诗是艺术，便没有一种宗教的规律，没有一种批评的教条，可以将人们的政治经验从诗里除外。只有一个问题：我们时代的政治经验，是需要诗的强烈性的、那种强烈的经验吗？我们时代的政治经验，是像诗，只有诗，所能赋形，所能安排，所能使人认识的经验，同样私人的，同样直接的，同样强烈的那种经验吗？”[2] 即便在今天看来，麦克里希提出观点之后的质询仍然掷地有声。

不可否认，实际的研究中会有多种观照新诗之政治议题的方式。比如，笔者曾从考察新诗的历史进程入手，勾画政治之作用于新诗创作及发展的曲折脉络，探讨新诗经受各种政治影响后所表现出的“异质性”样态。[3] 诚如张伟栋在他的论文《诗歌的政治性：总体性状态中的主权问题》中，以富于思辨性的论析作出的论断：“诗歌是在总体性中实现存在、语言、主体和我们自身历史之间的循环流通……是一种发明，是一种使得当下与过去、即将来临的当下循环流通的通道”；在他看来，“在这样一个惊心动魄的大时代，所见所闻足以触目惊心，我们或者处身于一个秩序崩溃的前夜，或者处身于秩序修复的前夜，但诗歌并不对此选择，它所做的只是完成这种完成。那么，今天我们所做的也并不是在重提某种政治

1 [法]雅克·朗西埃:《文学的政治》(张新木译),南京大学出版社 2014 年版,第 3 页。

2 此译文收入朱自清《新诗杂话》,作家书屋 1947 年版。

3 参阅拙文《论 20 世纪中国新诗的政治维度》,《华中师范大学学报(人文社会科学版)》2012 年第 1 期。

性，已经发生的政治性，而是那正在发明、尚未发明出来的，它负责收编并恢复诗歌的主权”[1]。不错，在文学研究早已摒弃了社会—阶级分析等狭隘政治学方法的今天，重提某种政治学视野也许是适当的：一方面，以文学（诗歌）创作去“唤醒”“语言内部沉睡的政治性”[2]；另一方面，如王东东所期待的那样，通过文学（诗歌）研究“重塑”“对政治生活的感知”。而重构新诗研究的政治学视野，其要义在于厘清诗歌的处境即它在社会公共生活中的位置，同时确定诗人写作的出发点和指向[3]。就此而言，未来新诗研究的拓展依旧任重而道远。

1
该文刊于《新诗评论》2011 年第 2 辑。

2
姜涛:《巴枯宁的手》,北京大学出版社 2010 年版,第 17 页。

3
参阅雷武铃《当前诗歌写作中的政治性问题》,《新诗评论》2011 年第 2 辑。

第五章

谁的“地下诗歌”？——潜在写作的内在局限

一　文学史概念："潜在写作"

1949 年前后的几年，的确可以被称为 20 世纪中国的"玄黄"之期[1]。这一年元旦刚过，沈从文就为他的一册文稿《七色魇集》拟订篇目，他在其中的一篇《绿魇》旁边题写了三段文字，末段令人惊讶地写道："我应当休息了，神经已发展到一个我能适应的最高点上。我不毁也会疯去。"[2]在那"山雨欲来"之际，沈从文无疑敏锐地觉察到了什么，他此前此后的文字总表现出一种莫名的躁动与不安。在题写上述文字后不久的一封短笺中，他的表述更充满了无奈："我很累，实在想休息了……我能挣扎多久，自己也难知道！我需要一切从新学习，可等待机会。"[3]然而，几个月之后，沈从文忽然安静下来，他仿佛得到了更深的顿悟；在一个静谧的夜晚，他的思绪恍若游丝：

> 有种空洞游离感起于心中深处，我似乎完全孤立于人间，我似乎和一个群的哀乐全隔绝了。……
>
> 一些音的涟漪与坡谷，把我生命带到许多似熟悉又陌生过程中，我总想喊一声，却没有作声，想哭哭，没有眼泪，想说一句话，不知向谁去说。
>
> 我似乎完全回复到了许久遗忘了的过去情形中，和一切幸福隔绝，而又不悉悲哀为何事，只茫然和面前世界相对，世界在动，一切在动，我却静止而悲悯的望见一切，自己却无份，凡事无份。
>
> 我在毁灭自己。什么是我？我在何处？我要什么？我有什

1 "玄黄"这一用语，可以折射某些敏感的现代中国文人在时代变换之际的特殊心态，比如沈从文："大局玄黄未定……一切终得变。从大处看发展，中国行将进入一个崭新时代，则无可怀疑"（《写给吉六的信》，1948 年）。参阅钱理群《1948：天地玄黄》，山东教育出版社 1998 年版。

2 《从文家书》（沈虎雏编选），上海远东出版社 1999 年版，第 147 页。

3 《从文家书》（沈虎雏编选），第 150 页。

么不愉快？我碰着了什么事？想不清楚。

我在搜寻丧失了的我。[1]

也许是这种静谧平复了他内心的狂躁，沈从文开始趋于平和，正如他在数月后给妻子的一封信里所说的："我温习到十六年来我们的过去，以及这半年中的自毁，与由疯狂失常得来的一切，忽然像醒了的人一样，也正是我一再向你预许的一样，在把一只大而且旧的船作调头努力，扭过来了"；在信的末尾他承诺道："我要从动中将一切关系重造"。[2]

与沈从文所表现出的焦灼与绝望全然不同，诗人胡风则以饱满的热忱、以特有的激情，"拥抱"新的时代的来临。"拥抱"的方式，就是他创作的大型交响乐式的长诗《时间开始了》[3]。全诗共有五个部分、三千多行，以"欢乐颂"始、"又一个欢乐颂"终，其恢宏壮阔的结构与气势，汪洋恣肆的语句与节奏，映衬着那个时代的昂扬的氛围：

雷 声 响 起 来 了
轰 轰 轰 地 在 你 头 上 滚 动
雨 点 打 来 了
花 花 花 地 在 你 头 上 飘 舞
祖 国
我 的 祖 国 呵
为 了 你
全 地 球 都 在 欢 呼
全 宇 宙 都 在 欢 唱
这 大 自 然 的 交 响 乐

1 沈从文：《五月卅下十点北平宿舍》，见《从文家书》，第 160—161 页。

2 《从文家书》，第 162、164 页。

3 这部长诗除《青春曲》的部分篇章写于 1951 年初（其中"晨光曲"在 1980 年代又有所修订）且未及发表外，其余均完稿于 1949 年底至次年初，并公开发表、出版。本文的引诗据《胡风诗全编》（牛汉、绿原编），浙江文艺出版社 1992 年版。

那么雄伟又那么慈和
漂流在这一片生命的海上
我感到了你巨大的心房
鼓动着在激烈地轰响

一本新近出版的《中国当代文学史教程》(陈思和主编),正是以分析胡风和沈从文"迎接新的时代到来"的不同表现作为全书的开篇的。编者把胡风的《时间开始了》和前面提到的沈从文《五月卅下十点北平宿舍》并置,试图借此展示转型时期作家的复杂心态,并提供当代文学史发端的某种背景,显得别具一番意味。在论述胡风的《时间开始了》时,编者将之纳入了上世纪50年代"颂歌"模式的范围,认为这部长诗"更成功的是诗人用相当个人化的语言叙述了诗人与几个先烈之间肝胆相照的动人故事",这种"个人化的语言"意指"诗中抒情主体既是十分具体的诗人自传形象,又融合了某种庞大的共同性的时代声音,后者是通过前者的真实而不是概念化的感受来表达的"[1]。

1 陈思和主编《中国当代文学史教程》,复旦大学出版社1999年版,第24页。

值得注意的是,编者对一向不大为人重视的沈从文《五月卅下十点北平宿舍》给予极高的评价,认为"它富有象征意味地记录了知识分子在一个大转型的时代里呈现出来的另一种精神状态";最后,编者作出如此判断:"如果说,鲁迅当年以石破天惊的《狂人日记》揭开中国现代文学大幕,宣布了现代知识分子与传统彻底决裂的大无畏精神,奠定了以启蒙为特征的现代文学传统,那么,沈从文的这篇低调的新'狂人日记'对五十年代以后的文学史同样有着重要的意义";在论及当代文学史上一股若隐若现的创作潜流后,编者更进一步声称:"沈从文的这篇手记,应该是这股潜在写作之流的滥觞"。[2] 就这样,这篇《五月卅下十点北平宿舍》被醒目地推为"潜在写作的开端"。

2 《中国当代文学史教程》,第29—30页。

那么，究竟何谓“潜在写作”呢？作为这部当代文学史教程的“关键词”之一，“潜在写作”在著者那里“是为了说明当代文学创作的复杂性”而提出的，被解释为“许多被剥夺了正常写作权利的作家在哑声的时代里，依然保持着对文学的挚爱和创作的热情，他们创作了许多不能公开发表的文学作品”[1]。这些作品分为两种情形：自觉的创作和不自觉的写作，后一种又包括日记、书信、读书笔记等“私人性文字”，比如沈从文的《五月卅下十点北平宿舍》。与“潜在写作”相对的则是当时公开发表的作品。著者认为，“潜在写作”的作品“比当时公开发表的作品更加真实和美丽，因此从今天看来也更加具有文学史的价值”[2]。在另一处，“潜在写作”概念的倡导者陈思和甚至结论性地指出：“不难发现，1949至1976年间的当代文学史上，潜在写作的发展趋势与公开发表的创作的发展趋势成反比。”[3]人们常提到的20世纪60至70年代的“地下诗歌”，也被视为“潜在写作”的重要组成部分。

1 《中国当代文学史教程·前言》，第12页。

2 《中国当代文学史教程》，第30页。

应该说，“潜在写作”的提出有其积极而合理的意义，对于拓宽文学史研究视域、调整进入历史现象的思路不无启发性。在一种理想的状态下，与之相关的研究实践着福柯所期待的“谱系学”任务：对“局部的、非连续性的、被取消资格的、非法的知识”的关注。然而，由于“潜在写作”概念本身的含混性（对此已有不少论者指明），其理论有效性将大打折扣。这里，问题的关键可能还不只是论者批评的“‘潜在写作’由于无法确认其真实的创作年代而缺乏真正的文学史意义”[4]，而是更在于：一方面，当人们把基于特殊角度的观察抽象为普遍的律令，以对“潜在写作”的呈现替换原先的文学“主流”而成为另一种“主流”，并由此而构筑一种连续性“神话”（仿佛历史从未间断）时，无疑造成了新一轮的盲视与遮蔽；另一方面，就60至70年

3 陈思和：《试论当代文学史（1949—1976）的“潜在写作”》，《文学评论》1999年第6期。

4 李扬：《当代文学史写作：原则、方法与可能性》，《文学评论》2000年第3期。

代的“地下诗歌”而言，当它们被置于那个构拟的“潜在写作”的封闭空间时，其内在的复杂性显然被极大地简化或抹杀了。

二　写作空间分类学与“对抗”的神话

小说家博尔赫斯（J. L. Borges）在一篇作品中，从某部“中国百科全书”摘引的关于动物的分类，曾经激起福柯爽朗的笑声，因为那部百科全书如此写道：“动物可以划分为：（1）属皇帝所有，（2）有芬芳的香味，（3）驯顺的，（4）乳猪，（5）鳗螈，（6）传说中的，（7）自由走动的狗，（8）包括在目前分类中的，（9）发疯似的烦躁不安的，（10）数不清的，（11）浑身有十分精致的骆驼毛刷的毛，（12）等等，（13）刚刚打破水罐的，（14）远看像苍蝇的。”福柯评述道：“在这个令人惊奇的分类中，我们突然间理解的东西，通过寓言向我们表明为另一种思想具有的异乎寻常魅力的东西，就是我们自己思想的限度，即我们完全不可能那样思考。”[1]

1 [法]米歇尔·福柯：《词与物·前言》（莫伟民译），上海三联书店2001年版，第1—2页。

为了认识世界、历史和事物，任何分类都是必须的。“潜在写作”也许是基于特定观念对文学史进行分类的结果，譬如与它相对的是公开写作。同时，它又成为其他分类的诱因。作为这一命名的派生物，文学（写作）又可被分为地上的与地下的、官方的与民间的、主流的与非主流的、保守的与先锋的、虚假的与真实的——甚至，丑陋的与美丽的（像前面引述的评价，“潜在写作”“比当时公开发表的作品更加真实和美丽”），等等。“潜在写作”的确为我们提供了观察历史的“另一种”角度，但毋宁说它给人的感觉，是在历史的肌体上划出了一条界线，将之分隔为两个不同的区域和层次。于是，在诗歌写作中，闻捷、郭小川、贺敬之、李瑛等一长串名单与黄翔、哑默、食指、多多等另一串名单，郭小川的前期与后期，李瑛的四十年代和五六十年代，通过分类的形式被区别开来，造成本为同一时期的作品（如韩笑的《巨浪滚滚，凯歌阵阵》、食指的

《相信未来》、黄翔的《野兽》，均作于 1968 年）却分属不同历史空间的效果。其中，黄翔、哑默、食指、多多等“地下诗歌”在被纳入“潜在写作”的荫蔽之后，形成了一个看似独立、自足的创作 - 传播 - 评价的系统。所有这些区分最终构造了一幅图式：对抗。

不能不说，“对抗”是“潜在写作”给予“地下诗歌”的基本定位，或者说构成了关于“地下诗歌”历史描述的一种结构、一条核心线索（这条线索一直延伸到“朦胧诗”时期[1]）。这从上述的分类不难看出。由于“地下诗歌”是那些“被剥夺了正常写作权利”的诗人秘密写成的，这一状态本身隐含着压抑与反压抑的格局。那些诗人被视为社会的叛逆者或“出轨”者，因而他们发出的常常是“大合唱”中尖利的异端声音。

1 “朦胧诗”在主题、特征等方面得到的判定也是“对抗”，既然它们直接承接了“地下诗歌”，比如唐晓渡对“朦胧诗”所作的论断：“大一统背景下的意识形态对抗”、“价值的紧张危机”、“反抗异化的悲剧意识”等（见《唐晓渡诗学论集》，中国社会科学出版社 2001 年版，第 77 页）。这种历史描述的“对抗”式结构，与对“朦胧诗”以降诗歌进行的、以“反叛”为基调的现代主义（审美特征）论述具有同构关系。据认为，“第三代诗歌”所要消除的正是“朦胧诗”的“对抗”色彩，不过它们是以新的“反叛”姿态进行消除的。“对抗”或“反叛”似乎成为诗歌永葆青春的活力所在。

很多“地下诗歌”都表现出令人战栗的“被围困感”和受难感，个人与时代之间的紧张关系非常强烈。诗人们以“语不惊人死不休”的架势，直接或曲折地表达对主流意识形态的怀疑、诅咒、憎恶、愤怒、拒绝和抗争。

如果仅从“潜在写作”这一特殊的角度观察，“对抗”或“反叛”的确成为 60 至 70 年代“地下诗歌”在主题和美学上的双重特征。但是，作为复杂的个体，每一位诗人的写作却不能放进这一类型化的理论归纳之中，即使他们在不同时期、不同情境下写作发生变化的形迹，也无法仅从单一的侧面去寻索。比如，当人们以“潜在写作”，把郭小川晚年的某些诗作从他 50 至 70 年代的全部作品中分离出去并加以凸显时，他公开发表的“在那遥远的高处，/在那不可思议的地方，/你观尽人间美景，/饱看世界沧桑。/时间对于你，/跟空间一样——/无穷无尽，浩浩荡荡”（《望星空》，1959），和被称为“潜在写作”的“团泊洼，团泊洼，你真是这样静静的吗？/全世界都在喧腾，哪里没有雷霆怒吼，风云变化！//是的，团泊洼的呼喊之声，也和别处一样洪大；/听听人们的胸口吧，其中也和闹市一样嘈杂。”（《团泊洼的秋天》，1975）之间的差异被人为地夸大了。尽管后一首诗向来被当作在逆境中真切地展示个人内心痛苦的典范之作（诗的结尾，诗人自称它是“矛盾重重的诗篇”），但其实前一首诗隐含的矛盾分裂并不会少于它。二者无疑是有差异的，但差异的实质究竟是不是缘于“潜在写作”与公开发表之别？同样，对于从“地下诗歌”写作状态走过来的多多而言，从那激越的“雪锹铲平了冬天的额头/树木/我听到你嘹亮的声音//我听到滴水声，一阵化雪的激动：太阳的光芒像出炉的钢水倒进田野/它的光线从巨鸟展开双翼的方向投来”（《春之舞》，1985），到沉郁的“走在额头飘雪的夜里而依旧是/从一张白纸上走过而依旧是/走进那看不见的田野而依旧是//走在词间，麦田间，走在/减价的皮鞋间，走到词/望到家乡的时刻，而依旧是”（《依旧是》，1993）——不难发现，在摆脱“潜在写作”的状态后，多多诗歌中一以贯之的尖锐，语词间个人与社会的紧张感并未消失。

像多多这样的情形，也许会被归结为个体的因素使然，因为，处于压制状态和解除压制后写作出现“质变”，毕竟是屡见不鲜的现象。由此引出的问题是：从“地上”进入“地下”，或从“地下”走到“地上”，是否必然造成一位诗人的写作的根本改变？简而言之，诗歌写作与时代语境的联系究竟是怎样的？这些问题有被“潜在写作”的历史描述悬置之虞。

还是在十多年前，一位诗人以颇有点危言耸听的口吻写道：

> 凡了解西方文学现状的人，几乎一致认为，当代西方诗歌已趋于枯竭。这种枯竭在很大程度上是由于社会不再以诗歌为敌，公众以彬彬有礼、尽管多少有些冷漠的宽容态度对待来自诗歌的任何形式的离经叛道，使其成为对既定传统的一种补充，以及对人类集体猎奇心理的无害、无关紧要的智力刺激和情感满足。诗歌在缺乏对抗性和压迫感的处境中显然是过于轻松自如了，无论成功还是失败、耸立还是崩溃都不具备严重性和尖锐性，丧失了引人注目的前卫作用。[1]

在他看来，同"朦胧诗"相比，其后"实验诗歌所承受的来自外部的压力已大为减小。也许再过十年，这种压力将趋于消失"，因此他断言，尽管"这种普遍的枯竭在当今中国诗坛尚未发生——但不是不可能发生，而是还来不及发生"。有感于压力"减小"乃至"消失"将导致诗歌"枯竭"的可能性，他不无悲慨地诘问道："在该承受的承受了，该破坏的破坏了，该抛弃的抛弃了之后，当今的前卫诗人究竟在种族的智慧和情感生活中扮演什么角色？在经历了那么严酷的误解、冷落、淘汰以及消解之后，实验诗歌究竟有多少能够幸存下来的作品？这些幸存的作品又能够对精神或语言的历史贡献些什么？"[2]

1 欧阳江河：《对抗与对称：中国当代实验诗歌》，见《磁场与魔方——新潮诗论卷》（吴思敬编选），北京师范大学出版社1993年版，第256页。

2 《磁场与魔方——新潮诗论卷》（吴思敬编选），第257页。

这位诗人所预言的"压力消失"的情景，实际上在他话音刚落后不久便变成现实。经过十多年的催化，一种表面的松弛、一种昆德拉意义上的"不能承受之轻"，已成为当代中国诗歌的真实语境。不过，这位诗人关于"普遍的枯竭"的担忧，似乎并不能用来准确地概括近十年来的诗歌状况。显然，他把“压力消失”带来的可能“危机”普遍化了，或者说，他把语境压力与诗歌创造之间的关系绝对化了。事实上“压力消失”具有多种表征，其中一点或许确如人们所设想的，诗歌对于社会的影响力（包括“威胁”）已不复存在。这究竟暗示着什么呢？十多年后，另一位诗人作出了清晰的表述：“生存环境虽然从表面上看的确不同于过去了，但其更为隐蔽的一面可能反而有了困境的意味”；在舍弃了“对抗”的焦虑之后，诗歌写作与时代语境的关系被调整为：“在写作的外部环境发生了变化时，什么样的动力才是我们可以继续写下去的动力，什么样的问题才是我们需要在写作中面对与解决的问题”。[1] 因此，压制与否诚然会构成各自的困境，但诗歌的真正使命不是忙于机械的应答，而是如何在不同场域中处理不一样的问题。

1 孙文波：《从地下到地上》，见“成言艺术”网刊第 21 期。

值得反复追问的是，脱离“潜在写作”语境的当代中国诗歌，所受的“压力”果真减少了吗？对此洪子诚有一番富有警示意义的剖析：“如果我们不对‘自由’、‘自主’抱有幻想和迷信的话，很容易就能看到它的限度。在今天，存在着另一只强大的‘组织生产’的无形的手，一种看不见的力量，这就是被叫作‘市场’的‘怪物’。……有的强调创作的自主性的作家，其实他的一举一动，都围绕着文化市场的需求转，被这只手所操纵。这一点，我们会看得越来越清楚。”[2] 不仅诗歌（文学）写作如此，而且所有艺术都已置身于这样的困境：自由本身即限制。

2 洪子诚：《问题与方法：中国当代文学史研究讲稿》，生活·读书·新知三联书店 2002 年版，第 93 页。

照此看来，虽然“潜在写作”的历史描述指责一元论的主流文学史遮蔽了历史的另一面，但遗憾的是它的思维其实也建基于一元论的“二分法”[3]。通过否定与肯定的置换，它以另一种一元论替代了后者，

3 作为一种历史评价模式，“二分法”渊源有自并在当代有多个变种。典型的如郭沫若在第一次全国“文代会”上作出的新文学主流与支流之分，可谓开了“二分法”评价模式的先河。

从而构造了新的一元论文学史图景。“潜在写作”历史描述的偏误在于，在“发掘”一种历史后，历史的真实轨迹已让位于想象的逻辑，这种逻辑赋予了诗歌摆脱“压力”的幻觉和光明远景的期许，最终使其忽略了写作本身不断面临的难题。

三　“地下诗歌”中的个性与共性

人们应该还记得“地下诗歌”被发现和展示时，所受到的如“出土”珍稀文物般的礼遇，它引起的惊奇、兴奋、赞叹曾久久难以平息[1]。正如研究者已经注意到的，不少“地下诗歌”表现出犀利的生命体验和独特的诗歌意识，这应该得到足够的重视；那些作品的真率、略显粗粝甚至野性的品质，与后继者（“朦胧诗”）自觉的理性精神和强烈的社会批判意识，形成可予对照的诗学景观，也理应成为当代诗歌研究的一个议题。不过，在众多关于“地下诗歌”的描述中，人们大都更愿意提到其“先锋”的一面，而宁可将其来源的驳杂性、与主流诗歌的共生性省略掉。特别是，“地下诗歌”被纳入“潜在写作”的范畴后，就好似被置于一个相对自足的封闭空间，有关的评论更加趋于单一化和定型化。

1 杨健的《“文化大革命”中的地下文学》（朝华出版社 1993 年版）出版后，立即引起强烈的反响和讨论，如《文艺争鸣》当年就组织了笔谈“研究‘文革’文学——一本书和一个话题”（见该刊 1993 年第 2 期），参与讨论的有谢冕、曹文轩、赵毅衡、易毅、程文超等。

倘若不是抽象地看待一个处在强势历史语境的个体，那么我们就没有理由否认，该个体的观念、行为方式总会受到社会风习的影响；一个年代的风习，往往是无形之中“内化”为个体的“习性”（habitus）的，并通过各种形式“自动”地体现出来。实际上，很大程度上带有自发特点的“地下诗歌”，其写作空间绝非人们想象的那样，是独立、纯净、自足因而不受污染和渗透的。各种纷繁的社会思潮、政治运动、文化和文学风尚等，在多个层面对之施加了影响。从来源上说，芜杂的阅读[2]，所受的言传身教，交错的私下探讨、研习与传布，都是“地下诗歌”产生过程中起作用的直接因素，令人感兴趣的是诗人们所作的过滤与吸收。当然，更值得深入分析的，还有“地下诗歌”在主题、语言习惯、构思、词汇、句式、音韵等方面，对于主流诗歌

2 参阅萧萧《书的轨迹：一部精神阅读史》，见《沉沦的圣殿：中国 20 世纪 70 年代地下诗歌遗照》，新疆青少年出版社 1999 年版，第 4—16 页。

自觉或不自觉的规避与趋近——后一点，正是“地下诗歌”无法逾越的局限，尽管这种局限一再被各类表述所遮掩[1]。

被称为“地下诗歌第一人”的食指（郭路生），其 60 至 70 年代的作品提供了“地下诗歌”与主流诗歌复杂关联（规避与趋近）的典型个案。正如有人指出，他的作品“贯穿着两个互否的系列。一方面受‘正统’时尚的影响，诗人如当时若干‘文学同行’一样，愿意与‘主旋律’合拍，写了不少肤浅平庸的应时之作……然而，强大的本能是掩蔽不住的，它时时像野兽的爪牙从灵魂深处裸露、戳穿、撕碎企图‘走正道’的郭路生”[2]。与其说食指进行的是一种自觉的开拓性的艺术探险，不如说他是凭借多少显得脆弱的天性在抒写，一旦天性遭遇强劲的时代风习的渗透，写作就难免不受到潜移默化。通过仔细辨析不难发现，在食指的细腻、真切的“个性化”书写背后，矗立着当时政治抒情诗的庞然身影[3]。食指的悖论在于，他“始终摆脱不了为时代‘立言’的写作身份”，“这种极其鲜明、自觉的‘时代’特征，与当时时代暴风骤雨式的性格恰恰是合拍的。它虽然以逆向的思维表现了对时代形象的怀疑和质问，但却情不自禁地陷入了‘时代主题’的历史怪圈”[4]。

可以说，在食指身上，对诗意的真挚而执着的渴求，对逆境中个体命运和思绪的捕捉，与对某种固有的诗学信念的尊崇，对大的时代变动的呼应乃至顺服，始终错杂地交织在一起，这造成了其诗歌的内在的分裂。在总体上，食指诗歌的基调是明朗、向上的，成为时代阴霾里的一丝亮色；

1 有论者指出了“潜在写作”的署名与无署名状况：那些与主流意识形态对立的是署名写作，一致的是无署名写作，这种一致性体现在结构、人物、语言等方面（参阅摩罗《‘文革’时期的潜在写作》，见“新文网”）。这表明，“潜在写作”也多有趋近主流写作的情形，但这种区分似乎过于绝对。

2 《沉沦的圣殿：中国 20 世纪 70 年代地下诗歌遗照》，第 56 页。

3 多多说过：“郭路生的老师是贺敬之，其作品还有其讲究词藻的特点”（《被埋葬的中国诗人》，见《沉沦的圣殿：中国 20 世纪 70 年代地下诗歌遗照》，第 197 页）。何其芳之女何京颉也曾回忆起食指 60 年代与何其芳过从甚密的情形（何京颉：《心中的郭路生》，《沉沦的圣殿：中国 20 世纪 70 年代地下诗歌遗照》，第 71 页以下）；食指从何其芳那里主要接受了格律等观念。

4 程光炜：《中国当代诗歌史》，中国人民大学出版社 2003 年版，第 249 页。

他对和谐、优美的形式感的迷恋，使得他的诗中即便有些低回的意绪，也会被一种匀称的语句和节奏抹去[1]。食指格外注重音韵在传达情感、渲染氛围等方面的作用[2]，这一偏好无疑与当时主流的诗歌风习有关，也与他较多地关注、处理时事性主题有关。不仅如此，他诗歌中较为单一的时空意识、直接的思维方式以及显得空疏的意象和语汇（“夜空”“星光”“秋风”“枯叶”“海洋”“波浪”“希望”“痛苦”等所占的比例很大），与主流诗歌并无二致。此外，他的诗歌在句式、笔法上不仅受时兴的名诗人的熏染，而且体现出当时少数被重点引进的外国诗人影响的痕迹[3]。由于受制于主流诗歌风习和自身简单的诗学信念，食指甚至写出了《农村“十·一”抒情》《杨家川》《南京长江大桥》《红旗渠组歌》等夹杂着标语口号的作品。

当然，没有必要“放大”食指的诗歌因与主流诗歌“共生”而获致的弱点或缺陷，正如无须过分夸耀它们的叛逆性和先锋性。我们丝毫不用怀疑食指的真诚——对诗歌、人生乃至历史的真诚。他的《这是四点零八分的北京》以真诚打动了千百人的心扉，即便为时代“立言”的浮泛之作如《胜利者的诗章》《送北大荒的战友》《等待重逢》《我们这一代》《架设兵之歌》等，也显示了饱含激情与热忱的真诚。不过，那是另一种真实：一种顺应了历史潮流的真诚；只有当历史本身被证明是荒谬的，这种真诚才同历史一道，具有某种悲剧意味。与此形成对照的，是类似沈从文的《五月卅下十点北平宿舍》等同样面向内心真实的写作，不用说它们体现了别样的悲剧意味。

1 崔卫平充分肯定了食指在新诗格律方面所作的努力，她评述说，食指对诗歌形式表现出一种“罕见的忠直”：“即使生活本身是混乱的、分裂的，诗歌也要创造出和谐的形式，将那些原来是刺耳的、凶猛的东西制服；即使生活本身是扭曲的、晦涩的，诗歌也要提供坚固优美的秩序，使人们苦闷压抑的精神得到支撑和依托；即使生活本身是丑恶的、痛苦的，诗歌最终将是美的，给人以美感和向上的力量”（《郭路生》，见《积极生活》，中国人民大学出版社 2003 年版，第 52 页）。这既是一种褒扬，同时也让人有理由对那种混乱、分裂中的和谐与优美表示疑虑。

2 2000 年版《食指的诗》（人民文学出版社）收录的全部诗作，无一例外地押了脚韵（早期和近期均如此），且多为 an、ang、en、ing 等偏于开敞、响亮的韵脚。

3 有人通过比较《相信未来》和海涅的《宣告》，认为前者“采用‘四句一节’式，与德国诗人海涅的很多诗颇有些相似。不仅如此，有些句式也是从海涅那里‘移植’过来的”。参阅刘双《质疑对〈相信未来〉诗的诠释》，《黄河》2000 年第 1 期。

有必要指出的是，尽管那些置身或远离社会运动的人们（如《中国知青诗抄》中的诗人）均难以幸免，但强调“地下诗歌”自身的局限性，并不是为了得出“覆巢之下、安有完卵”的独断式结论。毋宁说，食指对于主流诗歌表现出的规避与趋近的自我冲突，真切地表明了个体写作在强大历史语境面前的限度和可能性。即使居于偏远一隅的诗人昌耀，他五六十年代的诗作也保留着夹缝中挣扎的印记，且不时地显示一丝“闪念”的犹疑，或许只有保持犹疑、困惑的写作，才显得更为真实：

昌耀《群山》（1957）

我怀疑：
这高原的群山莫不是被石化了的太古庞然巨兽？
当我穿越大山峡谷总希冀它们猝然复苏，
抬头啸然一声，随我对我们红色的生活
作一次惊愕地眺视。

食指的诗歌在六七十年代曾以手抄本的形式广为流传，那些争相传诵的奇观提醒人们重新思考诗歌与阅读、接受的关联。按照“潜在写作”倡导者的说法，对于“地下诗歌”的阅读和理解，“由于这些作品属于过去时代的文本，放到事过境迁的新的环境下很难显现出它们原有的魅力，新时代有新的情绪与感情需要表达，所以这些作品很快被更具有时代敏感性的话题所掩盖。但是，如果还原到这些作品酝酿和形成的年代的背景下来阅读和理解它们，并将之与同时期公开发表的文学作品相比较，它们所具有的热辣辣的艺术感染力就马上突现出来”[1]。诚然如此！任何作品均应置放到具体的历史语境中去理解。可是，“潜在写作”的倡导者就“地下诗歌”阅读所作的这一后设性说明，并不能解释像灰娃、胡宽等人的写作，也不能解释在一定意义上亦属于“地下”写作状态的如下情形：林子在1950年代完成的组诗《给他》，直到1980年代才能够公之于众并产生反响；昌耀在特殊境遇下写就的《凶年逸稿》(1961)、《峨日朵雪峰之侧》(1962)等诗篇，在今天读来仍然不失其锐利的锋芒——即使不与同期的作品比较。

1 陈思和：《试论当代文学史(1949—1976)的“潜在写作”》，《文学评论》1999年第6期。

令人疑惑的是，“潜在写作”倡导者所说的“艺术感染力”，究竟是作品自身的一种持久的审美价值，还是阅读者必须参照一定语境才获得的感受？那些被重新发掘的“地下诗歌”，是否因为有了“潜在写作”的标签而格外受到青睐？事实上，诗歌阅读效果的形成有其复杂的原因。在接受语境不断变化甚至错位的情形下，一件作品的“艺术感染力”很可能就不复存在。显然，有关“地下诗歌”阅读和评价的谈论，虽说意识到了作品生成语境的重要性，却忽视了不同接受语境的参与。其实，不管“地下诗歌”还是“地上”

作品，在阅读与接受方面都会出现不同的层次，都必然涉及接受语境的迁变。譬如，胡风的《时间开始了》这部被视为相当“主旋律”的长诗，在问世之初即遭到严厉的批评，便不是“地上”和“地下”之别，而是接受语境本身的问题。此外，一个常被提及的著名例子是，当复出的艾青在《在浪尖上》一诗中用仓促、直白的声音喊出“政策要落实！”时，获得了长久的雷鸣般的掌声。这构成了诗歌阅读与接受过程中的悖论。

由此可知，“潜在写作”倡导者的语境意识被这样的理念所占据：一件诗歌作品只能从其所生成的时代获得评价（似乎诗歌总是追逐着、应对着时代），同时特定语境中产生的“艺术性”必须获得普遍的认同。这一抽空了具体（接受）语境的“艺术性”（“艺术感染力”），正是“潜在写作”文学史建构的立论依据。于是，这造就了新一轮的抑此扬彼的论述，即另一种“一边倒”的历史描述；在该历史描述中，所有的非“潜在写作”（地上文学）遭到了排斥。然而，正如有论者指出，“‘地上’文学，从人物配置、布景安排、灯光、色彩的运用，到情节发展、舞台调度——无论是舞台上还是小说诗歌中，都有一整套特有的语言编码和叙事规则。这些编码和规则叙述着一个复杂的意识形态和审美心理故事”[1]，这些同样应该作为文学史的一部分，予以郑重的学术探究。

1 程文超：《“空白”的回音》，《文艺争鸣》1993年第2期。

可以看到，迄今为止“潜在写作”的文学史所进行的工作：借助于对“地下”作品残卷、碎片的搜集与整理（也许，随着“发掘”的不断扩大，总会有新的材料补充进来），进而对这些作品的“艺术性”作出跨越时空的确定，一方面将其特殊的历史价值加以凸显出来，另一方面为之构筑一条相互勾连的完整的发展脉络。但是，这终究不免是一部单面的文学史。在根本上，这种文学史把某个特殊的“潜在写作”时期，和任何时期、任何条件下写作本身无处不在的“潜在”状态（极端的例子如卡夫卡）混淆了。

“潜在写作”的历史描述显示了对残存的幽暗记忆的浓厚兴趣，从深层来说，这一兴趣折射出某种根深蒂固的幸存意识（一种在历经劫难后产生的“英雄归来”般的感觉）。借用卡内提（E. Canetti）的说法，“幸存之际就是权力在握之际”[1]。“潜在写作”的历史描述在提请关注“地下诗歌”（无疑很有必要）的同时，又通过想象的逻辑强化了幸存意识，以至“幸存意识正在成为我们时代中居主导地位的诗歌意识”，“幸存感正在同化审美感，更危险的倾向是：幸存正在被确认为诗歌唯一的来源”[2]。正由于此，关于“地下诗歌”的描述一直保持着尖锐的“对抗”色调，并使之成为后来的诗歌写作的目标。这是值得反思的。谁会是这些历史的书写者呢？也许人们忘了一位诗人曾经表述的：

北岛《同谋》

我们不是无辜的
早已和镜子中的历史成为
同谋，等待那一天
在火山岩浆里沉积下来
化作一股冷泉
重见黑暗

1 ［德］埃利亚斯·卡内提：《群众与权力》（冯文光、刘敏、张毅译），中央编译出版社2003年版，第160页。

2 臣戈：《霍拉旭的神话——幸存的诗歌》，《今天》1991年第3—4期。

第六章

轻盈与涩重——新诗的身体叙写

一　身体的现代发现及其话语场景

“我知道什么？”法国哲学家蒙田（Montaigne）的这句名言常常引人陷入无穷的遐想。这句话的语式连同它的怀疑论，被一位当代中国诗人移进了他的诗作：“有关大雁塔/我们又能知道些什么”（韩东《有关大雁塔》）。当问句第二次出现在那首诗中，读者有理由相信，与其说这位诗人同蒙田一样，树立了一种不屈不挠的探究的姿势，不如说他试图消解后者的深度追问及其可能趋向。这里所谓“探究”，按照蒙田所援引的西塞罗（M. Cicero）的说法，“就是为死亡作思想准备”；因为“研究和沉思从某种意义上说可使我们的心灵脱离躯体，心灵忙忙碌碌，但与躯体毫无关系，这有点像是在学习死亡，与死亡很相似”。[1] 也就是说，沉思是一种“灵魂出窍”或灵肉暂时分离的状态：在沉思中，心灵活跃着，躯体却在沉睡（如同死亡）。然而，在“又能知道些什么”这一暗含劝阻语气的反诘下，蒙田问句里原有的质询、深究受到了重置而归于平面化，犹如那些游离的思绪被驱散后“心灵”重回“躯体”，拒绝再次对世界（包括死亡）的奥秘进行思忖。

1 《蒙田随笔全集》上卷（潘丽珍等译），译林出版社1996年版，第88页。

西塞罗的上述说法，实际上是早于他三百年的柏拉图（Plato）所信奉观念的一个变体：灵魂优于肉体，肉体是灵魂的“坟墓”。在柏拉图看来，死亡是不朽的灵魂摆脱暂存的肉体之束缚的绝好契机，他借用苏格拉底之口指出，“处于死的状态就是肉体离开了灵魂而独自存在，灵魂离开了肉体而独自存在”[2]。这种对肉体贬抑的观念绵延了十几个世纪后，最终在笛卡尔（Descartes）那里得到了强化，他用另一个比喻来描述身体与灵魂（心灵）的关系：前者是后者的“镣铐”。他的二元论给身体打上了死结。可是，在沉思中灵与肉为何“暂时分离”？灵魂离开后躯体果

2 [古希腊]柏拉图：《斐多》（杨绛译），辽宁人民出版社2000年版，第13页。

真会死亡？心灵在“学习死亡”时与躯体“毫无关系”，这意味着什么？从另一方面来说，这些恰恰是需要探究的。在今天，一个蒙田式的疑问同样产生了：有关自己的身体，我们究竟知道些什么？

多年以前，在里斯本一家公司任小职员的佩索阿（F. Pessoa）惊恐万状地说，“明天的我——一颗感受着和思想着的灵魂，对于我来说的整个世界——是的，明天也不会再在大街上行走”，“我也将要消失”[1]。显然，他感到“将要消失”的不仅是“灵魂”，而且还有肉体——并且首先是肉体；后者作为有形的物体，某一天终将会从生活的某个角落“永远地空缺”。或许有感于“我”的行将“消失”，佩索阿叹息道：

我只是我的缺席，
那么如何让灵魂
在一个躯壳上终结？

佩索阿《我把有边界的灵魂留给》（杨子译）

对于像佩索阿这样习惯于内心生活的人来说，代表“我”的身体的“缺席感”或残缺感，是无处不在的。在这里，肉体的易逝作为人的有限性率先被诗人敏锐地觉察。不过，对于肉体易逝的惊觉并非为了凸显灵魂的“不朽”（就像柏拉图所认定的），毋宁说体现的是因身体的脆弱而产生的精神战栗，正如与佩索阿有很多相似处（体质虚弱，敏感，内敛）的卡夫卡在一则日记里描述的：“不停地想象着一把宽阔的熏肉切刀，它极迅速地以机械的均匀从一边切入我体内，切出很薄的片，它们在迅速的切削动作中几乎呈卷状一片片飞出去。”[2] 关于生存的“噬心”感受，在此是以一种肉体的状貌被展示出来的，这似乎印证了马克思在某处作出的论断：“解除精神折磨的惟一手段就是肉体

1 [葡]费尔南多·佩索阿：《惶然录》（韩少功译），上海文艺出版社1999年版，第15页。

2 见《卡夫卡随笔集》（叶廷芳编，黎奇等译），海天出版社1993年版，第254页。

的疼痛。”在灵与肉的无休止的纠缠中，长期被抑制的肉体本身的“所感”得到了强调。

众所周知，西方近代以来身体的解放与张扬，是以尼采（F. Nietzsche）的鼓吹为醒目标志的。他用一句“要以肉体为准绳”的宣谕，掀开了压在身体上的磐石。针对柏拉图（以及苏格拉底）制订的灵魂优于肉体的清规戒律，特别是自笛卡尔以来为身体套上的层层枷锁，尼采反驳说：“灵魂不过是附在身体上的一个语词。”他以一种狄奥尼索斯（Dionysius）般的激情语调写道：

> 这就是人的肉体，一切有机生命发展的最遥远和最切近的过去靠了它又恢复了生机，变得有血有肉。一条没有边际、悄无声息的水流，似乎流经它、越过它、奔突而去。因为，肉体乃是比陈旧的“灵魂”更令人惊异的思想。无论在什么世代，相信肉体都胜似相信我们无比实在的产业和最可靠的存在。[1]

1 ［德］尼采：《权力意志》（张念东、凌素心译），商务印书馆1994年版，第152页。重点为原文所有。

没有人会否认尼采这番论说的颠覆性意义及其对后世的深远影响。自兹以后，“我思故我在”的训诫遭到了改写，肉体的“我在”先于甚至取代了“我思”，对于肉体的赞叹之声在各类话语里此起彼伏：“肉体是美丽的纹路，是闪光的条纹，是亮色的波纹，是五色的云纹，是杂色的锦纹，是深色的虎斑纹，是黑色的眼状花纹……它轻轻铺展开来，铺陈在装满了花果象征着丰收的羊角之侧，展现在天后朱诺那只爪子粗大的飞鸟之旁。”[2] 由此，人们的认知方式和角度发生了逆转，开始从自身的可触摸的身体出发，重新打量自我与这个世界，重新演绎关于生存的秘密和印迹。

2 ［法］米歇尔·塞尔：《混杂肉体的哲学》，转引自米歇尔·昂弗莱《享乐的艺术》（刘汉全译），生活·读书·新知三联书店2003年版，第247页。

继尼采之后，哲学家梅洛－庞蒂（Merleau-Ponty）从知觉的角度，勾画了身体的全新图景："我们通过我们的身体在世界上存在，因为我们用我们的身体感知世界。"[1] "身体是基础"，这是庞蒂的知觉现象学传递的信息，这一信念在后来激起了重大的回响[2]。同为现象学家的施密茨（H. Schmitz）也从知觉入手，进一步区分了身体（der Leib）和肉体（der Korper）："通过感官获得的感觉可称为'肉体的'知觉，相反，在肉体上直接（非感觉）地获得的知觉叫身体的知觉。"[3] 这样的区分无疑是必要的，它将人们的注意力引向了身体更为细密的内在肌理；身体的个体性、特殊性、差异性乃至独一无二性，由于细微的声息、姿势、呼吸、性情、禀赋乃至空间的不同而得以呈现出来。这为现代语境的身体往往与个体吁求、感性、偶然、此在的生命吹息联系在一起，提供了一定的理论依据。

1 [法]莫里斯·梅洛－庞蒂：《知觉现象学》（姜志辉译），商务印书馆 2001 年版，第 265 页。

2 比如，希腊当代作家卡赞扎基斯（Kazantzakis）就在其名作《基督的最后诱惑》里发出了相似的呼声。

不能不说，尼采、庞蒂等对身体的鼓吹和厘定，散发着浓厚的主体性气息。不难发现，尼采倡导的肉体沉醉所鼓荡的酒神精神，与西方 19 世纪浪漫派的诗意书写有着相当的契合之处（尽管他十分不满于后者），并促成了 20 世纪极具现代色彩的体验型文学潮流[4]。不过，西方近代以来文学中身体叙写的迅猛兴起，各种身体观念的转换对文学审美的剧烈震荡、对文学形与质的潜在重塑，大概是尼采所始料未及的；其纷繁芜杂的铺衍构成了现代文学一道炫目的景观，以至于曼德尔斯塔姆（O. Mandelstam）充满疑虑地问道：

> 被赋予身体，我当如何处理
> 这惟一属于我的身体？

3 [德]赫尔曼·施密茨：《哲学体系》，转引自施密茨《新现象学》（庞学铨、李张林译）"译者的话"，第Ⅻ页，上海译文出版社 1997 年版。

4 参阅刘小枫《诗化哲学》，山东文艺出版社 1986 年版，第 123 页以下。当然，尼采的肉体哲学的内涵远不止这些，其间混合着强烈的虚无感与轮回感，最后通向代表权力意志的超人。

如果说西方由柏拉图所开启的贬抑身体的言述线索，在近代出现了重大偏移的话，那么中国文化中关于身体的谈论和展示，同样经历了一个富于戏剧性的迁变过程。在中国古代的文化和文学中，一方面可以看到，“体”、“骨”等（身体的隐喻意义）作为重要的诗学范畴被提了出来[1]，众多诗文里也有堪称丰富的身体意象，特别是，在正统观念的缝隙间不时地冒出叛逆的根须——从阮籍（“傲然独得”）、嵇康（“高亮任性”）的放浪形骸到李贽（“童心”说）、袁枚（“本乎性情”）的特立独行，等等，其狂肆之态颇趋近于尼采式的“醉境”[2]；但另一方面，其间占据主导地位的观念，仍然是诸如“杀身以成仁”（《论语》）和“吾所以有大患者，为吾有身，及吾无身，吾有何患？”（《道德经》）等对于身体的弃绝。这种主导观念使得进入中国古代文本中的身体，总是处于一种被围裹、遮掩乃至被排斥的状态。即使那些以叛逆姿态彰显的飞扬个性（阮籍、嵇康等），也大都不是出自本己的“身体”感受，所以无法与尼采的肉体哲学具有对等的现代意义。

当然，值得考究的还是身体进入中国古代文学（尤其是诗词）的方式。可以看到，身体意象一度频繁地出没于古代诗文中，当以唐代之后的词（如《花间集》里的“艳词”）最为典型，像“双鬓隔香红，玉钗头上风”（温庭筠《菩萨蛮》）、“冰肌玉骨清无汗，水殿风来暗香满”（孟昶《玉楼春》）之类，多少展现了身体的摇曳多姿的情态。不过，必须指出的是，古代诗文里的身体就其呈现方式以及担当的文学功能而言，与现代诗歌中的身体有着明显的差异。那些即便是刻画细腻的身体意象，与读者之间也仿佛隔着一层不透明的“薄膜”，使读者无法直观地窥见身体的本来

1 例如刘勰表述道：“辞之待骨，如体之树骸；情之含风，犹形之包气”（《文心雕龙·风骨》）；又说，文章体制“必以情志为神明，事义为骨髓，辞采为肌肤，宫商为声气……”（《文心雕龙·附会》）。

2 参阅刘小枫《诗化哲学》，第145页以下。

面目。在古代诗文中，身体似乎只是充当了某种隐喻的中介符号，当它出现之际并未受到凸显，很快文本的重心就滑向了围裹着身体的意念，这与现代诗歌对身体的直呈式书写（下文即将详加分析的）形成了鲜明的对照。也不妨说，只有进入现代以后，在人文思潮、社会形态等发生巨变的背景下，在身体的"觉醒"与伸展获得更为强劲的突现，身体的复杂内涵逐渐得到重视、发掘和释放的情形下，身体才真正被转化为一种重要的书写资源，并以迥然不同（相对于古代）的样态渗透到各种话语领域。同许多其他资源一样，身体的进入对于中国文学来说无疑是一种现代性事件。

然而，现代世界的各种话语（包括文学），一方面为身体出场提供了大好的舞台，另一方面则以更为残酷的方式摧毁着身体，使身体逐渐呈现出驳杂不堪的面目。由于政治、经济、文化、宗教及科学的层层围裹，身体开始变得模糊、可疑、繁复而具有多向度的含义。正如德勒兹（G. Deleuze）在评述尼采的身体观时指出，"身体是由多元的不可化简的力构成的"，"每一种力的关系都构成一个身体——无论是化学的、生物的、社会的还是政治的身体"[1]。德国当代女神学家温德尔（E. Wendel）也认为："身体不是私人性的表达，而是一个政治器官，是宇宙的和社会的实在之镜像，反映着人的病相、毒害和救治过程。在身体这个位置上，人们可以审美地、社会地、政治地、生态地经验世界。"[2] 于是，在现代和现代"之后"的今天，身体成了一处暧昧的场所："身体是一个模糊而虚弱的领域，然而又是有无穷表意能力的领域；身体是一个没有细节的领域，但又是能详细反射社会细节的领域。身体自身的物质性既稀薄，又抽象，这是没有自身物质性秘密的身体，

1 [法]吉尔·德勒兹：《尼采与哲学》（周颖、刘玉宇译），社会科学文献出版社2001年版，第59—60页。

2 转引自刘小枫《个体信仰与文化理论》，四川人民出版社1997年版，第476页。

然而又是埋藏着所有社会秘密的身体，空洞的身体充斥着无限的阐释可能性。”[1]

因此，从根本上说，身体是一种历史形成的结果，在不同的历史语境中会呈现为不同的姿势。在诗歌中身体往往被视为反文化、反崇高的表征，或者等同于在场性、日常性的专词，其实远非那么简单。对于新诗来说，身体也许是一台镜子的底座，沿着身体的纤细、敏感的触丝，可以抵达关于如下论题的探讨：诸如诗人因身体而获得一种特殊的现代经验，并由此调整其写作趣味、产生关于语词的肉身化想象；身体对诗歌的主题、风格、表达方式的改变，身体对诗歌的语言、肌质（“肉感”）、句式、节奏乃至笔法（精细刻绘）的塑造，以及诗歌与自我认同、压抑与超越、性别与反抗，等等。所有这些可归结为一点：从诗学的角度来看，谈论新诗的身体叙写，不是简单地分析新诗如何表现身体、描摹身体，而是一方面辨析身体在诗意书写中是怎样被想象、怎样被建构起来的，另一方面考察身体如何介入了新诗自身的文体构造（当然，对于本文而言后者更为重要）。

1 汪民安主编《身体的文化政治学》“导言”，河南大学出版社2004年版，第16页。

二 “肉感”、脆弱性和残缺自我

崇尚简约的哲学家维特根斯坦（Wittgenstein）有一句箴言般的断语：“人的身体是人的灵魂的最好的图画。”[1]联系断语的上下文我们发现，与其说它指明的是身体与灵魂的可能关系，不如说它揭示了人类的表达即语言捕捉身体感受的难度。譬如，“说疼痛，我们必定在说到身体，或者，如果你愿意，必定在说到身体所具有的灵魂”；可令维特根斯坦不解的是，“说身体有疼痛不是很荒唐吗？——为什么人们在其中觉出荒唐？在何种程度上不是我的手感到疼，而是我感到我的手疼？”[2]这显示了表达（语言）本身的悖论。正是在此意义上，所谓“道（Word）成肉身”，理解起来颇费一番功夫。

维特根斯坦的迷惑，让人想到著名的“十字路口的赫拉克勒斯（Herakles）”同时遭遇两个女人（一个叫卡吉娅即“邪恶”，一个叫阿蕾特即“美德”）时无从选择的故事。千百年来，这个寓含深意的故事被从不同的口里说出，几乎成了“关于男人自己的躯体及其与另一个或一些身体的种种纠缠”的原型。据说，代表男性力量的赫拉克勒斯从宙斯那里获得了一项特殊的魔力——编织言语织体的能力，结果编织言语织体成为男人的身体，“男人的身体掉进自己编织的言语织体中被淹没了，只有一个没有身体的躯壳在世间游荡，编织言语的世界成了男人的身体欲望”[3]。而“十字路口的赫拉克勒斯”故事的流传本身，体现的则是后世人们（尤其是男性）“用言语编织的自己对女人身体的伦理想象。女人的身体是亘古不变的男人想象的空间，男人的言语就像这空间的季候”[4]。无疑，不同的言语“季候”会成就不同的身体想象，塑造出不同的身体姿态。

1 ［英］路德维希·维特根斯坦：《哲学研究》（陈嘉映译），上海人民出版社2001年版，第279页。

2 《哲学研究》（陈嘉映译），第149、150页。重点为原文所有。

3 参阅刘小枫《沉重的肉身》，上海人民出版社1999年版，第70页。

4 《沉重的肉身》，第75页。

正如“十字路口的赫拉克勒斯”这一传说所喻示的，男性的言语仿佛天然地被用作表达关于女性身体的想象。不过，现代意义的身体意识获得的表征，还不单单是由身体而引起的抽象的情爱言述，而是充满惊异的对身体的重新发现与直陈：

沈从文《颂》

说是总有那么一天，
你的身体成了我极熟的地方，
那转弯抹角，那小阜平冈；
一草一木我全知道清清楚楚，
虽在黑暗里我也不至于迷途。

令人感兴趣的是，诗的作者用极其直白的语言咏叹着恋人的身体，轻松得全无搜肠刮肚、难以言述的焦虑；他显然不打算摆脱那陈旧不堪的男欢女爱主题，但诗中肉体的鲜活、口语的灵动，却并未被这一主题所遮掩和拘囿。《颂》体现的温和与单纯，几乎与早期新诗语言的稚嫩无关，它更让人想到《诗经》里“巧笑倩兮，美目盼兮”这样的句子，以及远古时代的《雅歌》：“你的眼在帕子内好像鸽子眼。你的头发如同山羊群卧在基列山旁。你的牙齿如新剪毛的一群母羊…… 你的唇好像一条朱红线，你的嘴也秀美。你的两太阳在帕子内如同一块石榴。你的颈项好像大卫建造收藏军器的高台……”[1]

《颂》与《雅歌》的另一共通之处，是它们在描绘身体时都运用了比喻——不如说拟物。不难看出，这些比喻（拟物）是浅白而直接的，它们对接着那种“人体式大地”——即把身体与大地、山川勾连起来的古老的隐喻系统。值得重视的是，《颂》摈弃了那种隐喻系统中宏阔的神话思维，以及与之相应的浑然（混沌）的语言表达，采用的是一种切

1 《新旧约全书》，中国基督教协会（南京）1989年版，第629页。

近、细小的呈现角度与平实、明晰的语词，因而给人以清新、质朴之感。相似的例子，还可以举出冯至《蛇》里的“它想那茂密的草原——/你头上的、浓郁的乌丝”，邵洵美在《风吹来的声音》中，对有着“血霞色的靥儿，血霞色的上身与下身”的“美人”从头发到脚的精巧摹写，多少见出这位“唯美主义者”在诗的“肌理”方面所下的“工夫”[1]。这些其实显示了现代隐喻与古典隐喻在构成方式上的差异。有必要指出，一直到20世纪80年代的新诗中，身体被比喻为物或自然仍然是其获得展现的重要方式，譬如80年代前期的“现代史诗”写作，杨炼笔下“高大、雄健，主宰新月”的“黄金树”即是一例：“雀鸟在我胸前安家/浓郁的丛林遮盖着/那通往秘密池塘的小径”(《诺日朗》)，曾经备受争议的是其中的身体隐喻；由于对传统文化的过分迷恋，就多数“现代史诗”而言，身体的隐喻化成为一种具有整体感的运思方式，在赋予那些作品以恢宏气势的同时，又未免造成了某种局限——其玄远、空阔的结构淹没了身体应有的现代意识。

1 邵洵美：《诗二十五首·自序》，上海时代图书公司1936年版，第8页。至于他的与冯至《蛇》的同题诗，更有近乎色情的体态描写。

此处的情形的确耐人寻味：一面是语言无从准确地表述复杂的身体“感受”而带来的犹疑、困惑和局促不安，一面是身体之花粲然绽放的语言景观，对身体的感觉竟如此坦然、自如，“在黑暗里”“也不至于迷途”。在语言与身体之间，究竟隐藏着什么样的秘结？这里没有肉体激起的心理投射，有的只是纷呈的肉体本身：

穆旦《野兽》

在 坚 实 的 肉 里 那 些 深 深 的
血 的 沟 渠，血 的 沟 渠 灌 溉 了
翻 白 的 花，在 青 铜 样 的 皮 上！

这些诗句具有的显著特征，大概就是评论者所说的沉浑的“肉感”(Sensuality)。毫无疑问，肉体在此参与了语言的自我塑造和重构：通过洗刷语言的经脉和敞开内部的“肌理”，肉体改变了语言的质地、色泽，使之变得结实、细密、立体而丰盈，并获得了感性的、可触摸的质感。当然，另一方面，如前所述，身体以何种姿态被呈现，实际上与语言的“季候”有着很大关系：一定的语言“季候”，为一定的身体观念、姿态的形成提供了环境和条件；这意味着，只有具备了必要的语言“季候”，才能言说出相应的身体。例如，《颂》《蛇》《风吹来的声音》等在20世纪二三十年代的出现，除主体意识的萌动等因素外，适宜的语言“季候”也是必不可少的。而到了三四十年代的穆旦等诗人那里，语言“季候”又发生了变化，身体的姿态也随之大为改观。确如郑敏在分析穆旦诗歌的语言时所指出的：“它扭曲，多节，内涵几乎要突破文字，满载到几乎超载，然而这正是艺术的协调。”[1] 语言的这一特性显然得自身体的渗透，同时，这种对语言的描述本身同样适用于描绘身体。不妨说，观察新诗中身体姿态的迁变，可以发现身体和语言相互促进、相互生发的痕迹。

1 郑敏：《诗人与矛盾》，见《一个民族已经起来》，江苏人民出版社1987年版，第33页。

尤为重要的是，正是身体孕育着的勃发的感性力量，冲决了诗歌形体可能受到的束缚，将语词从过于僵硬、浮泛的组合中松开，使句子的搭配变得愈加自由、灵活。在身体的自如伸展下，新诗的句式也显出张弛有度的生气：

穆旦《野兽》

它抖身，它站立，它跃起，
风在鞭挞它痛楚的喘息。

这肉体的纵身一跃，被唐湜称为生命的“投掷”，他就此评述道：“在这吉诃德式的投掷过程里，全身筋肉震颤着，自觉的精神使他们习惯地把灵魂与肉体划分开来，而他们自觉的意图却又是重合二者，像约翰·邓（John Donne）那样用‘身体的感官去思想’，回到希腊人灵肉浑然一致的境界，用全生命的重量与力量向人生投掷。这是一种生命的肉搏，是在自觉的睿智照耀下筋肉与思想的一致表现。”[1]这里，“用身体思想”并不是简单地指明身体与思想的“融合”，而是展现了二者在语言之中相互交融的过程与结果：借助于肉体的“震颤”和跃动，无形的思想变得厚重而有力度，抽象的表达变得具体可感：

1 唐湜：《搏求者穆旦》，见《新意度集》，生活·读书·新知三联书店1990年版，第89页。

穆旦《春》

蓝天下，为永远的谜迷惑着的
是我们二十岁的紧闭的肉体，
一如那泥土做成的鸟的歌，
你们被点燃，却无处归依。

在此，“紧闭的肉体”与青春期蓬勃的生机、“泥土”的滞重与“鸟的歌”的轻盈以及“点燃”与“无处归依”均构成了矛盾；在《春》的第一节，还出现了“绿色的火焰”所渲染的饱满的色块，“摇曳”、“反抗”、“伸”等语词体现的具有动感的情状——这些都构成郑敏所说的“磁场”，增强了诗句的张力与密度，拓展了阅读者的想象空间。

在20世纪中国新诗中，穆旦的诗应该是“用身体思想”最突出、“肉感”特征最鲜明的作品之一。无疑，穆旦诗中稠密的身体叙写，建基于他的成熟的身体意识：“我歌颂肉体，因为它是岩石/在我们的不肯定中肯定的岛屿”（《我歌颂肉体》）。可以看到，在这首与惠特曼（Whitman）著名篇章同题的诗作里，穆旦同他的异域先驱一样，尽情地表达了对肉身的礼赞，其间回荡着自尼采以来以感性身体为本、为依据的理念和呼声，隐含着对“柏拉图－笛卡尔”

体系的质疑与挑衅:

穆旦《我歌颂肉体》

我歌颂那被压迫的,和被蹂躏的,
有些人的吝啬和有些人的浪费:
那和神一样高,和蛆一样低的肉体。
…………
那压制着它的是它的敌人:思想,
(笛卡儿说:我想,所以我存在。)
但思想不过是穿破的衣裳越穿越薄弱
越褪色越不能保护它所要保护的,
自由而丰富的是那肉体。[1]

尽管穆旦将肉体讴歌为"沉默而丰富的刹那,美的真实","是我们已经得到的,这里",但他在诗的末尾流露的意绪显然与惠特曼的相异:"这里是黑暗的憩息",因为"它的秘密还远在我们所有的语言之外"。

1 可以比照一下惠特曼对肉体的赞叹与表述:"男人或女人的肉体的美是难以形容的,肉体本身是难以形容的/男性的肉体是完美的,女性的肉体也是完美的";"女性的形体,/从它的头项到脚踵都发射着神圣的灵光";"书籍,艺术,宗教,时间,看得见的坚固的大地,及希望在天堂里得到的一切,或惧怕在地狱里遇见的一切,现在都消失了"。引自惠特曼《我歌唱带电的肉体》,见《草叶集》(楚图南、李野光译),人民文学出版社1994年版,第159页以下。

因此,穆旦持有的并非一种乐观主义的身体信念。毋宁说在穆旦看来,凝结在身体内部的隐秘的"核"始终是未知的,置于文明世界多重挤压中的身体在本质上脆弱不堪,"战抖,在地下一阵隐隐的风里"(《防空洞里的抒情诗》);面对灵与肉的永恒的缠绕,他显示的更多是一种怀疑、不确定的态度。这种态度几乎弥漫在穆旦的全部诗篇中,其代表性作品便是"将肉体与形而上的玄思混合"(王佐良语)的《诗八首》:

穆旦《诗八首》

静静地,我们拥抱在
用语言所能照明的世界里,

而那未成形的黑暗是可怕的，
那可能和不可能的使我们沉迷。

《诗八首》展开的关于灵与肉、爱与欲等两性纠葛的思辨性诠释，其题旨契合当代法国学者依利加雷（L. Irigaray）的表述："在我们被迫合为一体的时候，我们发现了距离。在我们被语言人为结合在一起的时候，我们回到彼此的区别。"[1] 她对两性关系的理解来自对身体的感觉："如何抚摸你，如果你不在？"[2] 而穆旦在诗中表达的"爱了一个暂时的你"，正是帕斯（O. Paz）所总结的"爱情的中心矛盾"，即"它的悲剧性关系"："我们同时爱一个会死亡的身体，一个受时间及其偶然性控制的身体，以及一个不朽的灵魂。"[3] 虽然帕斯最终用"灵魂是身体，身体是灵魂"的判断化解了这一"中心矛盾"，但他无法消除因肉体易逝而引起的惊悸与犹疑。

1 ［法］吕西·依利加雷：《二人行》（朱晓洁译），生活·读书·新知三联书店2003年版，第23页。

2 同上，第139页以下。

3 ［墨西哥］奥克塔维奥·帕斯：《双重火焰——爱与欲》（蒋显璟、真漫亚译），东方出版社1998年版，第111页。

在穆旦的诗里，对肉体的怀疑其实是对自我的怀疑；身体的撕裂与残缺，对应着自我的"无处归依"、自我在世界中的疏离与孤独之感[4]：

穆旦《我》

从子宫割裂，失去了温暖，
是残缺的部分渴望着救援，
永远是自己，锁在荒野里，

这令人想到冯至关于身体陌生感的相似表达："不要觉得一切都已熟悉，/到死时抚摸自己的发肤/生了疑问：这是谁的身体？"（《十四行集》第26首）不过，在冯至的诗中，引起自我孤独感的身体暂存性是与某种"蜕变"观念联结在一起的，经过转化后那种暂存性进入了静默的永恒："歌声从音乐的身上脱落，/归终剩下了音乐的身躯/化作一脉

4 关于穆旦诗中自我之破碎感的分析，可参阅梁秉钧《穆旦与现代的"我"》，见《一个民族已经起来》，江苏人民出版社1987年版，第43—54页。

的青山默默”（《十四行集》第 2 首）。这一点造成穆旦诗歌和冯至诗歌在形塑上的差异：不同于冯至诗歌竭力寻求浑融、整饬的形体，穆旦的诗歌一任内部肌体保持破碎、错位甚至相互冲突的状态，就如同诗人从身体出发获得的自我分裂感受本身。

穆旦的书写展示了一种矛盾的身体观：他一方面肯定、颂扬肉体的感性力量，另一方面领悟到肉体的脆弱、残缺与无助，从而质疑（甚至消解）了肉体的稳固性。这在后来的一些诗人那里激起了回声，他们以迟疑而不是乐观的方式看待身体：“我无从知道皮肤掩盖下的真实”（姚振函《身体》）；身体的自由舞动——“她旋转，奔突，跃起，光影凝滞着”——既凸显了身体外形的魅力，又触发了关于内在自我的探询：“难道不是她/自己？自己之内，又一个自己？”（周瓒《黑暗中的舞者》）这样，在身体的腾跳、穿插、倾斜、叠合之中，在身体与光影的交错、变幻之际，自我的无穷奥秘——无数个自己——得以缓慢地呈现，正如叶芝（W. B. Yeats）在一首同样描绘“舞者”的诗中吟道：

叶芝《在学童中间》（张子清译）

劳作是鲜花开放，手舞足蹈，
身体不能为取悦灵魂而受伤，
…………
哦，合曲舞动的身子，哦，炯炯的一瞥，
舞者和舞蹈叫人怎能分别？

诚然，“身体不能为取悦灵魂而受伤”。对于许多诗人来说，尽管脆弱与短暂，身体仍然会被视为生命的据点：“我的身体成为世界的依据，有什么比身体更可靠呢，有什么比身体更亲近自己和神明呢，我的身体所触及的每一件事物都启发我的性灵赋予它血肉，使之成为我身体的延伸……”[1] 身体更灵敏和富于变化：“我身上气象万千/摸不准阴晴/一场细雨湿不透心/腋窝里长出一朵白菌”（唐亚平《身上的天气》），以至于诗人们如此喊道：“让我的灵魂睡去/让肉体睁大眼睛”（伊蕾《草坡上的小巢》）。在这些出自个人性情的喃喃低语中，身体的丰富、生动的一面获得了青睐（其有限性则未被考虑）。当然这里并不存在关于身体认识的优劣，显示的只是对身体的不同处置。

1 唐亚平：《我因为爱你而成为女人·身体》，见唐亚平诗集《黑色沙漠》，春风文艺出版社 1997 年版，第 220 页。

譬如，海子诗歌对身体的叙写，就没有产生穆旦诗歌的“肉感”效应，这与前者特殊的抒情语式是分不开的。在题为《肉体》的诗作里，海子写道：“一枚松鼠肉体/般甜蜜的雨水//在我的肉体中停顿/了片刻”（《肉体》之一），其间肉体可能具有的尖锐的形体被软化了；在他的另一首同名诗作里，肉体成为显得空疏的符号，一再被用一些非直观的物象所指称：“肉体是树林中/唯一活着的肉体”，“肉体是野花的琴/盖住骨骼的酒杯”，“肉体是河流的梦/肉体看见了采茴香的人迎着泉水”（《肉体》之二）。显然，海子不太在意肉体所禀有的驳杂内蕴，当他说“击鼓之后，我们把在黑暗中跳舞的心脏叫作月亮”（《亚洲铜》），他谈论的并非作为肉体的“心脏”。与海子诗歌形成对照的是芒克的诗，后者虽然没有过多地采用肉身化的语词，却有着一种如多多所说的“不穿衣服的、肉感的、野性的”力度：“它脚下的那片泥土/你每抓起一把/都一定会攥出血来”（《阳光中的向日葵》）；“沉重的风/发出马的嘶叫/拉着冬天僵硬的尸身/从我辽阔的胸膛上走过”（《感情》）。芒克的诗表现出少见的尖利与粗粝，让人体会到一种剥离了语词虚饰的“肉感”。

这些关于身体的不同理解、处置及呈现方式，实际上体现了集结于肉体之上的复杂向度。肉体本身是沉默的，它期待着语言的到来与唤醒。当诗人们感到对于肉体“在黑暗里”“也不至于迷途”（沈从文）、认为肉体是“黑暗的憩息”（穆旦）、试图言说“黑暗中跳舞的心脏”（海子）之际，他们不约而同地用各自的语言触须探入了身体的内核。然而，“那未成形的黑暗是可怕的”：在黑暗里，身体的秘密“远在我们所有的语言之外”，智力的“子宫”依旧处于闭锁的状态，并未完全向言说者敞开；“那未成形的黑暗”——诗人穆旦已深深地困惑于这一点——像“黑洞”一样吸附语言的光线，而使之陷入无边无涯的空蒙，这映射出语言和身体的双重盲区。恰如王佐良分析的：“在一个诗人探问着子宫的秘密的时候，他实在是问着事物的黑暗的神秘。”[1] 而在那神秘的阴影处，即从幽闭的子宫分离出的，正是更晦暗的、无法确知的自我：

我，我们偶然的形体
在黑暗中如何，在白昼也同样干枯

翟永明《静安庄·第六月》

在某种程度上，来自各种语言的关于身体的不同读解，也是对自我的不同诠释。梅洛－庞蒂认为：“身体被赋予生命并不是由于它的各部分互相结合在一起，此外，也不是因为有一个外来的灵魂降临到木偶人身上，这还是要以身体本身若没有在其中也就没有‘自我’为前提。当其在能看和被看之间，能触摸和被触摸之间，在眼睛与眼睛的对视，

1 王佐良：《一个中国新诗人》，见《“九叶诗人”评论资料选》，华东师范大学出版社1996年版，第313页。

手与另外的手叠放在一起时，人的身体就在那里了。”[1]

庞蒂在此提及了身体呈现的一个关键动作：观看。观看的确是身体能够“在”的一种方式，那些沉默不语的形体，那些“黑暗中的舞者”，在各种视线的投射下（伴以语言之光的轻拂），得以异态纷呈地出场。无疑，在这观看动作的背后潜藏着自我，自我追随着身体，自我化入了身体。于是，身体（自我）的呈现被解释为一种观看与被观看的关系；身体（自我）处在交错目光的中心，被反复地阅读、审视与析解。当身体陷入孤独时，投来的则是想象中的他者的目光：

伊蕾《独身女人的卧室·镜子的魔术》

你猜我认识的是谁
她是一个，又是许多个
在各个方向突然出现
又瞬间消隐

这种对“镜子中的我”的自恋式观看，实际上展现了自我在孤寂中的分崩离析的状态；借助于虚拟的他者的介入，自我完成了一次充满叛逆与宣泄的反观。这里，镜子充当了进行自我反观的必不可少的道具：“镜子的出现，是由于我是能见－被见的，是因为有一种感觉的自反性，镜子把它解释和重复出来了。”[2] 这就如同阿特伍德（M. Atwood）在其著名的《嫁给刽子手》中所描画的：“没有镜子的生活即是没有自我的生活。”不难发现，20 世纪 80 年代以后，镜子意象频繁地出没于中国女性诗人的作品中，也许与她们源于身体觉醒的自我意识密切相关：“从那层薄冰下呼唤另一个自己/日复一日”（赵琼《镜子》）；“我对着深潭般的镜子/一圈苹果皮的漩涡/谁能猜出这只收拾好的苹果/它曾是绿的/或者红的”（小君《真相》）；“我是一个妇人，享有一面大镜子/镶在墙上，我的身体涂着

1 ［法］梅洛－庞蒂：《眼与心》（刘韵涵译），中国社会科学出版社 1992 年版，第 131 页。

2 同上，第 137 页。

五处/污渍”（虹影《镜子的圈套》）。[1] 自我的目光经过镜子的折返，在努力搜寻、辨认着自我乃至自我的过去。当然，其间包含的女性性别意识，是另一个值得关注的论题。

1 以上诗句引自《苹果上的豹——女性诗卷》（崔卫平编选），北京师范大学出版社 1993 年版。可以将它们与 90 年代《一个人的战争》（林白）等小说文本中出现的镜子意象进行比照。

镜子具有相当久远的历史，它不仅很早闯入了人类的日常生活，而且常常被用于关乎人的内在自我的探讨。自柏拉图以降，在关于身体与灵魂的古老纷争中，存在一个根深蒂固的观念：处于优先地位的灵魂（心灵）是一面镜子。这种“理智的灵魂”，被美国当代哲学家理查德·罗蒂（R. Rorty）描述为人类的“镜式本质”（glassy essence，借用了莎剧《一报还一报》中的说法），即镜子似的心灵是人类认识世界的根基，它构成近代哲学的再现式认识论的源头。正如罗蒂在引述培根（Bacon）对此的评论——“远远不是一面明净平匀的镜子……而是像一面中了魔的镜子，满布着迷信和欺骗，如果它没有被解除魔法和被复原的话”——之后指出：“我们的镜式本质不是一种哲学学说，而是一幅图画，会读写的人发现他们读过的每一页文字都以这幅图画为前提”[2]。罗蒂的论述揭示了“镜式本质”及其观念图画在现代世界的“有效性”的限度，因为灵魂其实早已经不那么单纯和坚实了；不仅如此，所有被用来充当镜子的物件（譬如语言）也都变得不再可靠。

而在拉康（J. Lacon）的“镜像”理论看来，人类必须历经的“镜子阶段”（Mirror Stage），表面上促成自我实现了统一与认同，即“镜前的自我与镜中的形象达到完美的统一”，实则这种统一并非真正的自我统一，而只是自我的一种误认和幻想。因为，镜前的自我与镜中的形象不可能完全同一，镜中的自我形象不过是一个虚幻的自我，一

2 [美]理查·罗蒂：《哲学和自然之镜》（李幼蒸译），生活·读书·新知三联书店 1987 年版，第 34 页。

个通过想象的叠加而构建起来的虚假自我。用拉康自己的表述就是："镜子阶段是场悲剧，它的内在冲劲从不足匮缺奔向预见先定——对于受空间确认诱惑的主体来说，它策动了从身体的残缺形象到我们称之为整体的矫形形式的种种狂想——一直达到建立起异化着的个体的强固框架，这个框架以其僵硬的结构将影响整个精神发展。"[1] 这意味着，在拉康看来，由于受"镜像"幻想的诱惑与干扰，个体不仅在"镜子阶段"（婴儿期）遭遇自我认同与构建的难题，而且终其一生都将不断地囿于"镜像"而无法获得真实的自我。

1 [法]拉康：《助成"我"的功能形成的镜子阶段》，见《拉康选集》（褚孝泉译），上海三联书店2001年版，第93页。重点为原文所有。

这样，诗人面对"镜子中的我"所看到的"许多个"，与其说是真实完整的自我，不如说是自我的碎片。洛夫曾有一番意味深长的告白："揽镜自照，我们所见到的不是现代人的影像，而是现代人残酷的命运，写诗即是对付这残酷命运的一种报复手段。"[2] 从这一角度考察20世纪七八十年代的"朦胧诗"写作，也许能够对诗人们充满怀疑主义的自我宣扬作出某些合理的阐释。在一定意义上，背负"镜子中的历史"（北岛）不仅是那个年代个体的命运，而且也是新诗自身的命运。当人们普遍地将"朦胧诗"解说为一种致力于主体建构的写作，实际上忽视了那些主体高涨的诗篇中隐含的自我悖谬。诗人们笔下大量的镜子比喻，从中可以瞥见主体建构之基石的虚弱："在黎明的铜镜中/呈现的是黎明"（北岛《在黎明的铜镜中》），"墙壁就如同一面镜子/一位老人从中看到了一位老人"（芒克《晚年》），以惊人相似的姿态和句式拒斥了自我确立的可能，因为流俗的镜子功用已遭到否定；时间、历史等一再以镜子的面目出现（如北岛《结局或开始》里的"时间这面晦暗的镜子"，杨炼《朝圣》里的"一面巨大的铜镜/超越人的高度/

2 洛夫：《诗人之镜》，载《创世纪》总第21期（1964年12月）。

以时间的残酷检阅自己”)，使这类主题增强厚重感的同时，也映衬出自我的模糊、卑微与无助。

显然，在“朦胧诗”的语词世界里，自我并不是无往不胜的；处于建构中的自我，似乎随时有被强烈的批判冲动或密集宏大的语汇淹没的危险。如果说朦胧诗人部分地觉察到自我的历史境遇：“倘若现实 能够从幻象开始／玻璃就是唯一的风景／门开着 水银般的瀑布／……／谁窥见自己／谁就得悲惨地诞生”（杨炼《镜》），那么，“朦胧诗”之后的诗人们则十分果决地舍弃了那种英雄般自我的幻象：

牛波《图书馆·腹语》

身 体 的 边 境 ，含 义 的 边 境
如 盘 中 的 冰 ，假 的 一 样

在 它 看 来：镜 子 实 际 上 是 不 存 在 的

那些怀疑多于认同、探求多于忧思的年轻诗人们，将自我的生存纳入纯然的观看之中：“从看见到看见，中间只有玻璃。／从脸到脸／隔开是看不见的。／在玻璃中，物质并不透明。／整个工厂是一只巨大的眼球，／劳动是其中最黑的部分”（欧阳江河《玻璃工厂》）；在此，身体所有的能量浓缩在一只眼球里，将观看本身拉回到原初状态，眼球像聚光灯一样凸显了自我与世界的镜像关系，同时也从内部改变了词与物的关联：“凝固，寒冷，易碎，／这些都是透明的代价。／透明是一种神秘的、能看见波浪的语言”（同上）。

由于“镜式本质”的影响，从柏拉图、亚里士多德（Aristotle）开始直至晚近一些时期，人们热衷于通过镜子之喻探索艺术的本质，阐释一个久久盘桓于他们头脑中的概念：模仿[1]。模仿的信奉者坚定不移地以为，镜子似的

1 参阅［美］艾布拉姆斯《镜与灯》（郦稚牛等译），北京大学出版社 1989 年版，第 42 页以下。

心灵能够真实而准确地反映现实世界，所以艺术的至高目的就是再现，即以一种严苛的客观态度描摹心灵所反映的现实。这种古典的写实主义无疑过分信赖眼睛——质言之即观看——的能力了，因而忽略了观看本身的含混性、被动性和复杂性。正如巴赫金（M. Bahkin）早就敏锐地意识到的："不是我用自己的眼睛从内部看世界，而是我用世界的眼睛、别人的眼睛看自己；我被他人控制着。这里没有内在和外在相结合的那种幼稚的完整性。窥视背靠背构建的自我形象。在镜中的形象里，自己和他人是幼稚的融合。"[1] 由此可见，作为身体呈现方式的观看并不是单一的，观看行为的完成需要多种条件。同时，在观看过程中可能出现的"变形"及其所致的虚幻性，往往是不易察觉的："我们观看一个物件，单独面对它，然后试图以最客观、最中立的方式为自己描写它，于是它便逐渐占据了全部地盘，变得硕大无比，挤压我们，压迫我们，进入我们体内，夺取我们的位置，使我们无比狼狈。要不就是完全相反的现象，我们死盯着这个物体，久而久之，他不是变为一种魔鬼，而是变为我们无法理解的、虚幻的、非现实的东西。"[2] 堪称观看的辩证法，同时体现了写实主义的深层悖论。

现代写作的纷繁形态，正是得力于作家发现并巧妙地运用了这种写实主义悖论的奇幻效应，然后将之发挥到极致。那些把写实主义的模仿观念奉为圭臬的人们，大概难以领略博尔赫斯（J. L. Borges）用镜子的折射之光织就的迷宫，而那恰好是现代文学焕发的持久魅力所在。据说一生惧怕镜子的博尔赫斯，却能够灵活地穿梭于镜子般的语词迷宫，这也许是他被传记作者称为"书镜中人"（The Man in the Mirror of the Book）[3] 的原因。

1 [苏]巴赫金：《镜中人》，见《巴赫金全集》第四卷，河北教育出版社1998年版，第86页。

2 见杜小真编选《福柯集》，上海远东出版社1998年版，第31页。这是在米歇尔·福柯主持的一次讨论会上，一位参加者的发言。

3 [美]詹·伍德尔：《博尔赫斯：书镜中人》（王纯译，王永年校），中央编译出版社1999年版。

那么，对于中国新诗而言，超越了客观写实的观看，究竟给诗人的写作带来了什么？这里不妨说，除了持续的迷惑和探询以外，观看带给新诗的是一种穿透事物的能力，即一种深入骨髓的"看"的能力：

郑敏《古尸》

白雪的皮肤，流星的双眸，记忆
长存，而那血液、皮脂，
又怎能媲美于这纯净了的真实。

诗人之所以认为封存的古尸远比鲜活的肌肤更为真实，是因为她对之进行了比浮光掠影式的观赏更逼近、更真切的"看"。这是一种求索存在的"看"，一种去掉了表皮的"看"的现象学。如此的"看"，仿佛一枚内置于诗句的灵敏的感应器，暗中塑造着一首诗的语气、姿势和意义流向，最终转化为一种语词的结构。如此的"看"，穿越了观看（书写）者厚厚的无意识之壁，抵达遥远的个人或种族的记忆领地。就形同一帧具备镜子功用的相片，它刻录并敞开了一个人的前世与今生："甚至他的衣服也会被拆开，用来/适合另一个身体"（叶辉《一张照片》）；它唤醒了时光的记忆，"记忆给我们带来慰藉，/把捉一线光，一团朦胧，/让它在这纸片上凝固"（杭约赫《题照相册》），诗的形体也由此得到了凝定。

当然，在观看即身体徐徐展现的过程中，在一旁默默观看的还有数不清的读者，他们的阅读将参与诗歌中身体的再塑造。在书写者的观看、身体呈现所蕴含或引发的观看和阅读者的观看之间，形成了繁复的交错、叠合关系。例如，在朱朱的《青烟》一诗里，画家与模特儿的交叉观视，提供的正是一种观看的诗学：

她开始跑出那个模壳，
站到画家的身边打量那幅画；
画中人既像又不像她，
…………
唯独从她手指间冒起的一缕烟
真的很像在那里飘，在空气中飘。

模特儿注重的“像”与“不像”是写实主义的关键命题之一，但她显然无法理解，在她看来十分逼真的那缕青烟，即画家颇费心思、反复涂抹的那缕青烟，其实有如一件介于有与无的悬浮物，正是它颠覆了惯常意义的写实主义。[1]

1 详细的论述，请参阅拙作《寻找话语的森林》，《诗探索》2004年秋冬卷（总第55—56辑）。

四　“用身体写作”：性别突围与重构

巴赫金所说的“用世界的眼睛、别人的眼睛看自己”，的确是作为身体呈现方式的观看所遭遇的致命问题。当身体在语言的沐浴中得以出场，这一过程隐含的观看行为本身将受到不同力量的限制。那些投射在身体上的目光，也许会弯曲、倾斜甚至被阻截，最终的“成像”无疑是经过了多重的增删或改写而获得的。巴赫金的论述，与稍后于他的拉康“镜像理论”有近似之处；不过，他引入更为开阔的他者视域，突破了拉康理论的结构主义式的封闭完形框架。由于他者的介入，观看变成了公共行为，身体也丧失一定的私密性而被置于公众视界。文学中因他者介入所致的身体呈现的复杂情形，恰好昭示了一个对等的社会现实——身体不是自主、自在的：“政治经济学的身体、科学的身体，与披着传统赋予的心理学外衣的身体，皆是相同的一种身体：被死亡和知识的欲望纠缠不休的身体。”[1]

1 [法]马克·勒伯：《身体意象》（汤皇珍译），春风文艺出版社1999年版，第3页。

观看的被限制，勾连着身体遭受控制的根本处境。在福柯（M. Foucault）看来，身体的历史即是“被社会分隔、重建和操纵的历史”，身体所受到的控制体现了深刻的权力关系：“肉体基本上是作为一种生产力而受到权力的支配关系的干预”，“权力关系直接控制它，干预它，给它打上标记，训练它，折磨它，强迫它完成某些任务、表现某些仪式和发出某些信号”。[2]所有施加在身体之上的知识及其体系，总是与一定的权力关系纠结在一起的，身体的政治化构成了整个社会控制或“规训”（Discipline）机制的一幅缩略图。因此，福柯论述道：“我们关注的是‘政治肉体’（body politic），把它看作是一组物质因素和技术，它们作为武器、中继器、传达路径和支持手段为权力和知

2 [法]米歇尔·福柯：《规训与惩罚》（刘北成、杨远婴译），生活·读书·新知三联书店1999年版，第27页。

识关系服务，而那种权力和知识关系则通过把人的肉体变成认识对象来干预和征服人的肉体”；福柯认为社会对身体的自如控制是这样实现的：“一种精心计算的强制力慢慢通过人体的各个部位，控制着人体，使之变得柔韧敏捷。这种强制不知不觉地变成习惯性动作”。[1]

1 《规训与惩罚》（刘北成、杨远婴译），第 30、153 页。

实际上，存在着各式各样关于身体的控制。当这些控制对于身体而言逐渐变得习以为常，并内化为身体的诸种特性时，它们便成为代代相传的社会“惯习”的一部分，以观念的形式盘踞在人们的头脑里，反过来又强化对身体的控制。与身体有关的种种禁忌、对身体作出的区分，都会以或隐或显的方式，造成不同类型的身体控制机制，进而作为社会的不言而喻的“潜规则”得以施行。典型的如上下身之分，这一区分显然寄寓着某种顽固的社会文化等级观念，此观念似乎并无古今、中西之别：“上下本是方向，没有什么不对，但他们在这里又应用了大义名分的大道理，于是上下变而为尊卑，邪正，净不净之分了：上身是体面绅士，下身是‘该办的’下流社会。”[2] 这样的区分，与下身意味着污秽、上身意味着高洁（如心 [Heart] 即灵魂 [Soul]，脑袋 [Head] 即思想 [Thought] 或心志 [Mind]）的习见是一致的。人们的确常常用“屁股对抗脑袋”之喻，说明俗与雅、贱与贵之间的紧张关系。不过，这种区分一旦被模式化后，所产生的非此即彼（二元对立）的思维定式，无疑会成为各类话语、写作中的阻力，一种趋于偏狭的销蚀力量。此外，还有左右手的分别，也衍生出一整套沿袭已久的社会“惯习”：“我们对双手的使用是非常不同的；对于左手我们忽略之、避免之、贬低之，而对于右手，我们总是表现出更多的青睐，恨不能将所有特权加诸于其一身。”[3] 所有这些把身体器官

2 周作人：《上下身》，见《自己的园地 · 雨天的书》，人民文学出版社 1988 年版，第 273 页。

3 [美] 约翰 · 奥尼尔：《身体形态》（张旭春译），春风文艺出版社 1999 年版，第 40 页。

与抽象观念对应起来的社会“惯习”表明，人们总是按照某种社会伦理规则，在想象着身体、建构身体秩序的。[1]

当然，社会控制身体的最重要的表征之一，或者说对身体作出区分的最显著体现，还是因身体差异而出现的性别差异与政治。对这种性别政治的抵制与省思，是现代文学和诗歌中引人注目的一个趋向，并在此基础上发展了一股蔚为壮观的“女性（权）主义”写作的潮流。“女性（权）主义”写作的动力和核心是女性意识，即一种女性自我的觉醒；在女性意识的鼓动下，女性蓦然察觉，自己的身体实际上长期处于“受控的成长”状态，借用近年来被广泛征引的埃·西苏（H. Cixous）的说法就是：“这身体曾经被从她身上收缴去，而且更糟的是这身体曾经被变成供陈列的神秘怪异的病态或死亡的陌生形象，这身体常常成了她的讨厌的同伴，成了她被压制的原因和场所。身体被压制的同时，呼吸和言论也就被抑制了。”可以说，身体的觉醒是女性意识的起点，随之而来所要做的事正如西苏呼吁的：“妇女必须通过她们的身体来写作”，“必须把自己写进本文”，因为只有“通过写她自己，妇女将返回到自己的身体”[2]，即曾经遭到压制和剥夺的身体。在憧憬女性通过书写和言说在公众面前释放自我的身体情态时，西苏热情洋溢地描述道：

> 她将自己颤抖的身体抛向前去；她毫不约束自己；她在飞翔；她的一切都汇入她的声音，她是在用自己的血肉之躯拼命地支持着她演说中的“逻辑”。她的肉体在讲真话，她在表白自己的内心。事实上，她通过身体将自己的想法物质化了；她用自己的肉体表达自己的思想。[3]

1 参阅［英］布·特纳《身体问题：社会理论的新近发展》，见汪民安、陈永国主编《后身体：文化、权力和生命政治学》，吉林人民出版社 2003 年版，第 3—34 页。身体建构的社会语境要素亦越来越为国内的研究者所重视，例如杨念群在《从科学话语到国家控制》中，对女子缠足在近代得到诠释的历史进程进行了细致的分析，文见《身体的文化政治学》（汪民安主编），第 1—50 页，河南大学出版社 2004 年版。

2 ［法］埃·西苏：《美杜莎的笑声》，见《当代女性主义文学批评》（张京媛主编），北京大学出版社 1992 年版，第 193—194 页。

3 同上，第 195 页。重点为引者所加。

西苏倡导的“用身体写作”——以女性身体特有的经验、姿势和感觉方式进行书写——构成当代女性主义文学的基点。在西苏看来，女性书写的最终目的，是借助女性身体的灵敏性和变化性，“摧毁隔阂、等级、花言巧语和清规戒律”（这些显然来自男性），从而“开创一种新的反叛的写作”。西苏为女性写作设置了一个基本的姿态——反抗；当然这种反抗首先体现为身体的抗争，亦即站在男性（男权）的对面，通过去掉镌刻在女性身体上的男性印痕，解除相应的男性目光和话语钳制，在摆脱后者对女性身体的想象与束缚后，确立女性自我及其话语和句法。阿特伍德在答复某杂志社关于“女性肉体”的征稿时，以戏谑的口吻写道：“女性肉体是透明塑料做的，一接上电源就亮起来。你按一个按钮去照亮不同的系统。循环系统是红色的，适合心脏和动脉，紫色适合血管；呼吸系统是蓝色的；淋巴系统是黄色的；消化系统是绿色的，肝、肾则呈水绿色。神经呈橙色，大脑呈粉红色。骨骼是白色的，一如你会预期的。”[1] 一般来说，女性主义文学与批评带有泛政治化的诉求，它不仅借助女性身体表达女性自我的反抗意愿，而且力图全方位地颠覆男性（男权）思想及其社会文化机制，这导致女性书写大多具有激越申辩的特性。

1 [加拿大]阿特伍德：《女性肉体》，见《见证与愉悦》（黄灿然编译），百花文艺出版社1999年版，第297—298页。

事实上，在西苏的理论尚未传入的20世纪80年代中期，中国的女性诗人们就开始了从自发到自觉、基于自身身体感受的书写[2]：

2 限于资料，本文在此未涉及同一时期台湾女性诗歌的身体叙写，有关论述可参阅林怡翠的硕士论文《诗与身体的政治版图——台湾现代女诗人情欲书写与权力分析》（台湾南华大学文学研究所，2001年）；不过，该文着眼于“情欲”（性）的取向与本文的题旨并不相同。

翟永明《女人·世界》

世界闯进了我的身体
使我惊慌，使我迷惑，使我感到某种程度的狂喜

这组总题为《女人》的诗作，其书写方式和所包含的语气、

语调、语感，无疑在整个新诗中都是新鲜的。令当时人们感到惊诧的是，它们将笔触直接指向了女性自身：“我是软得像水的白色羽毛体”（翟永明《女人·独白》），使得女性书写呈现为一种关于女性自我的袒露与倾诉。随后，自我倾诉的话语之溪源源不断地涌来：“我是想把自己变成有血有肉的影子/我是想似睡似醒地在一切影子里玩游/……/在夜晚一切都会成为虚幻的影子/甚至皮肤 血肉和骨骼都是黑色”（唐亚平《黑色沙漠·黑夜［序诗］》）；“你认认那群人/谁曾经是我/我站在你跟前/已洗手不干”（陆忆敏《美国妇女杂志》）；“世界/它的右侧骤然动人/身体原来/只是一栋烂房子”（王小妮《半个我正在疼痛》）。显然，这些被冠以“女性诗歌”的写作，与西苏倡导的反抗式女性写作及其话语方式有不小的差别，而且它们之间在感觉方式和表达方式（句式、节奏）上也个个不同。

在中国新诗发展的某些特殊年代，作品中女性自我（身份）的泯灭是以身体特征的消除为基本表现的（一些小说、戏剧作品里的女性形象也是如此），丧失身体性属的书写（包括出自女性的写作）只是男性和整个社会话语的寄生物。因此，对于80年代的那批女性诗人而言，身体的崭露是她们书写自我的最初，也是最终的手段：“肉体正是自我撤退中最后的领地。如果说写作中的女人（尤其是写诗的女人）比别的女人更容易感到她们的身体，这是因为她们无路可走，此时的欲望是被语言调动起来的，是被编入语言的网络之上，供奉在词语的圣坛上的”[1]；只有活生生的身体，只有身体的丰富性、具体性，才成为女性自我书写的依据：“在每一个灵魂的故事背后，总有一个肉体的故事”，而“诗歌的语言从活人的唇边滔滔流出，其中必定夹杂着许多特定的方言、俚语、俗语，个人身体的语言或与身体（时空）有关的语言及象征”[2]。

1 崔卫平：《苹果上的豹·编选者序》，北京师范大学出版社 1993 年版，第 7 页。

2 崔卫平：《在诗歌中灵魂用什么语言说话》，《诗探索》1995 年第 3 辑。

于是，那些女性诗篇中充盈着身体展示的段落：

伊蕾《独身女人的卧室·土耳其浴室》

四 肢 很 长，身 材 窈 窕
臀 部 紧 凑，肩 膀 斜 削
碗 状 的 乳 房 轻 轻 颤 动

唐亚平《黑色沙漠·黑色沼泽》

我 长 久 地 抚 摸 那 最 黑 暗 的 地 方
看 那 里 成 为 黑 色 的 漩 涡

以及具有私密色彩，能够表达独有的女性经验、体现女性特征的语汇，如“黑夜”、“深渊”、“洞穴”、“房间”、“窗帘”、“睡裙”、“镜子”等等。

正如前述，“镜子”在80年代女性诗歌中的频繁涌现，呈现的是女性寻求自我认同、自我确立的愿望；不过，镜像的虚幻性致使女性诗人意识到，女性自我的获得应该探求多重途径，譬如唐亚平在《黑色沙漠》之后所写的“镜子”系列（《镜子之一》《镜子之二》《聊天的镜子》[《镜子游戏》《镜子与笔》《镜子与花朵》]），就以充满揶揄的语气重新解释了自我与镜子的关系：“我的一身由镜子作主/我消磨镜子/镜子消磨时光”（《镜子之一》）。应当指出的是，中国女性诗歌尽管并不具备西苏倡导的反抗式女性写作的激烈姿态，但其所蕴含的女性意识、女性自我确立的吁求，仍然是立足于明晰的性别界限、在抗拒以男性为主体的社会习俗的环绕之际展现的：“对着命运，犹如孩童/对着玩具镜中的风景/被一只手操持，陌生而激动”（林雪《紫色》）；不言而喻，其间渗透着强烈的被缚感：“我被围困/就要疯狂地死去”（伊蕾《被围困者·主体意识》）。

无疑，身体的崭露深刻地影响了女性诗歌的文本构造。那暧昧的怨诉气息（不同于一般意义的纤弱、细腻之类和人们常提到的“自白”），那奇异而富于想象的幻象，那清脆的语感节奏，那源自直感的词语组合，那异彩多样的调式和风格，使得女性诗歌不仅能够与同时期的男性写作分庭抗礼，而且也与前辈的女性诗歌区别开来。我以为，虽然不能简单地将女性诗歌视为80年代文化对抗运动的一部分，但也不必过分强调它们在抵制性别政治方面所作的努力，即它们通过惊世骇俗的身体展示进行反抗的社会含义；应该从身体凸显的历史语境出发，构建包含女性身体特殊经验方式与独特文体形态的性别诗学。当然，用身体写作并非女性诗歌的全部。另一方面，从文本的角度来看，女性诗歌中的内在化的男性视点也是不容回避的。这既指某些女性文本始终潜隐着一个男性对话者，例如伊蕾在《我的肉体》《叛逆的手》《独身女人的卧室》等众多诗篇中，以“叛逆”的姿态发出吁请（哪怕是暗含嘲讽的）；又指女性诗歌里的身体展示，难以逃脱来自男性目光的观看（窥视）的逼迫。或许，有必要重申唐晓渡在二十年前的观点：“真正的‘女性诗歌’不仅意味着对被男性成见所长期遮蔽的别一世界的揭示，而且意味着已成的世界秩序被重新阐释和重新创造的可能。”[1] 也就是，源于身体的女性诗歌不应止于身体的反抗，即不是站在某种势力（有时这种势力往往是虚构的）的对面，而是站在女性自身的立场，提出并书写更深的切入普遍的人性本身的问题。这才是至关重要的。

1 唐晓渡：《女性诗歌：从黑夜到白昼》，见《唐晓渡诗学论集》，中国社会科学出版社2001年版，第210页。

女性书写中自我的获得究竟需要什么样的条件——是主体身份的自由、平等，还是两性身体差异、性别差异的抹平？——其实是值得深思的。有目共睹的是，在越来越商业化的社会里，身体实际上已经成为消费主义文化纵横驰骋的场所之一：“工业产品作为身体的装饰品的流行抹平了身体与身体间的差异的同时，也使原来某一个身体对其他的个体身体的敏感变得不可能，从个体的角度看，激动他的身体往往是一个类型的身体，而不是某一特定的身体。”[1] 由经过装饰的无差异的身体为主要构成材料的光影，强行把人们裹挟进了五彩缤纷的图像时代。在这样的情境下，任何身体反抗的有效性将变得可疑，不仅女性身体而且所有身体如何保持独异性，成了一个问题。对于诗歌写作而言，这除了带来一些表面的混杂性和碎片写作而外，其所受到的震动与考验将一直持续下去。

1 萧武:《身体政治的乌托邦》，《读书》2004 年第 3 期。

20世纪30年代，郭沫若回忆他写作之初被诗的灵感袭击的情状时写道：

> 《地球，我的母亲》是民八学校刚放好了年假的时候做的，那天上半天跑到福冈图书馆去看书，突然受到了诗兴的袭击，便出了馆，在馆后僻静的石子路上，把“下驮”（日本的木屐）脱了，赤着脚踱来踱去，时而又索性倒在路上睡着，想真切地和“地球母亲”亲昵，去感触她的皮肤，受她的拥抱。……
>
> 《凤凰涅槃》那首长诗是在一天之中分成两个时期写出来的。上半天在学校的课堂里听讲的时候，突然有诗意袭来，便在抄本上东鳞西爪地写出了那诗的前半。在晚上行将就寝的时候，诗的后半的意趣又袭来了，伏在枕上用着铅笔只是火速地写，全身都有点作寒作冷，连牙关都在打战。……诗语的定型反复，是受着华格纳歌剧的影响，是在企图着诗歌的音乐化，但由精神病理学的立场上看来，那明白地是表现着一种神经性的发作，那种发作大约也就是所谓“灵感”（inspiration）吧？[1]

在此，郭沫若也许是不无夸张地记述了他写诗时的身体反应，“作寒作冷，连牙关都在打战”似乎真可以作“精神病理学”的探究。不管这一借助回忆而展现的情状是否属实，郭的反应多少与他提倡诗是“生之颤动，灵的喊叫”的观念保持了一致。这种神经质的身体状态，颇有点类似于热恋中人们的反应：

1 郭沫若：《我的作诗的经过》，见《郭沫若论创作》，上海文艺出版社1983年版，第204—205页。

我的舌头沾在干燥的嘴里，
浑身如有温火蔓延在皮下，
我的双眼看不见，两耳疼痛，
耳朵深处阵阵轰鸣。
我浑身冷汗直冒，
我颤抖，我比枯草还苍白。
我半死不活，在垂死之际
厉声尖叫。[1]

1 相传为古希腊女诗人萨福（Sapho）所作，引自帕斯《双重火焰——爱与欲》（蒋显璟、真漫亚译），东方出版社1998年版，第39页。

显然，身体是一个符号（sign），也是一种象征（symbol），从"精神病理学"来说则是一种症候（symptom）。按照浪漫主义诗论，那种难以遏止的诗性冲动往往是通过身体传达出来并得以缓解的，那些细微的变化万端的诗性体验也总是外现为各种身体样态。这大概是维特根斯坦"人的身体是人的灵魂的最好的图画"的确切含义。整个诗歌过程与身体之间的显得"神秘"的契合，的确是值得探讨的有趣话题：无论是郭沫若写诗时痉挛般的身体反应，还是博尔赫斯在谈及诗歌阅读时所说的"那种近乎肉体的激动"，都显示了身体在诗歌活动中扮演的超出物质层面的角色。事实上，就诗的形式特性来说，它与身体的微妙的丝缕联系也是显而易见的："作为一种韵文，诗的押韵、节奏、句式的长短以及语调都将对身体产生特殊的震撼。身体的众多神经能够统一地应和节奏的打击、押韵形成的回环和语调的起伏。"[2]透过身体这一症候，也许能窥见诗歌创造的秘密。

2 参阅南帆《抒情话语与抒情诗》，见《现代汉诗：反思与求索》，作家出版社1998年版，第276—277页。

与此相关的另一个话题——写作者身体器质状况与其写作偏好、风格等之间的可能关系——也已经引起广泛讨论。像前述的佩索阿诗中强烈的易逝感、太多的分裂与哀叹相交织的主题，卡夫卡对生存之"噬心"感受所作的充满阴郁笔调的描绘，都被认为与他们的虚弱的体质和身体的病患有关。[1]而在中国现代作家中，身体状况曲折地渗入写作的情形也不少见。譬如，研究者发现，鲁迅的病体对其"个性心理"和写作产生了很大的影响[2]。不过，作为极为典型的个案，鲁迅对疾病之身体的态度，即他独特的身体化的感受方式，才是真正值得关注的。正如有论者认为："鲁迅文学在整个中国现代文学体系中的独异之处，就是他几乎固执地坚持将现代中国思想感情的全部困境尽量拉向自身并予以身体化的呈现，在直接的身体感觉的充分玩味中探询可能的出路"[3]；詹姆逊（F. Jameson）同样断言："任何鲁迅的读者都将记得他在日本选择读医的决定所蕴含着的个人及国家性的意义，这一选择包含了如下重要的意义：将人体医学的实践化作文化创造的实践"[4]。身体及其病症在鲁迅那里被作为文化启蒙的一种途径，其作品里不时闪现的身体言述清晰地显示了这一点。

可以想见的是，似乎病态的身体或身体的病患，更能让写作者产生某种敏感性，更易于成为一种特殊的表达媒质。英国当代社会学家特纳（B. Turner）在提到身体的病态现象时，引述另一位学者的观点指出："身体是一个整体社会的隐喻，因此，身体中的疾病也仅仅是社会失范的一个象征反映。"[5]也就是桑塔格（S. Sontag）提出的"疾病的隐喻"（Illness as Metaphor）[6]。在桑塔格这一著名论断的基础上，柄谷行人进一步指出："病以某种分类表、符号论式的体系存在着，这是一种脱离了每个病人的意识而存在着的社会制度。"[7]这意味着，疾病一旦被隐喻地思考与运用，就会成为一种观念模式和话语方式，19 世纪浪

1 这方面的论述，可参阅张维民《佩索亚和他的诗》，见《佩索亚诗选》（张维民译），社会科学文献出版社 1987 年版，第 3—9 页；平野嘉彦《卡夫卡：身体的位相》（刘文柱译），河北教育出版社 2002 年版。

2 吴俊：《鲁迅个性心理研究》，华东师范大学出版社 1992 年版。

3 郜元宝：《从舍身到身受》，见《为热带人语冰》，上海教育出版社 2004 年版，第 156 页。

4 [美]弗·詹姆逊：《重叠的现代性镜像》，见柄谷行人《日本现代文学的起源》（赵京华译），生活·读书·新知三联书店 2003 年版，第 239 页。另参阅詹姆逊的《处于跨国资本主义时代中的第三世界文学》一文。

5 [英]布·特纳：《身体问题：社会理论的新近发展》，见《后身体：文化、权力和生命政治学》，第 16 页。

6 参阅[美]苏珊·桑塔格《疾病的隐喻》（程巍译），上海译文出版社 2003 年版。

7 见柄谷行人《日本现代文学的起源》，第 103 页。

漫主义文学与结核之间异乎寻常的关联（即蔓延在浪漫主义文学中的对于结核的想象）便是“疾病的隐喻”的深刻体现。不难发现，透过身体疾病所进行的政治或文化修辞，也普遍地存在于中国现代文学；在作家们关于病患的书写中，身体的命运与国家、民族的命运往往寓言般地相互纠缠，疾病也被附着了某种关于民族前途的微言大义（如鲁迅的《药》、郁达夫《沉沦》的结尾）。当然，有例外的情形：

萧红《生死场》

> 她的眼睛，白眼珠完全变绿，整齐的一排前齿也完全变绿，她的头发烧焦了似的，紧贴住头皮。

萧红显然不是一位擅长宏大叙事的作家，她更看重自身（作为女性）的身体感受；其充满着大量病态的身体描写的作品《生死场》，尽管受到当时民族主题的强烈感召（尤其后半部分），但确如刘禾分析说，这部小说“从女性身体出发，建立了一个特定的观察民族兴亡的角度，这一角度使得女性的‘身体’作为一个意义生产的场所和民族国家的空间之间有了激烈的交叉和冲突”[1]，最终，萧红拒绝将身体升华和置换为国家、民族的主题。

不过，在20世纪20年代至40年代的中国文学中，“疾病的隐喻”——与身体有关的文化修辞却始终无法避免，即使像白采《羸疾者的爱》（1924）这样记叙个人心路历程的长诗，抒情主人公羸弱的身躯里也寄寓着高远的“超人”理想。桑塔格说得不错：“疾病是通过身体说出的话，是一种用来戏剧性地表达内心情状的语言：是一种自我表达。”[2] 然而，也许正是疾病，通过某种症候的相似性和承续性，使某一特殊的身体与所有过往的身体发生勾连，

1 刘禾：《语际书写——现代思想史写作批判纲要》，上海三联书店1999年版，第201页。

2 《疾病的隐喻》，第41页。

获得了罗兰 · 巴特（R. Barthes）所说的"身体的历史性"。在 30 年代中国诗人的笔下，病态的身体已不再仅仅是身体本身：

艾青《病监》

我肺结核的暖花房呀；
那里在150°的温度上，
从紫丁香般的肺叶，
我吐出了艳凄的红花。

在此，患病的身体以及"病监"成了整个病态社会的缩影。就这样，诗人们借助于身体的疾病展开了对社会的批判。在陈敬容笔下的"逻辑病者"看来，"自然是一座大病院，/春天是医生，阳光是药"（《逻辑病者的春天》），由此构拟了一种虽然颠倒（观察者本身是"病者"），但不无隐喻意义的诊治与被诊治的关系。而孙大雨的《自己的写照》（1931），其实是现代都市文明的讽喻性"写照"："健康的双肩/主持着她们如花的行动……"那些为身体感官所主宰的都市里的红男绿女及其生存状态，遭到了无情的剖解和嘲讽。

到了五六十年代，中国大陆文学中的身体被一层厚厚的意识形态外壳所包裹，渐渐地消隐以至于无形。但在海峡的另一侧，不同姿态的身体却犹在诗行间跃动："当一切都不再可靠/靠在你弹性的斜坡上/今夜，即使会山崩或地震/最多跌进你低低的盆地"（余光中《双人床》）。在这首被奚密称为"用个人脆弱的肉体的秩序……抵抗外在的巨大的无序"[1] 的诗作里，身体主题与历史主题（比如战争）互相交错而等量齐观，表明隐藏于三四十年代身体书写的社会批判意识，已经被一种生命、存在意识所取代。这实际上暗含着十分重大的转变，显示了诗人们力图从哲学的维

1 奚密：《诗生活》，广西师范大学出版社 2004 年版，第 134 页。

度挖掘身体内涵的趋向，同时，他们仍然保持着将身体与社会、历史对接起来的兴趣：

洛夫《长恨歌》

河川
仍在两股之间燃烧

身体向社会、历史领域扩展开去后重新退回到私人领地，于是大写的身体与小写的身体叠合在一起。《长恨歌》与《双人床》代表了六七十年代台湾诗歌借助于身体，不只是在主题开掘方面，更是在诗艺拓展上勉力探求的一个侧面。王光明认为，这两首诗在“以情色话语”“想象社会历史与个人命运的方式是相同的，不同之处在运思理路方面。《双人床》遵循的是情境生成、追求结构反讽的路子；而《长恨歌》则主要通过高度提炼的意象展开推衍”；重要的是，尽管二者的“题材都跟爱情有关，但最终通向的主题都是非爱情的，这既与诗人把现代人的命运渗进了题材有关，也与现代诗的意图和表现方式有关”，即“抒情与知性的融合”。[1] 而在当时，这种趋于“现代”的诗歌表现方式，同身体书写的“情色”成分一道，曾经遭到极大误解乃至严厉的道德鞭笞。

1 王光明：《现代汉诗的百年演变》，河北人民出版社2003年版，第456、458页。

耐人寻味的是，进入1990年代以后，“现代”与“情色”所遭受的压力得到了双重缓解。于是，身体以迅雷不及掩耳之势铺天盖地而来。不过，对于那些注重分寸感的书写者而言，所谓身体的“情色”，更多的只是为他们的诗歌写作增添了一丝微妙的反讽语气，一种特别的心理节奏：

臧棣《维拉的女友》

她的双乳陈旧，如一对尘封的有源音箱。

这里的书写展现的仅仅是有着虚线的身体轮廓，身体被溶入一股更大的话语之流中，虽然作者选择性地保留了身体的隐喻向度。可以看到，在 90 年代诗歌中，一面是大量经过复制的身体器官在宣泄般地敞露（它们冲击着甚至摧垮了诗歌的行句），一面是身体的形象以隐晦的方式向后退却与收束。

此情此景，让人不禁再次想到维特根斯坦那充满探究的询问："感到疼痛的是身体吗？"[1] 也许，在维氏看来，产生疼痛的力量诚然直接作用于身体并为身体所感，但最终还是灵魂在感知、体会那身体的疼痛。在昆德拉（M. Kundera）重述"十字路口的赫拉克勒斯"的小说《生命中不能承受之轻》中，令女主人公特丽莎感到困惑不已的一连串疑问是："身体感觉的差异来自灵魂还是身体？""究竟是灵魂引导肉身认知，还是肉身引导灵魂认知？"结果她发现："灵魂才使身体有超出身体拘限的感受能力，有差异的肉身感受认识力是灵魂赐予的"。[2]

或许，有一种叫作"身体灵魂"的东西。在身体的差异被工业产品抹平的后现代社会里，只有它，才是一根牵扯着人的感觉、使人在层层下坠中不至于失重的丝线。

1 《哲学研究》，第 150 页。重点为原文所有。

2 参阅刘小枫《沉重的肉身》，第 88 页以下。

第七章

诗人的“手艺”——一个当代诗学观念的谱系

一　从“手艺”到“手艺”

1973年，还是河北白洋淀一名知青的诗人多多，在一首令人惊异的《手艺——和玛琳娜·茨维塔耶娃》中写道：

多多《手艺——和玛琳娜·茨维塔耶娃》

我写青春沦落的诗
（写不贞的诗）
写在窄长的房间中
被诗人奸污
被咖啡馆辞退街头的诗
我那冷漠的
再无怨恨的诗
（本身就是一个故事）
我那没有人读的诗
正如一个故事的历史
我那失去骄傲
失去爱情的
（我那贵族的诗）
她，终会被农民娶走
她，就是我荒废的时日

作为一首给定了题献对象的和诗，它所要致以敬意的玛琳娜·茨维塔耶娃（1892—1941）是一位享有世界声誉的俄国女诗人，其声誉主要来自她诗歌中所独有的惊世骇俗的品质，在她出版的诗集中有一部即名为《手艺集》。据说多多曾自制一本手抄诗集《手艺》，也是题献给茨维塔耶娃的。不过，多多《手艺》这首诗的标题除此来源之外，还有一个更直接的出处，就是茨维塔耶娃的组诗《尘世的特征》里的几行：

茨维塔耶娃《尘世的特征》

我知道，维纳斯是手工的作品，
我，一个匠人，懂得手艺。

这堪称中国当代诗歌历史上一次极为有名的唱和[1]。根据洪子诚先生的考察，多多《手艺》受到茨维塔耶娃的启发乃至词句上因袭后者的诗作，主要缘于多多在写那首诗的年代所读的“黄皮书”《人，岁月，生活》和“内部读物”《爱伦堡论文集》[2]，这两本书的作者爱伦堡分别在《〈玛琳娜·茨维塔耶娃诗集〉序》和《人，岁月，生活》的专章中细述了茨维塔耶娃的独异性格与诗歌，并引用了茨维塔耶娃的部分诗作，其中一首《我的诗，写得那么早》里有这样的句子：

1 直到几年前，依然有人对之回应，如有一首诗题即为《手艺——同题，和多多，并向玛琳娜·茨维塔耶娃致敬》（作者：戈多），见 https://site.douban.com/246933/widget/notes/190584204/note/521802752/，20230904，14:17。

2 《人，岁月，生活》第一部，作家出版社 1962 年版；《爱伦堡论文集》，世界文学编辑部编印 1962 年版。同属“白洋淀诗歌群落”的诗人宋海泉在谈到多多对茨维塔耶娃的借鉴时也回忆说：“在当时的条件下，我们对茨维塔耶娃又能了解多少？不过是爱伦堡的两篇文章而已。”见宋海泉《白洋淀琐忆》，《诗探索》1994 年第 4 辑。

茨维塔耶娃《我的诗，写得那么早》

我写青春和死亡的诗，
—— 没有人读的诗！——
散乱在商店尘埃中的诗
（谁也不来拿走它们），
我那像贵重的酒一样的诗，
它的时候已经到临。

在 1960 年代的中译本（译者是张孟恢）里，这首诗的“我写青春和死亡的诗”这一句，与后来诸多译本将之译为“我那抒写青春和死亡的诗”或“我那青春与死亡的诗歌”等均不相同，“前者是一个动作，另外的是静态的陈述”。也就是，在句式上前者是动宾结构“我写……诗”，其余的则是偏正结构“我的……诗”。正是这一“特别”的句式深深地影响了多多，以至他的《手艺》起句即是“我写青春沦落的诗”。在洪子诚先生看来，“假设当年多多读到的不是这篇序言，而是另一种译法，《手艺》可能会是不同的样子”。这是一个有趣且引人思索的假设。洪子诚先生进一步作出判断：“多多早期诗的意象，抒情方式，可能更多来自他那个时间的阅读，而非他的‘生活’”，如“白桦林，干酪，咖啡馆，开采硫磺的流放地，亚麻色的农妇，无声行进的雪橇，白房子上的孤烟……更不要说作品中的那种忧郁和孤独感”。[1]

1 洪子诚：《爱伦堡的〈《玛琳娜·茨维塔耶娃诗集》序〉及其他》，《新诗评论》总第21辑（2017年）。

这确乎构成了中国当代诗歌发展过程中富有意味的现象，特别“在当代那个精神产品匮乏的年代，可能不是完整的诗集，只是散落在著作文章里的片段诗行，也能起到如化学反应的触媒作用”[2]。不过，对于多多而言，茨维塔耶娃的诗作也许不只是词语的触发源。依照杨小滨的分析，“多多从茨维塔耶娃那里迻译过来的不仅是诗歌文本，也是她的生活、精神和气息。不过，这样的迻译也是一次汉化的过程，其中多多自身的生活起着形塑的功能。一方面，多多感到他自己被赋予茨维塔耶娃式的可以抵御现实污浊的精神高贵；另一方面，即使是茨维塔耶娃——一个诗性优雅的象征——也会‘被农民娶走’，变成‘荒废的时日’”；因此，“多多把自己视为茨维塔耶娃在中国的转世。《手艺》一诗是一次对茨维塔耶娃的感应性阅读……隐含在多多阅读中的是强烈的自我尊崇，但不是通过自我美化，而是通过自我贬斥”。[3] 这意味着，尽管多多可能无法对茨维塔耶娃的诗情和经历完全感同身受，但联系到多多当时置身的时代氛围和自己开始诗歌写作的具体语境[4]，应该说他的《手艺》

2 同上。多多的油印诗集《里程：多多诗选1973—1988》，其标题也来自茨维塔耶娃的诗集《里程》。正如有论者所分析的，除茨维塔耶娃之外，多多读过的《译文》1957年第7期上的波德莱尔译诗专辑，也成为其早期诗歌主题和风格的重要来源之一。参阅顾巧云《现代“生存”经验下的语言挑战——多多诗歌研究》，上海师范大学硕士学位论文2008年；刘志荣《“我始终欣喜有一道光在黑夜里”——多多论》，《文艺争鸣》2014年第6期。

3 杨小滨：《中国当代诗中的文化转译与心理转移》，见《欲望与绝爽：拉冈视野下的当代华语文学与文化》，台湾麦田出版、城邦文化事业股份有限公司2013年版，第57—58页。

4 参阅多多《被埋葬的中国诗人（1972—1978）》，《开拓》1988年第3期。

并非简单的对茨维塔耶娃诗歌方式和观念的移入、模仿及应和，而是力图表达他关于诗歌功用、诗歌与时代、诗歌与自我等命题的特殊理解。

诚然，多多与茨维塔耶娃之间有着明显差异：“坚持诗的形式美，坚持人性的立场，在这两点上两人是一致的，越过这条线，两人便分道扬镳了。茨维塔耶娃所有生活中孤独的苦难、温文尔雅的高傲、敏感而压制的心灵、不被允许的爱，统统被以优美的辞藻，神秘的韵律，化作一行美妙典雅的诗句，展示了她那金子般的心灵。毛头（即多多——引者注）却拿着一把人性的尺子，去衡量大千世界林林总总，一切扭曲的形象，但就其本质来说，毛头应该属于理性化的诗人。”[1] 但多多之所以仍然对茨维塔耶娃的诗歌情有独钟，一方面大概由于他悟察到自己所处年代与茨维塔耶娃诗中描绘的情境的契合之处，另一方面无疑源自茨维塔耶娃诗艺的独特魅力。

正如爱伦堡所言：“她（即茨维塔耶娃——引者注）鄙视写诗匠，但她深知没有技巧就没有灵感，并且把手艺看得很高”[2]；而且，她的诗歌始终在“手艺”与她的激情、信仰的冲突中寻求着平衡，她“花了数不清的时间寻找恰当的词语和真切的节奏，把呼喊变成作品”[3]。这其实是茨维塔耶娃那代俄国诗人在写作上共有的特征。与她同期的诗人曼德施塔姆也提出过“诗即手艺”的观点，后者夫人（她如实记录了丈夫的写作状态，称之为“甜蜜声音的劳作”）在总结曼氏那代诗人的写作的共性时说：“写诗是一项艰苦繁重的工作，它需要诗人付出巨大的心力和专注。”[4] 当然，曼德施塔姆夫人如此表述时，其所说的“艰苦繁重”、“巨大的心力和专注”还另有所指，它们连接着那代诗人置身的特定历史语境，正是后者让诗人们“劳作”

1 宋海泉：《白洋淀琐忆》，《诗探索》1994 年第 4 辑。

2 [苏]爱伦堡：《〈玛琳娜·茨维塔耶娃诗集〉序》，见《爱伦堡论文集》，世界文学编辑部 1962 年版，第 69 页。

3 [法]茨维坦·托多罗夫：《走向绝对：王尔德、里尔克、茨维塔耶娃》（朱静译），华东师范大学出版社 2014 年版，第 157 页。

4 [俄]娜杰日达·曼德施塔姆：《曼德施塔姆夫人回忆录》（刘文飞译），广西师范大学出版社 2013 年版，第 210 页。

的举手投足间透出更为具体的沉重感觉；经过“艰苦繁重”的磨砺，诗人们的苦难之树上绽放出尖利的“手艺”之花，曼德施塔姆将严峻的胁迫转化为对诗艺的苛刻与写作上的自我律令——正由于此，布罗茨基认为曼德施塔姆是“最高意义上的讲究形式的诗人”[1]。这种处境与诗艺之间的张力具有独特而强劲的诗学穿透力，吸引了包括多多在内的众多1970—1980年代成长起来的中国诗人。可以说，不仅由于中俄历史和地缘的关联，更因中俄诗人感受、气质的趋近，使得中国当代诗人同那些俄国诗人之间“构成了一种更深刻的‘同呼吸共命运’的关系”[2]，虽然二者并不完全对等和对称。

1 [美]约瑟夫·布罗茨基：《文明的孩子》，见《小于一》（黄灿然译），浙江文艺出版社2014年版，第117页。

2 王家新：《承担者的诗：俄苏诗歌的启示》，《外国文学》2007年第6期。

显然，多多《手艺》一诗中的“手艺”所承续的茨维塔耶娃笔下的“手艺”，指向的正是对诗歌写作本身的思考。当一个诗人坚定地将诗歌写作的特性指认为“手艺”，表明他在很大程度上认同了“手艺”所蕴含的原始力量：一方面，它与生存的土地紧密相连，因而具有结实、坚韧、浑沉的品质；另一方面，它保持与“手”有关的各种古老劳作的质朴属性，所以显得隐晦、超然、深邃。这应该是回到了“手艺”的原初意义并将之赋予了对诗歌写作的感知，其中蕴含了诗人在写作中对包括技巧在内的诗歌艺术的重视、对诗歌形式层面诸要素的关切和对诗歌写作所展示的类于手工制作的过程性与耐久力的体认。[3] 多多本人也许并未预料到，他所引入的指向诗歌写作本身的“手艺”，勾连着中国当代诗歌的某些重要诗学观念，其中交织着一些驳杂难辨的线索，且在衍化过程中不断地吸纳、汇入了许多不同的资源。

3 正如人们留意到的，英文中的poetry（诗歌）由希腊文poiēsis演化而来，后者的本义即为“制作”，由此英国诗人德莱顿指出：“诗人这个字眼，意思就是制作人。”

可以看到，多多的《手艺》表现出对诗艺的反诘式追寻，全诗自始至终以“我”作为推动思绪得以延展的动力（“我写……”、“我那……”），由此显出强烈自主性的诗歌态度，尽管在表面上诗歌处于某种被动的地位（所用的都是以退为进的语词，如“沦落”、“被辞退”、“无怨恨”、“没有人读”、“失去骄傲”等）。这里暗含着一种挑衅般的反讽甚至冷漠语气：“我”就是要写“不贞”的诗，“我”就是不指望众多的读者……总之，“我”的诗就是要与众不同。多多在此诗中显示的对诗歌的“异端”追求，与其说是为了标新立异，不如说为了显示一种叛逆的决绝。在他看来，诗歌在时代中的处境“本身就是一个故事”——它曾经高傲却未免不合时宜，它也许软弱无力但应当受到礼赞：

多多《手艺》

她，终会被农民娶走
她，就是我荒废的时日……

最后这两行诗，将多多所理解的诗歌之悖论性处境和特性展露无遗。

对“不贞”方式的偏爱构成了多多后来诗歌创作特有的动力机制，其诗中的语词正由于“不贞”而生发出一种粗粝的具有“爆破力”的强度，和坚实的闪耀着锐利锋芒的硬度。诚如宋海泉指出，多多“用荒诞的诗句表达他对错位现实的控诉与抗争，以实现对人性丧失的救赎。但是这种救赎，不是以受难而是以沦落，不是以虔诚而是对神明的亵渎，不是以忠贞而是以背叛，不是以荆冠或十字架而是以童贞的丧失为代价来实现的”[1]。在多多诗歌的内部，滋生着一种相互对峙、相互冲击的趋向，这恰是其诗歌保持某种原生力量的源泉，如：“当那枚灰色的变质的月亮/从荒漠的历史边际升起”（《无题》，1974）；“歌声是歌声伐光了白桦林/寂静就像大雪急下”（《歌声》，1984）；“坐

1 宋海泉：《白洋淀琐忆》，《诗探索》1994 年第 4 辑。

弯了十二个季节的椅背，一路/打肿我的手察看麦田/冬天的笔迹，从毁灭中长出”（《通往父亲的路》，1988）；“一道秋光从割草人腿间穿过时，它是/一片金黄的玉米地里有一阵狂笑声，是它/一阵鞭炮声透出鲜红的辣椒地，它依旧是”（《依旧是》，1993）；“滞留于屋檐的雨滴/提醒，晚秋诗节，故人故事/撞开过几代家门的橡实//满院都是”（《四合院》，1999），等等。在这些诗作中，多多并非仅仅提供了一些惊人的警句，而是更显示了他对语言的整体理解和对词句的锻造能力——这，正是多多所看重并勉力习得的“手艺”吧。

二　“手艺”：形式意识及其辩难

在一定程度上，多多的《手艺》对茨维塔耶娃诗作的借鉴，回归了“手艺”传承的原始方式：虽然不是口耳相传，但前者对后者从词语到句式乃至精神气质的“虔敬”模仿，也近乎一种朴直的“手把手”授受了。无论从词源还是实践上来说，“手艺”确实令人想到人类创造过程中的某些特殊关联和禀性，这一语词既保留了“手工”的质朴性，又指明了由之发展而来的技术和转换而成的技巧[1]。当然，在中国当代诗歌的语境里，“手艺”并不仅仅归结为单纯的技巧，毋宁说自它1970年代被引入起，围绕其进行的诗学论辩和写作实践就体现了一种逐渐展开、渐趋丰沛的形式意识——虽然在当时的多多等处于晦暗诗歌背景下摸索的诗人那里，这种意识也许未及充分深化，但其寻求突破的愿望还是非常强烈的[2]。有必要提及，在此之前的1950年代，诗歌界曾组织过数次关于诗歌形式的讨论，并翻译出版了多部苏联诗人、理论家谈论诗歌技巧的著作[3]，然而，1950年代的相关讨论要么拘泥于特定的形式要素（比如格律），要么被纳入更宏大的议题（如民族化、大众化）之中；那些译著所谈论的技巧更多限定于一般手法层面，或在意识形态规约下的风格方面——按照后来诗论家陈超等的看法，那些理论尚不具备现代诗歌的本体自觉。人们倾向于认为，只有在多多等呼唤“手艺”的尖利诗语之后，中国当代诗歌才开启了一种真正现代意义上的诗学探索[4]。在晚些时候，当一场新诗潮运动风起云涌之际，“手艺”的拓荒价值便愈发显豁，朦胧诗人北岛即指出自己参与发起这场运动的动因：“诗歌面临着形式的危机”[5]；江河也提出：

1 参阅王文杰《论手艺》，东南大学博士学位论文2007年。

2 参阅多多《被埋葬的中国诗人（1972—1978）》，《开拓》1988年第3期。在该文中，多多认为“依群是形式革命的第一人”；此外，当时与多多相互砥砺、奋力“突围”的诗人还有根子、芒克等。

3 如伊萨柯夫斯基著、孙玮译《谈诗的技巧》，作家出版社1955年版；那察伦柯著、罗洛译《技巧和诗的构思》，新文艺出版社1954年版等。

4 参阅刘志荣《“我始终欣喜有一道光在黑夜里”——多多论》，《文艺争鸣》2014年第6期。

5 北岛：《谈诗》，见老木编《青年诗人谈诗》，北京大学五四文学社1985年版，第2页。

"诗，是生命力的强烈表现，在活生生的动的姿势中，成为语言的艺术"[1]。虽然他们的着眼点也是诗歌技巧、手法等[2]，但其最终目的却在于进行诗歌观念的改造，对诗歌的性质与功能进行整体上的革新，由此某些创造性的潜能被激发出来了。

不过，在 1980 年代诗学变革的激流中，对技巧等关乎诗艺问题的认识仍然存在着分歧。譬如，同属朦胧诗人的顾城 1983 年在华东师范大学进行演讲时就认为："技巧并不像一些初学者想象的那么重要，尤其是那种从内容中剥离出来的可供研究的技巧，对于创作的意义就更小些，只有在某些特定的艺术困境中，诗的技巧才会变得异常重要，才会变成盗火者和迫使你猜谜的拦路女妖"；在他看来，"三教九流，宇宙万物都可取法。笑话中的反逻辑，气功中的入静和催眠术中的反复暗示，都可引渡为诗的现代技巧"[3]。他还引述中国古代画家石涛的说法——"至人无法，非无法也，无法而法，乃为至法"[4]和《庄子·天下篇》中的"尽得天下之道而无道，尽得天下之法而无法"，将之视为自己"学诗的最终方法论"；在此基础上，他进一步申说："所谓的诗的现代技巧，在庄子看来，怕只是一种方中之术罢了。我们今天求它，掌握它，最终还将在创作中忘记它，把运用技巧变得像呼吸一样自如"。[5]顾城的诗学观念受道家思想影响很深，他主张诗艺应取法于"自然"，"无技巧"、"浑然天成"为艺术至高境界，令人想到一位中国美学家多年前的论断："一切优美的艺术又都令人有'自然'之感。"[6]这些观点可

1 江河：《随笔》，见《青年诗人谈诗》，第 23 页。

2 北岛："许多陈旧的表现手段已经远不够用了，隐喻、象征、通感，改变视角和透视关系、打破时空秩序等手法为我们提供了新的前景。"出处同前。

3 顾城：《关于诗的现代技巧》，见《青年诗人谈诗》，第 57 页。

4 此处顾城记忆有误，他把石涛的话说成了："至人无法，无法有法，乃为至法。"

5 顾城：《关于诗的现代技巧》，同上，第 61 页。

6 宗白华：《技术与艺术》，原载 1938 年 7 月 24 日《时事新报·学灯》（渝版）第 8 期，引自《宗白华全集》第 2 卷，安徽教育出版社 1994 年版，第 184 页。从顾城在很多场合的言谈看，他确实推崇中国古代思想的某些方面。中国古代有大量关于技、艺、诗、道之关系的阐述，可以引为讨论的资源，本文无法展开，详细参阅刘朝谦《技术与诗——中国古人在世维度的天堂性与泥泞性》，中国社会科学出版社、华龄出版社 2013 年版。

被看作西方古希腊以降关于诗歌（艺术）与自然之纠缠[1]的中国式回应，在中国当代诗歌中不乏响应者。“无技巧的技巧”大概是每个诗人都梦寐以求的，却也很容易陷入脱离实践的玄想和神秘主义的泥沼。

更为年轻的诗人海子则从浪漫主义情感的角度，否认了诗歌技巧的必要性：“诗歌是一场烈火，而不是修辞练习。”[2]海子的观点显然需要详加讨论，正如姜涛分析说：“从文学的构成上讲，在‘抒情’与‘修辞’之间并不存在真正的对立，抒情力量的获得，其实也要借助一种文学的程式，或者说是一种修辞的结果。在这个意义上，海子的一些短诗虽然单纯、质朴，有直指人心的力量，但并不是说，它们放弃了诗歌的技艺，相反，他的许多作品都精雕细刻，充满了大胆的实验，从语言层面拓展了诗歌的可能性。”[3]或许正是修辞与情感之间的张力，构成了海子诗歌的内在骨架，其动人之处或许就在于此，而其值得检讨的偏误（尤其在他的长诗中）则可能恰恰是修辞的“滥用”和情感的过度。另一位诗人王家新也坚称：“人们所设想的‘技巧’是非常次要甚至是不存在的问题。”[4]这引发了诗人臧棣的“惊异”与不解，并对其观点进行了辨析：“我不想就他（即王家新——引者注）对技艺的蔑视表示沉默……为什么要把诗歌写作的严肃性同技巧截然对立起来呢？……技艺不该以任何借端受到贬损。”[5]当然，王家新和臧

1 在古希腊，人们并未区分当今意义上的“技术”和“艺术”，古希腊人用 tekhnē“既指技术和技艺，亦指工艺和艺术”，其意涵十分宽泛；亚里士多德对 tekhnē 进行了系统化处理，指出：“和自然（phusis）相比，tekhnē 的能量要小得多。Tekhnē 是自然的‘帮手’或‘助手’”，他认为“自然和技艺是两个有目的的运作实体，它们的活动依循了相似的方式和原则”，“技艺是对经验的总结，是从具体事例中归纳出来的、具有一般指导意义的规则或准则……技术或技巧是可以教授和学习的知识（logos）”；荷马等人则用 sophia 指称“本领”或“技艺”，“懂行的木匠、高明的医生、骑手和诗人都有各自的 sophia”。参阅亚里士多德《诗学》（陈中梅译）“附录（七）”，商务印书馆 1996 年版，第 234—243 页。实际上，谈到艺术和自然间的关联，人们总会想起英国哲学家培根的那句名言：“Ars est homo additus naturae”（艺术是人与自然相乘），画家凡·高也说：“艺术，就是被人加到自然里去，这自然是他解放出来的”，另一位画家丢勒的说法更为形象：“艺术存在于自然中，因此谁能把它从中取出，谁就拥有了艺术”。哲学家康德、黑格尔、阿多诺等都讨论过艺术美与自然美的关系，如阿多诺在《美学理论》中提出：“自然美看起来比其本身说出的更多，因此艺术背后的理念就是将这种‘盈余’从艺术存在于自然中的偶然场合下挖掘出来，利用自然的表象，使之具有决定性。”参阅 T.W.Adorno, *Aesthetic Theory*, trans. C.Lenhardt, ed. G.Adorno and R. Tiedemann (London, 1984), p.116.

2 海子：《我热爱的诗人——荷尔德林》，《世界文学》1989 年第 2 期。

3 姜涛：《冲击诗歌的“极限”——海子与 80 年代诗歌》，见《巴枯宁的手》，北京大学出版社 2010 年版，第 116—117 页。

4 王家新：《回答四十个问题》，《南方诗志》1993 年秋季号。

5 臧棣：《后朦胧诗：作为一种写作的诗歌》，《中国诗选》总 1 期，成都科技大学出版社 1994 年版，第 350 页。

棣在陈述他们的见解时，是有着各自的上下文和针对性的——比如1980—1990年代的诗学累积和语境变迁所导致的观念分化（对于王家新而言，或许还有对曼德施塔姆式苦难感的回应与认同）。

然而，在朦胧诗之后相当长时间里，与上述“对技艺的蔑视表示沉默”相比，一种更为普遍而醒目的情形是，对技艺或技巧等诗歌形式层面的推崇显示了不可遏止的强劲趋势，诗艺问题作为诗人和理论家绕不开的关键议题得到广泛探讨[1]。倘若说朦胧诗恢复和拓展了象征、比喻、通感等修辞手法的运用，同时在美学上肯定了技艺、形式的合法性——当然，其形式探索不是为了抵达一种纯粹的诗学，而是试图以形式勾连历史、现实主题；那么在“后朦胧诗”或“第三代诗”那里，诗歌的技艺、形式则获得了本体性地位，而且渐渐走向了孤立，因为第三代诗人开始将写作的主题从历史、现实的领地收束，回到感性生命和写作本身，并急剧地凸显了语言的功能：“当代中国诗歌写作的关键特征是对语言本体的沉浸，也就是在诗歌的程序中让语言的物质实体获得具体的空间感并将其本身作为富于诗意的质量来确立”[2]。这一变化与当时对西方理论界“语言学”转向之后种种形式理论（英美新批评、俄国形式主义及结构主义、符号学等）的引介不无关系，同时还受到诸如维特根斯坦语言哲学、博尔赫斯神秘诗学的影响。这使得“第三代诗”一方面“卷入”了维特根斯坦所说的“与语言的搏斗”中，另一方面不免沾染了博尔赫斯诗歌“谜一般”的形而上意味，其中后一种倾向尤为显著。有着“收放自如的诗艺”[3]

1 在朦胧诗引发的论争中，包括诗歌技艺或技巧在内的形式问题成为人们关注的焦点之一，不仅前述北岛、江河等“新潮”诗人着力辩护，而且一些老诗人也参与了进来，如卞之琳先后写了《答读者：谈“新诗”形式问题的讨论》（见《文学评论》1980年第1期“读者·作者·编者”栏）、《今日新诗面临的艺术问题》（《诗探索》1981年第3辑）等文。此外，还出现了《诗的技巧》（谢文利等著，中国青年出版社1984年版）之类的论著。

2 张枣：《朝向语言风景的危险旅行——当代中国诗歌的元诗结构和写者姿态》，《今天》1995年第4期。

3 此为Calin-Andrei Mihalescu（博尔赫斯“诺顿讲稿”的编辑者）的评语，见J.L.Borges, *This Craft of Verse*, Harvard University Press, 2002. 中译参阅博尔赫斯著、陈重仁译《诗艺》，上海译文出版社2011年版。

的博尔赫斯，在其《诗的艺术》一诗中声称："要在死亡中看到梦境，在日落中/看到痛苦的黄金，这就是诗"，"艺术应当像那面镜子/显示出我们自己的脸相"[1]，他对中国当代诗人写作观念、方式乃至风格的影响是潜在而深入的，比如早期的西川（《起风》《在哈尔盖仰望星空》）、欧阳江河（《玻璃工厂》）等。

1 中译载《世界文学》1981年第6期，王永年译。

无可否认，对诗歌形式诸要素的重视特别是对语言的强调，释放了当代诗歌的创造力，"第三代诗"为汉语写作贡献了许多新奇的句法和新鲜的修辞。可是，诗人们在种种"标新立异"意愿的驱使下难免偏于一端[2]；同时，在一种标签化和简化的"诗到语言为止"宣示的促动下，诗歌渐渐进入自足后的封闭，其具体表现是"不及物"和自我循环，导致活力渐失、趋于萎缩。实际上，不只是"第三代诗"，就整个中国当代诗歌来说，将技艺推到无上的位置，都要担负其本身隐藏的可能风险，这种风险至少包括两个方面：一是单一技艺形成的惯性滑动，二是技艺自我隔绝、脱离一定语境后陷入"美学上的空转"。对技艺的无限扩张，在一定程度上误解了庞德所改造的《论语》中的"日日新"（Make it new）思想，使技艺如现时代的技术一样受到"逐新"冲动的支配，沦为支离破碎的技巧零件，这难免会受到指责。有论者就指出，中国当代诗歌出现了英国文论家克里斯托弗·考德威尔在1930年代描述过的那种"把技术才能同社会功用对立起来"的情形："笼统归结为'技艺'的各种各样的美学技法，似乎脱掉了它们与社会政治历史的复杂纠结关系，近乎变成了一个自为自在的独立领域"，"在'技艺'的门槛与堡垒中，自我固化，妨碍诗歌与社会生活之间建立密切而可靠的关联"，因此有必要

2 有论者如此评述"技艺派"代表诗人欧阳江河："在欧阳江河的诗作中，修辞技艺和它所处理的经验现实很多时候并没有处在一种平衡、匹配的关系中，而是经常倒向了修辞那一边，经验现实的呈现往往被独断的修辞意志所妨碍……换句话说，欧阳江河对精彩言辞的追求总是压倒了对事物和现实进行认知、理解的追求。"见王凌云《比喻的进化：中国新诗的技艺线索》，《江汉学术》2014年第1期。

"重新理解在'技艺'后包含的政治思想观念、价值体系","给诗歌带来新的资源与视野"。[1] 经过"第三代诗"的语言"风暴"和形式"哗变"后,上述弊端引起了诗人们的警觉,他们开始反思技艺的限度,并致力于重建技艺的能动性及其与历史、现实的联系。

1 余旸:《"技艺"的当代政治性维度——有关诗人多多批评的批评》,见《"九十年代诗歌"的内在分歧》,人民出版社 2016 年版,第 257、258、299、300 页。

三 “手艺”：诗人作为工匠的自我认知

“手艺”在中国当代诗人诗作和论谈中的密集羼入，强化了他们对诗歌技艺之限度的省思：“如今，我已安于命运，/在寂静无声的黄昏，手持剪刀/重温古老的无用的手艺，/直到夜色降临”（王家新《来临》）。“重温”意味着在既有的写作状态中再次确立方向，“无用”则是对诗歌本身在新的历史语境下的一种体认。无论如何，从 1980 年代后期开始大量出现在当代诗歌中的“手艺”言述[1]，通过突出诗歌写作与“手艺”之间的关联，彰显了中国当代诗人为消除技艺迷思、重新规划诗歌写作特性所付出的努力：

1 除了下文将要引用的诗作外，“手艺”在一些诗人、评论家的文章里也较多出现，如朵渔《手艺人札记》（《上海文学》2003 年第 1 期）、江弱水《写诗是一门手艺活》（《诗建设》2014 年 3 月总第 12 期）、程巍《句子的手艺》（《世界文学》2017 年第 4 期）等。

张枣《跟茨维塔伊娃的对话》

诗，干着活儿，如手艺，其结果
是一件件静物，对称于人之境

手艺是触摸，无论你隔着多远；
你的住址名叫不可能的可能——

恒平《汉语——献给蔡，一个汉语手工艺人》

名词，粮食和水的象征；形容词，世上的光和酒
动词，这奔驰的鹿的形象，火，殉道的美学
而句子，句子是一勺身体的盐，一根完备的骨骼
一间汉语的书房等同于一座交叉小径的花园

沈苇《手艺》

笔，在体内奋笔疾书
我羞愧于灵魂怯懦的暗夜
将面孔安放在阳光的坡地

可以看到，同样是对茨维塔耶娃“手艺”的“应和”，张枣的诗歌与前引的多多诗歌显示出很不一样的意识和取向：多多从茨维塔耶娃那里汲取的是一种强势的对抗姿态，并借重它造就了其诗歌中词语间的紧张关系；而张枣更看重茨维塔耶娃对诗歌写作的执着态度，寻求的是一种“对称于人之境”的语词的力量，在《跟茨维塔伊娃的对话》这组十四行诗中，处处可见对词与物的关系乃至写作本身的反思。这正是张枣所说的“元诗”（Metapoetry）。诗人钟鸣将此认定为“对成诗过程的关注”，且被当代诗人“作为写作行为的痼疾、理想、时代性和知面赋予灼热的体验”。[1]“元诗”意识的兴起，有助于中国当代诗人挣脱“沉浸”“语言本体”后对词语的单向度依赖，虽然其间有值得检讨之处。[2]

1 钟鸣：《秋天的戏剧（关于诗人对话素质的随感）》，见《秋天的戏剧》，学林出版社2002年版，第13、14页。

2 姜涛指出，像张枣这样的“元诗”倡导者所相信的“语言能够在惰性的现实之外，发展出一种更高、更自由的秩序”，在当下的错杂语境里已现出某种不足，他认为“‘元诗’意识指向的，不应再是语言的无穷镜像，而恰恰是指向循环之镜的打破”。见姜涛《“全装修”时代的“元诗”意识》，《文艺研究》2006年第3期。

而在诗人宋琳的认知里，“从事诗歌这门手艺的人永远是少数，但诗歌作为语言的财富却属于社会，诗歌的精神，语言经过炼金术般提纯而产生神奇的美，每个人都有权利分享”；在他看来，诗人与“手艺人”的相似处在于：“手艺人的一个特点是让别人满意还不够，必须得自己也满意……木匠的工具都是自己打造的，诗人也得打造适合自己的工具，这样才有资格为语言服务”。[3]在诗人们的笔下，作为一门“手艺”的诗歌，其“技艺”往往是别具一格的：

3 见《宋琳访谈：诗歌是一门手艺》，2014年10月13日《增城日报》。

池凌云《夏天笔记》

这么多技艺，我只学会一样：
燃烧。

为了成为灰烬而不是灰
我盘拢双膝，却不懂如何发光。

我即将消失，你还要如何消耗我？
火焰已经很少，火焰已经很少。

在何种意义上“燃烧”能够成为一种“技艺”，且是要经过学习而获得（“学会”）的“技艺”？在炎炎夏日里，“燃烧”也许的确是唯一令人触动的景象，更重要的是，“燃烧”这一“技艺”彰显了诗歌“技艺”的诸多面向：表面的“无用”、源于内在自发性的“绽放”、向四周辐射的效应以及“激情”的焚毁……“燃烧”具有辉映初民时代的静默形态：

津渡《诗艺》

回到安宁，这古老的手艺
竟使我成了一个瞎眼的裁缝。
随手布下的句子就像朴素的织物，简单到没有光芒。
而灯影，只是一条暗河
随时准备给落寞的灵魂绊上一跤。
哦，这样的深夜，星星
星星也只是一块块废铁
当它们陨落，它们就是绕着我屋宇
盲目翩飞的蝙蝠。
你这样的诗人，又如何编织出天使的双翼？

诗人“成了一个瞎眼的裁缝”！此处的“编织”，连同上文引述的张枣诗中的“触摸”，都标示了诗歌这门手艺的劳作性质。其实，越来越多的中国当代诗人愿意自比为某一类“工匠”：木匠、铁匠、瓦匠或其他手工艺人。诗人东荡子就如此自陈：“我是一个木匠的儿子，我会说写诗是一门手艺，我懂得手艺这门行当，手艺人特别珍爱名声，因为他们靠手艺吃饭。这是父亲给我的启示”；“作为诗人，面对漏洞我只是一个修理工，我不能像父亲那样去修造更多的木器，我的工作却必须是小心翼翼去寻找隐秘在自己心灵深处的那些漏洞，并一一修补”。[1] 他还在《不要让这门手艺失传》一诗中这样说：“不做诗人，便去牧场/挤牛奶和写诗歌，本是一对孪生兄弟”。在诗人梁小斌看来，“写作在本质上是一类劳动，劳动的全部要素包括细节、节奏，都可以在写作中得到呈现”[2]。基于此，可以进一步讨论的是：“诗作为一种制作活动，其所要面对的材质是语词或词语。语词这种材质与木头、石头等自然性的材质不同，它的质地（纹理和光泽）一方面来自声音（语言的声调和语气是地方性和个体性的）和作为一种形象的文字……另一方面来自事物的质地透过词所产生的折射。”[3] 当诗歌写作与具体的“手艺”行为连接在一起，似乎获得了后者的“力量”：

1 东荡子：《一个手艺人的启示》，收入《东荡子诗选》（第八届“诗歌与人 诗人奖”专号），诗歌与人杂志社 2013 年。

2 参阅拙文《“独自成俑”的诗与人——梁小斌论》，《淮北师范大学学报（哲学社会科学版）》2005 年第 4 期。

3 一行：《诗：技艺与经验》，见《论诗教》，北京师范大学出版社 2010 年版，第 7 页。

梁小斌《一种力量》

打家具的人
隔着窗户扔给我一句话
快把斧头拿过来吧

刚才我还躺在沙发上长时间不动
我的身躯只是诗歌一样
木匠师傅给了我一个指令
令我改变姿态的那么一种力量

我应该握住铁
斧柄朝上
像递礼品一样把斧头递给他
那锋利的斧锋向我扫了一眼
木匠师傅慌忙用手挡住它细细的
光芒

我听到背后传来劈木头的声音
木头像诗歌
顷刻间被劈成
两行

这实际上构成了张枣所说的“元诗”写作的一种类型。在叶辉的《一个年轻木匠的故事》、西渡的《一个钟表匠人的记忆》、津渡的《斧子的技艺》等诗作中，对写作自身议题的讨论就潜藏在表层的叙事之内，每首诗的“技艺”亦隐含于议题与叙事的间隙。这些诗作描绘的匠人，就像爱尔兰诗人谢默斯·希尼在《铁匠铺》一诗中所写的那位铁匠，“将自己耗尽在形状与音乐中”——虽然其中的“元诗”意图难免逸出所依凭的“工匠”身份。

诗人王小妮在一篇颇具寓言意味的随笔《木匠致铁匠》中，讲述了“木匠和铁匠，两个各操技艺的人”对自身工作状态的反观。这显然并非一篇任意之作，而是同样基于诗人与工匠的类比对诗歌写作进行的思考。其中一些句子：“我要帮助一些生命饱满成熟，而不是怀揣利器，把树截肢，切割成条”；“经验和技艺，终于远离了匠人。它们，从来就没生长在木匠和铁匠的躯干上”；“手艺是水，水能轻而易举地断流吗？”；“技艺像水一样，软的，油汪汪，流着不断的弦”；“技艺，能使人的饥肠不翻滚，使人的双手不空置。但是，它不能作为一个足够承重的支点”；“真正的好木匠，做了不漂亮的活儿，就填进火炉里烧了它，绝不拿它去应付人”[1]……分明是一些充满自我反诘、论辩的断语，既有对“诗人”这一“职业”的质疑，又有对“技艺”本身的探究。这似乎是诗人的“疑问在内部的突生”后，“把自己完全打碎”、在危机中寻求新变的告白。

1 王小妮：《木匠致铁匠》，见《手执一枝黄花》，东方出版中心1997年版，第269—281页。

四　“手艺”：建立技艺的诗性拯救维度

通过精细地描画工匠的“手艺”，中国当代诗人可谓完成了一种自我形象的塑造[1]。诗人们如此强调诗歌写作的工匠性质，除了中国传统思想与文化的熏染外（如“语不惊人死不休”的“锤炼”、“吟安一个字/捻断数茎须”的“苦吟”等）[2]，大概还不同程度受到来自庞德、里尔克、聂鲁达、沃尔科特等西方诗人之观念与实践的影响。其中，诗人庞德因其突出的“匠人”形象被中国当代诗人誉为“我们伟大的榜样”[3]，他最为人所知的名言当是其在《回顾》一文中提出的“技艺考验真诚”，诗人艾略特如此称赞他：“庞德的独创在于坚持诗歌是一门艺术，一门需要最刻苦的努力与钻研的艺术”，“庞德对其他诗人的作品的伟大贡献……是他坚持诗人必须付出巨大的自觉劳动量；以及他对诗人应当给予自己的那种训练提出的无价建议——对形式、诗韵和多种文学诗歌中的词汇的学习，以及对好的散文的学习”[4]，庞德的这些观念显然产生了极大的效应。而里尔克以充满耐性、“居于幽暗而自己努力”的写作，曾备受英国诗人奥登和中国诗人冯至、郑敏的称颂与推崇，冯至写过数篇评述里尔克的文章（《工作而等待》这一篇的标题便取自奥登一首写于中国、咏赞里尔克的十四行诗：“他经过十年的沉默，工作而等待”），认为里尔克从雕塑家罗丹那里不仅领悟到“工匠”般锻造的重要性，而且掌握了

1　近代以后，诗人形象经历了“通灵者”（Voyant）、“浪荡子”（Flaneur）、“异教徒”（Heathens）等演化。历史学者通过考察，勾画了西方从古代到文艺复兴时期艺术家身份和社会地位的变迁（见刘君《从工匠到“神圣”天才：意大利文艺复兴时期艺术家的兴起》，四川大学博士学位论文2006年）。不过，也有论者认为：“一改灵感横溢的创造天才，诗人一度被定义为手工艺人……相比天才，手工艺人虽然突出了在本分中工作的自矜谦卑，但也富有某种强烈的宗教意蕴。”见余旸《“技艺”的当代政治性维度——有关诗人多多批评的批评》，引自《“九十年代诗歌”的内在分歧》，人民出版社2016年版，第256页。

2　参阅刘朝谦《技术与诗——中国古人在世维度的天堂性与泥泞性》，中国社会科学出版社、华龄出版社2013年版。

3　西川：《庞德点滴》，《世界文学》1989年第1期。中国早期新诗人胡适、刘延陵、徐迟等对庞德的引介已为人所熟知。关于庞德与中国文化的关系及其对中国当代诗歌的影响，可参阅陶乃侃《庞德与中国文化》，首都师范大学出版社2006年版；颜炼军《踮起脚尖，现实就能够得着传统？——试论庞德诗艺在当代汉语新诗中的反响》，《扬子江评论》2014年第2期。

4　参阅迈克尔·德尔达为庞德《阅读ABC》所作的“导读”，见《阅读ABC》（陈东飙译），译林出版社2014年版，第7、8页。众所周知，庞德的“匠人”形象即部分源于艾略特《荒原》的著名献辞：“il miglior fabbro”（意大利文，最卓越的匠人），艾略特借此表达他对庞德的感激和敬意——后者如匠人一般对《荒原》进行了大刀阔斧的删削工作，使之成为一部杰作。

在诗歌中“写物”的方式，并完成了《豹》等一批杰作，冯至本人深受里尔克精神与诗艺的启发，继而影响了更为年轻的中国当代诗人。[1] 聂鲁达曾与中国诗人艾青过从甚密，他自称是“怀着不朽的爱在漫长岁月里从事一门手艺的工匠”，其自传里有一节《写诗是一门手艺》表白了他的心迹：“同一种语言打一辈子交道，把它颠来倒去，探究其奥秘，翻弄其皮毛和肚子，这种亲密关系不可能不化作机体的一部分……语言的运用有如你身上的衣服或皮肤，连同其袖子、补丁、透汗性、血迹和汗渍，都能显示一个作家的气质”[2]；他的诗歌具有一种裹挟生命与语言洪流的强力，他在谈到“手艺”时也许并未在意其可能具有的雕琢成分，而更多是以宽阔、粗犷、质朴的感受力突出工匠的特性；艾青与之气息相投，两人的诗歌在形体、风格上也有着颇多相似性：自由不拘的散文化句式、富于激情而又保持内在收束的节奏、宏大开阔的抒情视角等，其间还包括了探索诗艺过程中不露痕迹的“刻意”。艾青的诗学观念与实践则在后来的昌耀、骆一禾等当代诗人那里得到了接续。沃尔科特也是最近二十多年间部分中国诗人的隐秘滋养，尽管与前述诗人相比似乎没那么显要，中国诗人看重的是他的综合性：“我的手艺和我手艺的思想平行于/每个物体，词语和词语的影子/使事物既是它自身又是别的东西/直到我们成为隐喻而不是我们自己”（沃尔科特《我的手艺》），及其对诗艺进行“苦行”般锤炼的坚韧品质：“诗歌是追求完美时流淌的汗水，但必须像塑像额头的雨滴那么清新，它把自然和大理石加以结合”[3]——这堪称对“手艺”的最好诠释，引起了不少中国诗人的共鸣。[4]

1 参阅王家新《冯至与我们这一代人》，《读书》1993年第6期。

2 聂鲁达的自传于1993年出版了中译本（林光译，东方出版中心），此处引自该译本的修订版《我坦言我曾历经沧桑》，南海出版公司2015年版，第330页。

3 D. Walcott, *The Antilles: Fragments of Epic Memory*. See: D. Walcott, *What the Twilight Says*. Farrar, Straus and Giroux, 1998. p.69. 参阅王永年译文。

4 此外，美国学者理查德·桑内特的著作《匠人》也许有助于深入理解中国当代诗人以工匠自况的心理动因。该著呈现了人类历史上匠人的不同形态及其现代命运，是桑内特计划的三部系列著作中的第一部，“这三部作品全都跟技艺有关，但是它们把技艺当成一个文化问题，而不是一个和精神活动无关的程序”；在他看来，“‘匠艺活动’可以指一种随着工业社会的到来而消失的生活方式，但这个定义是不准确的。匠艺活动其实是一种持久的、基本的人性冲动，是为了把事情做好而把事情做好的愿望”，“历史曾经在实践和理论、技艺和表现、匠人和艺术家、制造者和使用者之间划下了一道道错误的分界线……但从前那些匠人的生活和手艺也让我们了解到各种工具的使用方法、组织身体动作的方式，促使我们考虑去选择别的材料，也给出了诸多如何用技能去指导生活的提议”。见《匠人》（李继宏译），上海译文出版社2015年版，第12、16—17页。

诚然，中国当代诗人对工匠的体认，总会令人想到18世纪法国“百科全书”派代表人物让·达朗贝尔为《百科全书》所写的前言：“或许应该到工匠中去寻找精神的洞察力，它的坚韧、它的力量的最令人惊叹的证据。”[1] 不过，应该指出的是，这种工匠式的自我认知，更多凸显的是诗人对其在写作过程中所付出的艰辛与耐性的体悟，同时包含了哲学家海德格尔所概括的艺术家推崇手工艺的动机：“他们首先要求出于娴技熟巧的细心照料的才能。最重要的是，他们努力追求手工艺中那种永葆青春的训练有素。”[2] 正如奥登在赞赏里尔克坚韧态度的同时提出：“写诗并非如木匠活儿，只是一种技巧；木匠能够决定按照一定规格做一张桌子，他尚未开始就知道结果将正是他想要的。但没有诗人会知道他的诗会像什么，直到他完成了它。”[3] 这就越过工匠式劳作的层面，展露了诗歌技艺的更高，也更内在的属性。这也正是诗人骆一禾看待诗歌的一个着眼点，在他看来，诗歌写作中更为紧迫的事情在于如何克服某种不由自主流露出来的“匠气”，尽管他毫无保留地表达了对工匠们“手艺”的由衷敬意：

1 中译见《世界文学》2001年第2期。

2 [德]马丁·海德格尔：《艺术作品的本源》，见《林中路》（孙周兴译），上海译文出版社1997年版，第42页。

3 W.H.Auden, *The Dyer's Hand*, Random House, 1962, p.67.

骆一禾《塔》

四面空旷，种下匠人的花圃
工匠们，感谢你们采自四方的祝福
荒芜的枝条已被剪过，到塔下来
请不要指责手制的人工
否则便是毫不相干
而生灵的骨头从未寝宿能安
在风露中倒在这里。他们该住在这里了
塔下的石块镇压着心潮难平
他从未与我无关
工匠们，你们是最好的祝福
游离四乡，你们也没有家，唯你们

才能祝福
你们也正居住在手艺的锋口
在刀尖上行走坐立，或住在
身后背着的大井中央，抬头看见
一条光明，而一条光看见
手艺人的呼吸，指向一片潮湿

骆一禾与海子有着相似的观念：反对过分倚重诗歌修饰。不过，骆一禾的出发点有所不同，他更注重诗歌的精神性，而非技艺（技巧）本身："在写一首诗的活动中，诗化的首先是精神本身。也就是说，写作中的原料：词语、世界观、印象、情绪、自身经验、已有的技巧把握等等，都不是先决前定的，要在创作时的沉思渴想中充分活动，互相放射并予以熔铸"；"所有现成的词汇和技巧在写作活动重铸之前，都是没有感性、没有情感和幻想的，也同样没有事实感；技巧也只是心和手指尖的一个距离。在一首完成的诗歌里，这个距离弥合了，技巧便也抹去，剩下的便是诗"；他甚至认为："艺术家其实是无名的，当我在创造活动中时，我才是艺术家，一旦停止创造，我便不是，而并不比别的工匠们重要什么或多损失了什么，才能也只是一种天分和天分的砥砺，若它即有，实由生命的滋长，命运的导向天赋，它是用来创造而此外无它。这种浑然大成的气象，早在'艺术'和'手艺'还用同一个词称谓的时候，就为从前的艺术家具有了"。[1] 对于骆一禾来说，舍弃对技巧的专注是克服"匠气"的前提，决定诗歌成败的关键是精神性和生命意志，它们是统摄诗歌中诸如技巧、情绪、观念等因素的"总枢纽"。骆一禾的诗学见解，较深地受到了1980年代传入的文化形态学和生命哲学的启发[2]，他勉力推进中国当代诗歌极力追寻的"诗歌本体"重心的迁移，在一般的语言或形式本体中加入了生命本体。

1 骆一禾：《美神》，见《骆一禾诗全编》，上海三联书店1997年版，第844、845、846页。

2 参阅西渡《壮烈风景——骆一禾论 骆一禾海子比较论》，中国社会出版社2012年版，第7页。

骆一禾的观念里包含了对诗歌之形与质关系的重新认识，可以和前面提到的梁小斌将写作与劳动相提并论的观点进行比照。梁小斌发现，“在劳动中会形成一些成规、等级关系等等，这构成了劳动的僵硬的外壳，对这些外壳的顶礼膜拜必然导致劳动从自己的生活及生存体验脱离开去，写作同样如此”[1]。这既像是对当代诗歌状况的一种观察，又可看作对中国当代诗人的担忧与提醒。到了1990年代，这种担忧发生了微妙的转化，“劳动”与其“外壳”的关系部分地变成了一个需要诗人们郑重抉择的问题——应该考虑怎样运用诗歌处理现实生活题材，而不必过多地留意“技巧”。诗歌的技艺遭遇了前所未有的伦理压力：一方面，社会文化的转变、“底层写作”等的兴起催生了一种新的重大题材的道德“优越感”；另一方面，对诗歌“介入”现实的激烈呼吁增强了诗人们的焦虑，令他们陷入了“一场诗学与社会学的内心争论”[2]。此外，诗歌技艺本身也面临着空泛无力、停滞不前以及如何自我更新的困境。前述王家新声称的“‘技巧’是非常次要甚至是不存在的问题”、王小妮在《木匠致铁匠》中表达的困惑，似可看作对上述伦理压力的一种反应。在此情形下，诗人们一方面提出要“恢复社会生活与语言活动的‘循环往复性’，并在诗歌与社会总体的话语实践之间建立一种‘能动的震荡’的审美维度”[3]，另一方面却也意识到：“‘介入’的困难性不单单来自诗艺的方面，也不单单来自生存的方面，而是这二者之间的现实相关性”[4]。由此，诗歌与现实生活的关系内化为技艺的一个命题：“正是因为在写作中发现了‘技巧’，语言与意义间才能展开一场真正严肃的游戏，而诗歌想象也才能向历史现实、个人经验和文学记忆清新、有效地展开。”[5]

1 参阅拙文《“独自成俑”的诗与人——梁小斌论》，《淮北师范大学学报（哲学社会科学版）》2005年第4期。

2 耿占春：“我们的诗歌……在马克思的‘改变世界’的律令和马拉美的‘改变语言’的要求之间犹豫不决。也在诗歌（思想）把握生存经验‘命名事物的天职’和对诗歌自身仅仅是一种语言、一种话语的意识之间无可选择。”见耿占春《一场诗学与社会学的内心争论》，《山花》1998年第5期。

3 王家新：《阐释之外：当代诗学的一种话语分析》，《文学评论》1997年第2期。

4 张闳：《介入的诗歌》，见《声音的诗学》，中国人民大学出版社2003年版，第146页。

5 参阅姜涛撰写的“九十年代诗歌关键词”之“写作”词条，引自洪子诚主编《在北大课堂上读诗》，长江文艺出版社2002年版，第421页。

在针对上述伦理压力作出的回应中，诗人臧棣的表述格外引人瞩目，他认为："在写作中，我们对技巧（技艺）的依赖是一种难以逃避的命运……在根本意义上，技巧意味着一整套新的语言规约，填补着现代诗歌的写作与古典的语言规约决裂所造成的真空"；他声明说，技艺实质是"主体和语言之间相互剧烈摩擦而后趋向和谐的一种针对存在的完整的观念及其表达"，可被视为"语言约束个性、写作纯洁自身的一种权力机制"，进而言之，"写作就是技巧对我们的思想、意识、感性、直觉和体验的辛勤咀嚼，从而在新的语言的肌体上使之获得一种表达上的普遍性"，"技巧的完整反映出主体内心世界的完整"。[1] 臧棣从他坚持的"写作的可能性"出发，将"技艺"提升到与主体相并列的高度，并将 1990 年代诗歌的主题概括为后来引起争议的两点："历史的个人化与语言的欢乐。"[2] 他的这些看法，以极为鲜明的姿态昭示了 1990 年代诗歌探寻"技艺"的一种取向，得到不少诗人的应和，如陈东东就如此说："我也相信庞德的另一句话：技艺考验真诚。对我来说，艺术的良知首先就是艺术的真诚，而这种真诚正表现为技艺。"[3] 这无疑加深了人们关于 1990 年代诗歌的如许印象："诗歌既不是站在历史的对立面，也不应当站在历史的背面，诗的写作不是政治行动，它竭力维护和追寻的是一种复杂的诗艺，并从中攫取写作的欢乐。"[4]

臧棣强调诗歌技艺的自主性并将之推到至上的位置，似乎比"第三代诗"的形式本体意识更进一步；他还把这种极度自主的技艺带入 1990 年代的诗歌语境，试图使之成为高悬于 1990 年代诗歌、引导时代潮流的"物自体"。这与海德格尔关于技艺的观点的某些方面相似，即：技艺是一种"美的艺术的创造（poiesis）"，其中蕴含着技术时代的诗性"拯救"力量[5]。不过，在 1990 年代的历史语境

1 臧棣：《后朦胧诗：作为一种写作的诗歌》，《中国诗选》总 1 期，成都科技大学出版社 1994 年版，第 350、351 页。

2 臧棣：《90 年代诗歌：从情感转向意识》，《郑州大学学报》1998 年第 1 期。

3 陈东东：《词的变奏》，东方出版中心 1997 年版，第 88 页。

4 程光炜：《不知所踪的旅行——90 年代诗歌综论》，《山花》1997 年第 11 期。

5 参阅帕·奥·约翰逊著、张祥龙等译《海德格尔》第 107 页的译注，中华书局 2002 年版。

里，这种技艺的超然“物自体”有其内在限度：一则易于依靠惯性“在语言的可能性中滑翔，无意间错过了对世界做出真正严肃的判断和解释”[1]，再则难以在诗歌与社会生活之间保持鲜活的关联。而后者恰恰是1990年代诗歌孜孜以求的。可是，如何有效地“恢复社会生活与语言活动的‘循环往复性’”？又如何通过技艺建立一种诗性拯救维度？显然并非语言自主性和历史介入性之间“漂亮的‘平衡木’体操”（姜涛语）所能实现。在这方面，爱尔兰诗人希尼的许多诗学见解提供了有力的借镜。希尼被视为平凡事物的杰出书写者，他的诗显出“高度技术化的朴素”，诺贝尔文学奖授奖辞称其“能从日常生活中提炼出神奇的想象，并使历史复活”[2]。希尼无疑深谙诗歌技艺的奥秘，他在技艺或技术（Technique）和技巧（Craft）之间进行了严格区分，认为：“技艺不同于技巧。技巧是可以从其他诗歌那里学到的，是制作的技能”；“我愿意把技艺定义为不仅包含诗人处理词语的方式，对格律、节奏和文字肌理的把握，还包含他对生命的态度，他对其自身现实的态度。它（即技艺）包含发现摆脱他正常认知束缚并劫掠那不可言说之物的途径……它是心灵和肉体资源的全部创造性努力，以在形式的管辖之内把经验的意义表达出来”。[3]希尼所说的技艺意味着某种生命感觉对词语的“进入”，它强调感受的原生性和天赋般的信任感。他的这些诗学观念透过其《挖掘》一诗可以见出，该诗通过并置三代人的“挖掘”动作（父亲挖白薯、爷爷挖泥炭、“我”挖诗句），看似简单的刻画却散发某种神力，令读者“被深深地吸附进去，有如置身于生命本源的奇迹般的景象中。我们没有想到，本真的劳动场景会被提炼成如此深刻而崭新的诗歌力量”[4]。这首诗展示了写诗与劳作的同构关系，呼应了

1 姜涛：《巴枯宁的手》，《新诗评论》2010年第1辑。

2 见吴德安等译《希尼诗文集》“封底”，作家出版社2001年版。

3 S. Heaney, *Craft and Technique*. See: *Strong Words: Modern Poets on Modern Poetry*, ed. W. N. Herbert & M. Hollis, Bloodaxe Books Ltd, 2000. pp.158,159. 诗人黄灿然认为：“希尼在说这个技术的时候，他所指的技术应该是回到萌动或者感受性或者原创力这方面来。”见黄灿然《诗歌的技艺与诗人的感受力》，《诗建设》2016年8月总第22辑。

4 陈超：《当代外国诗歌佳作导读》，河北教育出版社2002年版，第360页。

希尼所宣称的："诗是挖掘，为寻找不再是草木的化石的挖掘。"[1] 希尼诗歌中的诸多主题，与他成长的环境、他的民族身份和宗教信仰及其经历的历史事件有着极为密切的联系，这造成了一种诗艺与历史语境的剧烈紧张关系。他始终致力于"在见证的迫切性与愉悦的迫切性之间"寻求平衡，"以具体和普遍的方式提出在人类痛苦的框架内写作的角色的问题"。[2] 不少中国诗人正是从希尼关于诗歌"功效"[3] 的论断里，获得了对 1990 年代及其后的诗歌与现实关系的崭新认识，他所谈论的如何通过技艺来突破诗歌自身和之外的道德困境，也是中国当代诗人面临和需要解决的难题。

1 [爱尔兰]谢默斯·希尼：《进入文字的情感》，见《希尼诗文集》，作家出版社 2001 年版，第 254 页。

2 [美]海伦·文德勒：《在见证的迫切性与愉悦的迫切性之间徘徊》，见黄灿然编译《见证与愉悦》，百花文艺出版社 1999 年版，第 166 页以下。

譬如，陈东东曾经非常坚持前面引述的那些观点，但数年后对其进行了修正："诗歌写作是诗人的一门手艺，是他的诗歌生涯切实的一部分，而不是一个大于诗人实际生存的寄儿之梦……这门手艺只能来自我们的现实……诗歌毕竟是技艺的产物，而不关心生活的技艺并不存在。"[4] 这在他强调"技艺"之外增添了现实、生活的维度，体现了 1990 年代诗学意识的更新和拓展。这一点，在诗人雷武铃的一篇关于"新诗技艺"的综论性文章中体现得更为明显。雷武铃基于其对新诗特性的总体认识，提出"新诗需要发明出它全新的技艺"，因为"新诗的最大特点是没有一套明确的形式规则，因此也就没有这规则之下才能形成的一套明确的技艺"，而"诗歌的技艺是写成一首诗所需的全部的形塑能力……不仅仅是语言修辞、语言的表现力"；他对庞德的"技艺考验真诚"进行了阐发，认为"诗歌技艺涉及的真实性，是对生活真实境况的发现与命名是否真实、准确；它涉及的善，是

3 希尼："在某种意义上，诗歌的功效等于零——从来没有一首诗歌阻止过一辆坦克。在另一种意义上，它是无限的"（《舌头的管辖》，见黄灿然编译《见证与愉悦》，百花文艺出版社 1999 年版，第 273 页）；他在另一处还说："诗歌首先作为一种纠正方式的力量——作为宣示和纠正不公正的媒介——正不断受到感召。但是诗人在释放这些功能的同时，会有轻视另一项迫切性之虞，这项迫切性就是把诗歌纠正为诗歌，设置它自身的范畴，通过直接的语言手段建立权威和施加压力"（《诗歌的纠正》，出处同上，第 281 页）。

4 陈东东：《诗的写作》，见《只言片语来自写作》，北京大学出版社 2014 年版，第 167—168 页。

对生活和世界的理解与态度是否契合我们的价值评判”；“诗艺的压力，来自生活的丰富性，要进入诗歌中的内容的复杂，逼迫着诗歌语言显出尽可能的微妙的丰富含义，尽量寻找更有效的表达方式”；最终他将诗歌技艺与生活、世界之间的关系归结为：“对世界的新认识，刺激新的写作技艺的出现”。[1] 雷武铃的阐发可谓切中了庞德诗学的要义，同时回应了希尼倡导“进入文字的情感”时所强调的，诗歌的技艺应该包含诗人“对生命的态度”和“对其自身现实的态度”。

1 雷武铃：《论新诗的技艺发明》，《江汉学术》2013 年第 5 期。

可以看到，突破固有观念的束缚、寻求诗歌与现实之间的“技艺”上的平衡，已经成为贯注于部分当代诗人写作中的某种觉识。譬如，西渡的诗作《一个钟表匠人的记忆》借助一个钟表匠的经历，在对历史、时间等议题作出反思的同时，也对内在于诗歌写作的问题进行了思考，该诗作为题记所引的“诗歌是一种慢”，表明该诗既处理了关于历史、年代的记忆，又探索了诗歌与时代、写作者与外部世界的关系，因而并非一首单纯的人物诗或时事诗。而在朱朱的《青烟》一诗中，两个艺术家（摄影师和画家）的对比情景贯穿始终：前者是轻浮草率的，后者则苦心孤诣，二者的强烈反差体现了技术时代艺术家（摄影师）和手工时代艺术家（画家）在观念和方式上的冲突。画家有如执着的工匠，他为了最大限度地绘出“青烟”的真实形态，不惜花费多日反复修改，直至“一缕烟/真的很像在那里飘”；“青烟”的缥缈不定寄寓着真实性的悖论，而“画中人既像又不像她”，则暗含对传统写实主义艺术观念的质疑。

五 技术时代的诗歌处境及反思

朱朱《青烟》中那个反复修改"青烟"的画家所要呈现的，大概是海德格尔所说的艺术作品中既类似于手工制作，又与之不大一样的"特性"[1]。另一方面，画家的状态似乎再次印证了技术时代偏于"手艺"的艺术家的处境和命运——就如同德国思想家本雅明曾揭示过的那样。本雅明在对"技术复制时代的艺术作品"进行思考时，借用法国诗人瓦莱里的描述（"人类曾一度模仿过自然的从容造物过程。微型装饰画，精雕细琢的象牙雕刻，精磨细画、堪称完美的宝石，刷上了层层清漆的手工艺品或绘画作品，这些只有通过不懈努力才能创造出来的产品都正在消失，人们不惜花费时间去进行劳作的已成过往"[2]），指出艺术独具的"灵韵"（Aura）必将随着现代技术的出现而退去。瓦莱里所说的那些被替代的情况，无疑也包括罗兰·巴特谈及的福楼拜那样的"手工艺式的写作"："他封闭在一处富有传奇色彩的地方，完全像一位在家劳作的工人，他粗削、剪裁、磨光和镶嵌他的形式，完全像一位玉器匠从原料中加工出艺术，为这项工作正规地在孤独和勤奋中度过数小时。"[3]不过，本雅明乐观地肯定了现代技术对艺术价值与形态及艺术接受方式的改变，认为技术或许会造就新的具有政治"救赎"功能的艺术，"他坚持认为：……进步的艺术作品是利用最先进的艺术技巧的作品，因而艺术家以技师的身份来经历他的活动，并且通过这种技巧的作品，他找到某种与工业工人在目的上的统一性"[4]。他的观点导致了人们关于艺术与技术之关系的两极态度：要么由于恐惧而排斥技术，要么欢呼技术对艺术的大举进入。

1 海德格尔："在作品制作中看来好像手工制作的东西却有着不同的特性。艺术家的活动由创作之本质来决定和完成，并且也始终被扣留在创作之本质中。"引自海德格尔《艺术作品的本源》，《林中路》（孙周兴译），第43页。

2 [德]瓦尔特·本雅明：《讲故事的人——尼古拉·列斯科夫作品考察》，见《无法扼杀的愉悦——文学与美学漫笔》（陈敏译），北京师范大学出版社2016年版，第56页。

3 [法]罗兰·巴特：《风格的手工操作》，见《罗兰·巴特随笔选》（怀宇译），百花文艺出版社1995年版，第27页。

4 [美]弗雷德里克·詹姆逊：《马克思主义与形式》（李自修译），百花洲文艺出版社1995年版，第67页。

对于中国当代诗歌而言,《青烟》更像是一则寓言式的提问:在一个普遍技术化环境里,如何确立诗歌技艺的位置和边界?如何从“手艺”中剥离出技术和手工的成分?多年以前,美学家宗白华指出:“人类文化的各部门,如科学,艺术,法律,政治,经济以至于人格修养,社会的组织,宗教的修行,都有着它的‘技术方面’,技术使它们成功,实现。技术使真理的追寻者逼迫‘自然’交出答案,技术使艺术家的幻想成为具体”[1];他认为,“从历史上和本质上观察它们二者(即技术和艺术——引者)在人类文化整体的地位和关系,可以说:它们二者实可联系成一个文化生活的中轴,而构成文化生活的中心地位,虽非最高最主要的地位”[2]。这些论述有着堪比海德格尔的洞察力[3],但他似乎没能预见技术迅猛发展给艺术带来的“不可控”后果。

1

宗白华:《近代技术底精神价值》,原载 1938 年 7 月 10 日《新民族》第 1 卷第 20 期,引自《宗白华全集》第 2 卷,安徽教育出版社 1994 年版,第 167 页。

2

宗白华:《技术与艺术》,原载 1938 年 7 月 24 日《时事新报·学灯》(渝版)第 8 期,引自《宗白华全集》第 2 卷,安徽教育出版社 1994 年版,第 181 页。

3

海德格尔对技术与艺术关系的反思已为人所熟知,在他看来,艺术的技艺(technē)具有双重向度,既指与科学密切相关、不断更新的技术(其本质是“座架”),又是昭示人类身处其中之天命的创造性行为,从而构成“联结技术与艺术的中间环节”。相关论述参阅海德格尔《技术的追问》,见《演讲与论文集》(孙周兴译),生活·读书·新知三联书店 2005 年版;冈特·绍伊博尔德著、宋祖良译《海德格尔分析新时代的技术》,中国社会科学出版社 1993 年版。亦可进一步参阅 Don Ihde, *Heidegger's Technologies: Postphenomenological Perspectives*, Fordham University Press,2010.

有目共睹的是,进入 21 世纪,快速普及的互联网及其催生的各种新媒体,再一次彰显了“技术是形成我们生活方式的一种新的法规”[4],甚至成为人性中不可或缺的一部分。这些时时环绕在身边以至深入骨髓的技术,能否造就本雅明所期待的真正的现代性场景,尚未可知。处于互联网条件下的中国诗歌,交织着技术膜拜的乐观意绪和被技术裹挟的隐忧,其所产生的双面效应也已逐步显现。当诗人们提及“手艺”时,其所涉的“技艺”或技术内涵和针对的文本语境显然发生了改变。正如一些诗人已经觉察的:“诗歌无法像工厂里流水线上那样设定加工程序后批量生产出来,哪怕操作者曾是个合格、优秀的员工……把诗歌

4

[美]安德鲁·芬伯格:《可选择的现代性》(陆俊等译),中国社会科学出版社 2003 年版,第 5 页。

写作等同于流水线，把诗人当熟练工或工程师使用，这其实是荒诞无稽的……（在于）不了然诗歌技法与工艺流程的本质区别”[1]；而对应于这个技术日新月异的时代，“任何一种诗歌观念或写法都有可能会随着历史情境的变化而变得不再重要（丧失适应性），但技艺的积累对诗歌及其母语来说却是永远有益的，因为这是语言在表现和言说事物方面的能力的拓展”[2]。倘若这能够成为中国诗人进行自我反思的能力和机制，那么它无疑将是未来诗歌发展的动力所在。

1 刘洁岷：《关于新诗技艺或技法的微观与动态特征》，《南京理工大学学报（社会科学版）》2010 年第 4 期。

2 王凌云：《比喻的进化：中国新诗的技艺线索》，《江汉学术》2014 年第 1 期。

第八章

黑暗中的肖邦——如何通过诗歌透视时代？

世界黑夜弥漫着它的黑

——M. 海德格尔《诗人何为》

暗。…… 世界黑夜的时代

是贫困的时代……

见
[德]马丁·海德格尔:《林中路(修订本)》,
孙周兴译,
上海译文出版社 2004 年版,
第 281 页。

一　诗歌面对时代“召唤”

无论从哪方面来说，20世纪都是德国诗人荷尔德林（Hölderlin）所说的“贫困的时代”：先是频仍的自然灾患与具有现代特征的战争，造成了世界范围内的“荒原”景观；而后，在高科技迅猛发展的促动下，人类在享受其“日新月异”所带来的便利的同时，也遭受了种种危害性的负面影响，并令人惊异地映衬出心灵的委顿和荒芜。这种世界性“贫乏”构成近代以来中国历史进程的深度背景。近现代中国面临的根本悖论在于，一方面要在“现代性”的宏阔语境和对它的呼应下构筑一个现代化的民族国家，另一方面则要承担这种充满着矛盾的现代性或现代化本身招致的恶劣后果。因此，自近代以来，一系列重大历史变故与“主题”接踵而至：反帝、反封建、民族解放、文化革命乃至市场经济……在这样的情境之中，文学及诗歌似乎被先在地设置了一定的主旨、结构、样式，等等。

也许，部分地由于上述严峻的历史情境的催迫，部分地出于对古老“诗教”观念的尊崇，在很多现代中国诗人那里，诗歌与时代的关系从一开始就是一个不证自明的命题。对于那些自感肩负着重大使命的诗人而言，诗歌“天然”（且始终）是一种传达时代声音的工具：“最伟大的诗人，永远是他所生活的时代的最忠实的代言人，最高的艺术品永远是产生它的时代的情感、风尚、趣味等等之最真实的记录。”[1]这样的倡导，并不仅仅出现在关乎民族存亡的战争年代，而是作为一种诗学“主旋律”贯穿于新诗发展进程。诗歌与时代的关联在一些诗人的头脑里根深蒂固，以至于成为一种挥之不去的“情结”。可以说，“时代”既为诗人们带来了难以言述的心灵焦灼，又无形中充当了他们可供依凭的心理壁垒：“我融入于一个声音的洪流，/我们

1 艾青：《诗与时代》，见《诗论》，人民文学出版社1980年版，第156页以下。

是伟大的一个心灵”（殷夫《一九二九年的五月一日》），仿佛只有被置放在一个阔大的背景中并与之发生勾连，诗歌写作才获得某种保障。

当然，与此相对照，新诗中也有另一种对诗歌与时代关系的理解和表述：

> 你们不能更多的责备。我觉得我已是满头的血水，能不低头已算是好的。你们也不用提醒我这是什么日子；不用告诉我这遍地的灾荒，与现有的以及在隐伏中的更大的变乱，不用向我说正今天就有千万人在大水里和身子浸着，或是有千千万人在极度的饥饿中叫救命；也不用劝告我说几行有韵或无韵的诗句是救不活半条人命的；更不用指点我说我的思想是落伍或是我的韵脚是根据不合时宜的意识形态的……这些，还有别的很多，我知道，我全知道；你们一说到只是叫我难受又难受。我再没有别的话说，我只要你们记得有一种天生歌唱的鸟不到呕血不住口，它的歌里有它独自知道的别一个世界的愉快，也有它独自知道的悲哀与伤痛的鲜明；诗人也是一种痴鸟，他把他的柔软的心窝紧抵着蔷薇的花刺，口里不住的唱着星月的光辉和人类的希望，非到他的心血滴出来把白花染成大红他不住口。他的痛苦与快乐是浑成的一片。[1]

这段充满伤情的吁告流露了一种困惑、无奈多于信心的复杂意绪，即诗歌在强大的时代律令面前的脆弱无力。尽管如此，吁告者仍然坚持选择做“心窝紧抵着蔷薇的花刺，口里不住的唱着星月的光辉和人类的希望”的“痴鸟”，并认定那是诗歌的真谛所在。相比之下，新诗中绵延不止的“纯诗”冲动显得更为极端。那些“纯诗”的提倡者主张，诗歌应该挣脱时代的“束缚”而“回到诗歌本身”；他们把

1 徐志摩：《〈猛虎集〉序文》，见《徐志摩诗全编》（顾永棣编），浙江文艺出版社1987年版，第520页。

“痴鸟”的吟唱限定在声调的调谐、形体的匀称等方面，并将吟唱的音量放至最低。二者共同地表达了诗歌对时代的规避或拒斥，并与上述倡导构成了不同程度的对峙。

实际上，诗歌之依恋于时代，与一种牢固的反映论诗学密切相关。在这样的诗学观念的支配下，时代是一个外在于诗歌，且诗歌必须面对的“他者”；时代这个空洞的庞然大物里，填充着大众、人民、集体、社会、现实等语汇，期待诗人们为之“代言”或“介入”其中。不过，那些反对时代侵蚀诗歌因而倡导“纯诗”的人们，同那些让诗歌趋附时代的人们一样没能悟察到，诗歌与时代关系的症结在于，时代何以必然成为诗歌应该处理的一个问题？在20世纪40年代的一些诗人看来，时代更多地指向了一种“时刻”意识：“我们面对着的是一个严肃的时辰”，在此意识中时代被内化了：“应该把握整个时代的声音在心里化为一片严肃”，“应该有一份浑然的人的时代的风格与历史的超越的目光，也应该允许有各自贴切的个人的突出与沉潜的深切的个人的投掷”。[1]因此，对于他们而言，时代只是个体展开想象的一种视域，或者进行记忆的一种方式，时代仅仅构成了他们大量诗篇的幽暗的底片（而且只是底片而已），质言之，仅仅作为一定的质料被诗歌所吸纳和转化。这就将诗歌与时代的关系调整为诗人米沃什（C. Milosz）所写的非强制、非固定的联系：

……如果不是我，那么另一个人
也会来到这里，试图理解他的时代。

《诱惑》（张曙光译）

应当说，为时代“代言”、向现实“介入”的召唤普遍存在于现代诗歌之中，这恰恰是诗人们的焦虑所在。当昆德拉（M. Kundera）认为“艺术只有对抗时代的进步才能获得

1 《我们呼唤（代序）》，原载《中国新诗》第一集，见《“九叶诗人”评论资料选》（王圣思选编），华东师范大学出版社1996年版，第366—367页。

它自身的进步”时，他也许仍然没能摆脱这种召唤的诱惑。但正如爱尔兰诗人希尼（S. Heaney）清醒地指出：“诗歌首先作为一种纠正方式的力量——作为宣示和纠正不公正的媒介——正不断受到感召。但是诗人在释放这些功能的同时，会有轻视另一项迫切性之虞，这项迫切性就是把诗歌纠正为诗歌，设置它自身的范畴，通过直接的语言手段建立权威和施加压力。”[1]希尼的言谈回荡着本雅明（W. Benjamin）作出的强有力的论断：“只有当一件文学作品以文学标准看是正确时，才可以认为它的倾向在政治上是正确的。”[2]他关于诗歌“纠正”的表述在90年代中国诗界得到了应和：“诗歌之所以具有这种‘纠正’功能，并不仅仅取决于写作者个人的道德立场和精神倾向，而更重要的乃是诗歌自身就其根本而言，即具有这种‘纠正’的力量。真正的诗歌永远在其语言空间内有力地保护了人性的丰富性和复杂性。而这难道不正是现实政治和其他文化制度的最终目的吗？如果这些制度不以此为目的，那么，它们就是有待‘纠正’的事物。”[3]显然，“纠正”具有双重的意义。

倘若我们认同希尼关于诗歌的如下说法：“诗歌反而是在将要发生的事和我们希望发生的事之间的裂缝中注意到一个空间，其作用不是分神，而是纯粹的集中……它把我们的注意力重新集中到我们自己身上”，以及“诗歌与其说是一条小径，不如说是一个门槛，让人不断接近又不断离开，在这个门槛上读者和作者各自以不同的方式体会同时被传唤和释放的经验”[4]——那么，透过现代诗的幽闭的结构与层次，我们也许能够瞥见被语词击中的时代的身影。

1 ［爱尔兰］希尼：《诗歌的纠正》，见《见证与愉悦》（黄灿然编译），百花文艺出版社1999年版，第281页。希尼还指出：“在某种意义上，诗歌的功效等于零——从来没有一首诗阻止过一辆坦克。在另一意义上，它是无限的。”见《舌头的管辖》，出处同上，第273页。

2 ［德］本雅明：《作为生产者的作家》，转引自《审美之维》（李小兵译），生活·读书·新知三联书店1989年版，第243页。

3 张闳：《介入的诗歌》，见《声音的诗学》，中国人民大学出版社2003年版，第140页。

4 ［爱尔兰］希尼：《舌头的管辖》，见《见证与愉悦》（黄灿然编译），百花文艺出版社1999年版，第281页。

二 “上楼”与“下楼”的处境

在完成于 20 世纪 90 年代初的《楼梯上》中，诗人朱朱以其简洁的笔法写道：

朱朱《楼梯上》

此刻楼梯上的男人数不胜数
上楼，黑暗中已有肖邦。
下楼，在人群中孤寂地死亡。

这似乎是一首没有背景的诗。全诗只有三行，没有向我们提供任何可以进入其内的表面信息。它是关于爱情，还是关于死亡，抑或关于某种莫名的心境？对此我们全然不知。也许诗的标题，会让人想到希腊诗人卡瓦菲斯（C. P. Cavafis）的一首同题诗《在楼梯上》，或者法国画家杜桑（M. Duchamp）的名画《下楼梯的裸女》。不过，标题指示了一次事件发生（如果我们认为它描述的是一次事件的话）的位置，即“楼梯”所处的位置。

谁都应该看得出，“楼梯”是这样的一处所在：向上，可以抵达某个未知的角落；向下，可以走到某个通往别处的出口（所以诗里的“上楼”“下楼”之说便好理解）。它具有同时朝两个方向延伸的趋势。不过，这两个向度并不是对等和均衡的：从“楼梯”往上，它所延伸的距离是有限度的，也许能抵达某个预先确定的居所；往下，它的延伸则是无限的，由某个出口出去，似乎可以到达无限广阔的空间。而且，“楼梯”的两个向度呈现出不一样的特性：向上，尽管有所期待，但却是越来越趋于幽暗、隐晦；向下，虽然逐渐变得明朗、开阔，却极可能将不知所终。在任何地方，“楼梯”朝两个方向展开的样式，都让人想起一幅画的轴线，它的出现衔接、平衡或者规定了画里各部分物象所应在的位置，并让人产生诸如此类的联想：此岸与彼岸、天堂与地狱、上升与下坠……

在明确“楼梯”所处的位置及其功能之后，也就可以沿着“楼梯”的一级级台阶，进入这首小诗展示的世界了。“此刻楼梯上的男人数不胜数”，是一个让人感到突兀的起句，令人想到但丁《神曲》里的某个场景：它是阴暗的、拥挤不堪的和模糊不清的。但打头的“此刻”是一道光线，将诗句造成的晦暗不明照亮了，它就是此时此地的当下，它就是每时每刻诞生着又消逝着的瞬间。这个“此刻”是可以把捉的。而为什么是“男人”？如果按照贾宝玉的说法（“男人都是泥做的”），这里的“男人”似乎提示了污浊的躯体，它是令人憎厌的，又是不可穷尽的——“数不胜数”，这样一个动补结构的短语，再次印证了“男人”所指示的含义：这是污浊的世界本身。

接下来，便是前面已经提到的两个向度的展开。“上楼，黑暗中已有肖邦。/下楼，在人群中孤寂地死亡。”的确暗示了两个完全相反的向度。这里，“肖邦”显然只是一个符号，对应着一种音乐的类型和品质。众所周知，肖邦（Fredric Chopin，1810—1849）是一位富于忧郁、梦幻气质的音乐家，享有“钢琴诗人”的美誉。诗中的“肖邦”对应着某种高远的、上升的甚至超越尘世的精神世界，只有在这样的世界里才能抵达真正的诗的境界；“黑暗中”则正应和了前面所分析的——向上的路是趋于幽静而晦暗的，显示诗境界的可能的封闭乃至孤寂，“已”表明这一境界是完成的、曾经的，因而只是回旋在记忆里让人追念。同时，“黑暗中已有肖邦”借用西语中的“There be”句式，表示物的是其所是和自我呈现状态。由此全句不免透出一种怅惘的气息。与“黑暗中已有肖邦”这句诗的单一、幽暗和闭锁相对照，下句中的“人群”显然具有集团、敞开和熙熙攘攘等特性。但“人群”（mass）代表了某种过于强大的力量，在人群中各种流俗的观念、行为方式能够迅速传播、复制，造成了对作为个体的人的独立、持守的致命威胁。而这些，无疑是一个生活在自己精神世界里的人所要极力抵制的。因此对于这样一个个体而言，在“人群中”即是“死亡”，这种说法补充了“在人群中孤寂地死亡”的强烈程度。

此外还可将后二句诗看作对首句的阐释和展开，即它们是对首句提示的污浊世界的具体展现。这两个向度相反的诗句，不仅空间上的方向是背道而驰的，而且意义指向也构成了强烈反差（诸如“肖邦”与“人群”、“黑暗中”与“在人群中”等，已如上述），尽管它们在整体上是相互指涉的。值得注意的是，两个诗句的内部也各自暗含着矛盾：“肖邦”曾经是美妙的，但已逝去不可企及；个体身处喧闹的“人群”中，却不得不忍受喧嚣里的“孤寂”直至“死亡”。从表达方式来说，两句诗并陈在一起，都由句号作为收束，从而呈现为一种稳固的结构。可以说，如果这首诗描述了一次事件的话，那么它显然是一次心灵事件。至此，诗的蕴涵似乎全部敞开了。

然而，还有更为重要的信息，潜隐于这首小诗的字里行间有待进一步读解。正如艾略特（T. S. Eliot）在谈到现代诗歌时认为：“就我们文明目前的状况而言，诗人很可能不得不变得艰涩。我们的文明涵容着如此巨大的多样性和复杂性，而这种多样性和复杂性，作用于精细的感受力，必然会产生多样而复杂的结果。诗人必然会变得越来越具涵容性，暗示性和间接性，以便强使——如果需要可以打乱——语言以适合自己的意思。”[1]意味着，现代诗歌内部具有一种幽闭、隐蔽的结构层次，导致一些看似显易的

1 《艾略特诗学文集》（王恩衷编译），国际文化出版公司 1989 年版，第 32 页。

含义处于自我遮掩状态，这正是现代诗歌的重要特征之一。通过进一步辨认和寻索便会发现，《楼梯上》其实隐含着某种年代的刻痕与标识性意义："楼梯"既区分了两种相对的生存状态，又作为隐形的界限划开了两个年代。

1 《楼梯上》收入朱朱诗集《枯草上的盐》时，诗末标有"1991年"。见该书第85页，人民文学出版社2000年版。

因而，写作此诗的1991年[1]，其重要性将如同"楼梯"的位置被凸显出来。一方面，这个年份带有明显的个人印记——1991年诗人朱朱刚刚大学毕业，预备开始一种全新的生活，无数的未知在笔端的另一侧翻涌：

朱朱《八公里》

而我的安慰在1991——
就是南京，形而下的八公里。

南京（他本人后来长期居留的城市）正是给他带来"安慰"的场地、处所，"形而下"显然昭示了诗人即将深陷其中的生存境遇；"八公里"作为一种具体的刻度，则标划出一个暧昧不明却不无命定意味的临界点，诗人在那里逡巡不前。

另一方面，这个年份指向了所处年代的症候，它就蕴藏在那首看似毫无背景的小诗之中。在此诗歌穿越了时代，或者说包容了时代的景象。读过《楼梯上》后，我们也许会由它隐含的年份界限而发问：那个时候诗人们都在做些什么？中国诗歌行进到了哪一步？谁都知道，那个年代正是中国社会生活进入全面转型的时期。那个时期的诗人们，都处于一种令人尴尬的"楼梯上"的境地：是向上领略"黑暗中的肖邦"，还是在人群中孤寂地死亡？这成了一个无法回避的"to be, or not to be"的悬问。当然，这也许并不是每位诗人都愿意面对的悬问。

在20世纪西方文学史上，曾有1922年为“现代主义年”之说（重要的现代主义文本如《尤利西斯》《荒原》《杜依诺哀歌》《献给奥尔弗斯的十四行诗》《巴力》《雅各之屋》等均产生于该年）[1]，虽然不少人对此持有异议。以年代为切入点进行文化或文学史研究，较有影响的如黄仁宇《万历十五年》和山东教育出版社推出的一套“百年中国文学总系”[2]，都意识到特殊年份的重要性与以之观察历史的便利。当然，沿着任何一个年份的剖面追溯下去，都会发掘一些不同寻常的事件，且每一年都是历史链上的过渡环节。看起来，1991年也“不过”是其中的一个十分普通的年份罢了。然而，深究下去会察觉，1991年虽不格外显眼，但相当值得一提的重要性在于，它是上述“社会转型”一个确定的中间节点。

由今日向前回溯，不难发现当时中国诗界的具体情景：就在1991年，一定程度上能够标识90年代诗歌转向的重要文本如《帕斯捷尔纳克》（王家新）等相继发表（它们均写作于前一年的后半期）。它们折射了这个年代的整体时代氛围和写作本身的根本处境，彰显了诗人们的心境。

这些悄然出现的诗篇，的确预示着那个年代诗歌的某种潜在的变化，它们为后继的写作开辟了一条路向，即语词对于时代的穿越和介入。与此相呼应，这年由芒克、唐晓渡等发起，在北京创办了大型诗刊《现代汉诗》，一度产生重要的影响；随后，《大骚动》诗刊（由王强等主办）也在北

1 参阅［英］马·布雷德伯里、詹·麦克法兰编《现代主义》（胡家峦等译），上海外语教育出版社1997年版，第19页。

2 包括12种：《1898：百年忧患》《1903：前夜的涌动》《1921：谁主沉浮》《1928：革命文学》《1942：走向民间》《1948：天地玄黄》《1956：百花齐放》《1962：夹缝中的生存》《1967：狂乱的文学年代》《1978：激情岁月》《1985：延伸与转折》《1993：世纪末的喧哗》。

京创刊。这两份民间诗刊，连同当年创办的民刊《尺度》（阿吾主持）、《原样》（车前子等编）、《中外诗星》（何首乌主编）等[1]，以及前一年在海外复刊的《今天》和在北京创刊的《发现》（同人有臧棣、西渡、戈麦等），展示了诗歌刊物的新景象，与 80 年代民刊蜂起的情形形成了既承续又相异的关系，前者以坚实的面目祛除了后者的浮泛形象。但是，就在这一年秋天，《发现》同人之一戈麦自沉于北京西郊万泉河，成为海子之后又一位引人注目的“殉诗”者。西渡后来曾回顾说，当时“大家面临着一个紧迫的选择：是继续诗歌探索还是就此放弃？”[2]。在此，对于中国诗人来说，“to be, or not to be”最终具体化为“去成为，还是不去成为”的自我追问。

1991 年诗界还有值得一提的盛事，就是两次大型诗歌讨论会几乎同时举行：一次是名为“1991：中国现代诗的命运与前途”、被称为 90 年代首次重要聚会的诗歌讨论会，该年五月在北京大学举行；另一次是以“正本清源，繁荣社会主义诗歌”为题的“全国诗歌座谈会”，由中国作协主持同月在桂林举行。两次会议的意向显然大相径庭。在前一次会议上，谢冕的《苍茫时分的随想》、孙玉石的《寂寞和突破的时刻》等发言给人留下了很深的印象，老诗人牛汉也激动地宣称中国诗歌已进入“最伟大的时刻”。他们的发言鲜明地体现了某种“时刻”意识。谢冕的发言和次年他为香港某诗刊所写的专论《中国循环——结束或开始》，都谈到了“现代诗的自我调整”问题。他认为：“要是说目前我们正在从一个结束走向一个开始，这个开始可能就是由热情向着冷静，由纷乱向着理性的诗的自我调整”；“转换的局面无可挽回地到来了。……我们看到所谓的理想主义创作，其间浪漫激情的重现，因现实苦难的嵌入而变得更为辉煌。它因富有现世的投入精神，而使那

1 刘福春：《新诗记事》，学苑出版社 2004 年版，第 485 页以下。

2 西渡：《发现诗歌——发现诗社简介》，《发现》第 4 期（2003 年）。

些理想增添了沉重感。诗在以往十年的艺术回归基点上切入人生。它所呈现的人生图景惊心动魄”。[1]

在这一年，所有的文化活动、诗学努力都被纳入历史设计的总体道路。一方面，残存的浪漫气息已彻底烟消云散（曾经鼓噪一时的诗歌社团纷纷瓦解），人们开始变得清醒与务实。另一方面，80 年代的理想主义已是强弩之末，比如这一年隆重推出的“SJM 大学生校园诗歌系列”诗集（蓝棣之主编，共五种），便成为理想主义诗歌风景的最后余绪。诗人们所期待的“伟大时刻”并未到来。相反，自兹以后，不仅校园而且整个社会的阅读趣味很快就出现了转向。“1991 年汪国真制造了中国的一个大神话”[2]，一位文化评论者如此描述，他所谈论的是 1990 年酝酿、从这一年起才真正发挥效应的“汪国真热潮”。这里的效应更多是市场方面的（据说，出版汪国真诗集的最初动机源于某编辑的“商业敏感”）。在“诗坛王子”的舆论攻势下，汪国真的第一部诗集《年轻的潮》于 1990 年出版后，先后再版五次，印数达十五万册；紧接着他又出版了《年轻的风》、《年轻的思绪》（截至 1991 年初，三次印刷达十四万册）等诗集，并有《年轻的潇洒——与汪国真对白》《年轻的风采——专访汪国真》配套出版；其他如中国友谊出版社出版的《汪国真诗文系列》（共九种），中国妇女出版社出版的《汪国真爱情诗卡》《汪国真抒情诗赏析》，以及各种汪氏格言短句小册子等层出不穷，还有中国歌坛于 1991 年 2 月推出的《青春时节——汪国真抒情歌系列之一》盒带，被《中国青年报》列为该月十盘优秀畅销磁带的第三名[3]……种种迹象表明，一种泡沫式的、趋于“轻”的时尚文化已经逐渐显形，一种新的终极构想、一种新的秩序重建却暂时被弃置一旁，虽然满怀企盼的理论家已预言“结束与开始”。

1 谢冕：《中国循环——结束或开始》，见《中国诗选》总 1 期，成都科技大学出版社 1994 年版，第 292、296 页。

2 王唯铭：《1991：POP 的胜利与悲哀》，见《“汪国真现象”备忘录》（袁幼鸣、李小非编），学林出版社 1992 年版，第 213 页。

3 以上数据参看宇慧《关于汪国真现象》，载“宇慧文学视界”网。

尽管从那时起，对“汪国真现象”就出现了评析[1]，有人指责他以“非诗”对大众文化的迎合，有人盛赞他的数量神话底下的市场意识，有人看到他走红的契机是90年代初“绝对的寂静和浑然无告”的精神悬空状态，他的诗文恰好充当了一种匆促、虚幻的替代品，等等。但是，通过回溯90年代的整体氛围，我感到不仅应从文化，而且更应从诗学的意义去理解这一现象。“汪国真现象”可被视为文化和诗学对“轻”（Lightness）双重误读的表征。特别是在诗学上，它所体现的“轻”与一种真正的“轻逸”（依据卡尔维诺 [I. Calvino] 作出的经典表述）相去甚远：“一个小说家如果不把日常俗务变作为某种无限探索的不可企及的对象，就难以用实例表现他关于轻的观念。”无疑，卡尔维诺的论述富于启示意义。在这位意大利作家眼里，《十日谈》里为摆脱纨绔子弟的挑衅而轻轻一跃的诗人卡瓦尔康蒂，是可予期待的理想形象：“如果让我为新世纪选择一个吉利的形象的话，那么，我要选择的就是：超脱了世界之沉重的哲学家诗人那机敏的骤然跳跃，这表明尽管他有体重却仍然具有轻逸的秘密，表明许多人认定的时代活力——喧嚣、攻击、纠缠不休和大喊大叫——都属于死亡的王国，恰如一个堆满锈迹斑斑破旧汽车的坟场。”[2] 也就是说，在90年代已越发显得“轻”（实则沉重）的语境里，汉语诗歌如何经由自身的内在探索，将“轻”发展为一种深入时代内部的锐利的思辨，似应成为当代诗学的一个命题。

1 例如《诗歌报月刊》1991年第7期的魏义民《“汪国真热”实在是历史的误会》等文，亦可参阅袁幼鸣、李小非编《“汪国真现象”备忘录》中的部分文章。

2 [意]卡尔维诺：《未来千年文学备忘录》（杨德友译），辽宁教育出版社1997年版，第8页。

四 “桥”标示的位置：重启旅程

1991 年，在海湾战争的迅速爆发与完结、苏联一夜之间解体等纷繁错杂的国际语境[1]，以及江淮地区遭受百年一遇的洪涝灾患的宏阔背景下，中国社会开始进入了前所未有的骚动不宁的状态：

1 那年的海湾战争影响颇巨，甚至波及个人的日常生活，例如王元化在一篇拉拉杂杂的《一九九一年回忆录》中，记叙了他在日本登飞机前被要求重新检查行李箱的情景，不无怨愤的语气：“当时虽然是海湾战争爆发的时候，但这样做总是不合理的。我又急又气，向机场检查员提出质问，他们不理睬，只是埋头在我那打开了的箱子里翻检什物。他们那么不慌不忙地细细察看，我真担心要是飞机马上起飞，我怎么来得及走完来时的那一段路程。”文见《学术界》2001 年第 2 期。

> 90 年代的钟声响彻在北京城的时候，细心的市民会发现这样的场景：街头“卖牛奶”的第一声叫卖，远比街心花园的老年迪斯科来得更早；而午间建筑工地“吭唷”声，又比舞厅“蓬嚓嚓”显得更欢；“叮叮叮”的门铃声，时常打搅你的午睡；手持各种证件的“灾民”，贸然闯进机关和住户，在困惑不解的主人面前，操起难懂的方言，顽强地推销自己或自己的产品。
>
> 后来的历史表明，这是表征中国社会出现转型的壮阔景观：
>
> 他们——过完春节的农民们，又整装出发了，背负各种梦想，以更汹涌澎湃的气势，再次向中国的各大城市进发，川军，皖军，豫军，鄂军……仿佛从天而降，汇成了强大的民工潮，这股富有勃勃生命力的大潮席卷而至，猛烈冲击各大城市的车站码头。这年开春，人们翻开报纸，打开电视，看到的都是类似的主题：郑州火车站，不堪重负；南京汽车站，人满为患；沿长江客运码头，民工如洪水般汹涌。[2]

2 《1991 年：游荡的茨冈》，见宋强、乔边等著《人民记忆 50 年》，甘肃人民出版社 1998 年版。

无可否认，一个新的时代急促地来临了，它急促得甚至让诗人们来不及调整思绪：诗歌如何再次卷入与“时代”的纠缠？在更早些时候，四川的一份民刊《象罔》第 2 期上，刊登了一篇翻译文章、美国诗人庞德（E. Pound）的《资本的谋杀》，该文被后来者认为“富有暗示性和预见性，提前注意到最猛烈的市场经济旋风即将刮来，中国诗人将面临更严峻的压力或放弃”。至此，诗歌的确真正地进入“一场诗学与社会学的内心争论”（耿占春语）中。此情此景就像一首诗里表述的：

突 然 间，一 切 变 得 真 实 起 来 了 ……

“真实”的正是当时，中国诗界沉寂与喧嚣并存。这多少意味着在 1991 年，当代诗歌内部的分歧已经初步确定：对应着诗人“上楼”与“下楼”不同走向的，是诗歌在面对重压时表现出的或超越或俯就（趋附）的观念和取向。这种诗学分歧，亦即在 90 年代末期被简化为所谓“知识分子”与“民间立场”之争的两股脉流，构成贯穿整个 90 年代的诗歌实质。但是，真正的“轻”的生成有其巨大基座。也是在这一年，长年居于西部的诗人昌耀在南方某城市游历一番后，在一则短文里写道：“重新开始我的旅行吧。我重新开始的旅行仍当是家园的寻找。…… 灵魂的渴求只有溺水者的感受可为比拟。我知道我寻找着的那个家园即便小如雀巢，那也是我的雀巢”（《91 年残稿》）。在作于同一年的著名诗章《冰湖坼裂 · 圣山 · 圣火》里，昌耀更有如是表述：

昌耀《冰湖坼裂 · 圣山 · 圣火》

冰 湖 坼 裂：那 是 巨 大 的 熔 融。
一 种 苏 醒 的 自 觉。
一 种 早 经 开 始 的 向 着 太 阳 的 倾 斜。
是 神 圣 的 可 敬 畏 的 日 子。

那种语词的自如、轻逸蕴藏着沉浑的力度，反衬了众多诗篇不堪一击之“轻”的苍白面影。昌耀的诗体现了一种“灵魂的渴求”，在他的诗里，始终闪现着一个“赶路”者的姿态，当那位“听候召唤：赶路”的旅人渐渐消失在晨曦中时，诗人未尝不曾敏锐地捕捉到他内心的尊崇与一丝犹疑：

昌耀《风景：涉水者》

可也无人察觉那个涉水的
男子，探步于河心的湍流，
忽有了一闪念的动摇。

在一篇写于 1991 年的文论中，陈超将昌耀式的“灵魂的渴求”描述为“从生命源始到天空的旅程”：“我在巨冰倾斜的大地上行走。阳光从广阔遥远的天空垂直洞彻在我的身体上。而它在冰凌中的反光，有如一束束尖锐的、刻意缩小的闪电，面对寒冷和疲竭，展开它火焰的卷宗。在这烈火和冰凌轮回的生命旅程中，我深入伟大纯正的诗歌，它是一座突兀的架设至天空的桥梁，让我的脚趾紧紧扣住我的母语，向上攀登”[1]。“桥梁”在此构成了关于空间的隐喻，它身上集结着“向上”与“向下”的争执：“从生命的源始到天空的旅程，就建置在不是‘向前’而是‘向上’的诗歌‘桥梁’上”，“在危险的生存向‘下’的黑色涡流里，诗歌就充任了向‘上’拔的力量”。为了强化这一隐喻给人的印象，陈超引述美国诗人哈特·克兰（Hart Crane）的《桥》作为例证：

1 陈超：《从生命源始到天空的旅程》，见《生命诗学论稿》，河北教育出版社 1994 年版，第 2 页以下。

哈特·克兰《桥》

而你，飞逾海峡，银色的步武
太阳仿佛跟随你走动
你的脚步却留下一些运动没有开启
——你的自由暗中把你留住！

"桥"的形象再一次凸显了"楼梯"所标划的风景。它让人想到卡夫卡（F. Kafka）那令人惊悚的描绘："桥在翻身！我尚未完全转过来就崩塌了，我往下坠落，裂成碎块，跌进那些在哗哗流水中始终平静地注视着我的锐利的岩石中。"[1] 在"桥"延伸的某一端，通向的是整个20世纪中国新诗的秘境：

1 ［奥］卡夫卡：《桥》，见《卡夫卡随笔集》（叶廷芳编，黎奇等译），海天出版社1993年版，第104页。

卞之琳《圆宝盒》

虽 然 你 们 的 握 手
是 桥 —— 是 桥 ！ 可 是 桥
也 搭 在 我 的 圆 宝 盒 里

在"桥"搭建的"圆宝盒"里，蕴含着多少关于诗艺本身的思索和探寻呢：

骆一禾《桥》

在 就 是 语 言 ，它 们 一 同 迫 降
而 诗 人 走 过 了 很 多 桥 梁

不过，另一方面，这种诗艺的思索和探寻，由于"桥"的特殊位置和现代诗人"站在桥上看风景"（卞之琳《断章》）的姿势，而仍然面临坚持与放弃的两难[2]。

2 详细参阅程光炜的论述："'站在桥上'似乎一开始就确定了中国现代知识者的历史位置和阶层特征。'在桥上'而非在桥下，不止意味着同对象物之间的审美距离，而且隐喻着同社会历史的一种基本关系：即他们不是在低谷里，而是位居于历史的山坡之上。……然而，到了《慰劳信集》，知识者的卞之琳却将角色倒换了过来：即你们在桥上，我们应该在桥下。"见程光炜《走不出的"克里斯玛"之谜——论卞之琳、何其芳和艾青四十年代的创作心态》，《中国诗选》总1期，成都科技大学出版社1994年版，第474页。

陈超无疑极为看重骆一禾"触及肝脏的诗句"（《修远》），基于他所理解的"灵魂的渴求"的意涵，陈超断言，"如何保持汉语诗歌的锐利和纯洁，正义和尊严，在局部的形式上的努力只能是第二义的问题"[3]。在这里，陈超的论述重又提出了诗歌的"形式"功能的老问题，就是形式探索和"灵魂的渴求"谁是第一义、谁是第二义，抑或二者能否及如何并行不悖的问题。在新诗历史的很多时刻，

3 见陈超《生命诗学论稿》，第5页。

形式探索的确被迫让位于其他而成为“第二义”的。对于这一点，马尔库塞（H. Marcuse）的“形式的专制”[1]（在他看来，“形式的专制是指作品中压倒一切的必然趋势，它要求任何线条、任何音响都是不可替代的”）的说法也许会带来某种启迪：“摈弃审美形式就是放弃责任，它使艺术丧失掉形式本身，而艺术正是依赖此形式，在现存现实中创造出另外一个现实，即希望的宏大世界”[2]。这其实关涉诗歌作为一门艺术的本性，它究竟是史蒂文斯（W. Stevens）所认定的“以内在的暴力抵御外在的暴力”，还是别的什么。

有目共睹的是，自 1990 年代初以来，中国诗人为丰富自身诗艺作出了不懈的努力，其中重要的是逐步排除一些似是而非的观念的干扰，让诗歌真正获具“介入”或穿越现实的能力。不过，值得注意的现象是，随着网络对文学及诗歌传播乃至写作的渗透，本已喧哗不止的诗界更是众声鼎沸，那些显示“轻”的文字表演有增无减。在一些诗人那里，90 年代初“上楼”“下楼”的紧迫感似乎消除了。但是毫无疑问，对这一两难选择的避视并不表示，它作为话题在新世纪的诗歌写作中已然消失。

1 [美]赫伯特·马尔库塞：《审美之维》（李小兵译），生活·读书·新知三联书店 1989 年版，第 235 页及以下。

2 《审美之维》，第 242 页。

第九章

重叠　或背离的镜像——理论倡议、叙述与新诗的形塑

一　　理论倡议的效应

如果俄国形式主义者所说的“陌生化”，的确是一种新的诗歌出现的动力和依据；如果美国理论家布鲁姆（H. Bloom）喜欢引用的克尔凯戈尔（S. Kierkegaard）的名言“愿意工作的人将生下他自己的父亲”，确实是诗歌领域的一条法则——那么，周作人在1920年代的某些言论和举动，似乎恰好体现了这一点。

周作人是五四新文化运动的领军人物之一，但他对由这场运动所催生的新诗是不满足的，甚至可以说他对初期新诗的不思进取产生了深深的失望，这种意绪在他写于1921年的一篇短文里有所流露：

> 现在的新诗坛，真可以说消沉极了。几个老诗人不知怎的都像晚秋的蝉一样，不大作声，而且叫时声音也很微弱，仿佛在表明盛时过去，艺术生活的弹丸，已经向着老衰之坂了。新进诗人，也不见得有人出来。……诗的改造，到现在实在只能说到了一半，语体诗的真正长处，还不曾有人将他完全的表示出来，因此根基并不十分稳固。[1]

几年后，周作人借为刘半农的诗集《扬鞭集》作序之机，更是明确地提出：

> 中国的文学革命是古典主义（不是拟古主义）的影响，一切作品都像是一个玻璃球，晶莹透澈得太厉害了，没有一点儿朦胧，因此也似乎缺少了一种余香与回味。正当的道路恐怕还是浪漫主义，——凡诗差不多无不是浪漫主义的，而象征实在是其精意。这是外国的新潮流，同时也是中国的旧手法，新诗如往这一路去，融合便可成功，真正

1　周作人：《新诗》，见《周作人批评文集》，珠海出版社1998年版，第99页。

的中国新诗也就可以产生出来了。[1]

在周作人看来，初期新诗不但没有展现“语体诗的真正长处”，反而落了个浅白无味的弊端；另一方面，新诗虽说得力于异域诗学的滋养，但在对后者的借鉴中并未得其要领。于是，他对“象征”表示出浓厚的兴趣，期待它的“朦胧”能够增加新诗的“余香与回味”。对于周作人来说，“象征”正是新诗的“陌生化”，这一偏好自有其来源：早在他自己的诗作《小河》（1919）完成时，周作人就在该诗的小序里提到了法国象征派诗人波德莱尔；两年后，他在《三个文学家的纪念》一文里称赞波氏诗中病态的美实在是“贝类中的真珠”，次年他译出波氏的两首诗作，其中《窗》是波氏诗歌中译的首例；他译的果尔蒙《死叶》（1920）也是法国象征派诗歌的最早中文译作，后来他将果尔蒙《西蒙尼》十一首作品全部译出。[2] 大概正是抱着某种不满足和期待的心理，当1923年的某一天周作人收到远在他乡的李金发的两部诗稿时，竟有相见恨晚之感，立即推荐出版。值得一提的是，在周作人写《〈扬鞭集〉序》的1926年，穆木天的《谭诗》、王独清的《再谭诗》以及闻一多的《诗的格律》、徐志摩的《诗刊弁言》《诗刊放假》等文章不约而同地相继出现，均倡言对初期新诗实行变革——这些，显然绝非偶然。

上述情景，构成了早期新诗谋求新变与李金发诗歌之遇合，从而促成中国象征主义诗歌出现的基本内容，因而也被确定为1920年代中期新诗发生转型的历史情势。这一历史情势的某些细节，在多年后李金发本人的回忆中得到了展示：

1 周作人：《〈扬鞭集〉序》，见《周作人批评文集》，第223页。

2 参阅孙玉石《中国初期象征派诗歌研究》，北京大学出版社1983年版，第54页以下；金丝燕《文学接受与文化过滤》，中国人民大学出版社1994年版，第112页以下。

> ……不知不觉已积了许多诗稿，自己很有信心，写得比康白情的“草儿在前牛儿在后”好，也比胡适的“牛油面包真新鲜，家乡茶叶不费钱”较有含蓄，较有内容，竟毛遂自荐，直接写给当时五四运动的老前辈周作人，他看了很能赏识，即将《微雨》编为新潮社丛书……[1]

这段回忆透露的几点信息是值得寻索的：其一，李金发自信其写作已超越了初期新诗人胡适、康白情等的写作，暗示它们将契合当时处于“无治状态”的中国新诗界的变革期待[2]；其二，李金发自认的其诗作的特性（“较有含蓄，较有内容”），算是开了一时风气之先，稍后的穆木天、王独清等对此都有系统的阐发；其三，李诗之进入新诗界，与周作人的大力推介不无关系，后者恰好充任了李诗与1920年代中期新诗界的结合点。

没有人会忽视周作人的举荐对于李金发之出场的意义。按照布鲁姆的说法，“一部诗的历史就是诗人中的强者为了廓清自己的想象空间而相互‘误读’对方的诗的历史”[3]。倘若对布鲁姆的言下之意稍加延伸，我们不难发现诗歌历史上一个堪称普遍的程式：诗人们为了反叛固有的诗歌秩序、探求一种新的写作方式，总是会找到合适的先驱并将之楷模化，从而获得自身理论与实践的“合法性”。在此，不必从中外诗歌史中为周作人之推举李金发找出一些不恰当的类比（例如艾略特 [T. S. Eliot] 对17世纪“玄学派”诗人的“发掘”与阐释），其实在周作人那里，并不需要煞费苦心地“生出”一个“自己的父亲”，因为他心目中那种写作的践行者（也许并非完全称心）已在“不经意间”闯入自己

1 《李金发回忆录》（陈厚诚编），东方出版中心1998年版，第56页。

2 《微雨》出版后，评论者即多从新诗界的状况出发讨论它的可能意义，例如钟敬文说：“像这样新奇怪丽的歌声，在冷漠到了零度的文艺界，怎不叫人顿起很深的注意呢？”（《李金发底诗》）；黄参岛的《〈微雨〉及其作者》里也有相似表述。这是被后来研究者一再提及的两篇文章，黄参岛概括的“对于生命欲揶揄的神秘，及悲哀的美丽”为朱自清所认可，被引述在《中国新文学大系·诗集·导言》里。

3 [美]哈罗德·布鲁姆：《影响的焦虑》（徐文博译），生活·读书·新知三联书店1989年版，第3页。

的视野，他所要做的不过是把这位践行者纳入自己的理论说明之中。李金发首部诗集《微雨》面世之际，在周作人参与编辑的《语丝》上就有广告，称赞“其体裁，风格，情调，都与现实流行的诗不同，是诗界中别开生面之作”[1]；随着更多的评论者的介入，李金发被冠以“国中诗界的晨星”、“东方之鲍特莱”等名号，引来了一批模仿者[2]。

1 根据李金发的回忆，周作人热情洋溢的复信中也有“别开生面”等语。参阅《中国初期象征派诗歌研究》，第64、69页。

2 侯汝华、胡也频、石民等是其中的佼佼者；李金发在为侯汝华诗集《单峰驼》作序时，颇为自得地认为侯诗“全充满我的诗的气息”。参阅《中国初期象征派诗歌研究》，第149页。

在一定意义上，李金发只是象征主义诗歌的一位并不自觉的实践者，虽然后来他也有过零星的理论表述[3]，但真正具有自觉理论意识的还是穆木天、王独清等人。也许出于对新诗界的隔膜，李金发在时隔多年后回忆说，“还有穆木天，王独清，亦发表了不少作品，惜乎我们没有联络，没有互相标榜，否则可以造成一次更有声有色的运动”[4]。事实上，他没有注意到，穆木天的《谭诗》和王独清的《再谭诗》（堪称中国象征主义诗歌理论的两份经典文献）彼此唱和，已经与周作人对“象征”的推崇及他本人的写作实践形成一种共振，一齐推动了“象征”之风在新诗界的蔓延，造就了一场声势不小的“运动”。

虽然，中国象征主义诗歌在1920年代中期兴起的背景和实际过程，比此处描述的情景也许要复杂得多，但是，从周作人对李金发的举荐到穆木天、王独清等的唱和，显示的正是贯穿整个新诗进程的一个基本事实：理论倡议之于新诗写作的导向作用。可以发现，以胡适当年被奉为“金科玉律”的《谈新诗》（1919）为起端，理论表述与写作实践的如影随形就成为新诗发展的重要特征之一。新诗在每一阶段历经的迁变，无不伴随着激烈的理论声辩、诠释或

3 参阅吴思敬《李金发与中国象征主义诗学》，《首都师范大学学报》2003年第1期。

4 《李金发回忆录》，第58页。

总结，有时甚至出现理论声音压倒、取代写作实践的情形。且不说穆木天的《谭诗》、王独清的《再谭诗》、袁可嘉的《新诗现代化》《新诗现代化的再分析》(1947) 等已经具备体系的论文，即便像叶公超的《论新诗》(1937)、金克木的《论中国新诗的新途径》(1936) 这样偶一为之的文章，也都不是无足轻重的孤零零的理论表述，而是与当时的写作实践有着紧密的关联。及至 1980 年代以后，理论倡议之声更是此起彼伏了。

二　写作实践对理论的偏移

理论倡议无疑对一定时期的诗歌风习、诗艺趋向产生了很大影响，倡议者往往根据自己的审美趣味，通过扬此抑彼的理论表述来引导某种写作潮流。譬如，在新诗初期，胡适以他一贯的"白话"诗观认为："诗固有浅深，倒也不全在露与不露。李商隐一派的诗，吴文英一派的词，可谓深藏不露了，然而究竟遮不住他们的浅薄"[1]；他的倡导得到康白情等人的响应，由此掀起了一股追求平白如话的"白话"诗潮，以至于"收入了白话，放走了诗魂"（梁实秋语）。然而，数年后诗歌风气逆转，废名针锋相对地提出："胡适之先生所认为反动派'温李'的诗，倒似乎有我们今日新诗的趋势"，"我的意思不是把李商隐的诗同温庭筠的词算作新诗的前例，我只是推想这一派的诗词存在的根据或者正有我们今日白话新诗发展的根据了"[2]。这番话，恰好成为1930年代"现代派"诗人进行诗学探索的一个注脚。这种各执一词的理论"分歧"情形，在新诗历史上实属常见。

不过，另一方面，理论倡议并非总是产生倡导者所期待的效应，有时甚至收效甚微。在某种理想化的理论表述和具体的写作实践之间，常常会出现较大的偏移，导致实践的成果与理论的构想大相径庭。作为中国象征主义诗歌理论的系统表述，穆木天的《谭诗》所向往的"纯诗"相当精妙，他要求"诗是数学的而又音乐的东西"，"喜欢用烟丝，用铜丝织的诗"，认为"诗要兼造型与音乐之美。在人们神经上振动的可见而不可见可感而不可感的旋律的波，浓雾中若听见若听不见的远远的声音，夕暮里若飘动若不动

1 胡适：《〈蕙的风〉序》，见《中国新诗集序跋选》（陈绍伟编），湖南文艺出版社1986年版，第88页。

2 冯文炳（废名）：《谈新诗》，人民文学出版社1984年版，第27、28页。同一时期，郑振铎在写《插图本中国文学史》时，也给予温、李极高的评价："我们的抒情诗的一体，所谓'词'者，其在五代与宋之间的造就，无疑的乃是我们的诗史里的伟大的一个成就。而温、李却是他们的'开天辟地'的盘古、女娲！"见该著上册，北京出版社1999年版，第398页。

的淡淡光线，若讲出若讲不出的情肠才是诗的世界"；他忍不住设想：

> 我忽的想作一个月光曲，用一种印象的写法，表现月光的运动与心的交响乐。我想表漫漫射在空间的月光波的振动，与草原林木水沟农田房屋的浮动的调和及水声风声的响动的振漾，特在轻轻的纱云中的月的运动的律的幻影。[1]

可是，穆木天本人和他的同道们的写作实践，却无力达到其所畅想的那般"玄妙"。仅以穆木天的代表作《苍白的钟声》为例，作者意在通过叠词、拟声等手段，传达出与"苍白的钟声"相宜的特殊效果，其实并不尽如人意：

1 穆木天：《谭诗——寄沫若的一封信》，原载《创造月刊》第1卷第1期（1926年），见《穆木天文学评论选集》，北京师范大学出版社2000年版，第135页以下。

穆木天《苍白的钟声》

苍白的　钟声　衰腐的　朦胧
疏散　玲珑　荒凉的　濛濛的　谷中
—— 衰草　千重　万重 ——
听　永远的　荒唐的　古钟
听　千声　万声

古钟　飘散　在水波之皎皎
古钟　飘散　在灰绿的　白杨之梢
古钟　飘散　在风声之萧萧
—— 月影　逍遥　逍遥 ——
古钟　飘散　在白云之飘飘

这里除了音节间的"苍白"的回响外，似乎没有给读者带来更多的"振漾"；即使就"旋律"而言，太多生硬的词语组合和脚韵也令人难以领略其"音乐之美"。个中的原因，大概在于王独清所说的"中国底语言文字，特别是中国这种单音的语言与构造不细密的文字"；所以，王独清也意识到了理想与现实之间的可能罅隙:“这类作法实在不是一回容易事,稍一粗糙,便成了不伦不类的东西”。[1] 在这一意义上,后人指出的“象征诗派之于中国现代主义诗歌乃至整个新诗史其主要贡献在于艺术法则而不是艺术成就”[2],是不无道理的。

1 王独清:《再谭诗——寄给木天、伯奇》,原载《创造月刊》第1卷第1期(1926年),见《中国现代诗论》上编(杨匡汉、刘福春编),花城出版社1985年版,第104—105页。

与此极其相似的例子是1980年代的“非非”诗派。作为一个内部艺术取向并不一致的诗歌群体,“非非”诗派的影响力无疑更多地来自理论表述。这个诗派的理论代言人周伦佑、蓝马相继推出《反价值》《变构:当代艺术启示录》《前文化导言》《非非主义诗歌方法》等颇具体系的长篇论文,提出了三大“还原”(即感觉还原、意识还原、语言还原),语言的非两值定向化、非抽象化、非确定化,以及“前文化”、“超语义”、“反价值”和“语晕”等概念。周伦佑后来在回顾“非非”诗派的理论倡议时,曾有几分自信地说:“‘非非’对理论的重视是基于中国新诗理论的缺乏,以及‘朦胧诗’自身的理论不足。我们受固于转述成风和‘寻根’初热的理论氛围中,立志创立中国本土的,独立于世界文化思潮的当代诗学和价值理论。”[3] 但他的这番自我判定并未得到认同。比如,徐敬亚在“非非”出现之初就敏锐地意识到,后者的理论仅仅是“一种战略的目光”,“他们显然缺少对清晰的创作原则的兴趣。而布道式的宣言,又将这种不清晰的体会,表达得更加神秘。……他们的文章不仅仅是诗歌理论文章,也是文艺理论文章、哲学文章、玄学文章。所以对很多写诗的青年来说,它们很可能是一个比太阳还遥远,比太阳的直径还大的美丽光环”[4]。人们很快发现了“非非”们的“超语义”、“还原”理论的“悖论和困境”:“当诗人们以反叛的姿态背叛语言的时候,他仍要呈现另一种语言状态;当他反叛语义、超

2 王毅:《中国现代主义诗歌史论》,西南师范大学出版社1998年版,第59页。

3 周伦佑:《异端之美的呈现》,《诗探索》1994年第2辑。

4 徐敬亚:《圭臬之死(下篇)》,见《崛起的诗群》,同济大学出版社1989年版,第189页。

越语义的时候，他的语言却又无法摆脱另一种语义；当他决定反理性的时候，他的诗歌却又极具理性……因而，迄今为止，'前文化还原'也只能是一种美妙的幻觉而已。"[1]不能不说，"'非非'的构想基本上只能停留在理论假想这一层面，'非非'诗人实际上没有也不可能提供出名实相符的作品，他们的诗作往往于'非非'理论相去甚远"[2]；甚至有人认为："'非非'的理论建构显得过于辉煌，而创作又显得那么疲弱、无力，这就构成了极大的反差，使人们对其终极目标不免产生怀疑"[3]。

尽管周伦佑对此作出辩解："某些批评家以非非'理论的辉煌'而降低非非诗歌作品的贡献，却是片面的和不公允的"，并指明了"非非"诗歌作品的开拓性（如他自己的《自由方块》《头像》的解构性写作、杨黎《街景》《高处》的物化描述性写作、蓝马《世的界》的超语义写作等）[4]，但仍然不能消除人们心目中如此印象："'凌空虚蹈'的理论和口号，让'非非'诗人付出了'理论先行'而'创作滞后'的沉重代价。"[5] 或许，"非非"们陷入的正是这样的窘境："当他潜心设计理论时，他淡忘了他的诗，而当他埋头于他的诗时，他又忘了他的理论设计的有关条例。"[6] "非非"们试图建造一座在语言内部抵制语言、运用语义来超越语义的理论大厦，而这一宏大构想在付诸实践时即面临着自我瓦解：

蓝马《世的界》

水 与 水 一 位 一 体
手 与 水 二 位 一 体
走 船
走 水
走 鸽 子

1 吴开晋等著《新时期诗潮论》，济南出版社 1991 年版，第 234 页。

2 李振声：《季节轮换》，学林出版社 1996 年版，第 72 页。

3 吴开晋等著《新时期诗潮论》，第 234 页。

4 周伦佑：《异端之美的呈现》，《诗探索》1994 年第 2 辑。

5 程光炜：《中国当代诗歌史》，中国人民大学出版社 2003 年版，第 303 页。

6 李振声：《季节轮换》，第 71 页。

这种支离破碎大概正是“非非”们追求的；作为精心营构的文本，诸如此类的书写也许隐隐透露出另外方面的意味[1]，但它们无法印证那些玄妙的“语晕”理论。

事实上，在新诗的历史进程中，除部分理论倡议具有一定的建构意义外，还有很多理论言述仅仅是策略性的。一些诗人和理论家往往以惊世骇俗的口吻，以十分极端的姿态，亮出他们极具破坏性和颠覆性的观点。在很大程度上，他们看重的不是理论本身（严密、适用）而是其“效应”：倘若那些夸张的众声喧哗的口号、宣言，相互矛盾而不乏真知灼见的陈述，激起了人们的震惊或愤怒，反对或追捧，困惑或诋毁，那么这恰好是他们所需要的。这尤其体现在1980年代中期“诗群大展”的众多宣言中。另一方面，对于某些好喋喋不休的诗人而言，他们蓬勃的理论表达欲望主要源于“诗歌写作的‘晦涩难懂’所导致的阅读、批评的‘失效’”和“对一般的读者和批评家的不信任”，以及“时间上的焦虑”所催生的“强烈的‘文学史意识’”[2]。因此，在某些含混的、似是而非的理论表达中，其实包含了通过理论言述重新构造历史的冲动。

1 诗人柏桦如此诠释《世的界》的意义：“破坏世界的基础形容词、破坏世界的结构动词、破坏世界的元素名词、破坏世界的绵延和场所数词、副词、度量词，总之破坏世界一切的语言制度，破坏所有对语言的记忆制度，从这些制度中把一切解放出来，解放从‘世的界’开始，世界不再是世界而是‘世的界’，这个小小的‘的’字在此起到了一个革命性的作用，世界的面貌由此改观。”见柏桦《非非主义的终结》，《中国诗歌》1996年第1期，第369—370页。

2 洪子诚、刘登翰：《中国当代新诗史》（修订版），北京大学出版社2005年版，第249页。

三　错位：在历史与叙述之间

在中国象征主义诗歌兴起的情景中，另一个饶有兴味的事实是：尽管周作人依照自己的愿望向诗界举荐了李金发，李的"象征"之作也的确产生了反响，但是在李金发生前身后的数十年间，关于他的成就和地位的判定一直是充满争议的。显然，令评论者感到困惑的不仅在于："李金发，是以他的诗名而留在新文学史上的，但是，在他一生七十六个年头里，狂热于新诗创作，为时不过一年多"[1]；而且更在于，究竟哪些力量导致了李金发的备受争议（包括他自身的某些因素）？其间隐含着怎样的诗学秘密或历史逻辑？后面的疑惑恰恰更加值得追问。可以说，迄今为止，"李金发是谁"这一问题似乎仍然显得晦暗不明。此处关涉的便是理论评价、叙述和总结的问题。

其实，询问"李金发是谁"就是探询李金发之何以成为李金发。虽然在1980年代对于李金发的一片"重估"声中曾有如此说法："中国话不大会说，不大会表达，文言书也读了一点，杂七杂八，语言的纯洁性没有了。引进象征派，他有功，败坏语言，他是罪魁祸首。"[2] 但李金发之被尊为中国象征主义诗歌先驱的形象并未遭到动摇。李金发的这一形象早在1930年代即已经确立，这除了有赖于周作人的举荐，同代的钟敬文、黄参岛、苏雪林等的评介，以及李金发本人的陈述而外，还有一个相当关键的因素——作为文学史家的朱自清的定性与定位。无疑，一位诗人何以成其自身——他的位置和形象的确立——并非自然而然地完成的，而是各种条件和多重因素共同作用的结果。

朱自清对李金发的定性与定位，主要体现在他的两部重要著述中：其一是1929年编写的《中国新文学研究纲要》，

1 周良沛：《"诗怪"李金发》，见《李金发诗集》，四川文艺出版社1987年版，第4页。

2 孙席珍语，引自周良沛《"诗怪"李金发》，见《李金发诗集》，第10页。

在这部"最早用历史总结的态度来系统研究新文学的成果"（王瑶语）的著作里，朱自清辟专节剖析李金发诗歌的特点，足见其重视的程度[1]；另一是1935年为《中国新文学大系·诗集》所写的导言。近年来，《中国新文学大系》对现代文学学科建制、知识秩序所产生的深远影响，渐渐受到关注。[2] 众所周知，正是在《中国新文学大系·诗集·导言》的结尾处，朱自清"钦定"般地提出："若要强立名目，这十年来的诗坛就不妨分为三派：自由诗派，格律诗派，象征诗派"[3]；他在随后的《新诗的进步》一文里强化了这一划分，并赞同一位朋友所说的"这三派一派比一派强，是在进步着的"，给予象征诗派的"远取譬"方法很高的评价[4]。也正是在这样的叙述框架下，朱自清沿用苏雪林的说法（他在"大系"的《诗话》里介绍李金发时，征引了苏雪林的"近代中国象征诗至李氏而始有"等观点），将李金发指认为新诗中引入象征的"第一个人"，从而凸显了李的诗歌史地位。他关于诗派的划分和对李金发的论析，多为后来的评论者所承袭。

不过，越来越多的研究者倾向于把对李金发的文学史定位和文本分析区分开来。例如，有论者针对长期以来在李金发评价问题上的争执不休，认为："只要认真研读一下李金发的文本，争论便可休矣，诗怪之谜的形成，很大程度上在于脱离文本和空洞评说。非文学力量制造了这一现象，却让文学承受其后果，这并不公平。"[5] 实际上，文学史定位和文本分析之间的分歧似乎永无休止之日，既然它们提供了两套相互冲突的评价方式与标准。[6] 而对于聚讼纷纭

1 见《朱自清全集》第8卷，江苏教育出版社1993年版，第93—94页。正如有论者指出："这是继周作人之后对李金发诗歌做出的准确而完整的评价，确认了李金发诗歌的文学史意义。"见王本朝《中国现代文学制度研究》，西南师范大学出版社2002年版，第190页。

2 参阅温儒敏《论〈中国新文学大系〉的学科史价值》，《文学评论》2001年第3期；刘禾《〈中国新文学大系〉的制作》，见《跨语际实践》，生活·读书·新知三联书店2002年版，第309—341页；罗岗《解释历史的力量——现代"文学"的确立与〈中国新文学大系（1917—1927）〉的出版》，《开放时代》2001年第5期。关于现代文学学科建制，可参阅温儒敏等著《中国现当代文学学科概要》，北京大学出版社2005年版。

3 朱自清：《中国新文学大系·诗集·导言》，上海文艺出版社1981年影印本，第8页。

4 朱自清：《新诗杂话》，生活·读书·新知三联书店1984年版，第7页以下。

5 张同道：《探险的风旗》，安徽教育出版社1998年版，第146页。

6 [德]瑙曼：《作品与文学史》，见瑙曼等著《作品、文学史与读者》（范大灿编），文化艺术出版社1997年版，第180页及以下。

的中国新诗来说，这种分歧显得格外普遍和强烈，在李金发之外还可举出很多诗人。需要辨析的恰恰是，文学（诗歌）史作为一种建构知识秩序和历史“效应”之重要手段的实质——从某个角度来说，一部文学史可被视为一种理论倡议的扩展和延伸，即一种经过强化后的观念的集中突现，它往往是倚靠“话语”的力量得以实现的。借用美国学者海登·怀特（Hayden White）的表述，“‘历史’只有通过语言才接触得到，我们的历史经验与我们的历史话语是分不开的，这种话语在作为‘历史’被消化之前必须书写出来，因此，历史书写本身有多少种不同的话语，就有多少种历史经验”[1]。在此意义上，对一位诗人所作的文学史定位，就成了一种“话语”支配下的产物。文学（诗歌）史的这一特性及其所显示的意向、功能，与对一件具体作品的文本分析殊为不同。

作为一部较为系统的文学史著作，朱自清《中国新文学研究纲要》体现的正是上述功能，其对早期新诗所作的浓墨重彩的梳理，无疑潜藏着一定的理论申辩和建构秩序的深意。王瑶充分体会到了这一点，曾如此解释道：“在《纲要》‘各论’的五章中，我们可以看到论‘诗’的一章最为丰富，这一方面是因为朱先生自己是诗人，他一向关注新诗的成长……另一方面，新诗在五四文学革命中是首先结有创作果实的部门，争议最多，受到的压力也最大；而且由于受到不同的外国诗的影响，风格流派也最多，因此在总结它的发展过程时，自然就需要更多的笔墨了。”[2] 也许，相对于后来众多文学史和新诗史著述而言，《中国新文学研究纲要》算不上十分典型。但朱自清在此著中确立的论述框架，连同他在《中国新文学大系·诗集·导言》里进行的诗派划分，以及在《新诗杂话》里展开的大量“解诗”实践，都在很大程度上具有“范式”的意义，其深刻影响是不容低估的。

1 ［美］海登·怀特：《后现代历史叙事学》（陈永国译），中国社会科学出版社 2003 年版，第 292 页。

2 王瑶：《先驱者的足迹》，见《朱自清全集》第 8 卷，第 130 页。

显然，文学（诗歌）史造成了双重后果：一方面，它将众多诗人、作品、现象、事件等，按照一定的方式进行排列、组合，试图建立某种可以把捉的逻辑秩序，构筑一幅便于观察的发展图景[1]；另一方面，它对细节的省略和对结论的强调，致使它抹掉了其间的丰富与驳杂，从而丧失历史的具体生动性。对于新诗而言，文学（诗歌）史带来的致命“危险”是：人们对新诗的了解和理解，很容易建基于一些教科书式（程式化）的“说法”之上并受制于后者；种种关于新诗的泛泛而谈的批评、人云亦云的议论，不仅给予接受者某些似是而非的印象或影像，而且导致他们头脑里滋生某种“先见”乃至偏见——那些“自明”的就新诗评价问题作出的判断甚至指责，便由此而出现。

1 在此意义上，诗歌选本具有相似的效力，人们显然十分清楚：“经典，一如所有的文化产物，从不是一种对被认为或据称是最好的作品的单纯选择；更确切地说，它是那些看上去能最好地传达与维系占主导地位的社会秩序的特定的语言产品的体制化”（美国学者 A. Krupat 语，引自余宝琳《诗歌的定位——早期中国文学的选集与经典》，见乐黛云、陈珏编选《北美中国古典文学研究名家十年文选》，江苏人民出版社 1996 年版，第 276 页）。朱自清编选的《中国新文学大系 · 诗集》即是显著的一例；1990 年代末几部诗歌选本引发的争论，也说明了这一点，这里不拟展开讨论。相关的论述可参阅姜涛《“新诗集”与中国新诗的发生》第六章第三节“选本中的新诗想象：对‘分类’的扬弃”，北京大学出版社 2005 年版。此外，各种“年表”、“大事记”的撰写，同样担当了一定的文学史功能，兹不赘述。

由于强烈的理论导向作用，更由于鲜明的“话语”特性，文学（诗歌）史中无处不在的叙述因素逐渐引起了关注。人们意识到，“所有的历史叙述都是后设性的，历史因为我们的现实需要被不断地重新叙述，这正是历史的意义所在”[2]。在考察 1990 年代以来的诗歌状况时，姜涛敏锐地发现：“在某种意义上，当代诗歌写作的历史进程是伴随着对其自身的叙述和命名展开的”；他认为“必须警惕的是，历史叙述积极的建构作用有可能演变为一种潜在的叙述圈套，其危险性正是源自其有效性”，而这一切源于“历史叙述的情节效果”。[3] 这里，谈及“历史叙述的情节效果”，意味着历史书写的确具有海登 · 怀特所说的“虚构”（Fiction）性质。新诗的历史形象（“盛”或“衰”、“丰富”或“贫瘠”、“成型”或“不成型”等等），不是其本身如何，

2 李杨：《文学分期中的知识谱系学问题》，《文学评论》2003 年第 5 期。

3 姜涛：《叙述中的当代诗歌》，《诗探索》1998 年第 2 辑。

而是更多地取决于叙述者观念的取向、眼界的高低、个人的心性乃至叙述语气的微妙变化。正如洪子诚指出:“我们关于历史的叙述,其实是在不断修改,总是处在很不稳定的状态之中……历史叙述的变化,它的巨大的不稳定,不仅是评价上的不同,而且有历史事实、历史细节的不断更易。”[1] 往往,历史的“删除”行为是借助于叙述来完成的,通过叙述的有意回避或凸显,一批诗人既从现实里消失,又在历史的线索中被抹去,另一批诗人则被推到了前台(最典型的是50年代对新诗历史的“重述”)。这样,一部文学(诗歌)史的建构——其对历史的叙述(叙述什么、怎样叙述),不仅涉及一般的文学(诗歌)观念和叙述视角[2],而且与进行叙述或书写的语言(话语)有关,也就是究竟采用什么样的语言来叙述历史。

1 洪子诚:《问题与方法:中国当代文学史研究讲稿》,生活·读书·新知三联书店2002年版,第21页。

2 孙玉石曾将历史叙述区分为史述、史论、史臆三个层次,详见他的《以问题穿越历史 以冷峻审视过程》(王光明:《现代汉诗的百年演变》“序二”,河北人民出版社2003年版)。

然而,“采用什么样的语言”并非一件随心所欲的事情,其间存在着“能不能够”采用某种语言和在何种“程度”上采用“这样的”语言的问题。“能不能够”具有主、客观方面的二重意蕴,既提示叙述者是否获得了采用某种语言的能力,又表明他是否被“允许”采用某种语言(要知道,一种语言的运用不免受制于一定的情境,俗话说“在什么山上唱什么歌”)。同时,一旦选择了一种语言,在何种“程度”(向度、范围、语气)上运用它,也会有微妙的差别。因此,文学(诗歌)史所体现的限制是双重的:一是叙述造成的胁迫,一是叙述者本身受到的压力。由于“采用什么样的语言”的限度,加上语义的生成随着语境变化而具有迁移性,对历史的叙述总是充满了陷阱。诗歌历史的叙述似乎尤其如此。

在谈论新诗时,一种颇能引起共鸣的看法是,所有新文学文类中，新诗最为“命运多舛”（冯至语）。就新诗历史的书写而言，其复杂性始终在于，“新诗”这一概念既是本体性的，又是历史性的。这就是说，写作新诗历史既要回答“是什么”的问题，又要回答“如何成为”的问题。这也许是一而二、二而一的问题：新诗是如何成为（是）如此这般的。不过，深究起来，“是什么”和“如何成为”还是有着侧重点的不同，毕竟本体性与历史性——或者质言之，理想与现实——之间存在着差异：本体性表明关于新诗的讨论偏重诗学理念的建构与探讨，其出发点是新诗作为一种诗体本身之“应然”；历史性则表明讨论着眼于考察新诗历时性的诗学累积，其重点在新诗进展的过程或新诗之“已然”。当然，所有的文类史写作都会面临本体和历史的纠缠，但新诗的文体期待（相对于一直处于强势的古典诗歌）和美学沉积（语言、体式、音律等）的特殊，致使这种纠缠更加复杂。[1]

1 新诗史写作无疑会受到其他文类史写作的影响、渗透，尤其当新诗被置于一般文学史进行论述时；同时，新诗史写作与“二十世纪中国文学”、“重写文学史”、“反思现代性”等的关系也值得探讨。另一方面，探求文体的特殊性，似乎应该成为新诗史写作的一个重点。

四　　诗歌史的可能功用

也许，利奥塔（J-F. Lyotard）大胆断言的“历史的分期属于现代性所特有的强迫症。分期是把时间置于历时性之中的方法，而历时性是由革命的原则支配的”[1]，揭示的不仅是一种历史分期的潜在规则，而且是整个现代文学（特别是诗歌）历史叙述的普遍特征，即它大抵以某种线性的时间观为基准展开[2]。分期当然是其中一个显著的表征，新诗出现仅十余年，便有了朱自清《中国新文学研究纲要》、草川未雨《中国新诗坛的昨日今日和明日》（1929）、沈从文《我们怎样读新诗》（1930）等就新诗进程作出划分的尝试。这些著作与其说总结了新诗取得的成就，不如说它们按照某种期许筹划着新诗的未来。

1 见《后现代性与公正游戏——利奥塔访谈、书信录》（谈瀛洲译），上海人民出版社1997年版，第154页。

2 有论者认为，“从现代性的角度看，‘五四’新文学的发生，正是在一种线性的时间观念的作用下，通过传统与现代、文言与白话、精英与通俗等一系列对立，而建立起自身的合法性和‘现代’品质”。见温儒敏等著《中国现当代文学学科概要》，第132页。

更重要的是，一部新诗史著总是包含了一定的“新诗”观念。这里所说的观念，就是指新诗历史的书写者如何看待新诗寻求“身份认同”（identity）的过程，把新诗对于“新”的探索纳入什么样的评价体系，其间无疑充满了书写者关于新诗的想象。观念和话语，实际上构成同一问题的两个方面，它们共同决定着新诗史著的材料选取、结构方式、分期依据乃至行文笔调等叙述要素。综观现有的新诗史著（断代史或分类史）不难发现，大多数未能逸出两种基本的观念的缠绕：一种是强调诗学自律，着眼于探索新诗自身的艺术嬗变轨迹；一种是重视新诗生存的外部条件，力图从社会环境的角度寻求新诗更迭的规律。两种观念其实也见于一般文学史著，产生了两种常常被提及的研究类型——“内部研究”和“外部研究”。这使得关于新诗的历史叙述充满了张力。

如果说具有历史总结性质的胡适《谈新诗》，还较多地立足于诗艺本身为新诗进行辩护的话，那么从1920年代中期起，伴随新诗内部的自我反思（穆木天、王独清、闻一多、徐志摩等），一种对新诗与社会生活及政治、经济之关系的探究也开始了（无疑与社会语境的迁变有关），并逐渐成为新诗史建构的依据。早期的新诗史著《中国新诗坛的昨日今日和明日》正是如此，该著采用的社会-人生视点，其理论前提便是诗歌对社会生活的亦步亦趋（与此相应的则是"形式"对"内容"的依附），这成了作者据以衡量诗歌优劣、表达一己好恶的视角，因此他讥讽徐志摩、闻一多的新格律诗是"戴着脚镣跳舞的妖怪"，是"死的幽灵的再现"[1]。蒲风的《五四到现在的中国诗坛鸟瞰》（1934）更加鲜明地体现了这种观念，蒲风借鉴泰纳（Taine）的"三要素"（"人种""环境""时代"）说和日本学者的"Ideology"（意识形态）理论，将新诗与"政治经济社会背景"联系起来，认为"文学反映了社会……作家都难能逸出时代潮流的范围的"；这一理念左右了蒲风关于新诗的分期："为什么第三期不因新月派的《诗刊》的出现而名为'完成期'，更称而为'中落期'呢？这个解答，一方在新诗歌走新月派的路不见得确当，一方在有意识的诗歌难能公开出版，甚至差不多的文学杂志竟拒登新诗"；也决定了他评价诗人的维度，譬如：郭沫若"在《女神》里，真正反映了中国新兴资本主义向上势力的突飞猛进"，"朱湘代表了贵族地主的必然的命运"[2]。这种诗歌与社会（阶级）一一对应的思维和论述方式，是一种典型的社会（阶级）决定论，显示了那个时代的文学反映论的粗浅、生硬的特点。事实上，一直到今天，这种论述的影响并未消除，而是变相地出现在各种文学理论和文学史表述中。

1 草川未雨：《中国新诗坛的昨日今日和明日》，海音书局1929年版，第142、235页。祝宽的《五四新诗史》在论述早期新诗与五四运动的关系时，延续了草川未雨的基本观念。

2 蒲风：《五四到现在的中国诗坛鸟瞰》，原载他的《现代中国诗坛》（诗歌出版社1938年初版），以上引述见《蒲风选集》，海峡文艺出版社1986年版，第781、783、790、808页。

显然，在蒲风等人那里，新诗与社会环境的关系被绝对化和本质化了，致使诗歌被视为社会运动的一个部件。这尤其体现在50年代关于新诗的“权威”评价中。[1] 1980年代以降，在强烈的抵制政治意识形态性、“回到诗歌本体”的诗学努力下，上述的对新诗与社会环境关系的本质化理解和表述得到了“纠偏”，某些一度处于抑制状态的诗歌母题和新诗潮流（如现代主义）、流派（如“九叶诗派”）也渐次被挖掘和论述。在此情境下，对新诗的历史观照获得了一种由文学自律观念引导的、具有审美主义特点的、“以‘现代主义’为核心原则的经典性叙述”[2]。在整个80年代，“自律”的确构成了一种强势的观念和话语，对新诗历史的想象正是在这一观念的渗透下展开的，极大地影响了新诗史研究的格局和面目，这种影响甚至持续到90年代的一些新诗史著。[3]

不过，进入90年代以后，在社会、文化均出现重大迁移的情形下，80年代审美主义的诗学自律观念渐渐捉襟见肘，其“历史势能”有被耗尽之虞。在90年代众声喧哗的驳杂语境中，不仅“一首诗的‘诞生’实际已进入这么一个阶段：它不仅要受到作者创作能力的影响，同时也受到其他因素——如社会变迁、价值观念调整，读者、文本和新的阅读关系等的制约”[4]，而且新诗史研究同样面临着这些制约。正是面对历史语境的转换，研究者开始考虑历史语境之于新诗史研究的重要性及其可能影响，并探索新的研究路径。就当代新诗史写

1 参阅本文的导论部分。更为详细的讨论，请参阅洪子诚、刘登翰《中国当代新诗史》，人民文学出版社1993年版，第4页以下。

2 赵寻：《八十年代诗歌“场域自主性”重建》。该论者以不无揶揄的语气，谈到这一“经典性叙述”：“经徐志摩、闻一多等‘新月’诸子之手，现代诗已日渐由五四的歧路，回归艺术的正途；而戴望舒、卞之琳……折中于古今中外之间，斟酌损益，更已确立中国现代诗的特有面目，并终于在四十年代广泛的国际交流中迎来‘西南联大诗歌’的高潮……”见《中国诗歌评论：激情与责任》（臧棣等编），人民文学出版社2002年版，第338页。也有论者认为，“以流派为基础，以现代主义诗潮为中心，以传统与现代融合为理想，集中于审美、观念层面的研究，已经成为新诗研究一个主要‘范式’”。见温儒敏等著《中国现当代文学学科概要》，第267页。有必要指出的是，体系化的中国现代主义诗歌研究论著，均出版于远离了80年代诗学“氛围”的90年代中期以后。

3 姜涛以龙泉明《中国新诗流变论》（人民文学出版社1999年版）为例，指出了普遍存在于新诗史研究中的“历时性的线性发展眼光”和“对某种内在演进、辩证发展的逻辑的强调”。见《“新诗集”与中国新诗的发生》，北京大学出版社2005年版，第5、14页。无疑，相较于《中国新诗流变论》隐含的带有理想化色彩的递进、整合的新诗史观和结构方式，一种问题式的、试图呈现新诗发展之交错情景的新诗史观和结构方式（譬如王光明《现代汉诗的百年演变》），有更值得重视之处。

4 程光炜：《中国当代诗歌史》，中国人民大学出版社2003年版，第350页。

作而言，洪子诚、刘登翰的《中国当代新诗史》（人民文学出版社，1993）显示出某些值得留意的迹象。著者虽然“无意对在社会思潮作用下的诗歌潮流，作过多宏阔的理论阐发”，“取的是诗潮的描述与诗人创作的剖析并重的方法……将具体诗人及诗歌流派的创作分析，放在诗潮发展的背景上，探讨其创作道路和艺术风格”，但也表现出了一种颇为显明的意图，即是探讨不同年代的诗人“受囿于诗歌环境及诗人自身精神结构而难以回避的不足”，进而“勾勒出它（指新诗——引者）在时代（政治、经济、文化，乃至社会心理）的推动与制约下整体的发展状况与态势”。[1]

1 《中国当代新诗史·引言》，第2页。该著的修订版（北京大学出版社2005年版）与原著相比，出现了不小的变化；对于两个版本之间篇幅增删、结构调整等变化的“意味”，特别是修订版在行文方式、视角、语调及论述重点等方面的新趋向，笔者另有专文处理。

对“受囿”、“制约”的充分觉察，是《中国当代新诗史》给人印象深刻之处。因此，其价值不仅在于论者指出的“首次对中国当代新诗发展的丰富实践作出了某种理论形态和知识体系的概括，从而提供了一个认识和反思中国当代新诗发展历史的初步框架”[2]，而且更在于该著作者在处理或建构当代新诗历史时的某种意识，即“‘历史’的重建并非是各种复杂、矛盾因素的陈列，在这一‘重建’中，如何确立‘选择’与‘评价’的位置，来显现叙述者在受意识到历史的拘囿和束缚时对于可能性的思考和争取？”[3]作为当代文学史家，洪子诚的重要贡献是将一种审慎的态度带入了新诗史研究，他所主张的建立概念与“语境”的多重联系[4]，力求还原社会生活、历史场景的原始生态及诗歌在其中的境遇，借此消除以往历史叙述中的独断论，体现的正是类似于福柯（M. Foucault）“知识考古学”的观念，对于新诗史写作具有深刻的方法论意义。

2 周晓风：《当代诗歌史：观念与构架》，《诗探索》1995年第3辑。

3 洪子诚：《〈中国现代文学三十年〉的“现代文学”》，《文学评论》1999年第3期。

4 洪子诚提出，“当我们在谈论诸如‘民主’、‘宽容’、‘平等’这些概念的时候，有时容易把它们孤立起来，抽象化。我们要做的，不过是重新建立这些词语、主张和‘语境’之间的关联，辨析它们特定的内涵”。见洪子诚《问题与方法：中国当代文学史研究讲稿》，生活·读书·新知三联书店2002年版，第147页。他的《中国当代文学史》（北京大学出版社1999年版）被认为是实践上述观念的典范之作。

从表面上看，《中国当代新诗史》看重新诗发展过程的语境因素，似乎重又回到了强调以社会环境的角度观察新诗的路数。其实不然。尽管，一个无法避讳的事实是，当代新诗的生成与发展，不仅始终隐含着对新诗生存权利和价值的重新评价，而且留有当代社会生活的深重的刻痕，但在看待这一现象时存在着不同观察者之间视角的差异：是让新诗依附于社会生活、政治、经济等因素乃至被后者所淹没（例如蒲风等人的论述），还是以一种历史呈现穿越新诗同所有这些因素的关系？显然，立足点、视角的不同显示了想象和评价新诗方式的不同。在此，另一部书写当代新诗历史的论著——程光炜的《中国当代诗歌史》——进一步提供了如何处理上述问题的例证。在这部著作以及90年代以来的系列论文里，程光炜颠覆性地重新诠释并运用了“意识形态”理论（全然有别于蒲风等人的方式），打开了进入新诗历史的新的视界。

程光炜在《中国当代诗歌史》中开宗明义地提出：“如果把当代诗歌史同时也看作一部形象生动的当代思想文化史，似乎更能给人以某种启示”；“如果离开了对当代中国这一政治、经济和文化现状的深入考察，就不能说真正‘进入’了当代文学；如果忽略了对各种文艺运动思想准则和价值观念的认识，很难说能够透彻了解这一时期诗歌的主题、题材、艺术形式和审美情趣，以及它的历史发展面貌”[1]。因此，“对当代中国诗歌发展概况的描述，需要有一个审视政治背景、经济状况的开阔眼光，需要辨析文艺与政治、诗人与社会风气、当代诗与外来影响、作者心态与读者伦理观念等之间的关系”[2]。基于这一认识，《中国当代诗歌史》将探询的笔触指向了当代诗歌生成和发展的复杂性，其论述重点是当代社会进程的某些关键“环节”，以及诗歌在这些“环节”的过滤、转述之中所发生的变形。

1 程光炜：《中国当代诗歌史》，第9、3页。

2 同上，第4页。

通过考察当代新诗发展与当代社会文化、思想、政治、经济的互动关系，程光炜领悟到："当代新诗的研究还存在着某些'未知'的领域。例如，诗人跨空间、跨阶段的精神变异，五四思想价值在五六十年代诗歌中的艰难处境；又例如，《诗刊》的意识形态性研究，郭沫若、臧克家新中国成立后的文化心态研究，等等，它们理应进入今天读者和学术研究的文化视野。"[1] 此处体现的史识和诗观，承接着程光炜近年来一以贯之的见解，这些见解有一个理论方法的基点，用他自己的表述就是"新意识形态批评"："在方法上，它构成对以往诗歌史的阐释性阅读，把后者还原为一个不断被阅读的历史过程……它是可商量的、平等的、上下文的、成长中的和反映现代民主悄悄进程的一种话语式样。"[2] "新意识形态批评"超越了旧有的意识形态理论，试图对新诗与历史语境的关系进行重置。

1 程光炜：《中国当代诗歌史》，第16页。

2 程光炜：《误读的时代——90年代诗坛的意识形态阅读之一》，见《诗探索》1996年第1辑。

在程光炜那里，"新意识形态批评"体现的是一种研究观念的转换，它与福柯的"话语"理论以及伊格尔顿（T. Eagleton）、杰姆逊（F. Jameson）特别是阿尔都塞（L. Althusser）等西方马克思主义理论家关于意识形态的论述，有着深层的渊源。在谈到历史本文活动的语境差异时，程光炜援引这些西马理论家的观点："要理解这些作品与它们所处的意识形态世界之间的曲折复杂的关系，这些不仅出现在'主题'和'中心思想'中，而且也出现在风格、韵律、形象、质量以及形式中"，并将之转化为自己的表述："既着重艺术形态的内部（自律）研究，也将之放在社会历史语境（他律）中考察。"[3] 他本人显然更关注"他律"研究，即"新意识形态批评"首先是一种语境－外部研究。

3 同上。

对于研究者而言，"新意识形态批评"所带来的最重要的改变，是使他获得了对于历史细节和复杂性的敏感。在一篇“重读”李瑛作品的文章中，借助于对李瑛在不同历史叙述中的形象的分析，程光炜意识到，“‘历史’不是一个连续的故事形式，而是一个又一个不断更新着的认识层面。历史也不仅仅是文学的‘背景’或‘反映对象’，而多半是二者之间一种相互影响、相互塑造的关系”[1]。在历史叙述的两个本文（即可见的第一本文和不可见的第二本文）之间，有一条相互紧张、摩擦的接缝地带，其中关联着“新的意识形态”。这也正是马舍雷（P. Macherey）所指出的，“一部作品之与意识形态有关，不是看它说出了什么，而是看它没有说出什么。正是在一部作品的意味深长的沉默中，在它的间隙和空白中，最能确凿地感到意识形态的存在”[2]。这样，所有可能发生作用或者产生意义的“节点”，都应被纳入“新意识形态批评”之中予以观照：不仅 50 年代的政治抒情诗，其“‘文人形态’的浪漫主义情绪与正统意识形态有着更为悠久的‘共谋关系’”[3]，而且 80 年代“纯诗”运动以及与之相关的审美主义和本体研究，也都蕴含了某种意识形态，只不过这种意识形态不易被觉察罢了；而 90 年代以后，各种意识形态更是以隐蔽的非强制性的面目，渗透在人们的日常生活和诗歌创作、研究中，成为萦绕个体生存的无可逃避的现实。

作为一种研究方法，“新意识形态批评”提供了不一样的想象新诗历史、展现新诗图景的模式。它引入历史语境的维度，以鲜明的分寸感和问题意识，透过无处不在的意识形态性，质疑了审美主义和本体研究在新的历史情境中的有效性，重新引发了如下思考：新诗究竟是什么？新诗的历史是怎样的？一种新的“新诗”是可能的吗？这些思考应和着近些年研究界关于“文学性”的反思：何谓文学本身？文学的定义或意义是依靠“文学性”还是某种边界支撑的？纯粹的文学研究存在吗？[4]

1 程光炜：《在历史话语的转换之间》，见《诗探索》1994 年第 3 辑。

2 参阅［英］特里·伊格尔顿《马克思主义与文学批评》（文宝译），人民文学出版社 1980 年版，第 39 页。

3 程光炜：《中国当代诗歌史》，第 132 页。

4 可参阅李陀、韩少功、南帆、罗岗、薛毅、吴晓东、贺桂梅、蔡翔等人的讨论。洪子诚曾在一个场合下问道：“‘文学’价值是什么？它就那么重要吗？‘文学’能说明它自己吗？”见《问题与方法：中国当代文学史研究讲稿》，第 61 页。

在对自律观念和社会决定论进行双重超越之后，是否还会有一种"新诗史"？在近半个世纪以前，法国学者埃斯卡皮（R. Escarpit）曾乐观地预言：

> 文学史也不能因此而死亡。它只是应该同意提出新的问题就行。摆脱掉叙述事件的枷锁，更加关注由自己造出来的语言和文本组成的现实，文学史应该找到比传统（所有的人都一致看到了这一传统已被超越了）遗留给它的方法更灵活也更严谨的陈述事实的方法。[1]

也许，他表达的只是一个人人都明了却难于实现的愿望。

1 [法]罗贝尔·埃斯卡皮：《文学社会学》（于沛选编），浙江人民出版社1987年版，第245页。

第十章

在“解诗学”的视域下——新诗的阅读问题

读者曾作为书；而夏夜

——W. 史蒂文斯《房子曾无声而世界曾安宁》

曾像书的有意识的存在

见
[美] 华莱士 · 史蒂文斯:《最高虚构笔记》，
陈东飙、张枣译，
华东师范大学出版社 2009 年版，
第 160 页。

一首诗的阅读是诗本身，

——M. 布朗肖《文学空间》

在阅读中将自身确认为一件作品。

见
Maurice Blanchot,
The Space of Literature, trans. Ann Smock,
London: University of Nebraska Press, 1989, p.198.

一 “不懂”迷雾与“现代解诗学”重建

20世纪80年代中后期，一股编撰新诗鉴赏辞典的风气悄然兴起：较早有齐峰、任悟、阶耳主编的《朦胧诗名篇鉴赏辞典》，章亚昕、耿建华编撰的《中国现代朦胧诗赏析》，吴奔星主编的《中国新诗鉴赏大辞典》，陈超撰写的《中国探索诗鉴赏辞典》，陈敬容主编的《中外现代抒情名诗鉴赏辞典》等接连付梓；然后是唐祈主编的《中国新诗名篇鉴赏辞典》，公木主编的《新诗鉴赏辞典》，王彬主编的《二十世纪中国新诗鉴赏辞典》，陶本一、王宇洪主编的《台湾新诗鉴赏辞典》，古远清撰写的《海峡两岸朦胧诗品赏》及辛笛主编的《20世纪中国新诗辞典》等竞相推出。[1]那些几乎同时组织编写并相继出版的新诗鉴赏辞典，连同在此前此后面世的多种“赏析”或“导读”类新诗选本——《现代抒情诗选讲》（吴奔星、徐荣街撰写）、《中国现代诗歌名作欣赏》（《名作欣赏》编辑部编）、《现代诗歌名篇选读》（周红兴主编）、《中国现代诗导读（1917—1938）》（孙玉石主编）、《中国新诗百首赏析》（李玉昆、李滨选评）、《星空的呼喊——中国现代诗品读》（邵宁宁编著）、《中外现代诗名篇细读》（唐晓渡著）、《中国新诗诗艺品鉴》（周金声主编），以及《在北大课堂读诗》（洪子诚主编）、《中国新诗名作导读》（龙泉明主编）等，此外还有面向中小学教育的新诗读本《20世纪中国文学名作·诗歌卷》（钱理群主编、吴晓东点评）、《新概念语文·初中现代诗歌读本》（西渡编著）等[2]——给人造成的强烈印象是，似乎某些关于新诗阅读的具有共识性的原

1 这些辞典的出版社和出版时间分别为：陕西师范大学出版社1988年12月、花城出版社1988年4月、江苏文艺出版社1988年12月、河北人民出版社1989年8月、学苑出版社1989年8月、四川辞书出版社1990年12月、上海辞书出版社1991年11月、中国文联出版公司1991年11月、北岳文艺出版社1991年12月、长江文艺出版社1991年11月、汉语大词典出版社1997年1月。

2 这些选本的出版社和出版时间分别为：江苏教育出版社1985年4月、山西人民出版社1985年6月、作家出版社1986年4月、北京大学出版社1990年7月、北京语言学院出版社1991年1月、甘肃教育出版社1997年12月、重庆出版社1998年12月、湖北教育出版社1999年10月、长江文艺出版社2002年10月、长江文艺出版社2003年10月、广西教育出版社1998年9月、南海出版公司2001年11月。

则和范式已然形成[1]。

可是，实际情况果真如此吗？事实上，一直到今天，尽管读者们的案头摆放着众多鉴赏辞典和选本，但新诗阅读引起的困惑与争议之声依然此起彼伏，“诗正离我们远去”的慨叹和“读不懂”的抱怨仍旧不绝于耳，以致人们不由得产生了疑问：“当代诗歌阅读何以成为问题？”[2]

在批评家钱文亮看来，当下诗歌阅读之所以成为问题，其主要原因在于“诗歌在当下文化建构和社会生活中功能与定位的变化”；诗人冷霜则提出：“当代诗歌的阅读并非只是一个问题，而是一组问题，或者说一个问题之丛。它不是一个简单的写作者与读者，或者写作者与批评家之间的关系调整，不能单单依靠吁求读者的耐心，批评家的修养，或者诗人的‘走出小我’、‘关注现实’来改善，构成当代诗歌阅读现状的原因和力量是多轴和立体的，大多数情况下是历史性的”。[3] 也就是说，新诗阅读已经不完全是一个诗歌内部（从写作到阅读）或文本之内（主题、取材、语言、风格等）的问题，而是更多地受到了诗歌之外多重因素的制约（冷霜特别提到诗歌教育状况和传播方式）。姜涛也认为：“当代诗歌在阅读上的困境，不是重复了大众与诗歌间的传统对立，而是更具体、更激烈地发生于‘经验读者’之间”，“对诗歌现状的非议，不再简单出自‘懂与不懂’的分歧”，而是源于读者“期待和趣味”的冲突，因此“诗歌的阅读问题，不是理论性的猜想与反驳，而主要是一种纳入考虑的社会性实践”。[4] 在进入 21 世纪后的驳杂语境里，新诗阅读不再仅仅是孤立的诗学问题，而是被裹挟到无序的社会文化的声浪中。

1 稍晚于上述辞典和选本，则有《诗歌释义学》（王长俊著，河海大学出版社 1994 年版）、《文学文本解读》（王耀辉著，华中师范大学出版社 1999 年版）、《文学文本细读讲演录》（王先霈著，广西师范大学出版社 2006 年版）、《名作细读：微观分析个案研究》（孙绍振著，上海教育出版社 2008 年版）、《文学文本解读学》（孙绍振、孙彦君著，北京大学出版社 2015 年版）等先后出版，试图从理论和实践上建立一种“诗歌释义学”或“文本解读学”（后者有较多篇幅涉及诗歌解读）。

2 钱文亮、冷霜、陈均、姜涛：《当代诗歌阅读何以成为问题》，2002 年 12 月 18 日《中华读书报》。

3 同上。

4 同上。

不过，从新诗历史来看，新诗阅读面临的最初或首要困难，仍然是对诗歌文本的理解。这是造成一波又一波“懂与不懂”争论的主因：早在新诗诞生的初期，俞平伯的诗就遭受了“艰深难解”的指责；1920 年代中期，李金发显得“怪异”的诗不可避免地招致了“笨谜”、“难懂”之类的批评，1930 年代《现代》上具有象征意味的诗也难逃此运；1936 年林徽因的《别丢掉》一诗发表后不久，梁实秋就化名“灵雨”撰文直陈“看不懂”，次年又有署名“絮如”者投书胡适主编的《独立评论》，以卞之琳的《第一盏灯》和何其芳的《纸上的烟云》为例，严厉指斥“看不懂的新文艺”，由此引发了“关于看不懂”的讨论；1940 年代华北、华东沦陷区的南星、路易士和后来聚集为“中国新诗派”的穆旦、杜运燮等的诗，也被指认为“艰涩”而不同程度地受到非议……可以说，“看不懂”犹如幽灵一般，伴随着新诗发展的各个阶段，尽管每一次“看不懂”斥责都不只关乎阅读和评价，其背后还多少隐含着别的话题（观念本身的分歧和立场、诉求的争执等）。

上文提及的那批朦胧诗鉴赏辞典的问世，很大程度上是为应对当时的“新诗潮”所受到的责难，当然首先是一些“看不懂”的抱怨[1]——在指责“看不懂”这一点上，不同时期的缘由和“思路”有着惊人的相似。比如，在 1930 年代的论争中，胡适断言：“看不懂而必须注解的诗，都不是好诗”[2]，因为他和梁实秋遵循的评判诗的准则都是“明白清楚”。而 1980 年代的朦胧诗被指斥为：“把诗写得晦涩、怪癖，叫人读了几遍也得不到一个明确的印象，似懂非懂，半懂不懂，甚至完全不懂，百思不得一解。”[3]——“不懂”成为贴在新异诗歌上的通用标签，也是一首诗得到理解和认可的第一块绊脚石。尽管雕塑家熊秉明在分析顾城的短诗《远和近》时提出：“朦胧诗的朦胧晦涩在于内容，而不

1 有关情形除参考众多诗歌史著的叙述外，文献方面可参阅姚家华编《朦胧诗论争集》，学苑出版社 1989 年版。

2 胡适：《谈谈“胡适之体”的诗》，载 1936 年 2 月 21 日《自由评论》第 12 期。

3 章明：《令人气闷的“朦胧”》，《诗刊》1980 年第 8 期。

在语言的运用。在表达的方式上没有什么不合语法规律或语义规律的地方。”[1]但事实上，很多朦胧诗采用的隐晦、密集的意象和隐喻、象征、“蒙太奇”等“表达的方式”，对于习惯了“清楚明白”的读者来说，无疑仍然是难以逾越的屏障。

因此，多数鉴赏辞典和诗歌读本预设的基本目标，便在于打破词句理解上的屏障，进而尝试着改变读者的阅读观念和习惯。陈超如此解释自己撰写《中国探索诗鉴赏辞典》的初衷：“那些不绝于耳的严苛的责难，常常是建立在非艺术本体论的基础上的，或是用简单的社会功利尺度去评判诗歌，或是以‘不懂’、‘脱离大众’来羁束诗人的探索……正是在这种情势下，我决意要撰写一部《中国探索诗鉴赏辞典》。”[2]出于同样的理由，孙玉石自1980年代初起，在北京大学给本科生、研究生、进修生开设现代诗导读课程，其课堂成果结集为《中国现代诗导读（1917—1938）》出版[3]，正是在授课过程中他提出了“重建现代解诗学”的设想；与此同时，孙玉石着手研究鲁迅的《野草》这部以艰深、难解著称的作品，和遭到非议的1920年代以李金发为代表的中国象征派，并先后出版《〈野草〉研究》和《中国初期象征派诗歌研究》[4]。按照孙玉石的说法，他引导学生读解20世纪二三十年代现代诗或研究《野草》和象征派诗歌，其出发点是“以史鉴今”、“以史援今”，有着明确的现实针对性：“三十年代以戴望舒为首的现代派诗潮迅猛发展的势头，使得广大的诗歌读者和传统的诗学批评陷入了困惑境地。‘晦涩’和‘不懂’的呼声向一群年轻的诗歌探索者压过来”；“被称为‘朦胧诗’创作潮流的急剧发展和嬗变，将对新诗真正繁荣的期待和艺术探索的困惑感一并带到批评家和读者面前，诗人的艺术探索与读者审美能力之间的鸿沟，又像三十年代现代派诗风盛行时那样

1 熊秉明：《论一首朦胧诗——顾城〈远和近〉》，原载台湾《当代》1986年创刊号，引自《熊秉明文集·诗与诗论》，文汇出版社1999年版，第81页。

2 陈超：《中国探索诗鉴赏辞典·自序》，河北人民出版社1989年版，第1页。

3 孙玉石主编《中国现代诗导读（1917—1938）》，北京大学出版社1990年版。

4 分别为中国社会科学出版社1982年版、北京大学出版社1983年版。

成为新诗自身发展的尖锐问题”。[1] 由此，1980 年代重提“现代解诗学”，就有了与 20 世纪三四十年代朱自清等倡导、践行“解诗学”相通的理论前提和现实语境；并且，孙玉石的“重建现代解诗学”中，包含了对朱自清、闻一多、朱光潜、废名、袁可嘉、唐湜等的“解诗学”观念与实践的梳理与阐发[2]。

1 孙玉石：《重建中国现代解诗学》，见《中国现代诗导读（1917—1938）》，北京大学出版社 1990 年版，第 3、1 页。他在该书“后记”中还说：“眼前的论争唤起了我对历史上一些类似论争的重新关注。我渴望让历史来发言”（第 504 页）。

不管在 20 世纪三四十年代还是在 80 年代，“解诗学”都是克服理解焦虑的产物。正如洪子诚指出：“80 年代在大学课堂上出现的这种解诗（或‘细读’）的工作，其性质和通常的诗歌赏析并不完全相同。它的出现的背景，是‘现代诗’与读者之间的‘紧张’关系，并直接面对有关诗歌‘晦涩’、‘难懂’的问题”[3]；“古典诗歌与读者之间，也存在一定的‘紧张感’需要协调，但在两者的关系中，优越地位偏向于诗歌文本一边。现代诗尚未获得这样的地位，它尚未在读者中建立起普遍的信任感”[4]。而“解诗”对诗歌“晦涩”、“难懂”的应对和处理，至少引发了两方面议题：一方面，如何借助“解诗”引导读者重新看待和处置“晦涩”在诗歌中的位置？另一方面，“解诗”的目标是否仅止于通过消除文字障碍、“还原”文本含义而使诗变得“明白清楚”？

2 孙玉石：《中国现代解诗学的理论与实践》，北京大学出版社 2007 年版。

3 洪子诚：《在北大课堂读诗·序》，长江文艺出版社 2002 年版，第 1 页。

4 洪子诚：《几种现代诗解读本》，《新诗评论》2008 年第 1 辑。

二 为“晦涩”辩护：诗的“逻辑”

尽管“晦涩”在现代主义诗歌中尤其突出，“晦涩也可以说是与新诗中的现代主义休戚相关的”，“通过对晦涩的考察，可以从一个重要的侧面把握到新诗中的现代主义在观念上所达到的诗学深度”[1]，但实际上，“晦涩”也许是所有诗歌进行革新的某种动力。借用意大利学者波吉奥利（Renato Poggioli）的说法：晦涩是诗歌“对日常话语的平庸陈腐和松散邋遢所作的必然反应，在日常话语中，实用交流的‘量’败坏了表达方式的‘质’”；“当所有的不同种类的文本都被认为是象征和寓言时，文本的隐晦对人的挑战便不可避免地成为智力和审美快感的源泉”。[2] 这正是晦涩在诗歌创作与阅读上的双向效应，它既可以被视为创作者刻意反拨陈腐、松散语言，尝试或探索崭新诗歌语言的一种表现，又可被看作诗歌文本撼动惯常阅读心理和方式、挑战社会与审美陈规的一种样态。如袁可嘉所言：“现代诗中晦涩的存在，一方面有它社会的，时代的意义，一方面也确有特殊的艺术价值……他们诚然提供了极多极大的困难，但这些困难的克服方法并无异于充分领悟其他艺术作品的途径，向它接近，争取熟悉，时时不忘作品的有机性与整体性。”[3] 他针对新诗遇到的“晦涩”质疑，提示了一条基于“作品的有机性与整体性”的“解诗学”路径。

1 臧棣：《现代诗歌批评中的晦涩理论》，《文学评论》1995年第6期。

2 参阅张隆溪《道与逻各斯：东西方文学阐释学》（冯川译），四川人民出版社1998年版，第256、255页。

3 袁可嘉：《诗与晦涩》，原载1946年11月30日《益世报》，引自《论新诗现代化》，生活·读书·新知三联书店1988年版，第100页。

一般而言，诗歌的“晦涩”部分地源于“没有进一步信息或适当的语境”，但也有相当部分源自文本表达的模糊性和含义指向的不确定性：“一部作品的意义是此还是彼，这常常依赖于一个具体段落中的某些词语间的联系；依赖于一种语势、一个形象、一种隐蔽的对立、类似的意义。”[4] 后者，就是英国诗人、文论家燕卜荪（William Empson）所

4 [美] P. D. 却尔：《解释：文学批评的哲学》（吴启之、顾洪洁译），文化艺术出版社1991年版，第78、198页。

说的“朦胧”（Ambiguity，或译为“含混”“复义”等）。按照他在《朦胧的七种类型》里的说法，“朦胧”的成因是多方面的，表现形态（类型）也五花八门[1]。不过，燕卜荪所分析的“朦胧”多为语言层面或文本传达的效果，这就让人不免会把“晦涩”全然归结于作者（尽管燕卜荪也积极地评价了读者对“朦胧”产生的共鸣）。实际上，“晦涩”与读者的能力、方法甚至态度也有很大关联，如李健吾指出的：“晦涩是相对的，这个人以为晦涩的，另一个人也许以为美好。”[2] 他在将“晦涩”视为1930年代现代诗特性（语义复杂而充满歧义性）之表征的同时，认为“晦涩”是读者与诗人（及其作品）之间的经验隔膜所致。这与朱光潜的观点有相似之处，在他看来，倘若读者“以习惯的陈腐的联想方法去衡量诗人，不努力求了解而徒责诗人晦涩不可解，咎在读者”[3]。金克木则提出：“晦涩这词的字面跟内涵都无法认定，因为它是由明白而来的，所以非先问什么才是明白不可。若晦涩是由难懂而产生的正面积极的代替字，我们就更得先弄清楚所谓懂，然后才能进而知道所谓难懂。问题是由明白而起，问题核心在解决明白问题，不在解释后起的所谓晦涩（或朦胧含糊等）。”[4] 甚至有人不无偏激地断言，恰恰是陷入惰性的读者“制造”了一首诗的“晦涩”。

由于诗歌特性与读者预期之间的错位，包括众多鉴赏辞典在内的连篇累牍的解读文字，似乎未能从根本上弥合诗歌创作与阅读的裂隙。一方面，从目的和指向来说，“解诗”也许并非旨在（和能够）超越乃至消除“晦涩”本身，毋宁说“解诗”的过程，是借助不同角度的对文本的释读，进一步彰显诗歌的“晦涩”特性，让读者更加辨清“晦涩”之于诗歌可能具有的积极功用。显然，“解诗”有助于敞开“晦涩”外表掩藏下的某些独特诗艺——语词的怪异、思维的

1 ［英］威廉·燕卜荪：《朦胧的七种类型》（周邦宪等译），中国美术学院出版社1996年版。

2 刘西渭（李健吾）：《答〈鱼目集〉作者》，载1936年6月7日《大公报·文艺》。

3 朱光潜：《谈晦涩》，载1937年5月《新诗》第2卷第2期。

4 柯可（金克木）：《杂论新诗》，载1937年7月《新诗》第2卷第3、4期合刊。

超常以及隐喻、象征、通感、省略、跳跃等手法的运用，让读者领会其中的运思理路。可这样做不是将那些“难懂”的诗歌文本“改头换面”，使之变得浅白易解。相反，“解诗”之后的情形很可能是这样的：诗歌文本的“晦涩”仍保持其本然状态，以其“封闭”、“隐蔽”、“模糊”的型构期待着一次次新的解读。持续的“解诗”促动了诗歌内涵的不断拓展，同时也推进了处于探索中的诗艺的自我更迭。正是在此意义上，孙玉石认为：“现代解诗学是新诗现代化趋向的产物。”[1]

另一方面，对于某些“固执”的读者来说，“解诗”也许并不能解开他们心中的“晦涩”谜团，虽然“解诗”试图清除文本词句、内容和表达上的理解障碍。因为，让读者接受诗歌不是仅仅通过释读词义、讲解主题、辨析诗艺就能实现的，即便字句“明白清楚”，也仍会有一部分读者感到难以领略诗的奥妙。这就显出不同读者之间在诗歌阅读取向和“思维”上的差异，同时也暗含了读者（及写作者）对诗歌特性的认知的分歧。譬如，1930 年代中期，梁宗岱在反思胡适的“白话”主张时，认为：“文艺底了解并不单是文字问题，工具与形式问题，而关系于思想和艺术底素养尤重”，因此“所谓文艺底了解不只限于肤浅地抓住作品底命意——命意不过是作品底渣滓——而是深深地受它整体底感动与陶冶，或者更进而为对于作者匠心底参化与了悟”，“真正的文艺欣赏原是作者与读者心灵间的默契，而文艺的微妙全在于说不出所以然的弦外之音”。[2] 显然，其关键并非字句“明白清楚”与否。

在 1930 年代中期的现代主义诗学氛围里，“明白清楚”的观念面临着很大的挑战，不仅以此为基础的“白话”语言观需要重新检讨，而且其背后的诗歌见识和评诗体系受到

1 孙玉石：《朱自清与中国现代解诗学》，见《中国现代解诗学的理论与实践》，北京大学出版社 2007 年版，第 1 页。

2 梁宗岱：《文坛往那里去——“用什么话”问题》，见《诗与真》，商务印书馆 1935 年版，第 69、70 页。

了质疑。力主诗歌必须“明白清楚”的梁实秋试图遵循英国诗人西德尼（Philip Sidney）“评诗的标准”——“把诗译成散文，然后再问有什么意义”，来使那些晦涩难懂的诗作“现原形”，并一再强调：“无论如何必须要叫人懂然后才有意义可说”。[1] 朱光潜针锋相对地提出：“凡是好诗对于能懂得的人大半是明白清楚的……好诗有时不能叫一切人都懂得，对于不懂得的人就是不明白清楚。所以离开读者的了解程度而言，‘明白清楚’对于评诗不是一个绝对的标准。”[2] 直接消解了“明白清楚”作为评诗标准的可能性。而梁实秋信奉的“把诗译成散文”准则和以此检验诗歌价值的办法，以及当时一些读者对诗的“晦涩”的不满与抨击，引发了围绕诗与散文两个文类之间区隔的论辩，商榷者大多站在“为诗一辩”的立场，从不同层面阐述诗歌自身的属性与“逻辑”。比如，邵洵美指出诗歌中的譬喻无法用散文“化约”或“稀释”：“每个人……在诗里面用譬喻时，其精确非旁人所易看到；若要迁就旁人，那么，自己便不能透彻，否则一句诗每每得写一长篇散文来解释。”[3] 卞之琳、金克木声言诗的不可替代性：“我以为纯粹的诗只许‘意会’，可以‘言传’则近于散文了”[4]；“如果有的诗是要用散文讲给人懂的，那诗的表现就算失败，那诗就本应该写成散文去说理”[5]。施蛰存在回应读者将诗与散文混为一谈时强调：“诗的逻辑与散文的逻辑是大不同的……新诗的读者所急需的是培养成一副欣赏诗的心眼。不要再向诗中间去寻求散文所能够给予的东西。”[6]

实际上，恪守诗歌的内在规定、厘清诗歌与散文等其他文类的边界，甚至确立某种潜在的美学等级，是现代诗歌逐渐形成的“传统”。上述邵洵美、卞之琳、金克木等的说法，与英美新批评文论家克林斯·布鲁克斯（Cleanth Brooks）的表述如出一辙：“读者会问：难道不可能勾勒出一个命

1 梁实秋：《一个评诗的标准》，见《偏见集》，正中书局 1934 年版，第 275、276 页。

2 朱光潜：《心理上个别的差异与诗的欣赏》，载 1936 年 11 月 1 日《大公报·文艺》。

3 邵洵美：《诗与诗论》，载 1936 年 3 月 7 日《人言》周刊第 3 卷第 2 期。

4 卞之琳：《关于〈鱼目集〉——致刘西渭先生》，载 1936 年 5 月 10 日《大公报·文艺》。

5 柯可（金克木）：《论中国新诗的新途径》，载 1937 年 1 月《新诗》第 4 期。

6 施蛰存：《海水立波》，载 1937 年 5 月《新诗》第 2 卷第 2 期。

题或陈述来恰当地表达一首诗的整体意义吗？即，难道不可能精心安排一个以概括性命题出现的陈述来简略‘说明’这首诗都‘说’了些什么，用以充分、正确且恰如其分地说出这首诗所要表达的东西吗？”“答案一定是连诗人自己也显然不能，否则他根本不会写这首诗。”[1] 而在此基础上，究竟哪些属于诗歌独有的质性，诗人和理论家们又作出了源源不断的界说。如朱光潜就提出：“诗的最难懂的——一般人所谓‘晦涩’的——一部分就是它的声音节奏”，“新诗使我觉得难懂，倒不在语言的晦涩，而在联想的离奇”。[2] 不能不说，无论“联想的离奇”，抑或“只许‘意会’”（卞之琳）的“弦外之音”（梁宗岱），正是诗歌中令相当多读者望而却步的因素。

1

[美] 克林斯 · 布鲁克斯：《精致的瓮——诗歌结构研究》（郭乙瑶等译），上海人民出版社 2008 年版，第 191 页。

2

朱光潜：《谈晦涩》，载 1937 年 5 月《新诗》第 2 卷第 2 期。

三 “解诗”的主体性与细读的限度

既然读者与作品之间总会存在某些难以跨越的隔阂，那么“解诗”对于诗歌阅读、理解的意义何在呢？中国现代解诗学在早期的倡导者和实践者那里，尚未形成系统、成熟的理论形态，他们的“解诗”过程洋溢着感性的愉悦：

> 一行美丽的诗永久在读者心头重生。它所唤起的经验是多方面的，虽然它是短短的一句，有本领兜起全幅错综的意象：一座灵魂的海市蜃楼。于是字形、字义、字音，合起来给读者一种新颖的感觉；少一部分，经验便有支离破碎之虞。
>
> 幸福的人是我，因为我有双重的经验，而经验的交错，做成我生活的深厚。诗人挡不住读者……一首诗，当你用尽了心力，即使徒然，你最后得到的不是一个名目，而是人生，宇宙，一切加上一切的无从说起的经验——诗的经验。[1]

以理智、稳健著称的朱自清也是如此：“解诗”“是一种解放，一种自由，同时又是一种情思的操练，是艺术给我们的”[2]，带有极大的个人色彩。在1980年代的审美主义情境里，这样的气息得到了延续：“人们可以从呼吸的快慢节拍上分析作者的家族经历或个人创伤，可以从词语结构上判断一位诗人的早衰，还可以在词与词根、直观与还原、语调与气质、旋律与建筑相对关系上，阐释诗歌的文本意义。”[3]

众所周知，朱自清等的现代解诗学，既在内在需求上与象征派、现代派诗歌的兴起密切相关（如孙玉石所述），又在

1 刘西渭（李健吾）：《答〈鱼目集〉作者》，载1936年6月7日《大公报·文艺》。

2 朱自清：《解诗》，见《新诗杂话》，作家书屋1947年版，第19页。

3 程光炜：《朦胧诗实验诗艺术论》，长江文艺出版社1990年版，第7页。

理念与方法上得到了英美新批评的实际启发（经由当时先后来中国任教的I.A.瑞恰兹、W.燕卜荪的直接传授和被译介过来的T.S.艾略特的诗作与理论[1]）。因此，他们的解诗样态虽然不免带有感性的成分，但其解诗方法颇具学理性。朱自清在经过较多解诗实践后总结心得说："分析一首诗的意义，得一层层挨着剥起去，一个不留心便逗不拢来，甚至于驴头不对马嘴。"[2] 这渐渐成为新诗解读的一般法则："最好的解诗方法是一句一句地解，一行一行地解，一句一行都不可跳过，只有这方法可以把任何一种风格的诗解通。"[3] 其实就是英美新批评的"细读"方法。当然，在实践中这一方法也会经过不同层面和向度的"改造"："将西方'新批评'的所谓'细读'和中国传统的感兴式意象点评加以综合运用，同时注意互文性……的把握，以便一方面通过逐行逐句逐语象的拆解、分析，尽可能充分地揭示一首诗的内涵和形式意味；另一方面，又将由此势所难免造成的对其整体语境魅力的伤害减少到尽可能小的程度。"[4]

孙玉石总结现代解诗学的方法时，将之归纳为"开放式的本文细读"和"有限度的审美接受"[5]，并认为"解诗学的文字也就是以自身对作品复杂性的征服，给读者一把接近和鉴赏作品的钥匙"[6]。不过，逐字逐行"把任何一种风格的诗解通"，或"对作品复杂性的征服"的做法，可能要面临诸多悖论性难题。以1930年代诗界的一桩著名"公案"为例：卞之琳看到李健吾对自己《圆宝盒》一诗的解释，立即毫不客气地判定"显然是'全错'"，并提出："我写这首诗到底不过是直觉地展出具体而流动的美感，不应解释得这样

1 参阅陈越《"诗的新批评"在现代中国之建立》，台湾人间出版社2015年版。值得一提的是，据这部厚实的论著所述，英美新批评不仅影响了当时的新诗批评，而且促动了同期的古典诗词论评的革新。

2 朱自清：《新诗杂话·序》，作家书屋1947年版，第5页。

3 蓝棣之：《现代诗的情感与形式·新版自序》，人民文学出版社2002年版，第1页。

4 唐晓渡：《中外现代诗名篇细读·后记》，重庆出版社1998年版，第251—252页。

5 孙玉石：《中国现代诗导读（1917—1938）·后记》，北京大学出版社1990年版，第506页。

6 孙玉石：《重建中国现代解诗学》，见《中国现代诗导读（1917—1938）》，北京大学出版社1990年版，第9页。他还提出："协调作者、作品和读者三者之间的公共关系，理解趋向的创造性和本文内容的客观性相结合，注意形式和内容的统一，始终是中国现代解诗学的特征"（同书，第14页）。

'死'。"[1] 可由此展开进一步的讨论：为何某一种对诗的读解会"全错"？认定其"错"的依据何在？不符合作者的"原义"就是"错"吗（这其实是李健吾回应卞之琳的判定时发出的反问）？还有，卞之琳所断言的"解释得这样'死'"的"死"指的是什么？这些，其实是以细读方法解诗会遭遇的问题：作者判定"错"，关乎英美新批评讨论较多的"意图谬见"，即作者对于作品释义的"优先"权利；"解释得这样'死'"，大概类于英美新批评指出的"感受谬见"，涉及读者对作品的解释权[2]。此外，还关乎所谓"创造性误读"的议题。总的来说，是"解诗"实践中的主体性问题——解诗的权力握在谁手里、这种权力究竟有多大。

依照洪子诚的观察，"在现代社会，由于对读者阅读、阐释的主动性的重视，和阅读上参与意义、情感建构的强调，读者的权力有很大增强。而作为沟通文本和普通读者的，处于中介地位的解读者，其优越地位和权威性又更胜一筹"[3]。这固然受到"读者中心论"理论（接受美学、读者反应批评等）的推动，但也与因现代诗的"晦涩"而被广泛运用的"解诗"本身有着莫大的关系，由于它超越了一般意义的感悟式赏析："当读者不愿意只停留在读诗时所把握到的情绪、氛围，而愿意进一步分辨这种情绪、氛围的性质，它的细微层面，以及支持它们的艺术手段的时候，便进入了'解读'、分析的过程。"[4] 这样的逐字逐行"把任何一种风格的诗解通"的解诗行为，导致了"正""负"几乎可相互抵消的双重后果："将一个看起来扑朔迷离的诗歌文本加以疏解，寻绎其思维、想象的'逻辑'，廓清其语词、意象的关联和涵义，使其隐藏的'文义'得以彰显，这就是解读者引领拟想的读者去消除他们在面对现代诗的时候产生的恼怒和紧张感"，"在产生积极效果的同时，伴随的'负面'影响是可能推演出这样的错觉：能够负载各种解

1 卞之琳：《关于〈鱼目集〉——致刘西渭先生》，载1936年5月10日《大公报·文艺》。

2 参阅赵毅衡编选《"新批评"文集》中的《意图谬见》《感受谬见》，中国社会科学出版社1988年版，第208—249页。

3 洪子诚：《几种现代诗解读本》，《新诗评论》2008年第1辑。

4 洪子诚：《新诗的阅读》，《名作欣赏（上旬刊鉴赏版）》2017年第1期。

读理论、方法，或需要智力和广泛知识支持加以索解的诗便是'好诗'。过度诉诸智力与知识的诗歌阅读究竟是否正常，是个值得思考的问题"[1]——貌似中立的技术化解读，包裹着某种不易觉察的，以繁复、深邃、高智力为价值尺度的"好诗"政治，确实是需要省思的。

更值得深究的是，解诗是否必须对作者的意图或文本"原义"进行"复原"，"亦步亦趋"地"将看来含混不明的语词、意象，及其结构所包含的意义一一予以落实"，使之明晰化？在洪子诚看来，这种"复原"式解读，既可被"看作是解读者主动参与创造的意识的欠缺"，"也可以认为是解读者对自身能力的高估"，而且"有可能造成对文本的感性成分的遗漏"；"一种高估自身能力的膨胀的念头，可能导致对文本失去必要的敬意，一味放纵自己的那种满足炫耀感的'深度挖掘'，以建立文本之外（或之下）的另一种意义，发现另一个'潜文本'的世界"。进而要思虑如何重置解读者与文本的关系："'解读'当然是为了'驯服'让我们紧张不安的文本，使得它能够加以控制，给予不明的、四散分歧的成分以确定。但是，解读的控制、驯服也需要限度。有时候，要怀疑这种完全加以控制的冲动，留出空间给予难以确定的，含混的事物，容纳互异的、互相辩驳的因素。在这种情况下，对自身的文化构成的性质，对时代、个体局限有清醒意识的解读者，有可能孕育、开发出一种磋商、犹疑、探索、对话的，不那么'强硬'的解读方法。"[2] 因此，"阅读也是自我克服的过程。好的解读者具有'驯化'对象的欲望、能力，将呈现为矛盾、断裂、阻断的文本条理化，建立'秩序'，达到对诗中主旨、情感意向的把握。但好的解读者同时也要被解读对象'驯化'，让它质疑他的诗歌观念、诗歌想象，和他此前确立的标准的准备，允许对象追问解读者的观念和态度"[3]。有别于"对

1 洪子诚：《几种现代诗解读本》，《新诗评论》2008年第1辑。

2 同上。

3 洪子诚：《新诗的阅读》，《名作欣赏（上旬刊鉴赏版）》2017年第1期。

作品复杂性的征服”方式，保留“含混”“不确定”因素、保持“磋商”“对话”姿态的解读，也许更能够建立一种良性的“解诗”主体性。

正如比利时文论家乔治·布莱（George Poulet）所言：阅读“不但是一种向异在于自己的词汇、形象和观念做出让步的方式，而且是向表达并遮蔽这些内容的异在于自己的原则做出让步的方式”[1]。那种“巨细靡遗”的“炫技”式解读，或“穷根究底”以至“一览无余”的解读，都有着各自的弊端。因为，“从头到尾、不放过任何一个细节”的“‘完全’的阐释”“恰恰破坏了一首诗的完整性。因为它不允许一首诗中有任何未经阐释的空白，不允许沉默在诗歌中的存在和诗歌在沉默中的存在。而一首诗底部的沉默是构成其完整性的至关重要的部分”[2]。这也昭示了作为解诗方法的细读的限度。

诚然，有必要辨析的是，细读“不像有些人想的那样是众多文学批评和理论立场之一种。它其实是一种话语的形式，就像纯理论也是一种话语形式一样……任何理论立场都可以通过细读文本实现（或者被挑战，或者产生细致入微的差别）”[3]；同时，“循着文本自身的肌理和结构，只要能够在文本自身范围内找到立足点或根据，‘细读’可以是别具一格的文学史研究，也可以是独立的批评实践”[4]。也有论者观察到，在1990年代的“诗人批评”中受到重视的“细读式”批评，其“真正含义更多与它所针对的‘价值批评’以及那种醉心于大而无当的理论、概念框架和‘思潮描述’的批评方式直接相关，它实际上指的是一种经验的、更专注于文本本身的，或者也可以说是‘及物’的批评”[5]。应该说，中国现代解诗学引入细读方法之后，无论在促进诗学观念更新上，还是在增强批评意识、推动批评范式变

1 转引自［英］安德鲁·本尼特《文学的无知：理论之后的文学理论》（李永新、汪正龙译），河南大学出版社2014年版，第23页。

2 一行：《诗歌中的沉默与细读的使命》，《新诗评论》2015年总第19辑。

3 ［美］宇文所安：《微尘》，见《他山的石头记——宇文所安自选集》（田晓菲译），江苏人民出版社2002年版，第292—293页。

4 段从学：《作为独立研究的新诗文本细读》，《新诗评论》2015年总第19辑。

5 冷霜：《九十年代“诗人批评”研究》，北京大学硕士学位论文2000年。

革上，都产生了积极的效用。不过，细读的“滥用”可能会削弱其效力。

在大量的解诗实践中一个并非不常见的情形是：“我们往往可以看到有一些在艺术价值上并不高（技艺上有颇多瑕疵）的作品，进入了细读者的细读范围。当这些无论在哪方面都有颇多不足的文本，进入批评者的笔端并得到津津有味的（而且是褒奖性）解读之时，就不免令人啼笑皆非了。”[1] 这种“极为精致的解释，被运用在了非常平庸甚至拙劣的作品上”的情形，造就了“一种奇特的诗歌机制：诗在做减法，而批评却在做加法；诗中那少而简单的字句，在细读的显微镜下被放大为极其复杂的编码”，“诗中的简洁、空白和无言，被如此轻易地置换为细读中的连篇累牍和喋喋不休”。[2] 这正是无效甚至会带来损害的细读：或因缺少甄别而出现错位，或因缺乏克制而变得繁缛，最终成为无所附着、游离于核心文本之外的文字赘物，当然也就谈不上有什么建构性力量。

1 连晗生：《阐释与批评：细读的双面——中国当代诗歌细读式批评的若干问题》，《新诗评论》2015 年总第 19 辑。

2 一行：《诗歌中的沉默与细读的使命》，《新诗评论》2015 年总第 19 辑。

以上所述的“深度挖掘”，以及不加选择或冗长不堪的细读，大概都可归于意大利学者艾柯（Umberto Eco）所讨论的“过度诠释”（overinterpretation）[3] 之列。在现代诗的范围内，何为细读的有效性？一种较为合理的认识或许是：没有“放之四海而皆准”的细读程式，能有的仅是适合于每一首具体诗作的“读法”。此外，还应该去除“本质化的新诗自律观念”，通过考察“语境、策略、心理等对具体的文本样态乃至一种体式形成过程的影响”[4]，突破拘泥于文本内部的狭小格局，赋予细读以更宏阔的视野。

3 参阅［意］安贝托·艾柯等著《诠释与过度诠释》（王宇根译），生活·读书·新知三联书店 1997 年版。

4 张桃洲：《可能的拓展——以新诗研究为例》，《中国现代文学研究丛刊》2004 年第 1 期。

四 新读者的诞生：通往开放的新诗阅读

在 1990 年代末的一次现代诗研讨会上，日本学者是永骏（Korenaga Shun）提出："诗的读者要组织自己的解读体系，因为它里面也潜藏着艺术的自律性所造成的破坏和再生的力量，批评家之间相互提出多义性的解读并进行讨论才能构筑普遍性的诗学。"[1] 所谓"多义性的解读"自然有其值得期待的意义，并渐渐成为新诗批评的某种共识，虽然它容易脱离具体的写作和阅读语境而流于空泛、沦为毫无约束力的"准则"，而且常被混同于中国古典诗学中的"诗无达诂"[2]。在当下，尽管新诗阅读仍然面临着重重困难，但可以想见，应该不会有人像这样以"猜哑谜"的方式读诗了：

> "连鸽哨也发出成熟的音调"，开头一句就叫人捉摸不透。初打鸣的小公鸡可能发出不成熟的音调，大公鸡的声调就成熟了。可鸽哨是一种发声的器具，它的音调很难有什么成熟与不成熟之分。[3]

这一方面是由于时过境迁，那首让该文作者百思不得其解的诗作（杜运燮《秋》）早已不再令人费解；另一方面，诗歌的不断发展与理论方法、批评实践的更新一道，推动了读诗方式的更迭，并催生了一批批新的读者。这种"猜哑谜"式的读诗，大概就是美国批评家桑塔格（Susan Sontag）——其实也是今天很多诗人——所"反对"的"阐释"之一种，因为它的目的是从字里行间寻索意义，"另建一个'意义'的影子世界"。不过需要指明的是，桑塔格并非毫无原则地反对阐释（比如她并不反对尼采所说"没有事实，只有阐释"意义上的阐释），她反对的是"内容说"引起的"对阐释的持续不断、永无止境的投入"，以

1 参阅李静《中国新诗：怎么读？怎么写？》，2001 年 1 月 12 日《北京日报》。

2 参阅周晓风《现代诗歌符号美学》，成都出版社 1995 年版，第 258—259 页。

3 章明：《令人气闷的"朦胧"》，《诗刊》1980 年第 8 期。

及“削减”艺术、对艺术造成胁迫的“阐释”；在她看来，法国象征主义运动以降的大量现代诗能够“从阐释的粗野控制中逃脱出来”，其途径是“将沉默置于诗歌中和恢复词语的魅力”[1]。无疑，真正的阐释仍然是必要的，它致力于“深化我们对语言使用的感觉和我们对文学艺术的体验；它有助于更为正确、更为敏锐地揭示：当词和词、句子和句子被组织到一部文学性文本之中，尔后又在阅读过程之中变得活跃起来时，所发生的事情究竟是什么”[2]。

1 [美]苏珊·桑塔格：《反对阐释》（程巍译），上海译文出版社2003年版，第9、6、13页。

2 张隆溪：《道与逻各斯：东西方文学阐释学·序》，四川人民出版社1998年版，第23页。

“对语言使用的感觉”和对词语活力的感知，是诗歌创作和阅读过程中所共有的，此乃解诗得以施行的前提，也是诗歌进展能催生读者的内在机制。后一点，恰好应和了诗人臧棣的预期：“新诗的道德就在于它比其他任何文类更有能力创造出它的读者。严格地说，新诗的读者从来就不是一个被指定的、既存的文化实体或社会群体。”[3] 这似乎与法国理论家罗兰·巴特（R. Barthes）的著名断言：“读者的诞生应以作者的死亡为代价来换取”——他是从功能的角度认定读者的价值的（他认为读者“是在同一范围之内把构成作品的所有痕迹汇聚在一起的某个人”）[4]——形成了有趣的对照。臧棣的论断立足于为新诗这一文类辩护的视角，就其积极方面而言，新诗确实“有能力创造”与之匹配的特定读者，并且新诗读者一直处于非“既存”、不断生成和衍化的状态；反过来也可以说，新诗读者的诞生既离不开新诗创作，又通过持续的解读“刺激”着诗艺的创新、呼唤着一代代创作者，读者在成为结果的同时也作为手段而存在。因此，新诗创作（作者）与阅读（读者）构成了一种可能的共生关系——相互促进和相互依赖。事实上新诗从出现之日起，其作为一种文类的“合法性”很大程度上就是依靠建立新的读者

3 臧棣：《诗歌：作为一种特殊的知识》，《北京文学（精彩阅读）》1999年第8期。

4 [法]罗兰·巴特：《作者的死亡》，见《罗兰·巴特随笔选》（怀宇译），百花文艺出版社1995年版，第307页。当然，罗兰·巴特的“作者的死亡”在其自身的语境里有复杂的含义，兹不详加讨论。

群和“阅读程式”来实现的[1]。

那么，在鉴赏辞典类读解未能发挥效力的情形下，在比利时裔美籍批评家德曼（Paul de Man）的“解读就是理解、诘问、熟悉、忘却、抹去，使其面目全非和重复”[2]等解构主义观念洗礼之后，应该怎样重新认识阅读的价值和方法？如何展开有效的新诗阅读？

毫无疑问，阅读首先是一种个人化的行为。英国诗人奥登（W.H.Auden）直截了当提出：“阅读即翻译，因为没有两个人的经验是一样的。一个糟糕的读者就像一个糟糕的译者：他在应该意译的时候直译，又在应该直译的时候意译。在如何很好地阅读这件事情上，直觉要比学问来得重要，无论学问是多么有价值。”[3]这番言论会令人想到美国文论家乔治·斯坦纳（George Steiner）谈翻译时的见解——“理解即翻译”，“翻译”就是人类交流活动中所进行的彼此之间的演绎、转化和解读：“正是它不顾声音消散或墨色褪干，赋予了语言超越时空的生命”，因而“任何交流模式同时也都是翻译模式，是对意义的纵横传递”[4]。不管怎样，阅读能力是读者对作品认知综合能力的体现：“阅读者自身专心关注的耐力、他面对诗作所可能引发和唤起的复杂感悟能力，他的想象力以及参透内核的阐释能力，都将在这里一一接受测试和重新评价。”[5]也许，读者阅读一首诗时会产生“秘响旁通”的感受：“文意在字、句间的交相派生与回响”，“读的不是一首诗，而是许多诗或声音的合奏与交响”。[6]阅读是进入文本后所获得的潜能激发与心智开启：“如果阅读让我们跟随燕子的律动，那当然不是因为我们开发了自身飞翔的能力，而是因为阅读

1 参阅姜涛《早期新诗的“阅读问题”》，《中国现代文学研究丛刊》2002 年第 3 期。

2 [美]保罗·德曼：《解构之图》（李自修等译），中国社会科学出版社 1998 年版，第 241 页。

3 [英]奥登：《论阅读》，见《见证与愉悦》（黄灿然译），百花文艺出版社 1999 年版，第 10 页。

4 [美]乔治·斯坦纳：《通天塔之后：语言与翻译面面观》（孟醒译），浙江大学出版社 2020 年版，第 32、50 页。

5 李振声：《季节轮换》，学林出版社 1996 年版，第 5 页。

6 [美]叶维廉：《中国诗学》，生活·读书·新知三联书店 1992 年版，第 70 页。

在我们内部触到了这种能力的某种东西：它的音调、冲力以及表达它的词语，甚至可以说是阅读创造了飞翔的能力。”[1]没有人会否认阅读带给自己的潜在改变。

1 [法]玛丽埃尔·马瑟：《阅读：存在的风格》（张琰译），华东师范大学出版社2018年版，第7页。

在现代解释学的代表性人物伽达默尔（Hans-Georg Gadamer）看来，“阅读一直就是让什么东西说话。这些完全无声的文字需要发出它们的声音和语调，说出所要说的东西”[2]；“阅读并不只是从字面上拼读和一个字跟着一个字的念，它首先指实现一种连续不断的解释学的活动。这种活动由对整体的意义期待所驾驭，从个别的东西出发，最后在整体意义的实现之中完成”[3]。也就是其解释学的核心主张之一“解释的循环”，他的另一些经典表述如“理解的历史性”“视域融合”“效果历史”等，在为阅读提供理论参照的同时遭遇了“理论之后”各种理论与实践的挑战。一个无可回避的疑问是：“阅读是由文本、读者的主观反应、社会、文化和经济因素及阅读习惯分别决定的，还是受上述因素共同制约？”[4]艾柯在阐述“过度诠释”问题时认为，诠释标准是“相互作用的许多标准的复杂综合体，包括读者以及读者掌握（作为社会宝库）语言的能力”，而“作为社会宝库的语言不仅指具有一套完整的语法规则和约定俗成的语言本身，同时还包括这种语言所生发、所产生的整个话语系统，即这种语言所产生的‘文化成规’（cultural conventions）以及从读者的角度出发对文本进行诠释的全部历史”[5]。这意味着阅读并非全然是孤立的个体行为，而是潜在地受制于读者接受的文化“无意识”及其葆有的“先见”。另一方面，参考英国文论家托尼·本尼特（Tony

2 [德]汉斯-格奥尔格·伽达默尔：《诠释学的实施：美学与诗学》（吴建广译），北京大学出版社2013年版，第433页。

3 [德]H. G. 伽达默尔：《美的现实性：作为游戏、象征、节日的艺术》（张志扬等译），生活·读书·新知三联书店1991年版，第45页。

4 [英]安德鲁·本尼特：《文学的无知：理论之后的文学理论》（李永新、汪正龙译），河南大学出版社2014年版，第3页。

5 [意]安贝托·艾柯等著《诠释与过度诠释》（王宇根译），生活·读书·新知三联书店1997年版，第82页。

Bennett）的“阅读构型”（reading formation）概念：“阅读构型——由具体的历史和政治语境所决定的独特阅读策略——是不断变动的，而不是绝对的或永恒的。它们‘不断被重写，从而进入各种物质的、社会的、制度的和意识形态的语境’”[1]，可知阅读是一个反复被建构的过程，需要不断与周边语境中的诸多因素发生互动，其间充满了变化与调整。此外，还有论者提出一种“理想的解读”模式，其中包含了将阅读从文本向外扩展的路径：“理想的解读应涵括四个层面：第一是诗文本，第二是文类史，第三是文学史，第四是文化史。这四个层面就像四个同心圆，处于中心的是诗文本。”[2]

这些都对拓展新诗阅读“思维”富有启发性。实际上，回顾新诗历史不难发现，与新诗长期面临的“合法性”危机相对应，新诗阅读的“向内转”也越来越暴露出其致命的缺陷。倘要让新诗阅读保持鲜活而有效，就必须打破狭窄、琐碎、僵化、悬空的阅读范式，将新诗阅读引向更加开阔、开放的空间。近年来现当代小说研究中对一些“经典”所作的“再解读”[3]可资借鉴，那些“再解读”案例采用的实为一种全新的“细读”——在具体操作上，这种“再解读”包括“细致的内层精读”和“广泛的外层重构”两个层面，其中“外层重构”要“在文本与其语境之间建立起有意义的联系。这个语境并不是一个实物性的具体存在，而是多层次、多形态的意义网络；文本与语境之间也并非简单的单向决定的关系，而往往是丰富错综的相互牵动和交织”[4]；与此同时，“再解读”“意味着不再把这些文本视为单纯信奉的‘经典’，而是回到历史深处去揭示它们的生产机制和意义结构，去暴露现存文本中被遗忘、被遮蔽、被涂饰的历史多元复杂性”[5]。这有点类似于法国理论家马舍雷（P. Macherey）提出的“症候式阅读”，按照马舍雷

1 参阅安德鲁·本尼特《文学的无知：理论之后的文学理论》，第10页。

2 奚密、崔卫平：《为现代诗一辩》，《读书》1999年第5期。

3 唐小兵编《再解读：大众文艺与意识形态（增订版）》，北京大学出版社2007年版。

4 唐小兵：《英雄与凡人的时代：解读20世纪·序》，上海文艺出版社2001年版，第6、7页。

5 黄子平：《灰阑中的叙述·前言》，上海文艺出版社2001年版，第2—3页。

的看法，“作品中重要的是它未曾言明的事物”，“为了说出什么，就必须有其他事物不被说出”[1]；他认为未被说出部分要么是有意忽略或回避的，要么是无意间没有注意到的，从而构成了某种“症候”——它们或是对已说出部分的补充，或者造成对已说出部分的颠覆，正是那些未被说出部分支持了已说出部分的出场，甚至成为后者的源泉，由此阅读的重心要转向那些未被说出的东西，即那些被掩没在显形的词句之下、处于隐匿和被压抑状态的事物。

1 P. Macherey, *A Thoery of Literature Production*, trans. G. Wall, London: Routledge & Kegan Paul, 1978, pp.87,85. 引文为笔者自译。

当然，这样的阅读并非简单地摒弃文本细读，而是摆脱既有细读方式的单一、封闭性，在阅读中置入更宽广的社会文化视野；也不是阅读视角由“内”向“外”的单向移动，而是力求在向“外”的同时返回“内”，将“外”引进“内”，从“外”的眼光更好地理解和诠释“内”，从而培养一种兼容、开放的新诗阅读习性乃至风尚。

附　章

如何　读一首现代诗？——　以朱湘《雨景》分析为例

如何读一首现代诗？这应该是一件见仁见智的事。就笔者的阅读习惯而言，读一首诗包含两个方面：一是“细读”（Close Reading），这并非一般性的赏析，也不是一种随意的蜻蜓点水式的读后感，而是进入诗作的文本内部，对其词句、语调等内在“肌理”进行剖析；它要采用比利时的文论家乔治·布莱（George Poulet）所说的“我思”[1]的方式，让思绪在诗的文本里走动，揣摩、跟踪语词的流脉和气息。另一方面是把作品放在它产生时的历史语境中，放到作者本人创作的总体格局里，即不是孤立、抽象、封闭地对一首诗进行读解，而是尽量把它上下左右周边的关系、因素引进来，也就是增强它生成的“历史感”和“方位感”，以便更清晰地把握它的构成和线索。

那么，是不是每首诗的阅读都亦步亦趋遵照这样的步骤——先条分缕析地从词句入手把它剖析得“体无完肤”，再由文本扩散开去、勾连相关背景进行解说，最后收拢起来回到诗作本身、聚焦于其主题意蕴等？似乎也未必。现代诗的一个特点是：每一首诗就是这“一首”，从内容到形式、从主题到结构，是自成一体的，也是不可复制的。因此同样地，读一首现代诗就有读这首诗的独特方式，也许可以相互借鉴，但不能完全照搬读其他诗的办法，比如读冯至的《蛇》和读周作人的《小河》的方法是不一样的。

下面笔者通过分析朱湘的一首短诗《雨景》，进一步阐明自己关于读现代诗的一点想法。全诗如右：

这首《雨景》被认为是朱湘的代表作，虽然篇幅短小，但在朱湘诗作以至1920年代新诗中占有特殊的位置。众所周知，1920年代仍然属于新诗的草创期，新诗自诞生之初直至1920年代中期，一直遭受着“浅白”、“不定形”等指责；不过随着徐志摩、闻一多、朱湘、冯至等的出现，新诗创作及其形象发生了很大改观，一个显著的体现是语言趋于纯熟、形式上也逐渐“成型”。这是新诗寻求“艺术”的结果，诗人们在语言的锤炼、形式的锻造方面，作了很多努力，极大丰富了现代汉语的表现力，让现代汉语显出自身的特性和美感。也就是说，1920年代中期以后，新诗创作中开始出现周作人在1920年代初所期待的“美文”的苗头了——他当

雨　景

朱　湘

1
[比利时]乔治·布莱:《批评意识》(郭宏安译),百花洲文艺出版社1993年版,第280页。

我心爱的雨景也多着呀:

春夜梦回时窗前的淅沥;

急雨点打上蕉叶的声音;

雾一般拂着人脸的雨丝;

从电光中泼下来的雷雨——

但将雨时的天我最爱了。

它虽然是灰色的却透明;

它蕴着一种无声的期待。

并且从云气中,不知哪里,

飘来了一声清脆的鸟啼。

1924年11月22日(原载《草莽集》,开明书店1927年版)

时引入并倡导这个概念，实际上就是想呼唤现代汉语的书写能力。朱湘的诗也汇入了那股寻求“艺术”的潮流中。

梳理1920年代中期新诗的基本情形，对于理解《雨景》的语言、形式特点很重要。只要看看当时徐志摩、闻一多的诗学主张（徐志摩：“我们觉悟了诗是艺术……一首诗应分是一个有生机的整体……字句是身体的外形，音节是血脉，‘诗感’或原动的诗意是心脏的跳动，有它才有血脉的流转”[1]；闻一多：“我更不能明了若没有形式艺术怎能存在！……我们要打破一个固定的形式，目的是要得到许多变异的形式罢了”[2]），就能够领悟那场由他们发起、朱湘也参与其中的新诗“形式”运动的意义了。朱湘很推崇早夭的诗人刘梦苇，认为后者是“新诗形式运动的总先锋”[3]，当然他本人的诗歌很大程度上是践行了那场运动的一些理念的，在他所说的音韵、诗行、诗章等方面进行了积极的探索。

《雨景》正是朱湘探索和实践的一个突出例子，尽管这首只有10行的小诗看起来语句清浅、诗意透明，似乎没什么值得深究的地方，但分析仔细还是可以捋出不少东西的。这里，在细读这首诗之前，还需要稍微了解一下朱湘这个人。也许人们对这位英年早逝（1904—1933）的诗人的生平、求学、工作经历等并不陌生，流传最广的大概是他充满悲剧性而又颇具浪漫色彩的生命结局（据说他是在上海往南京的轮船上吟诵着海涅的诗歌跃入江中的）。他的诗歌成就毋庸置疑：一方面，他出版了《夏天》《草莽集》等多部诗集，是1920年代尝试和深化“新格律诗”的重要诗人；另一方面，他有很高的诗学理论素养，他的《中书集》里有多篇诗评，显示了他对新诗及诗人的独到眼光和精辟洞见；此外，他还翻译了不少外国诗人的作品。不过，我格外留意的是朱湘的其他两个方面：一个是他的性格，孤僻、桀骜不驯、耿直甚至“急躁”，是人们对他性格的描述；另一个是他在工作、生活特别是家庭中的窘境，涉及人际关系、亲情、经济等诸种因素。这两方面对于全面了解朱湘这个人是不可或缺的。

由上所述我们也许不难产生一种直观的印象，就是觉得朱湘的人生中充满了紧张感，他可谓命途多舛，生活中不时伴随着挫折、冲突和压抑。然而，通观他的诗歌写作和翻译，还有他的散文和诗学论评，全然不见一丝因受苦而滋生怨愤的印迹，

1 徐志摩:《诗刊放假》,载 1926 年 6 月 10 日《晨报副刊·诗镌》11 号。

2 闻一多:《泰果尔批评》,载 1923 年 12 月 3 日《时事新报》副刊《文学》。

3 朱湘:《刘梦苇与新诗形式运动》,载 1928 年 9 月 16 日《文学周报》第 335 期。

也没有各种矛盾、困窘所导致的“一团糟”（无序）场景，相反地，其作品的“文字之优美精致，情调之从容宁静”[1]，令人赞叹不已。尤其是他的诗歌作品，行句严整、语调柔和，既有《摇篮歌》的深情款款，又有《采莲曲》的摇曳多姿。由此，在他的人、生活和诗之间，就呈现出某种“张力”甚至强烈的“反差”。这正是沈从文论及朱湘时指出的：“作者在生活一方面，所显出的焦躁，是中国诗人中所没有的焦躁，然而由诗歌认识这人，却平静到使人吃惊。”[2]对于这一点有必要再细说一下。

按照一般设想，一则朱湘的脾气比较“暴烈”，与人略有不合就翻脸（从他求学到工作，这方面的事例比较多，其中他和“新月派”同仁之间的纠葛，兼有私人恩怨和诗学观念分歧的成分[3]）；再则他的个人境遇、家庭生活算不上顺畅、愉悦，在多重压力下难免会生出焦灼感和厌烦感——如此一个写作者，很可能他写出的作品要么充满了焦躁不安或灰暗低沉的意绪，要么满纸是包含着愤懑乃至戾气的文字。这样的设想有其合理之处，因为一个作家很难不把他的个性、人生体验、生活态度、与周围环境的复杂关系，以及他的憧憬、失落、焦虑等情绪（特别是给其带来重大影响的负面因素），投射到他的写作中去。可是，我们在朱湘的诗里很少看到刻意渲染的阴霾。这并不是说他的写作完全抹去了尖锐的东西，他的诗里也多次言及“虚空”、死亡，喟叹人生晚境的凄凉（《残灰》），甚至鞭挞“丑恶”（《热情》：“我们发出流星的白羽箭，/射死丑的蟾蜍，恶的天狗。/我们挥彗星的筱帚扫除，/拿南箕撮去一切的污朽”）、嘲讽“虚伪”（《扪心》：“最可悲的是/众生已把虚伪遗忘；/他们忘了台下有人牵线，/自家是傀儡登场”），但他所抒发的并非一己之怨，而且没有让自己的情绪损害诗歌语言、形式的完整和饱满——其间隐然包含了某种“形式的政治”的“偏执”。[4]

这里有一个疑问：内心焦灼的作者是否必然会创作表现剧烈冲撞的作品（如陀思妥耶夫斯基）？诚然，富有个性，甚至有一点“怪癖”的人，其思想习性、行为风格多少会影响其文字表达方式，使之或绵密纤细（如普鲁斯特），或艰涩迂回（如克尔凯戈尔）。但这种“正向”的关联不是绝对的，因此“痛苦的作者写出的作品必然是痛苦的”这个推论或预设是需要商榷的。当然，也可以反过来追问：一个在生活中充满紧张感的作者，被要求非常从容地写作，或者希望他的作品是舒缓、

1 赵毅衡:《留学民族主义?——朱湘的留美之怒》,《文学界(专辑版)》2007年第3期。

2 沈从文:《论朱湘的诗》,载1931年1月15日《文艺月刊》第2卷第1号。

3 有人认为朱湘属于“新月派”,有人否认。关于二者关系的讨论,可参阅郝梦迪《朱湘与新月诗派的关系考辨》,《现代中国文化与文学》2018年第1期。

4 朱湘后期诗歌(收录于他身后出版的《石门集》《永言集》)中尚有一些激愤的讽喻之作,如《一个省城》《误解》《人性》《收魂》《四行》《三叠令》《回环调》《巴俚曲》《 兜儿》等,值得注意的是它们在主题上趋于繁复,较朱湘以往的诗有很大不同,其中的一部分在借鉴外国诗体(triolet、ballade、rondel)方面有独特的价值,这些都需要专门讨论。

流畅的，其难度是否会加倍？这个问题其实也不会有定论。之所以如此反复辨析，是为了指明，朱湘的性格、生活境遇和诗歌创作之间的“张力”，是不应回避、值得考量的（显然也不必过分强调）。在很多评述里，朱湘的诗歌被比较笼统地视为具有唯美倾向[1]，倘若比照朱湘的性格和生活，就会感觉他的唯美追求确实非常鲜明——无论在诗歌创作还是翻译、评论上[2]。最终，他就如同英国诗人奥登（W. H. Auden）悼念爱尔兰诗人叶芝（W. B. Yeats）的诗中所描述的那样：“靠耕耘一片诗田/把诅咒变为葡萄园”[3]。

不过，说到朱湘诗歌的来源，实际上除了西方浪漫主义诗歌之外，还有中国古典诗词、民间文艺等。比如他的名作《采莲曲》，其标题就来自中国古代的乐府诗，诗篇中谣曲式的“一唱三叹”的韵律、活泼轻快的调子，也不是单纯取法于中或西诗歌的某一流派，而是博采众长（包括民歌的因子）、融会贯通，显得极为自如，从而拓展了 1920 年代“新格律诗”泛泛追求的词句的匀称和音节的和谐。可见，他对各种诗学资源的汲取是十分自主的，因此他诗歌的唯美倾向就不是单一的，至少还包含了古典诗歌的情致。

为了介绍《雨景》的相关背景，笔者在前面扩展开去讲了朱湘的性格、生活境况和他的诗学观念等，这样的迂回还是很有必要的。由此，我们进入这首诗的文本内部就有可以参考的坐标系了。那么，如何进入这首诗的文本？第一步当然是看标题——《雨景》，这个标题提示读者它应该是一首写景的诗。从题材类型来说，“写景”在中国的诗歌传统里是非常普遍的，每个人阅读视野里相关作品应该不少（“大漠孤烟直，长河落日圆”“枯藤老树昏鸦”，不胜枚举），对于写景的诗如何写景、具有什么样的形态，可能会形成一个预期，总想到“情景交融”“寓情于景”“一切景语皆情语”之类，在古典诗歌里基本上形成了套路。可是，对于现代诗来说，如何写景是另外一个问题。在新诗的初期阶段，胡适《谈新诗》提出了“具体的写法”的主张，认为新诗要写一些具体可感的景和物，不过，他以及同时期康白情等写景、写物的诗都比较简单。而到了朱湘的《雨景》这里，新诗写景的面貌就开始出现变化了。此外，这首诗写的是“雨”之景，雨在诗里是一个常见的书写对象。在古典诗歌里，大自然中的风霜雨雪、季节里的春夏秋冬，相关的诗作可谓不计其数，写雨的诗非常多。面对强大的古诗传统和显得“俗滥”的“雨”

1 赵毅衡说："朱湘几乎从来不把个人情绪放到他的写作中去……为我们挽救了一个唯美的诗人。"见《留学民族主义？——朱湘的留美之怒》，《文学界（专辑版）》2007年第3期。

2 需要指出，朱湘的唯美追求与从戈蒂耶（G. Gautier）到王尔德（O. Wilde）的唯美主义潮流的关联并不明显（虽然他评述过王尔德的剧作《莎乐美》），而更多地源自英国浪漫主义诗歌的影响。

3 [英]奥登：《悼念叶芝》，见《英国现代诗选》（查良铮译），湖南人民出版社1985年版，第161页。

这个题材，新诗如何以自己的方式处理并且显出“新意”，并不是一件容易的事。进一步说，早期新诗写景、写物要是有了自己的特色，也是为新诗的立足乃至地位的稳固作出贡献。就此而言，《雨景》处在早期新诗写景的一个重要“节点”上。

需要说明的是，《雨景》在收入《草莽集》之前还有一个版本（见于朱湘给梁宗岱的信中），兹录如右[1]：

1 见罗念生编《朱湘书信集》，天津人生与文学社 1936 年版，第 26—27 页。

我所心爱的雨景也多着哪：

午夜梦回时忽闻的淅沥；

爽的，如轻纱拂面的毛雨；

夏晚雨晴时的灿烂日落；

以至充满了“不可测”的雷雨——

但欲雨的阴天我最爱了：

它清如王摩诘的五言律诗，

它是一块凉润的灰壁，

并且从寥廓的云气中，

不知是哪里，时飘来一声鸟啼。

不难看出两个版本之间的差别还是很大的：修改后没有分节、句子更凝练整齐、用词更富现代色彩等，最重要的是改换了“它蕴着一种无声的期待”这句。当然，对二者还可以作更细致的对比分析，但暂且搁置，将讨论的重心放在修改后的文本上。先整体上浏览改过的文本就会发现，它虽然取消了原有的分节，但仍然包含了两个明显的段落（或层次）：以第五行中的破折号为界线，前后各 5 行分别构成了第一、二个段落（或层次）；然后，两个段落里如果进一步细分的话，各自还会有更小的层次。划分如右：

第一个段落写“心爱的雨景”，由首句直接点明，第一行代表一个小层次，后面并列的四行是另一个小层次。“我心爱的雨景也多着呀”，开门见山引出后面四行对“心爱的雨景”进行具体说明或描绘——“春夜梦回时窗前的淅沥”“急雨点打上蕉叶的声音”“雾一般拂着人脸的雨丝”“从电光中泼下来的雷雨”，这四行呈现了不同的雨景，描画了四种雨的声音和样态。那么，这是雨的古典表达还是现代表达呢？诚然，字里行间洋溢着古典的氛围（“春夜梦回”“雨打芭蕉”），但透出更多的是现代的气息，因为这四行诗的句法是很现代的：倘若采用古诗整饬的句式，这四行诗的句子结构可能会完全相同，但事实上这四行诗的句子结构是富于变化的——既有“淅沥”的雨滴，又有“打上蕉叶”的“急雨点”，还有“雾一般拂着人脸的雨丝”以及“从电光中泼下来的雷雨”，每一种雨的形态的描写在表达方式上是各异的，前面两种侧重于听觉、后两种侧重于视觉。这正是现代诗的个性化的表达，调动了视觉（“从电光中泼下来”）、听觉（“淅沥”）、触觉（“雾一般拂着人脸”）等感觉方式（还有“急雨点打上蕉叶的声音”是视觉和听觉的融合）。需要留意的是，为调动这些感觉，“雾一般”比喻句和“拂”“泼”两个动词的运用，增强了形象感和感染力。可以说，这一段落所写的“雨景”是形态各异的，其表达方式也各不相同，给读者唤起的感受是很不一样的。

诗人在呈现不同“雨景”之后留下了一个悬念：接下来会写什么呢？第二个段落没有继续写雨景，而是忽然转入了“将雨时的天”。“但将雨时的天我最爱了”，这句诗的首字是一个“但”，体现的是一种转折，是在上个段落“我心爱的雨景也多着呀”中“多着呀”的基础上的转折和提升，这就使得上个段落的五行全部构成了我心爱的雨景也多着呀：

春夜梦回时窗前的淅沥；

急雨点打上蕉叶的声音；

雾一般拂着人脸的雨丝；

从电光中泼下来的雷雨——

但将雨时的天我最爱了。

它虽然是灰色的却透明；

它蕴着一种无声的期待。

并且从云气中，不知哪里，

飘来了一声清脆的鸟啼。

一种铺垫，即它们是为“但……”的现身作准备的。一个“但”字，表明诗的重心和指向都要发生转变了，这一句的语调格外值得揣摩，从“我心爱”到“我最爱”，包含了一种程度的强调。紧接着的两句是对“将雨时的天”的说明：“它虽然是灰色的却透明/它蕴着一种无声的期待”。跟前面对雨景的描绘一样，前一句颇具画面感，令人脑海里浮现出一幅灰色而透明的天空下风雨欲来却宁静的景象，那应该是在生活中较常见的。两行诗都用了“它……”的句式，看起来并列在一起很对称，实际上它们不是对称的：前一句是有形的（“灰色”“透明”），后一句是无形、不可见的（“无声的期待”）。重要的是，“它蕴着一种无声的期待”，“蕴着”和“无声的期待”本身，预示了诗意进一步展开的可能，于是随后出现了两句：“并且从云气中，不知哪里，/飘来了一声清脆的鸟啼”，诗就在这里戛然而止。

至此可以看到，在第一个段落和第二个段落之间以及第二个段落内部，诗意是处于不断蓄积和递进的状态的。到全诗最后戛然而止时，“一声清脆的鸟啼”——最重要的事物出场了，给人以石破天惊的感觉。这一声鸟啼既打破了景致的静止格局，又改变了“无声”“期待”的心理状态。不妨将两个段落的景物转换及心理变化图示如右：

虽然第二个段落里，由“并且”连接的两个小层次之间，也许只是一种较“弱”的、非直接的递进关系，但由于“清脆的鸟啼”及其效应（“鸟鸣山更幽”）十分明显，它的出现不仅将前面的“雨景”迅速变为背景，而且扩展了“无声的期待”的心理空间。这样，全诗更像是一种“扬（放）—抑（收）—扬（放）”的精心架构：率先展示的四类恣肆的“雨景”实则仅是铺垫，它们聚集的情感（“心爱”）被收束在“最爱”（对于“将雨时的天”）之下，然后在“无声的期待”中映衬出“清脆的鸟啼”的现身，最后的重心落在“鸟啼”上。当然“鸟啼”也可被看作“雨景”的一部分，或者说它是另一种意义的“雨景”——鸟儿展翅翱翔的身影隐匿在视线之外，只闻其声不见其形——如此则深化了标题“雨景”的含义。

以上是对《雨景》所作的层次分析，是一种整体结构上的把握。就形式而言，这首

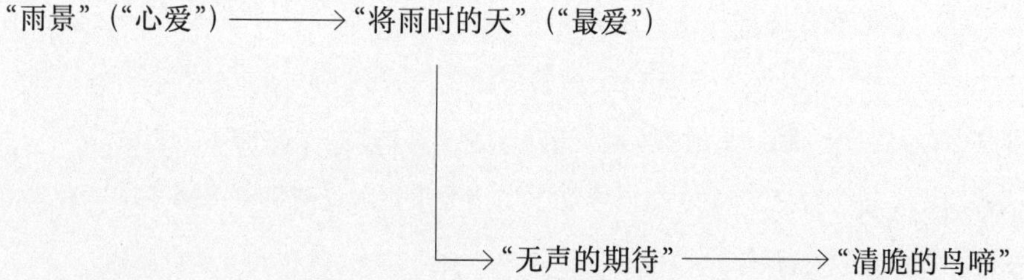

“雨景”（“心爱”）——→“将雨时的天”（“最爱”）

└→“无声的期待”——→“清脆的鸟啼”

诗尽管外形是严整的，但各个句子结构又是变化的，每一行的句式都不一样。另外，它的形式特征还有三个方面需要进一步探究：其一是语气，其二是音韵，其三是标点符号。

首先来看这首诗的语气，主要是两处值得留意，分别是每一个段落的首行，即第一行和第六行。先看“我心爱的雨景也多着呀”这一句，倘若换一个说法“我心爱的雨景也很多”，意思似乎没有太大改变，但语气就很不一样了。需要细细品味的正是“多着呀”中的“呀”，这个语气词绝不是可有可无的，也不是随随便便就用的。可以体会一下，“呀”这个轻柔的词念出来，是不是带来一种清新、欢快甚至是喜悦的感觉呢？上文曾提及朱湘个性刚烈、急躁的一面，但这个“呀”字显出他温和、轻松、洒脱的姿态，也反映出他内心的单纯与朴直，与苦大仇深、愁容扑面、浑身戾气、满腹牢骚一点也不沾边。同样，第六行“但将雨时的天我最爱了”（作为承上启下的一句）中的“了”字也值得揣摩。这个语气词也绝非可有可无，倘若去掉这个“了”字（变为“但将雨时的天我最爱”），或者改成“但将雨时的天是我的最爱”、“但我最爱将雨时的天”，意思可能差不多，但这几句跟原文之间的语气差别很大，无疑都不及原文，原文里的微妙气息、味道在改写的句子中荡然无存。这两个“不起眼”的语气词的运用，也引发思考：一位诗人如何更准确、更有效、更细致入微地传达自己的意绪？在朱湘这里，他对情感的表达使用的不是“我好喜欢”、“我好悲伤”或者“我很愤怒啊”、“我很孤独啊”这样直抒胸臆（有时难免空洞）的方式，而是一些委婉的、层次丰富的句子，并加入了能够贴合人感受的语气。通过对比可知，在诗中如果情绪的表达只是一种直来直去的呐喊，那么其感染力将大打折扣。

有必要指出，像“呀”“了”这样的助词和虚词，在古典诗歌里是难以入诗成为诗语的，但在现代诗里得到了广泛运用，原因是它们在细化时态、增强语气、引申意味等方面发挥着巨大作用。语气和语调是现代诗中必不可少的“调节器”，正如俄国文论家巴赫金（M. Bakhtin）所描述的：“生动的语调仿佛把话语引出了其语言界限之外”[1]，也就是语调能够激发语言的“弦外之音”。从“呀”“了”的使用也可以知晓，《雨景》中对词语的选用是十分讲究的。前面已经提到了“拂”“泼”“但”“蕴”等，还有一字或可一提，就是“飘来了一声清脆的鸟啼”中

1 [苏]巴赫金:《生活话语与艺术话语》，见《巴赫金全集》第二卷，河北教育出版社 1998 年版，第 88 页。

的“飘”。“飘来了”其实是“传来了”之意，但二者的区别是明显的，一个“飘”字，更能传达“鸟啼”的飘逸、轻盈。

其次是这首诗的音韵。作为“新格律诗”的实践者，朱湘非常重视诗的音韵。虽说朱湘自称《雨景》为非“自觉”的“无韵体”[1]，后来一些研究者也跟着说它没有用韵，但这首诗其实还是使用了脚韵的，并且它们还协助着诗意的进展。该诗的一个基本脚韵是“i”韵（“淅沥”“雨丝”“哪里”“鸟啼”），此外还有“in”韵（“声音”“透明”）、“ai”韵（“最爱”“期待”）。“i”韵在声音上的特点是趋于“闭合”，音质上比较纤弱、轻柔，不如“an”“ang”这样的韵敞亮、有力。由于“i”韵的闭合，它在情感的传达上比较收敛、抑制，不像“an”“ang”韵那么张扬、奔放。如果把这个用韵特点与前面分析过的诗句语气联系起来，就能够体味诗中情绪更细微的地方：一方面如上所述，“我心爱的雨景也多着呀”“将雨时的天我最爱了”两句的语气所释放的情绪，应该是十分单纯而欣悦的；但另一方面，此诗的主要脚韵“i”韵，又给人一种收束、克制的感觉。这似乎暗示了，《雨景》里的情绪也许并非是一种纯然的欢快，而是夹杂了一点淡淡的忧郁的因子。这大概也是陈梦家曾指出《雨景》“在阴晦中启示着他的意义”[2]的缘由吧。不过，总体而言朱湘在诗里并未刻意渲染这种情绪，毋宁说他是借助“i”韵，避免了诗中的欢快之情流于夸饰甚至泛滥。

再次是这首诗里标点符号的使用。在现代诗中，标点符号并不是必需的，其使用与否没有一定之规，一般根据诗人的习惯和诗作的具体情形而定。如果一些诗作使用了标点符号，就应该予以一定的关注，不能无视它们的存在。《雨景》的篇幅虽短，但其中的标点符号却很多样，似乎格外费了心思，短短十行却用了多种标点符号（冒号、分号、破折号、逗号、句号），显得十分丰富，并且每一种标点符号都有各自的功用。比如第一句“我心爱的雨景也多着呀：”末尾的冒号，很显然起到了提示后面内容的作用；第五句“从电光中泼下来的雷雨——”末尾的破折号，就像一道“分水岭”一样隔开了前后两个段落，同时起到了一种提示、启下的作用；第二、三、四、七句的末尾运用了分号，使分号前后的句子之间构成了一种并列、彼此呼应的关系。还有一处特别值得留意：这首诗的10行中有9行是单句，另外的一行（第九行）——“并且从云气中，不知哪里”，是由两个短语构成的，

1 见罗念生编《朱湘书信集》，天津人生与文学社1936年版，第120页。

2 陈梦家：《新月诗选·序言》，上海新月书店1931年版，第25页。

二者之间是一个逗号，这个逗号的用与不用、用后的意味，值得细细品评。与此相似的可以举一个著名的例子，戴望舒的四行短诗《萧红墓畔口占》的第三行“我等待着，长夜漫漫”也是这样，两句中间用了一个逗号。其实，“并且从云气中，不知哪里”和“我等待着，长夜漫漫”各自中间的逗号也可以去掉，从语义来说没有太大的改变和损失，但使用之后产生了很不一样的效果——主要在语气和语感上。如同乐曲里的休止符，两个诗句中间的逗号起到的是语气停顿的作用。为什么要停顿一下？停顿带来了一次间歇，一小段时间的空白，其间隐含着某种情绪的蓄积，酝酿着语气的转换，是语气稍作停驻后即将延展的前奏。如果将两句诗轻声诵读出来，就能体会到其语感的微妙。顺便指出，“并且从云气中，不知哪里”这两个前置状语，在句法上应该是受到了“欧化”的影响。

前面进行的主要是《雨景》形式层面的分析，这种略显琐碎的分析意在表明，一首看似简单、“透明”的诗作也有繁复的内在“纹理”，需要仔细的辨察和适当的解读路径。不过到这里为止，我们没有对《雨景》一诗的主题进行阐释。谈到诗的主题，最直截了当地说就是写“雨景”（既有“我心爱的雨景”，又有“我最爱”的“将雨时的天”——也是“雨景”的一部分），同时写“雨景”连接着的个人情绪。虽然这似乎仍然没有脱离“景语”“情语”和“寓情于景”的套路，但如前所述，此诗在写“景”抒“情”的方式上跟古诗大相径庭。倘若深究下去，会发现有两个物象的意蕴主导着全诗的主题：一个“将雨时的天”，另一个是最后一行里的“鸟啼”。

这两个在诗中格外醒目的物象，上文已有所分析。“将雨时的天”是在四种“雨景”的烘托下出现的，是诗人笔锋一转、抑中带扬的产物；“将雨时的天”和“鸟啼”都与“无声的期待”具有某种关联：“将雨时的天”“蕴着”“无声的期待”，在“无声的期待”中迎来了“清脆的鸟啼”；那“将雨时的天”大概寄寓着诗人对于人生的憧憬，而在以往的研究中，“鸟啼”的内涵受到更多的关注。“鸟啼”无疑是整首诗的诗眼，是展现全诗主题的核心。当然，“鸟啼”的分量尽管很重，但不必对其内涵进行“过度诠释”。比如，有人联系《雨景》的写作时间是1924年冬天，就引入英国诗人雪莱（P.B.Shelley）《西风颂》里的名句“冬天来了，春天还会远吗？”把“鸟啼”解释为某种社会革命即将到来的预言或象征，因为第二年（1925年）“五卅运动”就爆发了，革命的浪潮开始涌现并逐渐高涨……这样的阐释或

许无可厚非，但溢出了《雨景》这首诗自身的语言形制和文本取向，也不符合朱湘本人的精神气质和诗学观念。相比之下，孙玉石先生对它的阐发更为合理："这声音，使人得到了一种生气，一种美感，一种期待中出乎意料的获得。"[1] 因此，仍然有必要将对"鸟啼"的理解和阐释限定在此诗的文本逻辑之内，注重"鸟啼"的"清脆"音质所蕴含的"美感"。《雨景》的最后两行犹如"神来之笔"，"鸟啼"可视为诗人内心的灵光乍现带来的一种情绪上的飞跃，是由宁静的欣悦和"无声的期待"生发出来的生命"天籁"。全诗的主题即止于此。

《雨景》向来被称誉为中国现代"写景诗"的杰作之一。前面说过，"写景诗"从古至今都是一种重要的诗歌类型，亦可将《雨景》置于"写景诗"的发展脉络里予以考察，其中关涉自然（山水）、观看、物我关系等议题。按照日本理论家柄谷行人的说法，"风景是和孤独的内心状态紧密连接在一起的……只有在对周围外部的东西没有关心的'内在的人'（inner man）那里，风景才能得以发现"[2]。当代诗人张默则认为："咏景诗并不易写，并非一个作者把他所见到的景物一一铺陈在他的诗里就算了事……他必须努力使自己的灵视进入到他所表现的风景之中，他所看到的一花一木，一草一石，不仅是各各的站在大自然界栩栩如生，尤其要把它们很轻巧地移植到作者的心灵世界里去。使它们变成作者身上的一部分，与作者的精神层面紧紧结合在一起。"[3] 这些表述有助于更深入地理解《雨景》中不同景致（四种"雨景"、"将雨时的天"、"鸟啼"）的意涵。此外，从《雨景》的主题层面，可看出朱湘勉力超越现实生活处境的另一向度——对于生命之"美"和"纯粹"的坚执，这应当是其"形式的政治"的延伸。或者说，此诗的形式与主题是互为表里的：以语词的锤炼和对"美感"的追寻，拒斥此前部分诗歌写作的"自白"式的粗放与狂乱。

以上就《雨景》主题所作的辨析，也是试图显示笔者关于阅读现代诗的主张：解析一首诗的终极目的不是通向一个结论式的判断，尤其是诗的主题分析，任何一首诗的主题总是多重的、开放的，不宜拘泥于某个具体的"点"上，这样阅读就表现为对诗作的聚光灯般的多维审视；进而言之，无论"简单"或复杂的诗作都有各自的读法，读诗本身是一种过程，是一种基于诗的文本的"我思"——对词语构造和生命脉动的不断感知。

1
孙玉石:《美的追求与期待——读朱湘的〈雨景〉》,见《中国现代诗导读(1917—1938)》,北京大学出版社1990年版,第52页。

2
[日]柄谷行人:《日本现代文学的起源》(赵京华译),生活·读书·新知三联书店2003年版,第15页。

3
张默:《谈咏景诗》,转引自叶维廉《五官来一次紧急集合——略谈张默的旅游诗》,见张默《独钓空蒙》,九歌出版社2007年版,第364页。

第十一章

规训、互动与审美——新诗教育的困境及可能

一　从教材篇目的争议谈起

1999 年初，地处西南的老牌诗歌刊物《星星》第一期悄然推出了一个新栏目："下世纪学生读什么诗——关于中国诗歌教材的讨论"，刊发的是两封读者来信，分别出自一位中学教师和一位中学生之手。由此在世纪之交，引发了一场持续数年的关于中学教材中诗歌篇目的论争。实际上，早在前一年，评论家毛翰就在《杂文报》上发表了一篇观点鲜明的短文《重编中学语文的新诗篇目刻不容缓》，直指中学教材中诗歌篇目存在的问题，他将问题归结为三个方面："入选篇目多有不当"；"一些好的、适于推荐给中学生的诗篇未能入选"；"严重滞后于新诗发展现状"[1]。该文经一些报刊和网络论坛[2]转载后，引起了较大的反响，并在《星星》引发的论争中一再得到回应。

1 毛翰：《重编中学语文的新诗篇目刻不容缓》，1998 年 7 月 28 日《杂文报》。

2 如《诗神》1998 年第 9 期、《语文学习》1998 年第 10 期、《南方周末》1998 年 9 月 18 日及"BBS 水木清华站"等。

《星星》开辟"下世纪学生读什么诗——关于中国诗歌教材的讨论"栏目时，特地加了一个"编者按"，其中不乏犀利的措辞：

3 见《星星》1999 年第 1 期。

> 严重滞后的中国新诗教育，使中国社会失去了与其思想、经济发展同步的审美机遇。这种脱节与错位，已在其公众对新诗的陌生、疏离和它的基础教育中显现出来，且日久天长。今天，当我们翻看几十年来大同小异的学生语文课本时，竟发现里面为数不多的几首诗竟教育了几代人；这真是中国诗歌的自我封闭！
>
> 下世纪学生读什么诗？这是一句简单得让人沉重的诘问。本刊以此诘问展开讨论，既表明了对中国诗歌繁荣、发展的一贯努力，也责无旁贷地为当代国民诗歌的普及与基础教育肩负起应尽的责任。[3]

两封读者来信中，有一封的作者是身为中学教师的诗人杨然，他在控诉了中学生的诗歌认识现状（“他们对诗从刚刚接触开始，就已经和诗偏离！他们所拥有的，是大量诗歌的替代品、诗歌的冒牌货和诗歌的擦边球！”）之后，将矛头指向了“诗歌教材这个根本性问题”，认为“就目前我国现行的中学语文课本中的诗歌教材来看，无疑太单一了，太落伍了，与现代诗的蓬勃发展很不相适应”；然后他对六册初中语文课本选入的新诗篇目逐一进行了分析，并对一篇诗歌知识短文中包含的陈旧诗歌观念提出批评，在信的末尾他也以“诘问”表达了诉求：“为什么不变革、不弥补、不充实中学语文课本中的诗歌教材，从现代社会和未来世界的角度，从现代诗发展趋势的角度，尤其是从教育中学生这个最主要的角度。”[1]

在随后的讨论中，批评者围绕中学教材里的新诗篇目展开了更具体的剖析，毛翰、杨然的观点特别是他们对现有篇目的抨击，引起了较多共鸣，甚至有人不无尖刻地说：“面对这老掉牙的课本，扭曲变形的课本，我们能说什么呢？我只能说：青春缺席。这缺席是双重的，青春在课本中缺席，孩子们也在诗教中缺席。”[2] 毛翰本人又相继发表了《陈年皇历看不得——再谈语文教科书的新诗篇目》《请君莫奏前朝曲，听唱新翻杨柳枝——中学语文教材新诗推荐篇目》等文，一方面继续批评中学教材里的新诗篇目“僵化陈旧”、“重思想教化，轻艺术质地”，另一方面拟订了自己给中学教材推荐的新诗篇目。不过，这些批评意见立即招致了激烈的“反击”和“讨伐”，后者主要从既有篇目及其作者的历史地位的角度，来辩护甚至强化篇目的合理性、捍卫其正当性，遗憾的是，“反击”的文章中出现了一些超出诗学讨论范围的“上纲上线”的言论[3]。总起来看，尽管这场论争“剑拔弩张”以至充满了“火药味”，但

1 《呼吁调整教科书中的诗歌教材——杨然致本刊信》，《星星》1999年第1期。

2 林文询：《青春缺席》，《星星》1999年第2期。

3 部分文章收入刘贻清主编的《改革还是改向》，大众文艺出版社2001年版。

是双方关注的焦点和探讨问题的方式并不在同一层面上：一方在指责篇目的“滞后”，另一方却在重新确认其“身份”；一方强调诗歌的审美特性和艺术价值，另一方则着眼于诗歌的历史品质和政治属性……因此，双方的意见是无法相容的，论争在各执己见中慢慢消歇。值得注意的是，2002 年之后尤其是 2005 年初中、高中语文教材里的新诗篇目，已经作出了较大的调整——当然，这也许未必是上述论争直接促成的。

毫无疑问，中学语文教材里的新诗篇目之所以备受关注，并且引发针锋相对的讨论，就在于教材对于新诗获得的认知和评价来说，具有极为特殊的功能和意义。教材显然不是简单的作品汇编，或将作品罗列起来的普通选本（虽然它亦可被视为一种选本），它在择取作品时遵循了更为复杂、“严苛”的准则，艺术水平的高低、接受的难易程度、题材的合适与否等，还只是需要考量的部分因素，最关键的是必须预测作品进入教育环节后的效果，于是教育的目标和要求成为教材选择作品过程中的基本尺度（“底线”）；在此基础上，教材还包含了针对选文的注释、解析、习题等构件，这种综合性与教育本身所具有的综合性是一致的。众所周知，任何诗歌选本都不同程度地隐含着某种构建诗歌史的意图，即通过遴选作品实现对经典的认定和对诗歌历史脉络的缕理。相较于其他类型的新诗选本，囊括了一定新诗篇目的中学语文教材，有着参与塑造新诗经典的特异方式。新诗篇目的多少（占整本教材的比例）、作品本身的取材、主题及作者身份等，无不体现出教材编写者对新诗历史和文本的判断眼光与视角，其影响是潜在而巨大的：“课文的新诗作品形成了一种‘隐性结构’，向学生暗示着‘正确’的文学观念，并以此形成关于好、坏诗的价值判断。”[1] 甚至有人认为，文学经典（典律）“最直截的界

1 林喜杰：《新诗教育：群体性解读与想象的共同体》，《江汉大学学报（人文科学版）》2007 年第 4 期。

说，乃是指学校用的文学教材”，“它通常也是语文教育之一环。它规范着，何者为有教养的语文，何者为严肃文学，从研读文学中应发展出何种品味”[1]。由此，教材成为聚讼纷纭的焦点和人们着手改造的重心[2]，就在所难免。

1 许经田：《典律、共同论述与多元社会》，1992 年 7 月《中外文学》第 21 卷第 2 期。

事实上，在整个新诗教育系统里，教材（篇目）尽管十分重要，但还仅是其中一个方面，因为“从语文课程的层面上讲，新诗的教育体现在教材选择，教学方法和意义阐释上”[3]。也就是说，除去教材，课堂教学实践中教师的个体差异（其诗歌观念、对新诗的认知与理解能力及讲授新诗的方式、态度、风格等）和学生接受境况（条件、能力、程度等）的不同，以及考试考查中的提问和解答方式等，也都会导致新诗教育效果的千差万别。这些因素及其产生的后果，由于大多隐性地分散在教育教学过程的各个环节而被忽视，同时因其偏于“主观性”、不便“具体化”而难以被把握，故而只是偶尔进入技术层面的分析，较少得到涵纳历史和理论视野的探讨。但在实际的新诗教学现场，较为普遍的现象是：要么“应试”指令压抑甚至排挤了课堂教学中的新诗教学内容，要么教师和学生面对新诗教学产生了“畏难”情绪。[4] 如此久而久之，新诗教学乃至教育在实践中逐渐变成了一个难题。

2 对新中国成立后中学语文教材新诗篇目的梳理和检讨，可参看陈晓燕《新诗教育的缺陷及其面临的挑战——中学新诗教材调查研究》，厦门大学硕士学位论文 2008 年。

3 林喜杰：《中国大陆与台湾新诗教育之比较》，收入北京大学中国新诗研究所、首都师范大学中国诗歌研究中心编选的《新世纪中国新诗国际学术研讨会论文集》，北京，2006 年。

4 参阅石兴泽《忧思当下诗歌》，2001 年 12 月 4 日《中国教育报》；吴明京《中学语文：诗歌遭遇尴尬》，2001 年 8 月 9 日《光明日报》。

二　规训的悖论：教学与文体的龃龉

那么，新诗教学——进而言之新诗教育的难点在哪里？由首都师范大学中国诗歌研究中心举办的“新诗与语文教学研讨会”上，与会者提到新诗教学存在着“诵读”“感悟”“新诗资源”和“新诗术语的规范”等实际的难题。[1] 最新的“人教版”《普通高中课程标准实验教科书·语文1（必修）》的编者，显然考虑到了诗歌教学中可能出现的困难，于是就诗歌单元的教学要求和方法给出了“编写说明”：

> 第一单元——中国新诗和外国诗歌：
>
> 1. 反复朗读；2. 分析意象；3. 发挥想象；4. 感受真情；5. 陶冶性情；6. 学写新诗。
>
> 其中反复朗读、发挥想象是读诗的基础，这是最基本的训练，也是容易做到的，在本册课本“表达交流”中有“朗诵”一节，较为全面地指导学生朗诵，可提示学生提前阅读，其中朗读的知识、方法、技巧等可供学习本单元时参考；分析意象、感受真情是教学重点，分析意象又是教学难点，学生可能不懂什么是意象，不会分析意象，应该教给一些关于意象的知识，明确了概念有利于顺利地把握和分析诗中意象；学写新诗体现读写结合的原则，是更高要求，读诗与写诗可以互相促进，但在本单元读诗是更基本的。[2]

这些提示虽然抓住了“朗读”“意象”“想象”等与诗歌教学相关的关键点，但仍然稍嫌笼统，特别是对解决“分析意象”这一“教学难点”的途径，未能作出更为细致的说明。

1 参阅吴思敬等《新诗与语文教学》，《扬子江诗刊》2005年第4期。

2 刘真福：《人教版〈普通高中课程标准实验教科书·语文1（必修）〉说明》，《中小学教材教学》2004年第20期。

更早些时候，受 1999 年全国高考语文试卷首次出现新诗鉴赏题的促动，各种答题技巧之类的辅导文字开始见诸报刊并进入教学环节。在一篇题为《试论新诗鉴赏试题的考点设置和命题趋向》的文章中，作者提出：这一“新题型的闪亮登场，完全可以说是本乎情理之中。这是因为，赏析现、当代诗歌精品原本就是中学语文教学的一项内容，作为一种重要的文学体裁，新诗有理由在‘文学鉴赏’试题中占有一席之地”，然而“目下，新诗的阅读和欣赏恰恰是高中教学的弱项，也是高考复习的盲点，而对这一题型的探索和研究差不多处于空白状态”；鉴于此，该文从“诗歌内容”“诗歌语言”“表达技巧”三个方面，通过举例归纳出十五个“考点”（包括“对抒情主体的认知”“对诗歌意象的识别”“对象征意义的感悟”“对内在情感的把握”“对诗歌意境的体味”“对诗歌形式的认识”“对关键词语的诠释”“对诗歌语言的锤炼”“对诗句含义的揣摩”“对修辞手段的剖析”“对表现手法的评判”“对比较手法的审视”“对结构线索的辨析”“对诗歌风格的观照”“对诗歌文本的解读”），同时分析了“新诗鉴赏题的命题趋向”（包括“考点设置的综合性”“选项编制的导向性”“材料选择的思辨性”“检测目的的单一性”），最后得出结论——“新诗鉴赏试题检测的，主要是考生的联想和想象能力。这是一个创新的时代，可以预测，检测以联想和想象为特征的创造思维能力是命题者最主要的检测目的”[1]。这些不厌其烦的条分缕析也许不乏精细，却未免刻板，差不多成了当下新诗教学过程中解析新诗文本的“模式”。

1 南通市第三中学高三语文备课组（陆精康执笔）《试论新诗鉴赏试题的考点设置和命题趋向》，《中学语文教学参考（教师版）》2000 年第 4 期。

不难发现，现有种种关于新诗教学的课程设计或解题方案，与它们所处理的对象和文本之间，大多显出“削足适履”或“隔靴搔痒”的错位感。当课堂讲授将一首诗作分解为内容、形式、手法或者情感、意象、修辞时，就不可避免地要么“扼杀”、要么远离了它。也就是，课堂教学总是以一种清晰、明确、规范的分析和概括，试图将新诗这种“桀骜不驯”的文体拉入可以“常规”把握的轨道，这造成了难以调和的矛盾——在根本上，这种矛盾源于教学目标、手段的普遍性与新诗文体的独异性，教育教学过程的稳定性与新诗的不断生成、变化之间的龃龉。前引的《试论新诗鉴赏试题的考点设置和命题趋向》的作者也意识到：“当代新诗的抒情往往不是情感的直接倾泻，而是常用隐喻、象征、暗示等手法，借助某种‘心灵对应物’抒发情感。对这种特点缺乏了解，可能‘读不懂’‘读不通’《从这里开始》《我爱这土地》这类抒情诗。”[1] 的确，“几乎所有情绪微妙思想深刻的诗都不可懂，因为既然不用散文的铺排说明而用艺术的诗的表现，就根本拒绝了散文的教师式的讲解”[2]，新诗的“陌生化”、歧义丛生、晦涩、形式不确定、意涵的微妙之处等，既让一般读者望而却步，也令程式化、大一统的教育教学（者）颇为棘手，于是就采取了回避的态度。新诗教学之困难的实质在于：一方面，在课堂教学中无法找到一套切实可行、“放之四海而皆准”的讲授新诗的方式和方法；另一方面，教育教学追求标准化、普适性等规训机制，一定程度上导致了对新诗（创造性和“异端”色彩）的贬抑与排斥，也遏制了新诗教育的良性展开。

1 南通市第三中学高三语文备课组（陆精康执笔）《试论新诗鉴赏试题的考点设置和命题趋向》，《中学语文教学参考（教师版）》2000年第4期。

2 柯可（金克木）：《论中国新诗的新途径》，载1937年1月《新诗》第4期。

课堂教学与新诗文体之间的矛盾，使得施行了多年、充满争议的高考作文“文体不限（诗歌除外）”的命题要求，成为新诗教育话题的一个焦点。1999年之后连续几年都有新诗作品进入高考语文试卷的阅读鉴赏题，尤其是2002年高考陕西省18岁考生吴斌以一首200余字的新诗《无题》获得满分，让人们感到高考作文吸纳诗歌、真正做到“文体不限”已是势在必行。有人不无乐观地预言：“诗歌作为一种激发想象力和表现才情的最本真的作文样式，会散发出钻石般的璀璨的光芒”，并呼唤“诗歌在高考作文试卷中舞蹈”。[1] 然而，高考作文放开文体接受诗歌，仍会遇到一些“瓶颈”问题，主要是命题、阅卷的规则欠缺和能力不足：“命题者如果不从散文的逻辑和写实中解放出来，就不能理解诗歌的想象性，其内在的逻辑关系，具有很强的浮动性，时间空间也有很大的不确定性，然而他们却用散文的时间、地点、条件的确定性来阐释诗”[2]；“许多高考评卷人不具备诗歌评判的实际水平，评卷老师的基本素养还达不到评判这首诗的能力。许多中学老师对诗歌的章法、意味、内涵等方面都存在着认识不够的现象”[3]。何况从性质和功能来说，高考作为一种选拔考试，顺应同时也影响着教育的“应试”目的，与诗歌“剑走偏锋”的路数不甚相合。

1 新作文杂志社编辑山人：《别阻塞用诗歌吟唱的喉咙》，2002 年 4 月 25 日《中国教育报》。

2 孙绍振：《诗歌和高考试卷》，《新作文（小学中高年级版）》2002 年第 18 期。

3 这是中国人民大学附属中学校长助理肖远骑的看法，见吴思敬等《对话：新诗与基础教育》，《诗潮》2004 年第 3 期。

上述情形表明，在当前境况下，教育教学实践中的新诗教育不应该，也不能被当作一种纯粹的语文教育。当人们抱怨：“我们现行的教育忽视了对文科人才的培养，在教学上过分强调语文的工具性、实用性而忽视了艺术教育的美育功能，学生对诗歌中的审美感觉和艺术感觉的捕捉力已严重老化。”[4] 确实如此！不过需要进一步追问：新诗教育能否以及在何种意义上提升审美能力？显然，跟其他文体相比，新诗并不具备被用作“正统”的语文教育的优势，甚至带有某种“缺陷”，“想从诗歌里学语文知识，学主题思想，甚至学逻辑分析能力，都是抓小弃大”[5]。因为，新诗从阅读到写作，在思维方式、表达习惯等方面均显出“非常规”性，与规范的、“正常”的语文表达有相悖之处，

4 吴明京：《中学语文：诗歌遭遇尴尬》，2001 年 8 月 9 日《光明日报》。

5 钱梦龙等《语文教学呼唤“诗教”回归——“诗歌与诗歌教学”网谈录》，《语文学习》2002 年第 3 期。

所以不太适合具有普遍性质的语文教育。当然，反过来也可以想一想：语文教育是否必须有一个已经成型的、秩序井然的范式或程序，以至于新诗教育不能纳入它的范围之内呢？[1]

1 在“正常”的秩序之外也有突破常规的尝试，比如上海市晋元高级中学附属学校开设的诗歌实验班，“与普通的文学兴趣小组不同，诗歌实验班有健全的班级编制，配备了专门的教材和老师，从课程安排和班级组织上保证了同学们学习诗歌的时间”（详细报道见仇逸《上海市出现首个中学生诗歌实验班》，《基础教育》2004 年第 1 期）。

可是，诗人和研究者反复强调新诗教育之重要性、力图使它在整个教育体系中赢得一席之地的依据和目的何在——既然新诗教育之于一般教育是“格格不入”的“麻烦制造者”？这需要从新诗与教育双向互动的角度看待新诗教育的功用，即：从新诗作品进入教育实践（中小学及大学）的向度来说，前者为后者带来了什么（并非泛泛而论的陶冶情操、训练思维、增益语言之类）？新诗教育在包括语文或文学教育在内的教育体系中占据什么样的位置、与担负其他职责的教育因素形成怎样的关系？从不同层级的教育对新诗产生影响的向度来说，种种体系化、程式化的教育教学课程，能否真正提高学生的新诗阅读和写作能力？倘若说（如前所述），针对新诗阅读、鉴赏的教学设计难免与期待的效果有一定的距离，那么，与诗歌写作相关的教育教学实践的功效又怎样呢？近年来，在诗歌写作的教育方面出现了一些值得关注的现象：一是诗人们纷纷到大学里任教（如多多到海南大学、王家新到中国人民大学、张枣到中央民族大学），二是有些大学甚至中学开设了列入培养方案的诗歌写作课程，三是多所大学中文系设置了创意写作专业。这大概会对大学里新诗教育的生态和氛围有所改善。不过，谁都清楚：成为诗人、作家的条件何其复杂，教育只是其中一个（必要或不必要的）因素或环节，专业化的创意写作课程及理论的体系性、模式化，与写作实践的偶然性、个体性、多样性等之间始终存在着冲突，“批量”培养诗人、作家的想法有点“不切实际”。当然，经过一定的理论引导和写作练习，让对诗歌写作有兴趣的学生能够习得初始阶段的技能，或激发对诗歌写作无兴趣的学生慢慢产生兴趣。

更为重要的是，制度化的新诗教育对新诗的接受和传播起到了什么样的作用？能否减少新诗与读者之间的隔膜？日积月累的教育教学实践如何从正面或负面塑造乃至凸显了新诗形象的某些方面、强化了新诗特性的认定与呈现？

从历史上看，新诗自诞生之日起就面临着“合法性”的质疑，诗人们或以理论声辩进行自我解释和论证（胡适《谈新诗》、穆木天《谭诗》等），或借助报刊推介新诗作品和主张（刘延陵等创办的《诗》、徐志摩主持的《诗镌》等），逐渐扩大影响；后来则通过小规模的朗诵会（闻一多等）、读诗会（朱光潜等）及学校课堂教学和诗歌社团，传递新诗的理念和艺术，在校园里形成了一代一代承续下来的诗歌文化。不过，学校的新诗氛围在较早阶段还仅限于言传身教（譬如徐志摩对卞之琳的影响），直到朱自清《中国新文学研究纲要》、沈从文《新文学研究——新诗发展》、废名《谈新诗》等专门课程的开设及其讲义的整理与发布，系统的新诗教育才得以展开。其中，沈从文的课堂教学格外值得留意：他于1930年代初在上海中国公学以“新文学研究”为题讲授新诗，该课程的讲义在他调往武汉大学任教之后由武大印行，讲义中除《现代中国诗集目录》和关于“新诗发展”的七份“参考材料”（其实是新诗篇目）外，还包含《论汪静之的〈蕙的风〉》《论徐志摩的诗》《论闻一多的〈死水〉》《论焦菊隐的〈夜哭〉》《论刘半农〈扬鞭集〉》《论朱湘的诗》等六篇专论。[1]这份讲义连同沈从文在此前后所写的《我们怎么样去读新诗》《新诗的旧帐》等文章，以极为主动的姿态介入了新诗的历史建构，涉及新诗的“分期”、历史叙述及评价等议题[2]，这不仅为创作者、大学教师如何参与新诗教育提供了借镜，而且在处理新诗教育与新诗学术论评之间的关系上具有启发性。

1 此讲义现收入《沈从文全集》第16卷，北岳文艺出版社2002年版。

2 相关讨论可参阅姜涛《1930年代的大学课堂与新诗的历史讲述》，收入北京大学中国新诗研究所、首都师范大学中国诗歌研究中心编选的《中国新诗一百年国际学术研讨会论文集》，北京，2005年。

以此为参照，可以检视一下当前大学和学术机构里各类研究人员的新诗研究、批评，与新诗教育进行互动的情形——二者之间存在的也许并非简单的理论与实践的关系。一段时间以来，新诗研究、批评与新诗教育之间的隔膜和隔绝遭到了不少诟病，新诗研究成果常常被斥为拘囿于书本（纸面）的“闭门造车”，而从事教育教学者往往不太重视理论总结，由此在深入的理论探讨和具体的实践之间出现了很大的脱节。好在近年来这一情形有所改观：一是中学课堂之外的探究式学习在新诗教学中的运用，比如云南省曲靖一中高二（7）班的几位同学在教师指导下进行了一项“探寻现代诗歌‘大师’”的课题研究，“对中国现代诗人的诗歌进行研读，在此基础上提出我们自己的评价意见，同时借鉴相关文艺评论，参照中国文学史上诗歌大师们的特点，得出研究结论”，他们分别写出小论文后得出的结论是“现代诗歌无‘大师’”[1]。再就是一些新诗研究者和诗人开始参与到中小学语文教材的编写之中，比如由人民教育出版社组织编写的新版教材（普通高中课程标准实验教科书）中，就有笔者和吴思敬先生共同主编的选修教材《中国现代诗歌散文欣赏》，和诗人、学者姜涛与人共同主编的选修教材《外国诗歌散文欣赏》，而诗人王家新也为语文出版社编写了选修教材《中外现代诗歌欣赏》。另外，学者钱理群、洪子诚一起策划主编了一套《诗歌读本》[2]，以“诗歌伴你一生”（毕生诗歌阅读计划）为宗旨，对应着从幼儿到老年不同年龄阶段的诗歌需求，每一本有自己的构想和定位：“初中卷”由诗人西渡编选，主要从诗歌的主题、题材等角度择取作品；“高中卷”由笔者编选，着眼于诗歌“内部”（形式、结构、层次、音韵等）择取作品，以便读者从中了解诗歌的文体特征；“大学卷”由姜涛编选，将择取作品的眼光扩展到了诗歌“外部”，希望让读者以更为开阔的视野理解诗歌与历史、现实等之间的关

1 《探寻现代诗歌“大师”》，见“行者驿站”论坛（2003年5月19日访问）。

2 广西师范大学出版社2010年版。

联。这些由诗人、研究者参与的教材和读本，或许有助于改变新诗研究与新诗教育“互不相干”的状态，同时丰富新诗研究本身的层次与格局。

另一个与上述情形构成呼应的现象是，当下一些诗歌刊物对新诗教育的介入。例如近期由《诗刊》（下半月刊）与《扬子江诗刊》协力打造、推出了一个固定栏目“新诗第二课堂”，邀请国内知名的新诗研究专家、批评家和诗人（谢冕、孙玉石、洪子诚、沈泽宜、骆寒超、陆耀东、叶橹、吴思敬、王光明、王泽龙、陈超、程光炜、唐晓渡、陈仲义、周晓风、李怡、王家新、王毅、刘洁岷、周瓒、敬文东、李润霞等）参与，推荐新诗经典作品并进行点评（除“推荐意见”以外，还需指明“教学要点及适用年级”），“旨在推动新诗教育，为中学教学提供参考性资料”[1]；此外，两刊还组织相关领域的专家就中学新诗教育话题展开研讨，并及时刊发讨论的成果，这些都堪称丰厚的资料累积。在这方面，可资借鉴的还有香港的一份诗歌刊物《呼吸》，该刊曾做过两期讨论新诗教育的专辑，题目分别为《诗与教育——他们/我们怎样学 读/写新诗》《香港中学新诗教学》，前者是两岸三地的一些诗人谈各自讲授新诗或者学写新诗的经验，后者“从中学新诗范文切入，看看七十年代至九十年代香港学生对新诗的集体记忆，以及这些新诗范文如何建构我们对新诗的印象”；在刊物的编辑陈灭看来，“创作力根本就在那儿，只要有良好的启迪和鼓励，而非一味僵化的要‘命题作文’，创意很容易就破土而出了。但如何诱发学生们的创意，而不是传统的‘塑造’他们，就值得注意了。教材、教法、评量方法，都需要更进一步的研究”。[2]这样的思考可以说相当深入了，其宗旨在于沟

1 《新诗第二课堂（一）》“编者按”，《诗刊》（下半月刊）2005 年第 1 期。此前的“预告”中还有这样的说明：“诗歌是重要的文学体裁，也是至上的语言艺术。诗歌鉴赏能力的提高对学生的素质教育有着重大的意义。在新诗教育方面，我们传统的课堂已经走入一个尴尬的境地。”见《新诗审美教育特别行动》，《诗刊》（下半月刊）2004 年第 11 期。

2 陈灭（陈智德）：《新诗与中学教育》，《呼吸诗刊》2001 年 12 月总第 7 期。

通新诗写者与读者、教育者与接受者的想法。

诗歌刊物的介入可被看作拓展新诗教育范围的一种路径，使得新诗教育越过学校、教室、讲台这些相对封闭的空间，以流动的方式朝向了院墙外的公众，从而获具了一定的公共性。不过，这种开敞的新诗教育（包括部分在书店、咖啡馆、广场等公共场所举行的诗歌活动），能够在多大程度上消除公众对诗歌（诗人）的认知偏误，尚无法预期。所谓认知偏误主要指关于诗歌（诗人）身份的预设或偏见，认为写诗和读诗都应该是一种“专业”行为，且属于某些特别的（往往是社会地位“高”的）人群，而一旦“非专业”人士写诗就会引起轰动、令人“刮目相看”。其实，虽然诗歌文体有着“异端”特征，但并不存在专事写诗的“职业诗人”，各种身份的人群都有写诗的权利——这是无疑的。正是潜藏于公众头脑里关于诗歌（诗人）身份、行为、功用的刻板印象，严重干扰了他们对写诗这一知识（精神）活动之于每个个体的可能意义的认知。不妨说，倡导新诗教育的目的在于打破环绕在新诗和教育周围的双重樊篱，将教育还原为一种广义的教育，即通过社会实践对个体身心进行自我完善，而读诗和写诗是其中一种灵活、便捷的自我教育的方式。

四 诗教的现代美育内涵及指向

谈论新诗教育，人们自然会想到有着悠久传统的古代“诗教”——一套经过漫长的衍化与实践后形成的成熟体系，既有严密的理论，又深具可操作性。在古代中国，经由“不学诗，无以言”、“诗，可以兴，可以观，可以群，可以怨”及“诗言志”、“思无邪”等为人熟知的表述，诗的影响遍及从国家社稷、社会风尚到日常礼仪、个人修为的不同层面，诗远不止于一种文类，即不仅仅是个人表情达意的方式，而且成为整个社会生活的重要部分，与政治、伦理、风俗、文化等保持着密切的联系。这体现的正是“诗教”的目的和功能：一些重要的思想乃至制度理念被以诗的独特形式进行传布与渗透，用来规训人们的言行举止、引导社会文化的路向，即所谓“兴于诗，立于礼，成于乐”（《论语·泰伯》）。虽然有“乐”作为与诗相伴而生的手段，但古代“诗教”总体上偏于教化。

与古诗相比，新诗在主题向度、语言形态和构造体式等方面出现了很大变化，诗歌教育的社会文化语境及施行方式也发生了根本性改变。尤其是，诗歌教育的理论内涵和实践指向受到了教育观念革新与迁移的深刻影响。其中，近代以来由王国维、蔡元培、梁启超等人所开创，由鲁迅、宗白华、朱光潜等人丰富完善的“美育”理论，通过引入康德、席勒等西方理论家的美学思想，确立了以情感为核心、倡导“审美无功利”、以“立人”为旨归的理论构架，提出了“美育者，应用美学之理论于教育，以陶养感情为目的者也”[1]，“独美之为物，使人忘一己之利害而入高尚纯洁之域，此最纯粹之快乐也”[2]，“理想的教育是让天性中所有的潜蓄力量都得尽量发挥，所有的本能都得平均调和发展，以造成一个全人”[3]等一系列主张。这些美育观

1 此为蔡元培为1930年商务印书馆出版的《教育大辞书》撰写的《美育》条目。

2 王国维：《论教育之宗旨》，载《教育世界》1906年第56卷。

3 朱光潜：《谈美感教育》，《朱光潜全集》第四卷，安徽教育出版社1988年版，第145页。

念从多方面推动了中国“诗教”从传统向现代的转变，促使诗歌教育不得不直面现代乃至当代的处境。

依照朱光潜的“诗教就是美育”这一说法，诗歌教育显然是现代艺术、审美教育的重要组成部分。正如林语堂所说：“诗歌在中国已经代替了宗教的作用”[1]（似乎应和了蔡元培的“美育代宗教”说），虽然他所讲的“中国的诗”是指古典诗歌，并且中国诗歌经过现代性的洗礼之后，其样态及其在社会文化中的地位已经发生了巨变，仅有百年历史的新诗被认为失去了古典诗歌的辉煌和魅力，但是诗歌本身仍然具有很大的感召力，对人类的精神生活发挥着无可替代的作用。由此，处于现代境遇中的诗歌教育，或者说在现代美育观念影响下的诗歌教育，就包含了两个问题维度：一是传统“诗教”的适应性，即传统“诗教”通过调整、转换，寻求合乎现代人生存状态、审美趣味和心理需求的路径；一是根据新诗的特性，找到诗歌与社会文化的连接点，探索诗歌教育的现代意义和方式。

诚然，现代美育所倡导的以情感为核心的观念，有助于引导诗歌教育实践中凸显诗歌的抒情性本质，并将诗歌理解的重心转移到对基于诗歌本体的审美能力的培育。不过，在诗歌教育中突出诗歌的情感因素和抒情性一面，不宜忽略诗歌所应具有的智性、理趣和思辨等其他特质；而回归诗歌本体，或许一定程度上能去除传统诗教过分教化之弊，但并非要将诗歌拉回到“内部”，拘泥于单纯的语言、形式等构件，切断其与外部世界的联系，在“故步自封”中慢慢失去活力，直至萎缩。有目共睹的是，在整体性逐步丧失的现代社会，知识体系一度趋于专门化、精细化，社会文化和日常生活也日益碎片化、单子化，这对诗歌（从创作到接受与传播）提出了莫大的挑战。因此，对于新诗

1 林语堂：《吾国与吾民》（郝志东、沈溢洪译），学林出版社 1994 年版，第 240 页。

教育来说，除了“情”这一维度外，更应该强调诗歌面对和处理纷繁变幻的社会生活的综合能力，在诗歌与社会文化之间构建一种“循环往复性”（吉登斯语）和“能动的振荡”（伊瑟尔语）的审美维度，即一种良性的互动关系，以保持诗歌自身的活力。

至于所谓“审美无功利”之说，显然直接因袭了康德的理论，考虑到现代美育诞生时的历史背景，不难体察这一主张隐含的具体针对性。当蔡元培提出“纯粹之美育……使有高尚纯洁之习惯，而使人我之见，利己损人之思念，以渐消沮者也”[1]时，他期待的是以“无功利”之审美的“纯粹”性，除掉当时“大多数之人皆汲汲于近功近利”的积患，涤荡弥漫于国人胸中的污浊之气。就此而言，不应表面地看待现代美育所倡导的“审美无功利”，而是要深入洞悉其观念指引下的实践及其效应。同样，新诗在其历史进程中也表达过强烈的“无功利”的诉求，提倡“纯诗”、极度强调形式、技艺的自足性，以抵制长期加负于诗歌之上的种种“外在”要求。

1 蔡元培：《以美育代宗教说》，见《蔡元培美学文选》，北京大学出版社 1983 年版，第 70 页。

一味追求诗歌“无功利”所具有的片面性显而易见，它会导致写作者狭隘地理解维柯（G. B. Vico）所说“诗性思维”的含义和价值，皮相地趋附海德格尔（M. Heidegger）大力阐释的荷尔德林（F. Hölderlin）的“诗意地栖居”。为人所津津乐道的“诗性”、“诗意”，都不是诗歌“无功利”的浅表的代名词，也不是用于装饰（甚至粉饰）生活的缀物。实际上，“诗性”显示了一种独特的创造能力，是人类与自然万物建立联系的方式；“诗意地栖居”并不表明某种独善其身、超然于尘世之外的态度，也不应被当作遁入“世外桃源”的托词。按照海德格尔的解释，“诗意是人的栖居必备的基本能力。但人之具有诗的能力，始终只需遵循如下尺度：其存在要与那本身就喜爱人，并因此需要人出场的东西相契合”[1]。而抵达这一“尺度”的重要前提就是荷尔德林在诗中咏唱的“善”，故而“诗意地栖居”体现的是美与善的协调。在据说是荷尔德林与黑格尔、谢林（F.Schelling）共同起草的《德国唯心主义的最初的体系纲领》一文中，就有如此论断：“理性的最高方式是审美的方式，它涵盖所有的理念。只有在美之中，真与善才会亲如姐妹。”[2]显然受此观点影响的朱光潜也认为：“善与美不但不相冲突，而且到最高境界，根本是一回事，它们的必有条件同是和谐与秩序。从伦理观点看，美是一种善；从美感观点看，善也是一种美。”[3]这正是看似“无功利”的审美的辩证属性，在新诗“冲击极限”式的技艺锤炼中，也许隐含着诗学自身的伦理，通向的是一种与母语、民族记忆相关的社会文化担当。

1 [德]海德格尔：《“……人诗意地栖居……”》，见《海德格尔诗学文集》（成穷等译），华中师范大学出版社1992年版，第206页。译文略有改动。

2 见刘小枫主编《现代性中的审美精神——经典美学文选》，学林出版社1997年版，第166页。

3 朱光潜：《谈美感教育》，第146页。

现代美育以“立人”即锻造“完人”为最终目标，这与诗歌教育的基本理念是一致的，当然也对传统“诗教”的理论资源有所承续。传统“诗教”非常重视通过诗歌养成完美人格，所谓“修身齐家治国平天下”，个人的“修身”是后面所有事功的基础，其中还包括“格物、致知、诚意、正心”等方面，它们又是“修身”的必由之路。确如王夫之所言：“圣人以诗教以荡涤其浊心，震其暮气，纳之于豪杰而后期之以圣贤，此救人道于乱世之大权也。”[4]在中国古代，诗歌之于“修身”绝非一般意义的怡情养性，而是全方位完善自我（从内在修养学识到外在礼仪气度）的绝佳途径。不过，古今诗歌教育对“完人”有着很不一样的期许和取向，新诗教育已不可能像古代“诗教”那样，仅仅视以“仁”为内核、具有德性的君子为“完人”，而是对之倾注更丰厚内涵、更富于现时代特征，以回应急剧变化的历史

4 王夫之：《俟解》，见《思问录 俟解》，中华书局1956年版。

语境。至少应该在马克思预言的“人的解放”的意义上理解现代社会的“完人”，即一种具有“建立在个人全面发展和他们共同的、社会的生产能力成为从属于他们的社会财富这一基础上的自由个性”[1]的人格形象。依此目标，新诗教育对人的诲示就不限于心智上，而更在于一种将其置于“社会关系”之中所产生的创造力。

在社会文化日渐多元化的当下，倘若不是孤立、抽象、静态地领悟诞生于20世纪初的现代美育所关涉的美、审美、美感等命题，它的某些观念对于新诗教育的延展仍然是有启示价值的。未来的新诗教育关于诗歌的界说中，诗歌之美将不再是单一的，而是立体的；不只提供赏鉴、实现“净化”，而更具有海德格尔所说的超越性的“拯救的力量”；不仅能够弥合“人心”，而且将重塑人在技术时代的命运和位置。

1 [德]马克思：《1857—1858年经济学手稿》，见《马克思恩格斯全集》第四十六卷上，人民出版社1979年版，第104页。

后记

这是一本耗时近二十年的书。书中最早的一篇《"沪杭道上"》，初稿写于2002年。当时我还在南京，博士毕业后留校任教不久，抑制不住曾经作为写者的创作冲动，很想改换一下论文的写法，稍稍逸出已然受到诟病的"学院体"，而运用显得活泼的essay（随笔）体，就某一话题或现象展开铺叙，再带入其他相关议题、材料和文本。此文随后发表于《读书》，另一篇《黑暗中的肖邦》也发在《读书》上，印象中似乎还得到该刊编辑来信嘉许。

现在回想起来，这些篇章的写作过程确实令人愉悦，有一种打破刻板脸孔的酣畅之感，并且赢得了一些厌恶学院体论文的诗人朋友的喜爱。不过，这样的写法——保留了更多的感性成分、文字上的挥洒自如、议题和材料的腾挪穿越——如今看来显然有需要反思之处。多年前一位老先生就当面直言不讳地表示过担忧；一次，几位朋友谈起《"沪杭道上"》时，姜涛也敏锐地指出了文中某些表述失于未经充分论证的匆促。值得留意的是，近年来有一种对学院体论文越来越强烈的指责，认为它们在行文方式、论述角度等方面都趋于程式化，故而倡导一种随笔式的论文。然而，对此有必要作出进一步辨析（同时也构成一种自我反思）：虽然学院体制下的论文写作存在种种弊端，可是，当抨击学院体论文者以为随笔体论文就是不着边际的自说自话（甚至信口开河），当某种看似轻松的文风显出轻飘的乃至轻佻的做派，当他们把福柯的《词与物》当成“不那么”符合学术规范的典型…… 这些，实际上是对随笔体论文的极大误解和滥用。在我看来，随笔体论文的写作并非基于对谨严的学术标准的降低或稀释，它仍须葆有经过学院训练后的历史意识和方位感，更不消说一般研究所应具的问题洞察力与文字穿透力。可惜，当下不少所谓随笔体论文有形无神，与他们心仪的榜样—— 本雅明、布朗肖、罗兰·巴特等西方批评大家的实践相去甚远。每每读到福柯《词与物》里的一些段落，我就对其穿梭于浩繁的史料而不失明晰、举重若轻的妙笔赞叹不已。

本书大部分篇章的初稿完成于2004 年前后，其中部分内容在2005 年作为博士后研究报告提交答辩。借此感谢当年参加出站报告会并给予中肯指教的谢冕、孙玉石、洪子诚、程光炜、吴思敬、张志忠、陶东风、王光明诸位先生。没料到的是，自出站之后，原来计划中的篇章或处于进行中的半成品，竟一下子陷入了令人难堪的停滞与搁置。这固然与我出站后工作和生活状态的变化有关，但更多的是受到了研究旨趣转向和心境波动的影响。虽然，在愧怍与惶惑中，我也不时拿出这些文稿，对其中的二三个议题反复琢磨，对几篇半成品进行补充、完善，却时断时续，始终未能达到让自己满意的地步。

直到最近几年，我才得空重拾旧稿，继续进行修订和扩展。然而，时过境迁，让我一时难以找回当年的文字感觉、措辞习惯及语气语感，也由此似乎失去了大动干戈的兴致，于是放弃对各个篇章做出结构性调整的打算，所作的修订仅限于文献的补正和未尽之言的增写。不过，经过漫长踌躇、延宕之后的“退缩”，并不意味着我否认本书所涉及的论题的重要性。正如我在“导论”中所述，在阐释“新诗话语”过程中，我所偏重的语言层面的研究愈来愈展露其局限性，这就需要引入对新诗不同时期历史语境的考察。本书即着眼于现代性语境下环绕新诗的种种制度性因素——文化、介质、翻译、政治、史叙、阅读、教育等，从中提炼一些论题（我谓之新诗的“核心命题”或“基本问题”）进行探讨。我深知，这本书所历经的二十年间，新诗创作和学术研究的处境发生了急遽的变换，我们重又面临近一百年前鲁迅遭遇的“表达之难”。

不管怎样，这本小书既记录了二十年里我对新诗发展历程和现实状况的观察与思考，也蕴含着我关于自我认知、生命情态以及责任与信仰、历史与理性、意义与困境等问题的一些体会，这些文字融进了我的人生履历之中……

本书各章的初稿,曾以单篇论文形式在学术刊物上发表,谨向提供发表机会的(大致以论文面世时间为序)叶彤、孟晖、洪子诚、王泽龙、解志熙、刘勇、刘艳(《首都师范大学学报》)、贺仲明、尹富、段从学、费祎、张涛、李松睿、王雪松等先生一并致以谢忱。最后,感谢中国青年出版社再次接纳拙著,感谢彭慧芝女士在编辑过程中付出的辛劳。

张桃洲

于京西定慧寺恩济里

图书在版编目（C I P）数据

语词中的历史与风景：中国新诗的基本问题 / 张桃洲著 .-- 北京：中国青年出版社 , 2024.8

ISBN 978-7-5153-7021-7

Ⅰ. ①语… Ⅱ. ①张… Ⅲ. ①诗歌研究 – 中国 – 当代 Ⅳ. ① I207.22

中国国家版本馆 CIP 数据核字（2023）第 152304 号

语词中的历史与风景——中国新诗的基本问题

张桃洲 著

责任编辑：彭慧芝

书籍设计：白凤鹍

内文制作：王　巍

出版发行：中国青年出版社

社　　址：北京市东城区东四十二条 21 号（邮编：100708）

网　　址：www.cyp.com.cn

编辑中心：010－57350578

营销中心：010－57350370

经　　销：新华书店

印　　刷：北京富诚彩色印刷有限公司

规　　格：710mm×1000mm　1/16

印　　张：24

字　　数：285 千字

版　　次：2024 年 8 月北京第 1 版

印　　次：2024 年 8 月北京第 1 次印刷

定　　价：128.00 元

如有印装质量问题，请凭购书发票与质检部联系调换

联系电话：010－57350337